KB170001

瑣尾錄

쇄미록

권2 ― 계사일록

쇄미록 2

오희문吳希文

일러두기

1. 이 책은 《쇄미록(瑣尾錄)》(보물 제1096호)을 저본(底本)으로 삼아 번역하고 교감·표점한 것이다. 한글 번역: 1~6권, 한문 표점본: 7~8권

2. 각 권의 앞부분에 관련 사진 자료와 오희문의 이동 경로, 관련 인물 설명 등을 편집했다. 각 권의 뒷부분에는 주요 인물들의 '인명록'을 두었다.

3. 이 책의 번역은 원문에 충실하게 함을 원칙으로 하되, 난해한 부분은 독자의 이해를 위해 의역했다.

4. 맞춤법과 띄어쓰기는 한글 맞춤법과 표준어 규정을 따르는 것을 원칙으로 했다.

5. 짧은 주석(10자 이내)의 경우에는 괄호 안에 넣었고, 긴 주석의 경우에는 각주로 두었다.

6. 한자는 필요한 경우에 병기했으며, 운문(韻文)의 경우에는 원문을 병기했다.

7. 원문이 누락된 부분은 '-원문 빠짐-'으로 표기했다.

8. 물명(物名)과 노비 이름은 한글 번역을 원칙으로 하되, 불분명한 경우에는 억지로 번역하지 않고 한자를 병기했다.

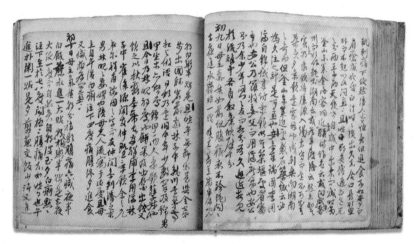

쇄미록 瑣尾錄

《쇄미록》은 오희문이 1591년(선조 24) 11월 27일부터 시작하여 1601년(선조 34) 2월 27일까지 쓴 일기이다. 모두 9년 3개월간의 일기가 7책 815장에 담겨 있다. 국사편찬위원회에서 1962년에 한국사료총서 제14집으로 간행하면서 널리 알려지게 되었고, 1991년에 보물 제1096호로 지정되었다. 해주 오씨 추탄공파 종중 소유로 현재 국립진주박물관에서 대여하여 전시하고 있다.

　　《쇄미록》은 종래 정사(正史) 종류의 사료에서는 볼 수 없는 생생한 생활기록이 담겨 있는 자료라는 측면에서, 특히 전란 중의 일기라는 점에서 더욱 주목을 받아 왔다. 그 결과 이미 많은 학자들에 의해서 연구가 진행되었다. 사회경제사, 생활사 등 각 부문별 연구 성과는 물론이고, 주제별로도 봉제사(奉祭祀)·접빈객(接賓客)의 일상 생활, 상업행위, 의약(醫藥) 생활, 음식 문화, 처가 부양, 사노비, 일본 인식, 꿈의 의미 등에 대한 연구가 이어지고 있다.

계사년 오희문의 주요 이동 경로

《쇄미록》 권2

◎ — 1592년 12월 24일~홍주(洪州, 홍성) 계당(溪堂) 도착: 충남 청양군
　　금정역(金井驛)

◎ — 1593년 6월 21일: 임천(林川) 소지(蘇騭)의 빈 집으로 이사

◎ — 1593년 7월 13일~9월 9일까지: 영암(靈巖)에 계신 어머니를 뵈러
　　다녀옴(어머니는 오희문의 질병으로 인해 지난 2월 17일에 영암으로
　　피해 있었음. 추석을 보냄)
　　7/13 임천 → 용안(龍安) → 함열 →7/14 임피 → 전주 →
　　김제 → 부안 →7/15 고부 → 장성 →7/18 나주 →7/19 영암
　　부소원(夫蘇院) → 구림(鳩林) 도착 →8/29 구림 → 부소원 →
　　금성(錦城, 나주) →9/1 장성 →9/6 고부 →9/7 태인 →9/8 임피 →
　　함열 →9/9 임천 도착

◎ — 1593년 10월 2일: 임천(林川) 고을 5리 밖 서쪽의 검암리(儉巖里)
　　백성 덕림(德林)의 집으로 이사

◎ — 1593년 12월 6일~1594년: 영암에 계신 어머니를 뵈러 다녀옴
　　12/6 출발 → 남당진(南塘津) → 함열 →12/8 전주 → 완산(完山)
　　양정포(良正浦) →12/9 웅치(熊峙) →12/10 진안 →12/19
　　오수역(獒樹驛) → 남원 둔덕리(屯德里) →12/20 순창 →12/22 담양
　　연덕원(延德院) →12/23 장성 →1594년 1/2 나주 →1/4 영암 →
　　1/5 구림 도착

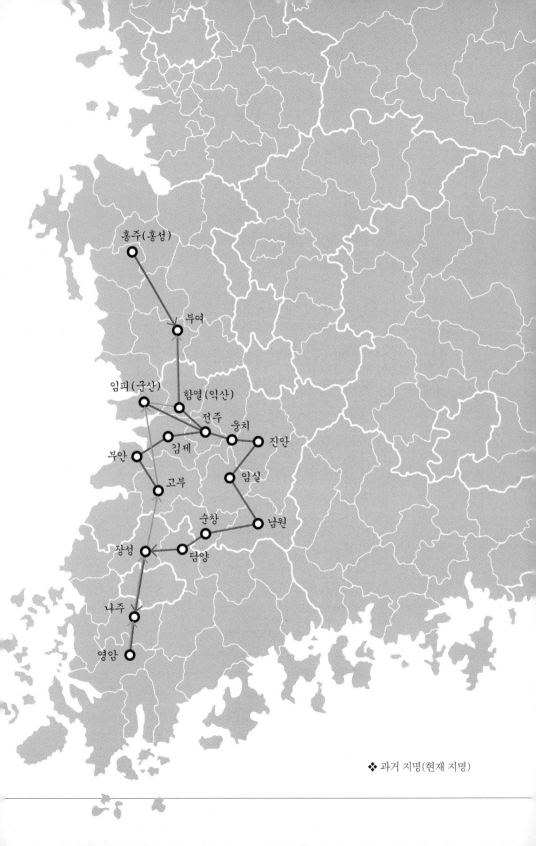

홍주(홍성)

부여

임피(군산)　　함열(익산)

전주　　웅치

　　　　김제　　　　진안

부안

　　　고부　　　임실

　　　　순창　　　남원

장성　　담양

나주

영암

❖ 과거 지명(현재 지명)

오희문의 가계도와 주요 등장인물

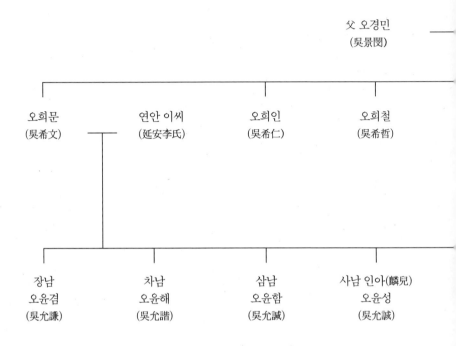

父 오경민
(吳景閔)

오희문　　　연안 이씨　　　오희인　　　오희철
(吳希文)　　(延安李氏)　　(吳希仁)　　(吳希哲)

장남　　　　차남　　　　삼남　　　　사남 인아(麟兒)
오윤겸　　　오윤해　　　오윤함　　　오윤성
(吳允謙)　　(吳允諧)　　(吳允誠)　　(吳允誠)

오희문(吳希文)　　일록의 서술자. 왜란 이전까지 한양의 처가에 거주하였다. 노비의 신공(身貢)을 걷으러 장흥(長興)과 성주(星州)로 가는 길에 장수(長水)에서 왜란 소식을 들었으며, 이후 가족과 상봉하여 부여의 임천(林川)과 강원도 평강 등지에서 함께 피난 생활을 하였다.

오희문의 어머니 고성 남씨(固城南氏)　　남인(南寅)의 딸. 왜란 당시 한양에 거주하다가 일가족과 함께 남쪽으로 피난하였다.

오희문의 아내 연안 이씨(延安李氏)　　이정수(李廷秀)의 딸이다.

오윤겸(吳允謙)　　오희문의 장남. 왜란 당시 광릉 참봉(光陵參奉)에 재직 중이었으며, 왜란이 일어나자 일가족과 함께 남행하여 오희문과 함께 피난 생활을 하였다. 왜란 중 평강 현감(平康縣監)에 임명되었고 정유년(1597) 3월 별시 문과에 급제하였다.

오윤해(吳允諧)　　오희문의 차남. 오희문의 아우 오희인(吳希仁)의 후사가 되었다. 왜란 당시 경기도 율전(栗田)에 거주하다가 피난하여 오희문과 합류하였다.

오윤함(吳允誠)　　오희문의 삼남. 왜란 당시 황해도 해주(海州)에 거주하고 있었다.

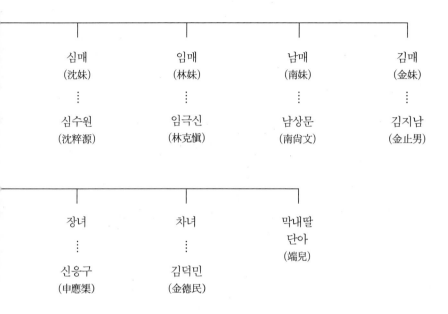

母 고성 남씨
(固城南氏)

심매 (沈妹)	임매 (林妹)	남매 (南妹)	김매 (金妹)
심수원 (沈粹源)	임극신 (林克愼)	남상문 (南尙文)	김지남 (金止男)

장녀	차녀	막내딸 단아 (端兒)
신응구 (申應榘)	김덕민 (金德民)	

인아(麟兒) 오윤성(吳允誠). 오희문의 사남. 병신년(1596) 5월에 김경(金璥)의 딸과 혼인하였다.

충아(忠兒) 오윤해의 장남 오달승(吳達升)으로 추정된다.

큰딸 일가와 함께 피난 생활을 하다, 갑오년(1594) 8월에 신응구(申應榘)와 혼인하였다.

둘째 딸 일가와 함께 피난 생활을 하였으며, 왜란 이후 경자년(1600) 3월에 김덕민(金德民)과 혼인하였다.

단아(端兒) 오희문의 막내딸. 피난 기간 동안 내내 학질 등에 시달리다 정유년(1597) 2월에 병으로 사망하였다.

오희인(吳希仁) 오희문의 첫째 아우. 왜란 이전에 사망한 터라 거의 언급되지 않는다.

오희철(吳希哲) 오희문의 둘째 아우. 오희문과 함께 어머니를 모시고 피난 생활을 하였다.

심매(沈妹) 오희문의 첫째 여동생으로, 심수원(沈粹源)의 아내. 왜란 이전에 사망한 터라 거의 언급되지 않는다.

임매(林妹) 오희문의 둘째 여동생. 임극신(林克愼)의 아내. 왜란 당시 영암(靈巖) 구림촌 (鳩林村)에 거주하고 있었다. 기해년(1599) 4월경에 병으로 사망하였다.

남매(南妹) 오희문의 셋째 여동생. 남상문(南尙文)의 아내. 왜란 당시 남편과 함께 강원도에 거주하고 있었으며, 주로 강원도와 황해도에서 피난 생활을 하였다.

김매(金妹) 오희문의 넷째 여동생. 김지남(金止男)의 아내. 왜란 당시 예산(禮山) 유제촌(柳堤村)에 거주하고 있었다. 갑오년(1594) 4월경에 돌림병에 걸려 사망하였다.

임극신(林克愼) 오희문의 둘째 매부. 기묘년(1579) 진사시에 입격한 바 있으나 그대로 영암에 거주하던 중 왜란을 겪었으며, 정유년(1597) 겨울을 전후하여 전라도로 침입한 왜군에게 피살된 것으로 추정된다.

남상문(南尙文) 오희문의 셋째 매부. 왜란 당시 고성 군수(高城郡守)에 재직 중이었다.

김지남(金止男) 오희문의 넷째 매부. 왜란 당시 예문관 검열에 재직 중이었다. 왜란이 일어나자 의병에 가담하여 활동하였으며, 환도 이후 갑오년(1594) 1월 한림(翰林)에 임명되었다.

신응구(申應榘) 오희문의 큰사위. 왜란 당시 함열 현감(咸悅縣監)에 재직 중이었다. 오희문의 피난 생활에 물심양면으로 많은 도움을 주었다.

김덕민(金德民) 오희문의 둘째 사위. 왜란 당시 충청도 보은(報恩)에 거주하였으나, 정유년에 피난 중 왜군에게 가족을 모두 잃고 홀로 살아남았다. 이후 오희문의 차녀와 혼인하였다.

이빈(李贇) 오희문의 처남이며, 왜란 당시 장수 현감(長水縣監)에 재직 중이었다. 왜란 이전부터 오희문과 친교가 깊었으나 임진년(1592) 11월에 사망하였다.

이귀(李貴) 오희문의 처사촌. 계사년(1593) 5월 장성 현감(長城縣監)에 임명되었으며, 오희문과 왕래하며 일가를 경제적으로 지원하였다.

김가기(金可幾) 오희문의 벗이며, 김덕민의 아버지, 즉 오희문의 사돈이다. 왜란 당시 금정 찰방(金井察訪)에 재직 중이었다. 갑오년(1594)에 이산 현감(尼山縣監)으로 옮겼으나, 정유재란 때 가족들과 함께 왜군에게 피살되었다.

임면(任免) 오희문의 동서로 이정수의 막내사위. 참봉을 지냈으며, 갑오년(1594) 1월에 병으로 사망하였다.

이지(李贄) 오희문의 처남으로 이빈의 아우. 갑오년(1594) 4월에 병으로 사망하였다.

심열(沈說) 오희문의 매부 심수원의 아들. 오희문 일가와 자주 왕래하였다.

소지(蘇騭) 임천에서 오희문의 거처를 마련해 주고 집안일을 거들어 준 인물이다.

허찬(許鑽) 오희문의 서얼 사촌누이가 낳은 조카. 피난 중에 아내에게 버림받아 떠돌다 오희문에게 도움을 받았으며, 이후 오희문의 집안일을 거들며 지냈다.

신벌(申橃) 신응구의 아버지. 왜란 당시 온양 군수에 재직 중이었다.

이빈(李贇) 오희문의 처사촌이다.

임진왜란 연표

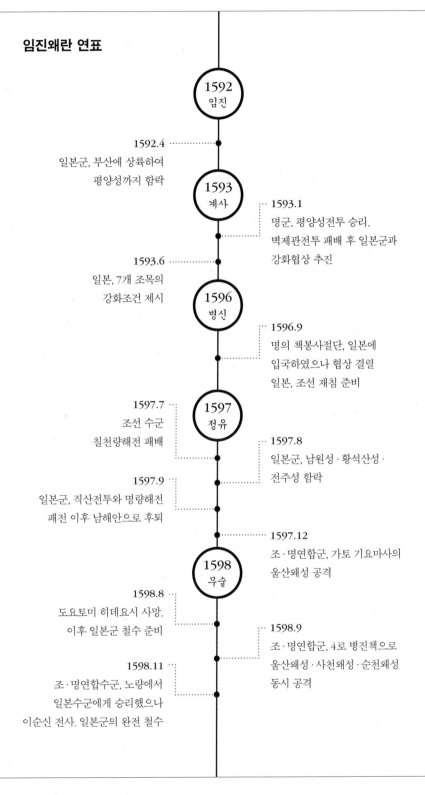

1592
임진

1592.4 ·············
일본군, 부산에 상륙하여
평양성까지 함락

1593
계사

··· 1593.1
명군, 평양성전투 승리.
벽제관전투 패배 후 일본군과
강화협상 추진

1593.6 ·············
일본, 7개 조목의
강화조건 제시

1596
병신

··· 1596.9
명의 책봉사절단, 일본에
입국하였으나 협상 결렬
일본, 조선 재침 준비

1597.7 ···
조선 수군
칠천량해전 패배

1597
정유

··· 1597.8
일본군, 남원성 · 황석산성 ·
전주성 함락

1597.9 ···
일본군, 직산전투와 명량해전
패전 이후 남해안으로 후퇴

··· 1597.12
조 · 명연합군, 가토 기요마사의
울산왜성 공격

1598
무술

1598.8 ···
도요토미 히데요시 사망.
이후 일본군 철수 준비

··· 1598.9
조 · 명연합군, 4로 병진책으로
울산왜성 · 사천왜성 · 순천왜성
동시 공격

1598.11 ···
조 · 명연합수군, 노량에서
일본수군에게 승리했으나
이순신 전사. 일본군의 완전 철수

평양성탈환도 平壤城奪還圖 (국립중앙박물관 소장)

조선과 명의 연합군은 1592년 6월에 일본군에 빼앗겼던 평양성을 이듬해인 1593년 1월에 탈환하였는데, 이 병풍은 이 때의 전투를 그린 민화풍의 그림이다. 일본군에 비해 명군을 크게 묘사하는 등 전체적으로 명군의 활약상을 강조하고 있다.

"지난 1월에 내가 병에 걸려 몹시 고생하고 있을 적에 들으니, 명나라
장수 제독(提督) 이여송(李如松)이 기성(箕城, 평양)에 들어가서 점령하고
있는 적을 공격하여 거의 다 도륙했고, 나머지 적들이 한양으로 달려가는
것을 군사를 거느리고 추격하자 개성(開城)에 있던 적이 절로 무너져
달아났다고 했다." — 본문 중에서

평양성탈환도 平壤城奪還圖 세부

평양성 함구문(含毬門)에서 도망가는 일본군

"천하의 대도독 이여송에게 명하여 정예병 수십만의 무리와 복건과 절강의
화기(火器)와 포수를 거느리게 하여, 이미 이번 달 8일에 평양을 쳐서 성을
수복하고 왜적 2만여 명을 죽였으며, 적추(賊酋) 행장(行長) 이하를 목을
베고 불에 태우고 물에 빠뜨려 하나도 빠져나가지 못하게 했다." ─ 본문
중에서

평양성탈환도 平壤城奪還圖 세부
평양성 함구문(含毬門)에서 싸우는 명군과 일본군

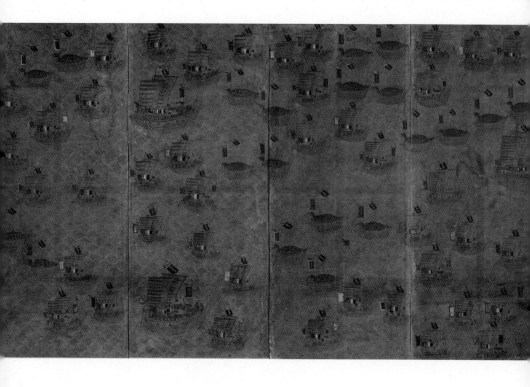

수군조련도 水軍操練圖 (국립중앙박물관 소장)

조선 후기 경상·전라·충청도 3도 수군의 합동 훈련 모습을 그린 8폭 병풍이다. 이 수군조련도에는 판옥선·거북선 등 많은 함선이 등장하는데 각 전선은 저마다의 수군 깃발과 소속 지명이 명기되어 있다.

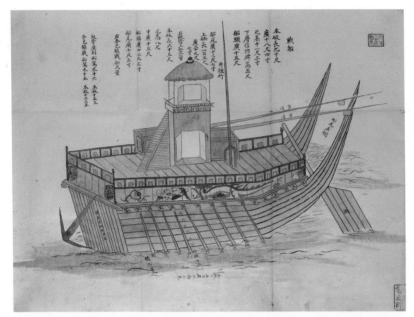

조선 수군의 판옥선(위: 『각선도본』, 서울대학교 규장각한국학연구원 소장)과 일본군의 아타케부네(安宅船)

판옥선은 조선 수군의 대표적인 전투선이었다. 판옥선의 높은 구조는 위에서 아래를 향하여 활을 쏘기에 매우 유리했고, 함포의 포좌가 높게 만들어져 명중률이 높았다. 아타케부네는 임진왜란 당시 일본 수군의 주력선이었다. 이물은 견고한 구조로 되어 있고, 상갑판 위에는 누각이라는 사령탑이 있었다. 방패판에 활과 총을 쏠 수 있는 구멍을 뚫었고, 적선과 접전할 때에는 방패판을 바깥쪽으로 넘어뜨려 적선으로 올라가는 사다리로 이용했다.

석성 초상 (국립중앙박물관 소장)

임진왜란 때 명나라 병부상서이던 석성(石星, 1537~1599)의 초상화이다. 석성은 조선에 지원군을 파견하는 데 공이 컸고, 후에는 심유경(沈惟敬)을 기용하여 강화 회담을 주도하였다. 그러나 회담이 실패함에 따라 관직이 박탈되고 귀양길에 오르는 등 몰락의 길을 걸었다.

가토 기요마사 초상 (일본 사가현립 나고야성박물관 소장)

가토 기요마사(加藤淸正, 1562~1611)는 임진왜란과 정유재란 당시 고니시 유키나가(小西行長)와 함께 조선 침공의 선두에 섰던 일본군 장수이다. 그는 정유재란 당시 일본군 우군의 선봉으로 황석산성 등을 함락시켰으며, 제1·2차 울산왜성전투에서 조·명연합군에 맞서 싸웠다.

계사일록 癸巳日錄

1593년 1월 1일 ~ 12월 30일

◎

1월 큰달

◎ — 1월 1일

오늘은 새해 첫날이다. 떠돌아다니며 숱하게 죽을 뻔한 고비를 넘기고 다시 한 살을 더 먹었는데, 흉적은 아직도 섬멸하지 못했고 장수와 정승 가운데 제대로 하는 사람이 없다. 분통이 터지지만 어찌하겠는가. 그러나 어머니를 모시고 아우와 처자를 데리고 모두 한집에 모여서 설을 쇠니, 이것이 한 가지 다행스런 일이다. 참봉[오윤겸(吳允謙)]*이 보령(保寧)으로 돌아갔다.

◎ — 1월 2일

식사 후에 사포(司圃) 숙부를 찾아뵈었다. 그길로 김정[金正, 김찬선(金纘先)] 형이 묵고 있는 이익빈(李翼賓)*의 집에 찾아갔다. 생원 이광

....

* 　오윤겸(吳允謙): 1559~1636. 오희문(吳希文)의 큰아들이다.

축(李光軸)이 따라와서 서로 이야기를 나누고 자리를 파했다. 오는 길에 이광복(李光輻)의 집에 들러서 잠시 이야기하다가 왔다. 길에서 정자(正字) 김자정(金子定)*이 왔다는 말을 듣고 계당(溪堂)으로 달려가서 만나니 기쁘고 위로가 되었다. 서로 이야기하다가 밤이 깊어서야 파하고 내 숙소에서 함께 잤다.

그에게 들으니, 명나라 장수 심유경(沈惟敬)*이 수십 기(騎)를 거느리고 달려와 평양(平壤) 10리 밖에 도착하자 적장도 수십 명의 군사를 데리고 나가 맞이하여 말 위에서 인사를 했다고 한다. 그길로 성(城) 밖에 이르니, 적의 다른 장수기 또 50여 명의 군사를 데리고 걸어 나와 맞았고 말에서 내려 서로 인사했다. 성으로 들어가 이틀 밤을 묵고 백금 80냥(兩)과 비단 두 동(同)을 주고 돌아가니, 적장도 백미(白米) 15섬 [石], 소 다리 8개, 돼지 앞다리[猪肩] 15짝[隻]을 갖다 바쳤는데, 그들이 서로 무슨 이야기를 나누었는지는 알 수 없다고 한다.

우리나라의 도원수(都元帥) 김명원(金命元)*이 명나라 장수를 따라

....

* 이익빈(李翼賓): 1556~1637. 본관은 전주(全州), 자는 응수(應壽)이다. 1582년 생원시에 입격했으며, 1596년에 역적 이몽학(李夢鶴)과 결탁한 김팽종(金彭從)을 사살하는 공을 세웠다.
* 김자정(金子定): 김지남(金止男, 1559~1631). 자(字)는 자정이다. 오희문의 매부로, 1593년에 정자(正字)가 되었다.
* 심유경(沈惟敬): ?~1600?. 명나라에서 상인 등으로 활동했다. 석성(石星)의 천거로 임시 유격장군의 칭호를 가지고 임진년(1592) 6월 조선에 나와 왜적의 실상을 정탐했다. 같은 해 9월 평양성에서 고니시 유키나가(小西行長)와 협상하여 50일 동안 휴전하기로 했다. 이를 계기로, 일본과의 강화협상을 전담하게 되었다. 하지만 명과 일본의 강화협상이 결렬되고 1597년 정유재란이 발발하자 명나라 장수 양원(楊元)에게 체포되어 중국으로 보내졌다. 이후 옥(獄)에 갇혔다가 3년 만에 죄를 논하여 처형되었다.
* 김명원(金命元): 1534~1602. 임진왜란이 일어나자 팔도 도원수가 되어 한강 및 임진강을 방어했으나 적을 막지 못했다. 1593년에 명나라 장수들의 자문에 응했다.

10리 -원문 빠짐- 보고 돌아왔다고 한다. 또 들으니, 명나라 군사 10만이 이미 압록강을 건넜고 -원문 빠짐- 만일 그렇다면 이미 평양에 이르렀을 것이다. 그러나 자세한 것은 알 수 없다. 처음에 들었을 때는 명나라 장수가 -원문 빠짐- 적중(敵中)에 들어갔다고 했는데, 이제 다시 이와 같은 말을 들으니 전에 들은 말은 허황된 것이었다.

◎ ─ 1월 3일

이른 아침에 자정이 예산(禮山)으로 돌아갔다. 사내종 막정(莫丁)과 끗손[旕孫]이 말을 가지고 대흥(大興, 충남 예산의 옛 지명)에 있는 윤함(允諴)*의 처가 농장에 가서 정조(正租)* 30말[斗]을 싣고 왔다. 이는 윤함 장인의 패자(牌字)에 의한 것이다.* 춘이(春已)를 최희선(崔熙善)의 처가에 보내서 마초(馬草)를 실어 왔다. 오세량(吳世良),* 문응인(文應仁), 최응룡(崔應龍) 등이 어제 와서 어머니를 뵈었다. 나는 마침 출타 중이라 만나지 못했으니 안타깝다.

자정에게 들으니, 조정에서 유지(有旨)*가 내려와 체찰사[體察使, 정

....

* 윤함(允諴): 1570~1635. 오희문의 셋째 아들이다.
* 정조(正租): 타작을 끝낸 뒤 방아를 찧지 않은 벼이다.
* 이는……것이다: 윤함의 장인이 농장 측에 일정 곡물을 내어 주라는 내용을 패자(牌字)로 작성하여 주었고, 그 패자를 사내종에게 주어서 실어 오도록 한 것이다. 패자는 일반적으로 지위가 높은 기관이나 사람이 자신의 권위를 근거로 상대에게 어떤 사항에 대한 이행을 지시하거나 통보하는 성격의 문서이다.
* 오세량(吳世良): ?~1593. 오희문의 사촌 형제이다.
* 유지(有旨): 국왕의 명령을 전달받아 승정원에서 그 내용을 직접 작성하여 해당 관원에게 전달하는 왕명서이다. 임진왜란 기간에는 전쟁과 관련된 군사작전이나 명령, 군량 마련, 명(明)의 사신 및 군대와 관련된 내용 등의 명령 전달이 유지를 통해 이루어졌다. 노인환, 「조선시대 임명 관련 상래유지 연구」, 『고문서연구』 36, 2010, 27~33쪽.

철(鄭澈))가 머무는 곳에서 무과(武科) 1만 2천 명을 뽑으라고 했는데, 전라도는 5천, 충청도는 3천, 경상도는 2천, 경기는 2천이라고 한다.

또 호남 유생 정언눌(鄭彦訥) 등이 소(疏)를 올려 체찰사가 여러 고을의 가장(假將)*을 뽑아 임명할 때 사사로운 정을 따랐다고 했다 한다. 청주(淸州)와 목천(木川)의 유생들도 상소를 올려 체찰사의 과실을 논하면서, 왼손으로는 기생의 손을 잡고 오른손으로는 술잔을 잡았다거나 술과 여색에 빠졌다고까지 했다고 한다. 남의 과실을 말하는 것이 이같이 지나쳐서는 안 된다. 술을 마신 것이 도에 지나쳤다면, 이는 체찰사가 평소 술 마시기를 좋아한 것이니 그 책임을 면할 수 없을 것이다. 또한 기생의 손을 잡았다니, 이같이 나라가 망해 가는 마당에 중책을 맡은 몸으로 어찌 기생을 끼고 멋대로 즐길 겨를이 있겠는가. 다른 사람도 오히려 해서는 안 될 일인데, 하물며 송강(松江)이 차마 스스로 했다는 말인가. 사람들이 분명 믿지 않을 것이다. 하지만 일처리에 어그러진 것이 많다고 한다. 비록 자세하지는 않지만 함께 온 자들 가운데 단정치 못한 사람이 많다고 하니, 이 때문에 틀림없이 구설에 오른 것이리라. 안타까운 일이다. 나중에 들으니 목천 유생의 상소는 결국 올라가지 않았고, 무과는 일이 많아서 뽑지 않았다고 한다.

또 들으니, 호남 순찰사[湖南巡察使, 권율(權慄)]가 체찰사와 불화해서 일을 많이 방해하며 그의 명을 따르지 않고, 또 조정에서 지시를 내렸는데도 그 통제를 따르지 않는다고 한다. 이 가운데 분명 남몰래 이

....

* 　가장(假將): 전장에서 어느 장수의 자리가 비게 될 경우에 최고 책임자의 명령에 따라 임시로 그 자리를 대신하던 장수이다.

간하는 말이 있을 것이다. 안팎의 구설이 모두 여기에 모여드니 비록 악무목(岳武穆)*의 충성과 용맹이 있어도 오히려 밖에서 성공하지 못할 텐데, 하물며 송강이 본래 조정에서 인정받지 못하던 인물임을 감안하면 성과를 이루지 못할 게 뻔하다. 벼슬을 체직(遞職)시키라는 명령이 오래지 않아 내려올 것이다. 또 다시 들으니, 목천 유생들은 남에게 제지당해 결국 상소를 올리지 못했다고 한다.

◎ ― 1월 4일

식사 후에 사포 숙부가 우거하고 계신 곳에 가 뵈었다. 김정 형 및 주부(主簿) 장응명(張應明), 진사 윤민헌(尹民獻),* 김극(金克), 한박(韓璞), 이귀령(李龜齡)이 모두 모여 있었다. 생원 이익빈도 따라와서 서로 이야기를 나누고 파했다. 영말(永末)은 그저께 찾아와서 만나고 오늘 아침에 돌아갔다.

또 들으니, 단성령(丹城令) 이청(李淸)이 글을 올려 동궁(東宮, 왕세자)에게 오흉(五凶)을 죄 줄 것을 청하자, 동궁이 대답하기를 "어리고 불초한 내가 중임을 맡은 지 오래인데, 충성스럽고 의로운 선비는 오지

....

* 악무목(岳武穆): 남송(南宋)의 명장(名將)이자 충신인 악비(岳飛)이다. 1126년에 금(金)나라의 군대가 북송(北宋)의 수도인 개봉(開封)을 점령하고 휘종(徽宗)과 흠종(欽宗)을 포로로 잡아가자 고종(高宗)과 함께 남쪽으로 퇴각했다. 이후 청원군 절도사, 선무부사, 선무사 등에 임명되어 중원의 회복에 진력했고, 금나라가 점령했던 일부 지역을 수복했다. 그러나 간신 진회(秦檜) 등 주화파(主和派)에 의해 반역을 꾀한다는 무고를 받아 죽임을 당했다. 효종(孝宗) 때 무목(武穆)이라는 시호가 내려졌고, 영종(寧宗) 때 악왕(鄂王)에 추봉되었다. 저서로 《악무목집(岳武穆集)》이 남아 있다. 《송사(宋史)》 권365 〈악비열전(岳飛列傳)〉.
* 윤민헌(尹民獻): 1562~1628. 1599년 사마 양시(兩試)에 입격하여 선공감역에 임명되었으나 나아가지 않았다.

않고 적을 토벌하는 공도 이루지 못했으니 내 몸의 허물이 적지 않다. 이런 마당에 단성령 이청이 종실(宗室) 사람으로서 나라와 기쁨과 걱정을 함께하는 처지이건만 나의 허물을 바로잡아 주는 말은 한마디도 없다가 되레 일이 대조(大朝)*에 관계되어 내가 마땅히 들어야 할 사안이 아닌 것을 가지고 외람되게 말하고 거리낌이 없으니, 마땅히 중벌에 처해야 할 것이다. 그러나 이는 실로 내가 어질지 못해서 생긴 일이다. 이와 같은 짓을 멈추지 않는다면 형편상 여러 번 용서하기 어려우니, 승정원은 그리 알고 있으라."라고 했다고 한다.

단성령은 어떤 사람이기에 말하면 안 되는 일을 가지고 동궁에게 말하는가. 이는 분란을 야기하는 한 가지 일이다. 괴상한 녀석들이 일을 그르친다는 경우가 곧 이런 사람들을 두고 하는 말이다. 참으로 안타깝다. 그러나 동궁께서 하교하신 말씀이 지극히 온당하니, 신민(臣民)의 복이 여기에 있지 않겠는가. 회복할 시기는 기다리면 올 것이다.

◎ ─ 1월 5일

아우*가 제 처자와 함께 강화(江華)에 있을 때 옴이 온몸에 퍼졌는데 여기에 온 뒤로 더욱 심해져 손을 쓰지 못하고 있다. 거기에 또 붕아(鵬兒)*와 그 어미의 가슴 통증이 더 심해져서 음식을 넘기지 못한다. 남쪽으로 갈 날이 임박했는데 병세가 이와 같으니, 답답하고 근심스럽다.

....

* 대조(大朝): 선조(宣祖)가 있는 곳이다. 임진왜란 당시 나라가 위급하므로 조정을 나누어 선조가 있는 곳을 대조라고 하고 광해가 있는 곳을 소조(小朝)라고 했다.
* 아우: 오희문의 남동생인 오희철(吳希哲, 1556~1642)이다. 자는 언명(彦明)이다.
* 붕아(鵬兒): 오희철의 외아들 오윤형(吳允詗)으로 보인다.

계집종 동을비(冬乙非)가 길에서 부증(浮症)에 걸렸는데, 여기에 온 뒤로 온몸이 다 부어서 움직이지 못하고 음식도 넘기지 못한다. 아무래 도 죽을 것 같다. 선대로부터 내려온 늙은 계집종이 여기 와서 죽다니, 그 불쌍함을 어찌 다 말로 하겠는가.

어제 참봉(오윤겸)의 편지가 왔고 보령에서 꿩 한 마리를 보내왔는데, 군관(軍官)이 활을 쏘아 잡은 것이라고 한다. 즉시 어머니께 바쳤다. 매우 기쁘다. 오늘은 아내의 생일이다. 윤해(允諧)* 처가 떡을 쪄서 가지고 왔다. 윤겸의 처자는 그 집에 홍역이 들었기 때문에 오지 못했다.

오후에 사포 숙부 댁에 갔다. 생원 이익빈이 두부를 만들어서 나와 마을 사람을 초대하여 함께 먹었다. 여기에 참석한 사람은 김정 형과 인의(引儀) 장응명,* 진사 윤민헌(尹民獻), 김극, 한박, 이귀령 등이다. 각각 배불리 먹고 돌아왔다. 저녁에 언명(彦明, 오희철)의 처남 김담명(金聃命)이 왔다가 갔다. 술과 안주를 가지고 제 누이를 보기 위해서였다.

◎ ― 1월 6일

나는 어제부터 감기에 걸려 밤에 온돌방에 누워 땀을 냈더니 나은 것 같다. 다만 기침이 멈추지 않아 걱정이다. 어머니도 감기에 걸려 속 머리에 약간의 통증이 있어 음식을 들지 못하신다. 답답하고 걱정스럽다. 밤에 땀을 내서 조금 차도가 있긴 하지만, 내일 갈 때 바람을 쐬면

....
* 윤해(允諧): 1562~1629. 오희문의 둘째 아들이다. 숙부 오희인(吳希仁, 1541~1568)의 양아들로 들어갔다.
* 인의(引儀) 장응명: 앞의 1월 4일 일기 및 이후의 일기에 장응명이 '주부(主簿)'로 표기되어 있는데, 여기에서만 '인의'로 되어 있다. 동일인이 확실한 것으로 보이므로, 오희문의 착오인 듯싶다.

안 되니 다 나으시기를 기다렸다가 출발할 작정이다. 또 붕아의 복통이 오래되어도 낫지 않아 어머니께서 무당을 데려다가 낫기를 빌었다.

또 진사 김덕장(金德章)*이 찾아왔다. 만나리라고 일찍이 생각지 못했기 때문에 매우 기쁘고 위로가 되었다. 막걸리를 마시는 것을 좋아하지 않아서 석 잔을 대접하고 보냈다. 듣자니 그는 부여(扶餘)의 농촌에 우거하고 있단다.

저녁에 사복(司僕) 허탄(許坦)의 아내가 어머니를 뵈려고 결성(結城)에서부터 아들 영말을 데리고 소를 타고 왔다. 가련하다. 또 조도어사(調度御史)*가 어제 홍주(洪州)로 들어왔다가 내가 이 고을에 와 있다는 말을 듣고 편지를 보내 문안하고 나를 초대해서 만나려고 했다. 그러나 내가 남쪽으로 갈 날이 가까워져서 사양했다.

◎ ─ 1월 7일

어머니께서 여전히 회복하지 못하고 계신다. 가까운 시일 안에 출발할 수 없는 상황이라 근심스럽다. 늦은 아침에 홍양(洪陽, 홍주)으로

....

*   김덕장(金德章): 1556~?. 1588년 식년 사마시에 입격했다.
*   조도어사(調度御史): 정부에서 군량미를 모으기 위해 파견한 조도사이다. 조도사의 모곡(募穀) 외에 지방 사민(士民)들로 구성된 모속(募粟) 활동, 그리고 부유한 백성 중에 납곡(納穀)을 하는 자들에게 거둔 곡식을 의곡(義穀)이라고 했다. 명나라 원군이 당도하고부터는 군량미 마련을 위한 대비책으로 군공청(軍功廳)을 설치하여 모속유공자(募粟有功者)에게도 전공에 준하는 상직(賞職)을 적용하고 모량(募糧)의 실적에 따른 상직 규정을 공포했으며, 모속자와 납곡자에 대한 처우를 개선하는 등 방도를 강구했다. 또 명군의 군량미 운송이 시급해지자 호남의 양곡을 이송할 때의 책임자가 종전까지 하급 관원이었던 것을 당상관 이상의 직위에 있는 사람으로 교체하기를 건의하기도 했다.《국역 선조실록(宣祖實錄)》25년 11월 1일·29일, 12월 9일; 이장희,「糧餉調達의 實相」,『壬辰倭亂史硏究』, 아세아문화사, 1999, 225~229쪽.

가서 조도어사 강중(剛仲) 이철(李鐵)[*] 공을 만나기 위해 길을 나섰는데, 중간에 눈이 쏟아져 견딜 수 없을 정도의 바람과 추위를 뚫고 간신히 성문 밖에 이르렀다. 말을 세우고 먼저 사내종을 시켜 이름을 전했더니, 곧바로 관인(官人)을 보내서 나를 맞이했다. 문 안에 들어가 서로 만나니 슬픔과 기쁨이 한데 교차했다. 각자 떠돌아다니며 고생한 상황을 이야기했다. 오늘 만나게 될 줄은 생각지도 못했다. 그리고 자미(子美)[*]의 죽음을 말하니, 지극한 애통함을 견디지 못하겠다.

날이 저물어 통판(通判) 황언(黃鷗)이 술과 안주를 마련해 가지고 와서 마셨다. 조도어사와 대흥 현감(大興縣監) 신괄(申栝)[*]과 내가 자리를 함께했다가 밤이 깊어서야 파했다. 신공(申公)은 명나라 군사의 양곡을 대 주는 임시 파견 관원[差使員]으로, -원문 빠짐- 어사에게 명령을 듣기 때문에 마침 왔던 것이다. 서로 자리를 나란히 하고 누워서 밤새 이야기를 나누었다. -원문 빠짐- 가운데 근심스런 회포를 조금이나마 풀 수 있었으니 매우 다행이다.

◎ ─ 1월 8일

강중과 자릿조반[早飯][*]을 같이 먹었다. 참봉 박원호(朴元虎)가 또 와서 같이 이야기를 나누었다. 조금 있다가 목백(牧伯) 이총(李璁) 공이

....
* 강중(剛仲) 이철(李鐵): 1540~1604. 무장 현감, 평안·충청·경상 도사와 용천 군수, 파주 목사를 지냈다. 임진왜란 때 선조를 의주까지 호종했다.
* 자미(子美): 이빈(李贇, 1537~1592). 자는 자미이다. 오희문의 처남이다. 임진왜란 당시 장수 현감으로 재직 중이었으나 그해 11월에 사망했다.
* 신괄(申栝): 1529~1606. 오희문의 큰사위인 함열 현감 신응구(申應榘)의 막내 숙부이다.
* 자릿조반[早飯]: 아침에 잠에서 깨어난 그 자리에서 먹는 죽이나 미음 따위의 간단한 식사이다.

들어가 어사를 뵈었다. 나도 같이 보았는데, 그는 바로 주자동(鑄字洞) 사람이었다. 어려서부터 서로 알았는데 만나지 못한 지가 30여 년이다. 나는 이름을 알고 있는데 그는 모르고 있어서 내력을 자세히 이야기해 주니 그제야 알아차렸다. 같이 아침을 먹은 뒤에 나갔다.

판관(判官) 황공(黃公)은 곧 나의 칠촌 친척이다. 한양에 있을 때 각각 멀리 떨어져 살아서 얼굴을 모르다가 이제 마침 만났는데, 나를 친척으로 대하지 않았다. 사람됨이 교만하고 경솔해 보이니, 그는 크게 복된 사람이 아니다. 듣자니 삼촌의 부음을 듣고도 다시 관아를 나가지 않았다고 한다.

날이 저문 뒤에 강중과 작별하고 왔다. 강중이 나에게 흰 닥[白楮] 1뭇[束]을 주었다. 계당에 도착해서 들으니, 장원(掌苑) 안창(安昶)*이 여기에 왔다가 마침 내가 없어 만나지 못했다고 한다. 안타깝다. 어머니가 밤에 땀을 냈더니 감기 증세가 회복되었다. 기쁘다. 영말 어미는 하루를 머물고 돌아가다가 중도에 나와 마주쳤다.

◎ ─ 1월 9일

오늘부터 어머니께서 음식을 더 드시는데, 다만 입에 맞는 음식이 없으니 매우 답답하다. 용인(龍仁)에 사는 충의(忠義) 이(李) -원문 빠짐- 도 난을 피해서 가까운 이웃에 와 있다가 내가 여기 와 있다는 말을 듣고 찾아와 만나고 갔다. 같은 마을 사람인 조항복(趙恒福)이 -원문 빠짐- 와 함께 와서 만나고 갔다. 진사 이득천(李得天)이 난을 피하여 연산(連山) 땅

....

* 안창(安昶): 1549~?. 결성 현감, 통천 군수, 회양 부사 등을 지냈다.

에 와서 살다가 -원문 빠짐- 고을 북면(北面)에서 -원문 빠짐- 지나가다가 찾아와 만났다. 이는 생각지 못했던 일이라 기쁘고 위로가 되었다. 이득천의 부친은 나의 어릴 적 벗으로, 나이도 같고 같은 마을에 살았던 사람이다. 지금 연안(延安)에 있는데 별 탈이 없다고 하니 기쁘다. 저녁밥을 대접하고 나서, 이곳에는 묵을 만한 곳이 없어 부득이 생원 이익빈의 집으로 보냈다. 이익빈과 친분이 있다고 했기 때문이다. 언명의 장인이 태인(泰仁)에서 사내종과 말을 보내 주었다. 그래서 언명이 처자를 데리고 내일 먼저 갔다가 돌아온 뒤에 어머니가 가시는 것으로 결정했다.

◎ ─ 1월 10일

언명이 처자를 데리고 출발해서 호남으로 갔다. 붕아의 복통이 아직 그치지 않아서 보내서는 안 되지만, 나중에 가려면 사람과 말이 부족하기 때문에 하는 수 없이 먼저 보냈다. 차마 못할 짓이다. 밤새 속머리가 지끈지끈 아프고 사지가 늘어지는 것 같았다. 이는 분명 그저께 홍양에 갔을 때 바람과 추위에 많이 시달렸기 때문일 게다. 저녁에 계당에 와서 잤다. 생원(오윤해)과 인아(麟兒)*가 그 집에 가서 잤다.

◎ ─ 1월 11일

병이 전과 같다가 더 심해져서 식음을 전폐했으니 크게 상할까 걱정이다. 매우 답답하다. 어머니의 기력은 차도가 있기는 한데 식사량이 점점 줄고 기침이 멎지 않는다. 심려가 크다.

....
* 인아(麟兒): 오희문의 넷째 아들 오윤성(吳允誠, 1576~1652)이다.

◎ ─ 1월 12일

지난밤부터 병이 더욱 심해져 밤새 뒤척이느라 잠을 못 이루었다. 새벽이 되자 머리를 들 수가 없고 허리 통증도 심했다. 비단 내 한 몸이 걱정일 뿐만 아니라 어머니 걱정까지 겹쳤으니 더욱 답답한 노릇이다. 오후에 기력은 좀 나아진 듯싶은데 음식을 넘길 수가 없다.

◎ ─ 1월 13일

지난밤부터 기력이 더 회복되어 자고 눕는 것이 평상시와 같다. 다만 속머리에 이따금 약간의 통증이 있다. 녹두로 쑨 차가운 죽을 많이 마셨더니 이 때문에 다시 두통이 생겼다. 이로부터 3월에 이르기까지 병 때문에 일기를 기록하지 못했다.

올해 1월 10일에 병에 걸려 2월 24일에 조금 나았고, 27일에 비로소 흰죽을 먹었다. 3월 초에 비로소 된밥[乾飯]을 먹었고, 10일 후에는 나날이 점점 차도가 있어 식사량을 날마다 늘렸다. 보름 후에는 지팡이를 짚고 방 안에서 걸음을 떼기 시작했다. 처음 병에 걸리고 나서 열흘 정도까지는 병세가 몹시 심해서 나날이 더 위태롭고 고통스러워 인사불성이었다. 생원(오윤해)의 양모(養母)도 이 병에 전염되어 누운 채 17여 일을 앓았다. 생원도 이 병에 걸려 몹시 아프다가 20여 일 만에 조금 차도가 있었다. 단아(端兒)*도 병을 얻은 지 20여 일이 되었다. 몽임(蒙任)과 충립(忠立)*도 모두 병에 걸려 고통스러워 했다.

....

* 　단아(端兒): 오희문의 막내딸 숙단(淑端)이다. 1597년 2월 1일 세상을 떠났다.

어머니께서는 용곡역(龍谷驛)*의 시노(寺奴) 기매(其每)의 집으로 피하셨다가, 내 병세가 몹시 위태로워지자 2월 17일에 아우가 모시고 영암(靈巖)으로 갔다. 이때 인아도 같이 갔는데, 갈 때 엉엉 울면서 따라가니 나도 비통함을 금할 수 없었다. 내 병이 이와 같은데 생원(오윤해)마저 몸져누웠고, 참봉(오윤겸)은 온 집안의 병구완을 하느라 모시고 가지 못했다. 그래서 부득이 인아에게 모시고 가게 했다. 또 병이 전염될까 걱정스러웠기 때문이기도 했다.

17일에 어머니께서 남쪽으로 가시고, 그날 저녁에 나도 어머니가 계시던 집으로 옮겼다. 큰딸과 참봉(오윤겸) 내외를 데리고 갔는데, 참봉(오윤겸)의 처가 내 음식을 이바지했기 때문이다. 아내는 단아의 병에 차도가 없어서 같이 오지 못하고, 단아가 조금 낫기를 기다려서 같은 달 25일에 둘째 딸아이와 함께 내가 머물고 있는 곳으로 왔다.

이날 아침 식사 후에 윤함이 들어왔다. 생각지도 못한 일이라 슬픔과 기쁨이 한데 교차했다. 윤함이 황해도에 있을 때 체찰사가 서쪽으로 돌아가자 본주[本州, 해주(海州)]로 들어와서 좌랑(佐郎) 정종명(鄭宗溟)*을 찾아가 만났다고 한다. 그런데 내가 병으로 사망했다고 그가 잘못 말했기 때문에 이튿날 달려와서 큰 바다를 건너 강도(江都)로 들어갔고, 거기서 육로로 길을 잡아 대흥의 처가 농막에 이르러서야 그것이 헛소문임을 들었다고 한다. 체찰사가 본도(本道)에 있을 때 내가 죽었

....
* 몽임(蒙任)과 충립(忠立): 몽임은 오윤해의 딸로 추정되며, 충립은 오윤해의 큰아들인 오달승(吳達升)으로 추정된다. 몽임은 '몽아(蒙兒)' 또는 '몽녀(蒙女)'라고도 썼고, 충립은 '충아(忠兒)' 또는 '충손(忠孫)'으로도 썼다. 모두 동일인으로 보인다.
* 용곡역(龍谷驛): 충청도 홍주목(洪州牧)에 있는 역이다.
* 정종명(鄭宗溟): 1565~1626. 정철(鄭澈)의 아들이다. 병조좌랑과 예조좌랑을 지냈다.

다고 잘못 전한 사람이 있었던 것이다. 심지어 참봉(오윤겸)에게 상을 위문하는 편지[弔狀]까지 보냈다니 우스운 일이다.

15년여 전에 내가 양지(陽智) 농촌에 있을 때 죽산(竹山)에 사는 맹인 김자순(金自順)을 불러서 내 수명을 점치라고 한 적이 있었다. 그때 김자순이 나이 54세가 되는 임진년에 큰 횡액이 있고 이것을 지나면 70세 넘게 살 것이라고 말했는데, 나는 대수롭지 않게 여기고 믿지 않았다. 올봄에 병에 걸려 다행히 죽음은 면했지만, 병세를 보면 10분의 9는 위중했다. 오직 10분의 1의 요행만 바랐을 뿐이다. 지금 비록 죽지는 않았지만 몸이 큰 난리를 만났고 어머니와 아우와 처자가 흩어지는 괴로움을 겪고 있다. 나는 비록 장수(長水)에 있었지만 산골짜기로 도망해 숨는 근심을 면치 못했고, 연로한 어머니와 처자식과 골육의 생사를 매양 생각하면서 하루도 울지 않는 날이 없었으며, 근심스럽고 답답한 회포가 하루도 풀어진 때가 없었다. 다행히 연로한 어머니와 처자식과 아우와 누이가 각각 목숨을 보존하여 서로 만날 수 있었으니, 스스로 불행 중 다행으로 생각했다.

그런데 올봄의 병은 한집안에서 서로 전염되어 드러누운 자가 대여섯 명이나 되고, 거기에 홍역까지 들어와서 단아와 충아(忠兒)와 몽임, 그리고 사내종 명복(命卜), 안손(安孫), 계집종 춘월(春月), 신덕(申德)이 동시에 앓았으니, 그간의 아픈 괴로움과 걱정스러운 마음은 오히려 한 번 죽느니만 못했다. 김자순의 말이 우연히 기억났는데, 과연 헛말이 아니었다. 나는 45일 동안을 앓다가 조금 회복되었으니, 다른 사람이 앓은 것에 비하면 오히려 3배는 더 심했다.

나와 윤해가 몹시 아팠을 때는 내가 용곡(龍谷)에 와 있을 때였다.

사내종 끗손을 병영(兵營)에 보냈다. 병마절도사가 백미(白米) 1섬, 참깨 [眞荏] 3말, 감장(甘醬) 3말, 조기[石首魚] 3뭇을 첩(帖)으로 써서 주었기에 실어 오라고 들여보냈는데, 기일이 지나도 오지 않아 몹시 이상했다. 그런데 안손과 명복이 2월 20일 새벽에 한꺼번에 도망쳤다. 전날에 두 사내종이 서로 약속하고서 말을 가지고 양식을 실어 달아났으니, 분통이 터지는 것을 금할 수 없다.

안손은 계당에 있는 구리 화로[銅爐] 1개와 작두[斫刀] 1개, 낫[鎌子] 3자루를 훔쳐 갔다. 한집안이 두 곳으로 피해 있어서 양식과 찬거리가 모두 바닥이 나서 오직 병영에서 보내 주는 쌀만 믿고 기다려서 먹을 생각이었는데 이놈들이 뜻하지 않게 훔쳐 갔으니, 더욱 통탄스러움과 증오를 이길 수 없었다. 이것뿐만 아니다. 윗전이 오직 말 한 필밖에 없어서 피난할 때 이것을 믿고 타고 다녔는데, 이마저 훔쳐 달아났으니 그 뼈아픔을 어찌 이루 다 말할 수 있겠는가. 훗날 붙잡을 수 있다면, 윗전을 사지에 몰아넣은 죄를 어찌 용서할 수 있겠는가.

기매의 집은 방이 작고 마루도 좁아서 우리 일가족이 들어가 지낼 수가 없었다. 3월 10일에 또다시 이웃의 빈집으로 옮겨 지냈는데, 배를 타는 것으로 인해 일족이 고통스럽게 침해를 당한 집주인이 도망가서 비어 있는 집이었다. 참봉(오윤겸)의 처자는 다른 집에서 다시 내가 머무는 집으로 옮겼고, 윤함은 묵을 만한 곳이 없어서 또 윤겸이 머무는 집으로 들어갔지만 오직 밤에 자고 아침에 나올 뿐이다. 내가 이곳에 온 뒤에 단아를 데려왔다. 생원(오윤해)도 와서 보았고, 충아와 몽아도 이어서 왔다 갔다.

또 윤해 처가의 계집종 끗복[唜卜]이 양주(楊州)에 있다가 한양 집으로 도로 들어갔는데, 금년 1월 24일에 왜적이 한양을 불태우고 사람을 죽일 때에 도망 나와서 진위(振威)에 있는 제 윗전의 농막에 와 있었다. 3월 보름께 춘이가 마침 진위에 돌아갔다가 제 어미와 두 자녀를 데리고 왔는데, 난리 중에 모두 죽었다고 한다.

계집종 강춘(江春)은 내 처자가 강원도에서부터 충청도로 피난 올 때 사흘 밤 내내 걸어서 용인 세호(世浩)의 집에서 자고 그 지역의 사내종 5, 6명을 데리고 밤중에 양 적진(賊陣)의 사이를 뚫고 나왔는데, 그때 사람들이 공포와 두려움으로 서로 말도 못하고 모두 달음질쳐 나왔다고 한다. 이때 계집종 강춘과 신좌랑(申佐郎)의 두 계집종이 그 일행에 끼지 못하고 중도에 뒤처져서 주저하던 사이에 날이 이미 밝았는데, 이 때문에 용인의 적진 속으로 잘못 들어갔다가 포로로 잡혔다고 한다. 임사(任使)와 신좌랑의 계집종은 오래지 않아 도망쳐 나왔고, 강춘은 아이 때문에 도망쳐 나오지 못하다가 그 아이가 죽은 뒤에 나왔다고 한다. 그러다 진위 땅에 살면서 어느 소경과 혼인해서 살다가 본처와 싸우고 나왔는데, 이때 마침 길에서 생원 최기남(崔起南)의 서조모(庶祖母) 일행을 만나 우리 일가가 여기에 와 있다는 말을 듣고 그 일행을 따라서 왔다고 한다. 그날이 3월 18일이다. 그 어미가 마침 머물러 있다가 서로 만나서 기뻐하고 또 슬퍼했다. 우리 일가도 이 계집종이 죽었을 것으로 생각했는데, 이제 뜻밖에 들어오니 또한 기쁘다. 유일한 계집종 향춘(香春)이 혼자서 온갖 일을 도맡아 하느라 몹시 괴로워했는데, 강춘이 들어오자 향춘이가 매우 기뻐하니 우스웠다.

또 사내종 막정과 송이(宋伊) 등이 어머니를 모시고 영암으로 갔다가 3월 14일에 돌아왔다. 오는 길에 각 관(官)과 역(驛)에서 빠짐없이 음식을 대접받았고 중도에 비바람이 불지 않아 근심 없이 무사히 돌아왔다고 한다. 다만 장성현(長城縣)에 들어갔을 적에 비 때문에 하루를 머물렀다고 한다. 암말을 팔아서 그 값으로 8필(疋)을 받아 가지고 왔다.

다만 장흥(長興) 노비들의 신공(身貢)*을 거두러 간 일은 잘 되지 않았다. 모두 일족의 역(役)을 칭탁하고 도망하여 나타나지 않으며 계집종 무숭(武崇)만 집에 있었다고 한다. 그녀의 두 아들은 혹은 의병으로 나가고 혹은 수군절도사의 군사로 나갔으며, 또 집이 남김없이 불에 다 타서 신공을 마련할 길이 없었다고 한다. 그리하여 한 필도 받지 못하고 오직 타다 남은 깨 닷 되를 받아 가지고 왔다. 중간에 양식이 떨어져 마목(馬木)*을 팔아서 한 필을 받아 그것으로 양식을 사 먹었다고 한다. 그간의 일을 자세히 알 수는 없지만 쾌씸하다. 이외에도 병중에 있었던 3개월 사이에 기록할 만한 일들이 있지만, 병으로 상세하게 알 수 없어 한두 가지 들은 것만 나중에 기록했다.

....

* 　신공(身貢): 노비가 신역(身役) 대신에 바치던 공물(貢物)을 말한다. 공사노비를 막론하고 실역(實役)하지 않을 경우에 공노비는 각 사(司)에, 사노비는 본주(本主)에게 바쳤다.
* 　마목(馬木): 가마나 상여 등을 세워 놓을 때 고이는 네 발이 달린 나무 받침틀이다.

4월 ^{작은달}

◎ ― 4월 1일

지난달 28일에 참봉(오윤겸)이 부사(副使)*의 부름을 받고 달려 나
갔다.

◎ ― 4월 2일

비가 내렸다. 2월 이후로 지금까지 한 달 동안 사흘을 연이어 비가
내린 경우가 예닐곱 번이다. 비록 종자를 뿌리기에는 걱정이 없지만 오
뉴월에 가뭄이 들까 걱정이다. 이리저리 떠돌며 구걸하는 사람이, 사족
(士族)이나 상민(常民) 할 것 없이 자루를 들고 지팡이를 짚고서 날마다
문간에 서 있는 이가 적어도 열대여섯 명을 밑돌지 않는다. 불쌍해서

....

* 　　부사(副使): 1593년 3월 8일에 김찬(金瓚)을 도체찰사 류성룡(柳成龍)의 부사로 삼아서 양호
　　(兩湖)의 일을 맡기자는 비변사의 계사(啓辭)가 있었다.《국역 선조실록》26년 3월 8일.

차마 어쩌지 못하는 마음이 있지만 나 역시 떠돌며 걸식하는 사람이라 그들을 구제할 수 없는 형편이니, 스스로 개탄할 뿐이다.

◎ ─ 4월 3일

아침을 먹은 뒤에 찰방 김공(金公)*이 우리 부자를 초대했다. 그 부인도 난을 피해서 이 역(驛)에 와 있었으므로 내 아내와 참봉(오윤겸)의 처도 오라고 했는데, 아내는 일이 있어 가지 못하고 다만 윤겸의 처만 갔다가 저녁에 돌아왔다. 나와 윤함이 갔더니 점심을 성대하게 차려 주어서 종일 이야기를 나누다가 왔다. 찰방은 나를 몹시 후하게 대접하여 내가 아팠을 때에도 입에 맞는 음식을 계속 보내 주었다. 참봉(오윤겸)과 일찍부터 아는 사이라고는 하지만 후의에 보답할 길이 없다. 찰방의 아들 김덕민(金德民)*의 처는 신식(申湜)의 딸로, 나에게는 팔촌 손녀뻘이다.

◎ ─ 4월 4일

늦은 아침 식사 후에 김정 형이 역에 와서 나를 부르기에 바로 가서 만났다. 내가 병을 앓기 시작한 뒤로 서로 만나지 못한 지 여러 달인데, 이제야 만나니 매우 기쁘고 위로가 된다. 저녁밥을 먹고 돌아왔다.

....

*   김공(金公): 김가기(金可幾, 1537~1597). 오희문의 벗이며 사돈이다. 이산 현감을 지냈다. 김가기의 아들인 김덕민(金德民)은 오희문의 둘째 사위이다.
*   김덕민(金德民): 김가기의 아들이다. 김덕민은 신식(申湜)의 딸인 신씨 부인과의 사이에 딸 하나를 두었고, 1600년 3월에 오희문의 둘째 딸을 재취로 맞아 5남 2녀를 두었다.

◎ ─ 4월 5일

이언실(李彦實)의 사내종 윤석(允石)이 떠돌다가 보령에 머물고 있는데, 생숭어 2마리를 사 가지고 와서 바쳤다. 줄 만한 물건이 없어서 겨우 막걸리 두 그릇을 먹여 보냈으니 안쓰럽다.

전날에 참봉(오윤겸)이 사내종 막정을 데리고 공산(公山)으로 갔다가 그길로 막정을 회덕(懷德)으로 보냈더니, 회덕 현감 남군실(南君實)이 마침 진중(陣中)에서 현으로 돌아왔다가 둔조(屯租)* 1섬, 백미와 상미(常米) 각 3말, 보리쌀[牟米] 4말, 메주[末醬] 5말을 주어 보냈다. 참봉(오윤겸)에게도 똑같이 보냈는데 메주만 빠졌다. 이같이 쇠잔한 고을에서 있는 힘껏 도와주니, 아무리 절친한 사이라지만 정이 두텁지 않다면 이렇게 할 수 있겠는가.

본주(홍주)의 환자[還上]*를 얻기 위해 두 사내종을 화성창(火城倉)에 보냈더니, 매조미쌀[糙米]* 1섬과 전미(田米)* 1섬, 팥 10말을 받아 왔다. 매조미쌀은 참봉(오윤겸)의 장모 집으로 보내고, 전미(田米)와 팥은 절반을 나누어 참봉(오윤겸) 집으로 보냈다. 전날에 양식이 다 떨어져서 참봉(오윤겸)이 직접 홍양에 가서 목백에게 청해서 첩을 받아 왔는데, 오늘에서야 비로소 받은 것이다.

3일에 생원(오윤해)이 서천(舒川)에 있는 처가의 농막에 갔다. 그 사

....

* 둔조(屯租): 둔전(屯田)의 벼이다. 둔전은 각 진(鎭), 주(州), 부(府), 군(郡), 현(縣), 역(驛) 등에 딸린 논밭으로, 관둔전(官屯田)이라고도 한다.
* 환자[還上]: 환곡(還穀). 조선시대의 구휼제도 가운데 하나로, 흉년 또는 춘궁기에 곡식을 빌려 주고 풍년 때나 추수기에 되받던 일 또는 그 곡식을 말한다.
* 매조미쌀[糙米]: 왕겨만 벗기고 속겨는 벗기지 않은 쌀이다.
* 전미(田米): 밭벼의 쌀이다.

내종의 집이 머물 만한 곳인가를 보고 그 참에 전답에서 수확한 것이 지금 얼마나 있는지 추심하려고 했는데, 겨우 1섬이 있다고 한다. 전에 들었을 적에는 27섬이라고 했는데 요역(徭役)*에 모두 썼다고 핑계를 댔다고 한다. 그 집은 또 사방 울타리가 다 뜯기고 사방 벽도 허물어져 잠잘 방이 몹시 좁을 뿐만 아니라 마루가 없어서 더운 여름날에는 지낼 수 없다고 했다. 매우 안타깝다. 참봉(오윤겸)이 오기를 기다려 의논해서 처리할 생각이다.

생원(오윤해) 처가의 계집종 끗복이 여기에 온 지 오래지 않아 또 병이 났다. 지금 8, 9일이 되었는데도 여전히 차도가 없다. 홍역 신(神)을 이 때문에 또 보내지 못하여 한집안 일에 지장이 많으니 걱정이다. 생도미 1마리를 생원(오윤해)이 가지고 왔다. 이튿날 생원(오윤해)을 불러다가 함께 끓여 먹었다.

남군실의 편지를 보고 첨사(僉使) 남문중(南文仲) 형 및 일가의 처첩(妻妾)이 조카 남응온(南應溫) 삼부자, 모제(母弟) 남경덕(南景德), 첨정 형의 사위 이려(李礪) 및 그 매부 이응기(李應箕) 등과 함께 당초 모두 흉적에게 죽임을 당했음을 비로소 알게 되었다. 한집안의 화가 이런 지경에 이르렀다니, 애통하고 참혹함을 견디지 못하겠다. 문중 형은 비록 먼 시골에 살지만 벼슬살이를 하느라 한양에 오래 있었기 때문에 정이 매우 두터웠다. 남응온의 두 아들은 나이가 모두 열두세 살인데, 형제가 모두 총각으로 시를 제법 잘 지었다. 내가 작년 봄에 그곳에 가 있었을 때 그들에게 시를 짓게 했더니 기발한 글귀가 많았다. 용모도 단정

....

* 요역(徭役): 나라에서 백성의 노동력을 무상으로 징발하던 수취제도이다.

하고 우아해서 내가 애지중지했고 남들도 신동이라고 칭찬했는데, 지금 모두 참혹한 화를 당했다는 소식을 들으니 더욱 몹시 애통하다.

또 들으니 문중 형이 온 집안사람을 데리고 깊은 산의 석굴 속으로 들어갔는데, 적이 와서 굴속을 수색할 때 많은 사람을 쏘아 죽였고 많은 사람을 데리고 와서 포위하여 노소(老少) 할 것 없이 모조리 죽였다고 한다. 또 찰방 이여인(李汝寅)*이 연로한 어머니를 모시고 온 집안의 형제와 노소를 거느리고 작년 겨울에 회덕에 있는 그의 외가 농촌에 와서 머물렀다. 그는 나에게는 처사촌이 된다. 이웃에 살면서 아침저녁으로 서로 만나 매우 가깝게 지냈는데, 온 집안이 모두 화를 면하고 살아서 고향으로 왔다는 소식을 듣고 온 집안이 몹시 기뻐했다.

막정이 돌아오자 아내가 그편에 천안으로 편지를 보내 안부를 물었고, 그쪽에서도 우리 사내종을 보고 모두 반갑게 맞아 주었다. 천안(天安) 수주(嫂主, 형수)*는 슬픈 눈물을 참지 못하고 또 답장을 써서 보냈다. 또 천안 양서모(養庶母)가 도로 한양으로 돌아갔는데, 어떤 이는 굶어 죽었다고 하고 어떤 이는 피살당했다고 하니 매우 불쌍하다.

◎ ― 4월 6일

아침을 먹고 사포 숙부를 뵙기 위해 말을 타고 나섰다. 그길로 김찰방(金察訪)을 찾아뵙고 그 참에 숙부도 뵈었다. 김정 형은 오늘 새벽

....

* 이여인(李汝寅): 이빈(李賓, 1547~1613). 자는 여인이다. 오희문의 처사촌으로, 오희문의 장인인 이정수(李廷秀)의 조카이다.
* 천안(天安) 수주(嫂主): 은진 송씨(恩津宋氏, ?~1597). 오희문 아내의 친정 작은어머니이다. 작은아버지 이정현(李廷顯, 1524~1591)이 천안 군수를 지냈기 때문에 이렇게 부른 것이다. 이여인은 은진 송씨의 아들이다.

에 호남 고부(古阜)에 있는 사내종의 집으로 가서 그곳에서 살 만한지 살펴본 다음에 온 집안사람들을 데리고 옮길 계획이란다. 진사 윤민헌과 김극의 새 매부 김점(金漸)을 초대하여 이야기를 나누었다. 오는 길에 생원 이익빈과 이광복을 찾아가 만났다. 또 생원 이광축과 주부 장응명을 불렀더니, 이미 행랑에 와서 소년들과 정도(政圖)*를 놓고 있었다. 함께 이야기를 나누다가 돌아왔더니 해가 벌써 중천에 떠 있었다.

저녁에 보령 현감이 전날에 참봉(오윤겸)에게 주었던 물건을 싣고 왔다. 물건은 중미(中米)* 1섬, 콩[太] 10말, 조개젓[蛤醢] 1항아리, 절인 숭어 3마리였다. 온 사람이 가지고 있던 아홉 되들이 뒷박으로 되어 넣었는데도 오히려 3, 4되가 모자랐다. 이곳에 있는 뒷박으로 다시 되었더니 쌀 1섬이 13말 3되이고 콩 10말은 8말 8되였다. 약과는 꿀이 없어서 만들어 오지 못했다고 했다. 쌀 1말과 콩 1말은 반드시 훔쳐 먹은 것이다. 그러나 답장은 그 숫자대로 써서 보냈다.

◎ ― 4월 7일

사내종 금손(今孫)이 결성에서 왔다. 환자는 받아서 생원 한효중(韓孝仲)*의 집에 맡겨 두었다며 건어(乾魚) 3마리만 가져와 바쳤다. 전날 참봉(오윤겸)이 들으니, 결성 땅은 한효중의 선대에 입안(立案)을 받아

....

* 　정도(政圖): 승관도(陞官圖), 승경도(陞卿圖), 종정도(從政圖), 종경도(從卿圖)라고도 한다. 옛날 실내오락의 일종이다. 넓은 종이에 벼슬 이름을 품계와 종별에 따라 써 놓고 5개의 모가 난 주사위를 굴려서 나온 끗수에 따라 관등을 올리고 내린다.
* 　중미(中米): 품질이 중간쯤 되는 쌀이다.
* 　한효중(韓孝仲): 1559~1628. 1590년 증광시에 생원으로 입격했고, 1605년 증광시 문과에 급제했다.

둔 곳이란다.[*] 토정(土亭) 이지함(李之菡)이 차지했다가 그 뒤에 토정이 주인 있는 땅이라는 말을 듣고 즉시 주인에게 돌려주었는데, 한씨 집에서도 그가 공력을 들인 곳이니 뺏을 수 없다고 하며 피차가 서로 미루어 놓고 있는 땅이어서 한씨 집에서 참봉(오윤겸)에게 갈아먹도록 했단다. 그래서 참봉(오윤겸)이 결성 현감(結城縣監)을 알지 못하므로 찰방 김가기(金可幾)를 통하여 종자로 쓸 환자를 청한 것이다. 그랬더니 결성 현감이 즉시 첩을 써서 벼[租] 3섬, 감장 2말, 건어 3마리를 보냈으므로, 금손을 보내서 받아 온 것이다.

오후에 윤함이 보령에서 왔다. 그저께 윤함의 처삼촌이 윤함을 보자고 했기 때문에 보령에 갔다가 오늘 돌아온 것이다. 윤함이 이운(李運)을 만나서 들으니, 생원 조관(趙瓘)이 지난달 8일에 강도로 돌아가다가 중도에 적에게 죽임을 당했다고 한다. 놀랍고 애통함을 금할 수 없다. 조관은 내 처사촌으로 어려서부터 매우 가깝게 지냈는데, 지금 억울하게 죽었다는 말을 들으니 더욱 애통하다. 이운은 조관의 매부로 난을 피해 보령에 와서 머물고 있었는데, 조관이 강도로 돌아갈 적에 그처자가 나왔다는 말을 듣고 가서 만나 보고 돌아온 것이다.

◎ ― 4월 8일

아침 식사 후에 찰방을 찾아갔더니 청양(靑陽)에 갔다고 한다. 청양

....

[*]　입안(立案)을……곳이란다: 입안은 관에서 발급하는 증빙 기능의 공문서이다. 개인의 청원에 따라 증명, 허가, 판결 등의 효력을 가진다. 땅에 대해서 입안을 받아 두었다는 것은, 해당 토지에 대해 매매나 상속이 발생했을 때 취득자가 관에 공증을 받기 위해 입안을 신청했고 관에서 해당 사실의 진위 여부를 조사하여 소유 사실을 공증해 주었다는 의미이다. 최연숙, 「조선시대 입안에 관한 연구」, 한국학중앙연구원 박사학위논문, 2005.

현감 임순(任純)이 부사에게 장형(杖刑)을 받았다기에 위로하기 위해서라고 한다. 그래서 윤함과 시냇가 정자 아래 물가에 나갔더니 생원(오윤해)도 왔다. 그물을 가져다 물을 막고 펼쳐서 겨우 조그만 물고기 10여 마리를 잡았다. 조금 있자니 찰방의 아들 김덕민이 나와서 어린아이들을 시켜 물고기를 잡게 하여 또 2마리를 잡았다. 우습다. 저녁에 김찰방이 찾아왔다.

지난 1월에 내가 병에 걸려 몹시 고생하고 있을 적에 들으니, 명나라 장수 제독(提督) 이여송(李如松)이 기성(箕城, 평양)에 들어가서 점령하고 있는 적을 공격하여 거의 다 도륙했고, 나머지 적들이 한양으로 달려가는 것을 군사를 거느리고 추격하자 개성(開城)에 있던 적이 절로 무너져 달아났다고 했다. 병중에 이 소식을 듣고 기쁨을 가누지 못했다. 얼마 되지 않아 한양을 수복할 것이라고 생각했는데, 이 두 고을을 회복하고 난 지금까지도 도성에 들어가서 적을 공격했다는 소식을 듣지 못했다. 적은 사방에 있던 적들을 다 모아 모두 한양에 모여서 굳게 지키고 가지 않고 있으며, 두 왕자 및 김귀영(金貴榮),* 황정욱(黃廷彧)*을

:·······

* 김귀영(金貴榮): 1520~1593. 임진왜란이 일어나 천도 논의가 있자 이에 반대하면서 한양을 지켜 명나라의 원조를 기다리자고 주장했다. 결국 천도가 결정되자 윤탁연(尹卓然)과 함께 임해군(臨海君)을 모시고 함경도로 피난했다가, 회령에서 국경인(鞠景仁)의 반란으로 임해군, 순화군(順和君)과 함께 왜장 가토 기요마사(加藤淸正)의 포로가 되었다.

* 황정욱(黃廷彧): 1532~1607. 임진왜란이 일어나자 호소사(號召使)가 되어 왕자 순화군을 배종(陪從)해 관동으로 피신했고 의병을 모집하는 격문을 돌렸다. 그러나 왜군의 진격으로 회령에 들어갔다가 국경인(鞠景仁)의 모반으로 왕자와 함께 포로가 되어 안변의 토굴에 감금되었다. 이때 왜장 가토 기요마사로부터 선조에게 보내는 항복 권유문을 쓰도록 강요받아 처음에는 거절했으나 그의 손자와 왕자를 죽이겠다는 위협을 받고 아들 황혁(黃赫)이 대신 썼다.

한양으로 데려가 인질로 삼고 스스로 강화(講和)를 청하고 있다고 한다. 그 간사한 계략을 헤아릴 수가 없다.

만일 명나라 수군이 실제로 대마도(對馬島)를 공격했다면, 적들은 반드시 돌아가 구원하기에도 겨를이 없었을 게다. 그런데 아직도 한양을 점거하고 태연히 돌아가지 않고 있으니, 그 사이의 허실을 알 수가 없다. 다만 우리나라의 여러 장수는 사방을 빙 둘러 지키면서 명나라 군사만 믿고 한 번도 적진에 들어가 공격하지 않은 채 어영부영 시간만 보내다가 이미 농사철이 지났다. 경상도부터 경기에 이르기까지 백성이 제대로 살 수가 없어 각자 모두 도망해 숨어 있고, 전라도와 충청도에는 걸식하는 자가 헤아릴 수 없을 만큼 많고 굶어 죽은 시체가 길에 널브러져 있는 것 또한 헤아릴 수 없을 만큼 많다. 농사가 제때를 잃으면 내년 봄을 기다릴 필요도 없으니, 두 도(道)의 백성이 반드시 하나도 남지 않을 것이다. 그런데 발분하여 구원하는 자가 한 사람도 없으니, 만일 명나라 군사가 없다면 나라가 장차 망하는 것을 보고도 구원하지 않을 것인가.

전라도와 충청도가 적에게 함락되지 않았으니, 회복할 수 있는 근본은 오직 여기에 달려 있다. 그런데 백성은 요역에 고통받으면서 창을 메고 적의 경계에서 보루를 지키거나 여러 진영에 군량을 져다 날라 주느라 길을 잇고 있다. 거기에 또 조도어사는 2년치 공물을 납부하라고 독촉하고 독운어사(督運御史)*는 명나라 군사의 양식을 수송하라고 재촉하는데, 여러 고을을 순행하면서 재촉이 성화와 같고 매질이

....

* 독운어사(督運御史): 세금이나 곡식, 군량미 등의 수송을 감독하는 어사이다.

이어져서 목숨을 잃는 자가 또 많다. 여러 고을의 저축이 바닥이 났고 또 해마다 주는 환자도 주지 않으니, 백성이 어찌 곤궁하고 떠돌지 않겠는가.

또 여러 곳의 소모관(召募官)이 자칭 어사라고 하면서 여러 고을을 순행하므로, 여러 고을에서는 그 지공(支供)*을 견디지 못한다. 조금이라도 여의치 않으면 모욕이 수령에게까지 미치고 계속해서 매질을 하니, 어찌 관리가 괴로워하며 도망쳐서 흩어지지 않겠는가. 이 때문에 전라도와 충청도의 백성도 버티지 못하여 한 마을에 열에 아홉 집이 비어 있는 경우가 자못 많다. 만일 수천 명의 적이 기세를 타고 호남과 호서에 쳐들어온다면, 누가 능히 이를 막겠는가. 이렇게 되면 전라도와 충청도도 반드시 적들의 수중에 떨어지고 말 것이다. 아아, 급하고 위태롭도다. 만일 전라도와 충청도를 잃는다면, 우리는 머리를 풀어헤치고 오랑캐 옷을 입게 될 것이다.

◎ ― 4월 9일

사내종 막정이 대홍에 가서 쌀 10말, 콩 10말을 실어 왔다. 의병장 김탁(金琢)의 종사관 봉사(奉事) 한교(韓嶠)는 참봉(오윤겸)의 친구인데, 전에 내가 머물고 있는 곳에 와서 참봉(오윤겸)을 만났다. 마침 참봉(오윤겸)이 흑각(黑角, 검은 무소뿔)으로 만든 새 활이 있어서 팔려고 했는데, 한교가 이것을 보더니 군대 안에 활이 없으니 자기가 사고 싶다며

....
*   지공(支供): 사신이나 감사(監司)가 지나가는 고을에서 이들을 맞이하는 데에 필요한 전곡(錢穀)이나 역마(驛馬) 등을 공급하는 일을 말한다.

가지고 갔다. 그저께 사람을 보내서 나에게 사내종과 말을 보내 달라고
하더니, 군관 최륜(崔崙)이라는 사람을 시켜서 대흥의 부잣집 원납곡(願
納穀)*을 보내 주었다. 매우 다행이다.

오후에 간성령(扞城令)이 내가 머물고 있는 집에 찾아왔다. 간성령
은 본래 한양 대정동(大井洞)에 살았는데, 그곳은 관동(館洞)과 이웃해
있다. 지금은 비록 남대문 밖 처가에 가 있지만, 그때는 계속해서 그 형
을 찾아가 만났다. 그의 두 형은 공성수(功城守)와 의성 도정(義城都正)
으로, 나와 교분이 두텁다. 서로 만난 지가 오래인데 오늘 찾아오니 매
우 기쁘고 위로가 된다. 술을 사다가 세 그릇을 대접하여 보냈다. 윤함
의 처삼촌 강신윤(姜愼胤)이 보령 처가에서 대흥의 농사로 가는 길에
지나다가 윤함을 만나 점심을 먹고 돌아갔다. 간성령도 난을 피하여 보
령에 있는 인친(姻親)의 집에 와서 우거하고 있다.

◎ ― 4월 10일

종일 비가 내렸다. 저녁에 참봉(오윤겸)이 공주(公州)에서 왔는데,
공주 목사가 백미 2말, 중미 5말, 찹쌀 1말, 참깨 2말, 들깨[水荏] 2말,
진맥(眞麥, 밀) 3말, 팥 2말, 밀가루[眞末] 2말 등을 보내 주었다. 통판 이
간(李偘)이 보내 준 백미 5말, 중미 5말, 찹쌀 5말, 참깨 5말은 받아서
정산(定山)의 사내종 가이지(加伊知)의 아비 집에 맡겨 두었고, 꿀[淸蜜]
3되, 참조기 2뭇, 소고기 포[牛脯] 2접, 소주 2병, 말린 숭어 2마리는 가

....

* 　원납곡(願納穀): 흉년 또는 전란으로 인하여 곡식이 모자랄 때 부유한 백성이 스스로 원하여
　납부하는 곡식을 말한다.

지고 왔다. 또 부사가 홍주와 덕산(德山) 두 고을에 백미 각 1섬, 밀 각 1섬, 소금 각 10말, 감장 3말, 건어 5뭇을 지급하라고 지시한 관문(關文)*을 보냈다고 한다. 이렇게 되면 보리가 나기 전까지 굶주림을 면할 수 있겠다.

공주 목사의 성명은 나급(羅級)*이다. 내가 소년 시절에 도성사(道性寺)에서 공부할 때 나공(羅公)도 그곳에 와 있어서 서로 안 지가 오래되었고 참봉(오윤겸)하고도 서로 가까운 사이이다. 또 부여에서 보내 준 벼 2섬, 백미 3말, 두(豆) 2말, 뱅어젓[白魚醢] 3되도 가이지의 집에 실어다 두었다.

◎ ─ 4월 11일

찰방이 우리 부자를 초대했기에 아침을 먹고 참봉(오윤겸), 생원(오윤해)과 함께 걸어서 갔다. 찰방이 꿩 잡는 사람을 불러다가 꿩을 잡게 했는데, 마침 큰 노루가 산 중턱의 풀 속에 자고 있어서 한 발을 쏴서 가슴을 관통시켜 쓰러뜨렸다. 즉시 잡아서 간은 날로 먹고 고기는 구워서 점심으로 먹었다.

윤함이 그의 처삼촌과 함께 그저께 대흥에 가서 자고 진사 양응락(梁應洛)*이 피난 가 있는 곳을 방문했는데 지금까지 돌아오지 않는다. 양공(梁公)은 곧 윤함과 가까운 동네에 살았던 젊은이로, 윤함과 몹시

....

* 관문(關文): 상급 관청에서 하급 관청으로 보내는 문서이다. 동급 관청끼리도 서로 주고받을 수 있었다.
* 나급(羅級): 1552~1602. 임진왜란 중에 한산 군수, 공주 목사를 지냈다.
* 양응락(梁應洛): 1572~1620. 병조정랑, 회천 군수, 평산 현감 등을 지냈다.

친한 친구이다. 그가 이곳에 와 머물다가 부인이 죽었다는 말을 들었기 때문에 만나 보고 조문하려는 것이다.

◎ ― 4월 12일

늦은 아침에 참봉(오윤겸)과 생원(오윤해)이 찰방의 집에 가서 활을 쏘았다. 윤함이 대흥에서 돌아오면서 벼 5말과 보리 5말을 싣고 왔다. 윤함의 처삼촌이 준 것이라고 한다. 나도 점심 식사 후에 찰방의 집에 갔더니, 참봉(오윤겸)이 그 처의 서얼조카[孽甥] 이박(李泊)과 함께 활을 쏘고 있었다. 참봉(오윤겸)의 동서인 성민헌(成民憲)도 왔다. 찰방이 물만밥[水飯]을 대접했으나 나는 이미 먹었으므로 사양했다. 오후에 우리 집에서 출당화(黜堂花) 화전(花煎)을 부쳐서 가져왔기에 함께 먹었다.

◎ ― 4월 13일

아침 식사 후에 참봉(오윤겸)이 보령에 갔다. 김포(金浦) 정엽(鄭曄)*과 진사 이희삼(李希參)을 만나기 위해서였다. 생원(오윤해)이 윤함과 함께 시냇가로 나가기에 나도 뒤따라가서 송노(宋奴)를 시켜 그물을 치게 해서 회를 쳐 먹을 만한 물고기 수십 마리를 잡았다. 생원(오윤해)의 처에게 회를 뜨게 해서 시냇가에 앉아 두 아이와 함께 먹고 추로주(秋露酒)*한 잔을 마시고 돌아왔다. 돌아올 때 찰방을 찾아가 보았다. 찰방

....

* 　정엽(鄭曄): 1563~1625. 임진왜란 때 공을 세워 중화부사가 되었다.
* 　추로주(秋露酒): 가을철에 내린 이슬을 받아 빚은 청주(淸酒)를 말한다.《산림경제(山林經濟)》〈치선(治膳)〉에 "가을 이슬이 흠뻑 내릴 때 넓은 그릇에 이슬을 받아 빚은 술을 추로백(秋露白)이라 하니, 그 맛이 가장 향긋하고 콕 쏜다."라고 했다. 추로백을 추로주라고도 한다.

은 내일 본도 순찰사의 진(陣)에 간다고 한다. 저녁에 결성 현감이 광어 1마리, 쌍어(雙魚) 2마리, 오징어 3마리를 참봉(오윤겸)에게 보내왔다. 결성 현감의 성명은 김응건(金應健)*이라고 한다.

◎ — 4월 14일

종일 비가 내리더니 오후에는 또 바람이 불었다. 생원(오윤해)의 처가 어제부터 앓아누웠는데, 온몸에 붉은 좁쌀만한 것이 돋았다고 한다. 매우 걱정스럽다. 저녁에 참봉(오윤겸)이 보령에서부터 비를 맞고 돌아왔는데, 우비[雨且]가 없어서 사내종의 옷이 다 젖었다.

◎ — 4월 15일

생원(오윤해)의 처가 병이 났는데, 오늘부터는 몹시 심하다. 저물녘에 생원(오윤해)의 양모와 몽임이 피해 왔는데, 이 집 앞에 사는 늙은이의 작은 움막을 빌려서 우선 수삼 일을 지낸 뒤에 이리로 올 계획이라고 한다. 다만 병세가 이렇게까지 낫지 않고 있으니, 끝내 어떨지 모르겠다. 생원(오윤해)은 제 처의 병을 돌보느라고 나오지 못하고 있다. 몹시 답답하고 근심스럽다.

조도어사 이강중(李剛仲)이 순행하다가 청양에 도착하였기에 사람을 보내서 안부를 물었다. 그런데 그편에 백미 3말, 팥 2말, 감장 2말을 보내 주었으니 매우 감사하다. 또 청양 현감이 백미 3말, 전미(田米) 5

....
* 　김응건(金應健): ?~1593. 결성 현감으로 있을 때 임진왜란이 일어나자 병사를 모집하고 훈련시켜 진주성으로 들어가 왜적과 싸웠고 성이 함락될 때 전사했다.

말, 팥 5말, 유기(柳器) 1벌[部], 사발(沙鉢) 1죽(竹), 접시(貼是) 2죽, 간장 2되를 참봉(오윤겸)에게 보내 주니 더욱 감사하다.

참봉(오윤겸)의 말종 김엇동(金旕同)이 지난번에 부사가 홍주와 덕산에 제급해 주었던 물건을 받아 오기 위해 오늘 들어갔더니, 덕산에서 백미 1섬, 진맥 1섬, 감장 3말을 실어 보냈고 소금과 건어는 저축해 둔 양이 없다는 핑계로 보내지 않았다. 홍주에서는 아직 보내오지 않았다. 어사가 때마침 왔기 때문에 그가 떠나기를 기다린 뒤에 보낸다고 했다.

◎ ― 4월 16일

홍주에서 백미 1섬, 진맥 1섬, 소금 10말, 감장 3말을 실어 보냈는데, 건어는 보내지 않았다. 이것은 부사가 제급해 준 물건이다. 다만 쌀과 보리가 각각 반 말씩 줄었으니, 반드시 훔쳐 먹은 것이다.

◎ ― 4월 17일

정자 김자정이 우상(右相) 심수경(沈守慶)*의 종사관으로 홍양에 와 있다가 오늘 낮에 찾아와서 여기에서 유숙했다. 관에서 제공하는 점심밥을 차례로 바치고 돌아갔다. 자정과 윤겸이 활쏘기를 했다. 저녁에 참봉(오윤겸)의 중방(中房)* 응연(應淵)이 찾아와 인사하면서 소금에 절인 조기 3뭇을 바쳤다. 응연은 봉선전(奉先殿)*의 사내종인데, 이곳에서

....

* 심수경(沈守慶): 1516~1599. 경기도 관찰사와 대사헌 등을 거쳐 1590년에 우의정에 오르고 기로소에 들어갔다. 임진왜란이 일어나자 삼도체찰사가 되어 의병을 모집했으며, 이듬해 영중추부사가 되었다.
* 중방(中房): 수령을 시종하는 노복이다. 중방 노자(中房奴子)라고도 한다.
* 봉선전(奉先殿): 광릉 남쪽에 있는 봉선사 내에 세워진 세조(世祖)의 사당이다.

떠돌아다니고 있다. 생원(오윤해)의 처가 어제부터 차도가 있어서 오늘은 음식을 조금 더 먹었고 달리 아픈 곳은 없다고 한다. 아무래도 감기에 걸렸던가 보다. 기쁘다.

◎ ― 4월 18일

이른 아침에 자정이 예산으로 돌아갔다. 참봉(오윤겸)도 결성의 생원 한효중이 머물고 있는 집으로 갔다. 금손이 만들어 놓은 논을 보고자 해서이다.

◎ ― 4월 19일

저녁에 찰방의 아들 김덕민이 찾아왔다. 소매 속에 종이 하나를 가지고 왔는데, 찰방이 직산(稷山)의 순찰사의 진중에 있으면서 조정의 소식을 써서 보낸 것이었다. 그 글의 내용은 다음과 같다.

좌상(左相) 윤두수(尹斗壽)의 서장(書狀)

―

신이 이번 달 9일에 의주(義州)에 도착했는데, 날이 저물어서 이름을 전하지 못했습니다. 10일에 조패(早牌)*로 자문(咨文)*을 올리고 이름을 전하자, 경략(經略) 송응창(宋應昌)*이 월대(月臺)*의 계로(階路)에서 예를 행하는

....

* 조패(早牌): 아침에 관문을 통과하는 패문(牌文)이다. 이와 반대로 저녁에 통과하는 패문은 만패(晚牌)라고 한다.
* 자문(咨文): 중국과 주고받던 외교문서의 하나이다.
* 송응창(宋應昌): 1536~1606. 명나라의 관료이다. 임진년(1592)에 조선에 파견된 명군을 총괄하는 경략(經略)의 직책을 맡은 뒤 계사년(1593) 3월에 압록강을 건너 안주(安州)에 주둔하였다. 제독 이여송과 함께 일본군을 격퇴하고 평양, 개성, 한양을 수복했다.

것을 허락하고 즉시 관아 안의 동쪽으로 나오도록 했습니다.

이에 신은 무릎을 꿇고 홍수언(洪秀彦) 등을 시켜 국왕이 전차(專差)*하여 문안하는 것을 고하도록 했더니, 경략이 소매를 들어 "고맙소. 국왕은 지금 어디 계시오?"라고 물었습니다. 대답하기를, "지금 숙녕(肅寧)*에 계시면서 노야(老爺)께서 오기를 기다리고 계십니다."라고 했습니다. 경략이 말하기를, "청컨대 국왕께서는 돌아가서 군무(軍務)를 처리하시도록 하오. 일을 끝내고 돌아오는 날 마땅히 평양에서 뵐 것이니, 지금은 뵐 필요가 없소."라고 하고 신에게 차를 마시게 했습니다.

이에 신이 품첩(稟帖)을 올리자, 경략이 다 보고 나서 홍수언, 표헌(表憲), 남호정(南好正)*을 불러 앞으로 나와 무릎을 꿇게 하고 분부하기를, "바쁘게 서두르지 말라. 나에게 스스로 생각이 있다. 작년 가을에 원병(援兵) 계획을 실행하느라 1천여 냥의 은(銀)을 허비했다. 그때는 내가 오지 않았고 대장 이여송도 오지 않아서 병마가 정돈되지 못했고 전투 도구도 갖추어지지 않았다. 만일 계획을 세워 구원하지 않으면 왜적이 두 달 사이에 연이어 삼경(三京)*을 함락시키고 함경도로 깊숙이 들어갈 것이니, 평양의 적이 어찌 의주로 들어가지 않겠는가.

나는 9월 21일에 북경(北京)을 떠나 10월에 요동(遼東)에 와 머물렀으나 그때는 아직 계획이 정해지지 않았다. 제독 이여송의 병마와 기계를 기다렸는데 이미 준비되었다고 하기에, 군사를 출발시켜 12월 26일에 압록강을 건너고 1월 8일에 평양을 공격하여 북을 한번 울려서 평정했다. 용병(用兵)은 신속함에 달려 있으므로 형세를 타고 전진해서 열흘 사이에 연

....

* 월대(月臺): 궁궐의 정전(正殿)과 같은 중요한 건물 앞에 놓이는 방형의 넓은 대이다.
* 전차(專差): 긴급한 일에 특별히 차임하여 보내는 행위 또는 보내는 사람을 말한다.
* 숙녕(肅寧): 평안도 숙천부(肅川府) 서쪽에 있다.
* 홍수언……남호정(南好正): 모두 역관이다.
* 삼경(三京): 남경(南京)인 한양, 중경(中京)인 개성, 서경(西京)인 평양을 말한다.

이어 황해, 개성, 경기 등지를 회복했으니, 어찌 아름다운 일이 아닌가.*
기계와 병장기가 이미 갖추어졌다고 하면 장수와 군사의 마음이 반드시
교만해질 것이라고 생각해서, 곧바로 이제독에게 서신을 보내 '개성과 임
진(臨津) 등지에 잠시 주둔해서 병마가 쉴 수 있도록 하고 다시 병장기를
준비해서 기회를 봐서 전투에 나아가야 한다.'라고 했다. 그런데 이제독
(李提督)은 내 말을 받아들이지 않고 경솔하게 벽제(碧蹄)까지 나가 싸우다
가 큰일을 그르쳤다.*

즉시 돌아온 후에 매양 말하기를, '식량과 마초가 넉넉하지 않고 길이
질척거려서 싸우기가 어려우며 사람과 말이 모두 지쳤다. 양경(兩京)을 회
복시켰으니 속국을 구원하는 것은 이만하면 족하다.'라고 하면서 여러 번
철군(撤軍)을 청했다. 그러나 나는 '내가 받은 성천자(聖天子)의 명령은 오
로지 조선을 평정하여 수복시키는 것이니 경솔하게 돌아갈 수 없다.'라고
하고 굳게 거절하여 허락하지 않았다. 그리고 이러한 뜻을 글로 써서 마
초와 군량과 병마를 청했더니, 성천자께서는 성지(聖旨)를 내려 말하기를,
'병부(兵部)와 호부(戶部)에서 속히 돈과 양곡을 마련해 주어 힘을 합하여
적을 쳐서 서둘러 왜구를 평정하라.'라고 하셨다. 이 문서는 베껴 보내서
국왕도 보시게 했다.

이후로는 철군하자는 말을 꺼내지 않았지만 장수가 늙고 병사가 궤멸
되어 사람들이 싸울 의지가 없다고 하므로, 내가 부득이 지친 병사를 가

....

* 제독……아닌가: 1593년 1월 6일부터 3일간에 걸쳐 전개된 평양성 전투를 말한다. 이여송
군의 4만 병력 외에 도원수 김명원 휘하의 조선 측 병력 8천 명이 가세하여 치러졌다. 이 전
투로 평양성에서 왜군을 완전히 제압하고 평양을 수복했으며, 이어서 개성을 탈환하고 평
안, 황해, 경기, 강원 4도를 아울러 회복했다.

* 이제독은……그르쳤다: 벽제관 전투에서 크게 패한 것을 말한다. 이여송은 평양성을 탈환한
직후에 도망치는 왜군을 추격하여 개성을 거쳐 1월 26일에 파주 부근까지 남하했다. 1월 27
일에 대군을 뒤에 남겨 두고 정예기병만을 이끌고 혜음령에서 벽제관으로 이어지는 방향으
로 진격했다가 벽제관 부근에 매복해 있던 왜군에게 참패를 당했다. 이여송은 이 전투에서
낙마하여 부상을 입었다.

려내어 안주(安州)와 정주(定州) 등지에 나누어 있게 함으로써 군량과 마초에 여러 모로 편리하도록 했다. 유정(劉綎)*의 군사도 오래지 않아 당도할 것이요 후군(後軍)도 계속해서 나오고 있다. 그 군사는 모두 정예병으로, 수가 1만이다. 또 대진(大津), 산동(山東), 등주(登州)와 내주(萊州), 해주와 개주(蓋州) 등지에서도 군량과 마초 30여 만을 지금 막 운반해 오고 있다. 요동에서 만드는 대포와 화살 등 여러 기구도 이제 이미 완성되어서 병마와 군량과 마초와 기계가 구비되었으니, 관백(關白, 도요토미 히데요시)이 온다고 해도 나는 걱정이 없다.

다만 너희 나라에서 이러한 뜻을 알지 못하고 한갓 빨리 나아가려고만 하니, 만에 하나 일이 잘못되어 우리 군사가 불리해지면 너희 나라뿐만 아니라 중국이 어떻게 되겠는가. 몸이 우물가에 있어야 비로소 우물에 빠진 사람을 구할 수 있는 법인데, 중국의 위엄이 손상되면 다시 해 볼 수 있는 것이 없다. 그러니 너희 나라 군신(君臣)은 '중국을 위하는 것이지 구원병이 아니다.'라고 하지 말라. 중국을 위할 뿐이라면 압록강을 지킬 일이지, 무엇하러 천하의 병사를 움직이고 1백만 냥의 은을 소비하면서 수천 리 밖에까지 원정을 하겠는가. 실로 이는 성천자께서 너희 나라가 2백년 동안 해 온 충순(忠順)한 정성을 가상하게 여겨 이렇게 구원하러 온 것이니, 너희 나라의 일을 끝마친 뒤에야 그만둘 것이다.

하늘에는 사시(四時)가 있고 사람에게는 사덕(四德)이 있어서* 봄에 나서 가을에 죽어 은혜와 위엄이 모두 행해지니, 이것이 곧 천토(天討)*이다.

....

* 유정(劉綎): 1558~1619. 명나라의 장수이다. 계사년(1593) 2월에 보병 5,000명을 이끌고 나왔다가 얼마 뒤에 정왜 부총병(征倭副摠兵)으로 승진하였다. 오래도록 경상도 팔거현(八莒縣)에 주둔하였으며, 갑오년(1594년) 9월에 돌아갔다가 무술년(1598)에 재차 와서 서로(西路)의 왜적을 정벌하였다. 기해년(1599) 4월에 돌아갔다.
* 사람에게는……있어서: 사람의 본성에 간직되어 있는 네 가지 덕으로, 인(仁), 의(義), 예(禮), 지(智)를 가리킨다. 사람은 원래 천도(天道)의 원(元), 형(亨), 이(利), 정(貞)을 받아서 이 네 가지 본성을 갖게 된 것이다. 《주역(周易)》〈건괘(乾卦)〉.

이것을 기다려 움직이는 것이 곧 만전(萬全)을 기하는 것이다. 너희 나라가 이처럼 급하다면, 4월부터 12월까지 8, 9개월 사이에 어찌하여 한 치의 땅도 회복하지 못하고 어찌하여 함경도의 적을 물리치지 못했는가. 중국의 위엄을 한 번 떨친 것으로 몇 달 사이에 두 서울을 회복하고 북쪽까지 올라왔던 적이 도망했으니, 이것이 큰 징험이 아니겠는가.

우리 중국의 아홉 변방이 모두 오랑캐여서 오늘 침입해 오면 이를 토벌하고 내일 공물을 바친다고 하면 이를 허락했다. 이는 다름 아니라 살리기를 좋아하고 죽이기를 싫어하는 마음 때문이니, 천지의 도를 본받은 것이다. 지금 이 왜노(倭奴)를 원망하지 않는 자가 없으니 누군들 남김없이 섬멸하고 싶지 않겠는가마는, 관백이 아직 있고 저들에게는 66주(州)의 무리가 있으니 어찌 다 죽일 수 있겠는가. 저들이 도망한다고 한들 어찌 다시 오지 않으며, 중국 군사가 한 번 철군한다고 해서 어찌 다시 구원하지 않겠는가. 너희 나라는 꺾어지고 깨졌으니 어떻게 저들을 감당하겠는가.

사람을 힘으로 복종시키는 것은 사람을 마음으로 복종시키는 것만 못하다. 저들이 이미 두려워서 화친을 구했으니, 나는 우선 이를 허락해서 영파(寧波)의 옛길*로 은혜에 감복하여 물러가게 하고, 중국 군사 1만이나 혹은 4, 5천을 남겨 두어 요충지를 지키게 할 것이다. 너희 나라 군신이 10, 20년간 와신상담(臥薪嘗膽)하여 장수를 뽑고 병사를 조련하며 돈을 모으고 나라를 부강하게 하여 모든 준비를 하고 군사를 강하게 해서 힘으로 스스로 지킬 수 있게 한 다음에 본군을 잔류해 두고 군대를 철수하면, 싸

....

* 천토(天討): 하늘이 악인을 응징한다는 뜻이다. 임금이 하늘을 대신하여 악인을 토벌하는 것을 이른다. 법관인 고요(皐陶)가 우왕(禹王)에게 건의하면서, "하늘이 죄 있는 자를 토벌하려 하시거든, 왕께서는 다섯 가지 등급의 형벌을 적용하여 그들을 처벌하소서[天討有罪 五刑五用哉]."라고 한 데서 나왔다. 《서경(書經)》〈우서(虞書)·고요모(皐陶謨)〉.

* 영파(寧波)의 옛길: 왜적이 잘 알고 있는 길이라는 뜻이다. 1547년 명나라 세종(世宗) 26년 12월에 왜적이 영파와 태주(台州) 등의 지역을 침범하여 대대적으로 살육을 자행한 일이 있었다. 《명사(明史)》 권18 세종 2년.

우고 지키는 것이 모두 만전을 얻어 보전하는 데에 후환이 없을 것이다.

저들이 조공을 바치는 것을 허락했는데 만약 물러가지 않으면 오직 싸움이 있을 뿐이다. 이때에는 결단코 섬멸하지 못할 리가 없다. -원문 빠짐-너희 나라 군신은 많은 생각을 할 필요가 없다. 또 내가 하는 대로 듣고 -원문 빠짐-너희 나라가 좋아하지 않으면 일거에 격퇴하고 바로 회군하는 것을 내 어찌 못하겠는가. 나는 늦고 빠른 것에 구애받지 않고 너희 나라의 장구하고 원대한 계획을 위하는 것이다. 당초에 4만의 군사에게 두 달 동안 필요한 군량과 마초를 준비했으니, 어찌 번번이 너희 나라에만 책임 지라고 하겠는가. 중국의 군량과 마초는 스스로 계속해서 보급하고 있으니, 허비할 것을 걱정하지 말라.

또 내 이미 낙상지(駱尙志)로 하여금 솜씨 좋은 노공(爐工) 10명을 시험해 보고 국왕께 보내서 은, 연, 동, 철을 녹여 제조하여 부국(富國)의 밑천으로 삼게 했다. 장인이 도착하는 날 국왕께서 그들을 후하게 대우하여 그에 힘입는다면, 대대로 그 이익을 많이 얻어 의식(衣食)이 저절로 풍족해지고 백성의 힘이 저절로 넉넉해질 것이다. 그렇게 되면 옛 원수에 대한 복수도 늦지 않을 것이다. 오월(吳越)의 10년 만의 복수*와 조충국(趙充國)의 둔전(屯田) 계책*은 모두 때를 기다리고 형세를 타서 한 것이니, 급히 서두를 필요가 없다. 나는 헛소리나 거짓말을 하는 사람이 아니고, 모호

....
* 오월(吳越)의……복수: 춘추시대 월(越)나라의 제2대 왕 구천(句踐)이 오(吳)나라 왕 부차(夫差)와 싸우다가 크게 패하여 회계산(會稽山)에서 굴욕적인 화의(和議)를 체결하고 귀국한 뒤에, 20년 동안 섶나무 위에 눕고 쓸개를 맛본 끝에 부차를 죽이고 오나라를 멸망시켜 회계의 치욕을 씻은 고사가 있다. 《사기(史記)》 권41 〈월왕구천세가(越王句踐世家)〉.
* 조충국(趙充國)의……계책: 조충국은 한 무제(漢武帝) 때부터 흉노(匈奴)를 무찔러 명성을 떨쳤고 선제(宣帝) 때에 영평후(營平侯)에 봉해졌다. 선제 때 강족(羌族)이 변방을 공격해 오자 70여 세의 고령으로 조서(詔書)를 받들고 금성(金城)으로 파견되었는데, 금성에 이르러서 강족은 계책을 써서 격파해야지 무력으로 격파하기는 어렵다며 둔전 설치에 관한 방책을 올리고 장기간 머물며 둔전을 경영함으로써 적을 항복시키고 큰 공훈을 세워 변방을 안정시켰다. 《한서(漢書)》 권69 〈조충국전(趙充國傳)〉.

하게 회피하는 것을 결코 좋아하지 않는다. 마땅히 옛 땅을 모두 회복하고 뒤탈이 없도록 만전을 기한 뒤에 갈 것이니 걱정하지 말라."라고 했습니다. 또 회답자문(回答咨文)에서 "이미 좌의정을 만나서 명백하게 다 설명했으니, 이제 그 말은 하지 않겠다."라고 했습니다.

신이 홍수언에게, "노야의 명백한 분부를 들으니 우리 군신은 더할 나위 없이 매우 감사하다."라고 고하도록 했습니다. 사배(謝拜)하겠노라고 청하자 경략이 말하기를, "내가 가고 머무는 것에 대해 감사해 할 것 없다. 저녁에 마땅히 연회가 있을 것이니, 오늘은 우선 머물면서 연회를 즐기고 내일 돌아가는 것이 좋겠다."라고 했습니다. 작별하고 나온 후에 깃발 하나를 펼치고 북을 치더니 통사(通事, 역관)들을 불러서 우리나라에 주는 문서를 내보이는데, 경략의 명령인 두 가지 조목이 있었습니다. 통사들이 말하기를, "전에도 비록 서로 만나서 분부한 일이 있었지만 말을 이처럼 분명하게 한 적은 없었다."고 했습니다.

저녁에는 신이 상아[上衙, 관아의 장(長)이 집무하는 곳]에 이르러 연회에 참여했고 중군 참장(中軍參將) 왕승은(王承恩)이 접대했습니다. 이에 통보(通報) 두 장 및 신의 품첩을 모두 베껴서 보내는 사연을 복명하고 위와 같이 아룁니다.

지금 이 글을 보니 분명 강화하려는 것이다. 유격(遊擊) 심유경이 지난 9일에 적진에 들어가서 아직 나오지 않았다고 하는데, 그 까닭을 모르겠다. 이달 보름에 사상공[謝相公, 사용재(謝用梓)], 서재상[徐宰相, 서일관(徐一貫)], 주유격[周遊擊, 주홍모(周弘謨)] 등도 적진에 들어갔는데, 모든 일을 극비에 부쳐 우리나라 사람이 모르게 한다고 한다. 더욱 괴이한 일이다.

이 적들이 우리 8도의 백성을 죽이고 선왕(先王)의 능묘를 파헤치며 종묘와 사직을 불태우고 도성의 백만 인가를 무너뜨려 자신들의 소굴로 만든 지 1년이 되었는데도 조금도 돌아갈 뜻이 없다. 그런데 명나라 장수는 억지로 화친하려고 하니, 천자의 위엄에 크게 손상될 뿐만이 아니다. 우리나라의 불공대천(不共戴天)의 원수를 어느 때에나 갚을 것인가. 탄식한들 어찌하겠는가. 저들이 끝내 어찌할지 알 수 없다.

◎ — 4월 20일

임언복(林彦福)이 제 처자식이 피난 가 있는 곳에서 와서 나를 만나고 그길로 장수로 돌아가기에 아침저녁 밥을 대접해서 보냈다. 저녁에 참봉(오윤겸)이 결성에서 돌아와서 하는 말이, 논으로 만든 곳을 보니 매우 좋은데 이산겸(李山謙)의 형제들이 각각 나누었다고 했다. 지금은 비록 버려둔 곳이지만 끝내는 반드시 되찾을 것이므로 아주 매입하려고 했는데, 그 주인의 뜻이 어떠한지 알 수 없다. 다만 땅이 넓고 사람은 드문데다 버려둔 지 이미 오래이므로, 주인은 반드시 팔려고 할 것이고 값도 반드시 받으려고 할 것이다.

◎ — 4월 21일

임언복이 아침을 먹은 뒤에 장천(長川, 장수)으로 돌아갔다. 임언복은 연전에 내가 읍아(邑衙)에 있으면서 마침 왜적의 변란을 만나 노모와 처자식의 생사를 몰라서 밤낮으로 걱정하며 울 때, 나와 함께 산정(山亭)에서 항시 마주하여 망극한 회포를 조금이나마 달래면서 초여름부터 늦가을까지 떨어진 적이 없었다. 그러다가 나는 지난 겨울에 먼저 돌아왔고 그는 거기서 머물며 오지 않다가 금년 정월에 장천에서 올라와 계당의 내 거처를 지나다가 들렀는데, 내가 마침 병으로 힘들어 하던 때라서 만나지 못했다. 오늘 찾아와 만나고 돌아가니 그 두터운 정을 알 수 있다. 그가 비록 하리배(下吏輩)의 신분이지만 마음은 자못 취할 만한 점이 있어 나도 아주 후하게 대접했다.

또 사내종 막정이 가져온 쌀 10말을 대흥 장시에 보내서 포목을 사 오게 했는데, 받아 온 것이 많이 차이가 나고 사 오라고 시킨 것도 많이 부실하다. 비록 스스로 훔치지는 않았더라도 분명 속은 게다. 매우 괘씸하다. 낮에 몹시 무료하여 시냇가에 가서 사내종에게 그물질을 시켜 물고기를 조금 잡아 생원(오윤해)의 처자식이 있는 곳으로 보냈다. 생원(오윤해)의 양모가 계당으로 돌아왔다. 24일에 송신(送神) 굿을 하기 위해서이다.

◎ ─ 4월 22일

아침을 먹고 세 아들과 함께 걸어서 역 앞 언덕의 느티나무 밑에 가서 김덕민을 불러 함께 앉아 이야기를 나누었다. 조금 있자니 생원 박효제(朴孝悌)*가 이광복과 함께 찾아와서 같이 이야기를 나누다가 오후에 각자 돌아갔다. 저녁에 생원 이익빈이 내가 있는 곳으로 찾아왔다. 갓장이[笠匠]를 불러 내 갓과 참봉(오윤겸)의 갓에 칠을 하게 했다.

◎ ─ 4월 23일

일찍 아침을 먹고 참봉(오윤겸)이 윤함과 함께 부여로 갔다. 정사

....
* 박효제(朴孝悌): 1545~?. 1573년 식년 사마시에 입격했다.

과댁(鄭司果宅)을 뵙기 위해서이다. 참봉(오윤겸)은 그길로 한산(韓山)에 있는 처갓집 사내종의 거처로 가서 그 종의 집이 살 만한 곳인가를 보고 올 게다. 온 집안이 요사이 머물 곳을 옮기기 위해서이다. 또 그저께 사내종 막정과 춘이 등이 말 두 필을 가지고 청양에 가서 땔나무를 베었는데, 말이 보리밭을 함부로 밟아 상하게 해서 밭주인이 두 사내종의 낫을 빼앗았기에 어제 아침에 말종 김엇동을 보내서 찾아왔다.

◎ ─ 4월 24일

무당을 불러 계당에서 송신 굿을 했다. 저녁에 참봉(오윤겸)이 부여에서 돌아왔다. 명나라 군사를 지공하는 일로 여러 고을의 수령들이 모두 진에 나갔기 때문에 한산으로 가지 않고 그대로 돌아온 것이다. 윤함은 박원(朴垣)과 함께 옛 나라의 유적을 유람하느라 뒤에 처졌다고 한다. 첨정 이언실의 서자가 어제저녁에 순천에서 왔는데, 언실이 편지를 보내고 겸해서 부채 2자루를 보내왔다.

명나라 장수가 하달한 문서
─

이 나라가 일본과 깊은 원수 사이인 것을 본부(本府)에서 어찌 모르겠는가. 다만 명나라 조정이 두 나라와 분함을 풀고 전쟁을 그치게 했으니, 스스로 경략 송노야(宋老爺, 송응창)의 약법(約法)을 준수해야 마땅하거늘, 너희는 사사로이 보복하느라 거리낌 없이 멋대로 행동하는 것이 이와 같다. 이는 왜이(倭夷)는 순종하는데 조선이 도리어 반란하는 격이다.

지난해에 왜놈이 쳐들어왔을 때, 이 나라 군신들은 어찌해서 성을 닫아 죽을 각오로 지키지 않고 소문만 듣고 이내 무너져서 종묘사직이 폐허가 되고 임금이 파천하게 했는가. 그때 명나라 조정에서 소방(小邦)을 불쌍하게 여기는 인애(仁愛)를 베풀어 구원하는 군대를 정비하지 않았다면 조선 땅은 왜놈의 차지가 되었을 것이다. 그런데 일찍이 덕에 감동하고 은혜에 보답하여 두 손을 받들어 명령을 따를 생각은 하지 않고 오히려 원수를 갚겠다는 말을 내세워 남아 있는 왜놈을 죽이니, 엎어지고 무너진 나머지야, 또한 부끄러운 일이로다. 더구나 만에 하나 틈이 생기면 그 화가 적지 않음에랴.

바라건대, 해당 도에서는 왜를 죽인 자가 어느 나라 사람인지, 어찌하여 약법을 지키지 않았는지 속히 조사하여 관련인에게 모두 공초(供招)를 받고 부(府)로 보내 살펴서 군법(軍法)으로 처리하라. 만일 다시 애매모호하게 감추어 돌려보낸다면, 해당 도를 일체 연좌하여 처리할 것이다. 이에 격문을 띄우노라.

이것은 곧 명나라 장수가 하달한 문서이거니와, 이번에 명나라 장수가 왜적과 강화하기 위해 명나라 사신이 왔고 또 왜적을 호위하여 갔다고 하니, 매우 원통하고 분하여 죽고만 싶다. 명나라 사신이 호위하여 갈 때 무지한 군사들이 만일 흩어진 적을 쫓아가서 문제를 일으킨다면 신하가 죽는 것은 말할 것도 없고 명나라에 죄를 얻게 되니, 일을 생각해서 세세히 살피지 않으면 안 된다. 군병은 흩어져 가지 말고 각각 그 경계를 지키다가 왜적이 침입해 오면 예전처럼 토벌하되, 명나라 사신이 호송할 때에는 일체 범하지 말라.

이는 경기 순찰사의 관문인데, 찰방이 전송했다.

왜적은 지난 19일에 나갔는데, 혹은 두 명나라 사신이 호송했다고도 하고 혹은 사로잡아 갔다고도 하는데 자세한 것은 알 수 없다. 혹은 말하기를, 명나라 장수 제독 이여송은 한양에 들어가 있고 그 아우 이여매(李如梅)는 군사를 거느리고 21일에 강을 건너 뒤따라 추격했다고 하는데, 길에서 들은 말이라 믿을 수 없다. 다만 우리나라는 하늘에 사무치는 원수를 갚지 못했는데 저들의 섬으로 잘 돌아가게 했다니, 신민의 원통함을 어찌 다 말하랴. 그러나 명나라의 위신도 이로부터 크게 손상되었으니, 왜적에게 가벼이 여기고 업신여기는 마음이 어찌 없겠는가.

◎ ─ 4월 25일

아침 식사 후에 사내종 셋을 데리고 계당으로 가서 더러운 물건을 청소하고 소나무를 베어다가 담이 무너진 곳에 울타리를 만들었다. 저녁에 사포 숙부와 이광복이 내가 머물고 있는 곳에 찾아왔다. 숙부께서 아침에 광석(廣石)의 부장(副將) 최인(崔寅)의 정자에 가서 놀다가 돌아오는 길에 들른 것이다.

◎ ─ 4월 26일

날이 밝기 전에 생원(오윤해)의 양모와 그 처자가 왔다. 어제저녁에 이광복이 와서 말하기를, 강안성(姜安城)*의 병세가 위중하여 목숨이 조석에 달렸으니 만일 죽게 된다면 마땅히 계당으로 빈소를 옮겨야 하겠기에 이 뜻을 미리 알리는 것이라고 했다. 이에 역리(驛吏) 장천의(張天儀)의 집을 빌려 거처를 옮겼다. 강안성은 곧 정자 주인 이광륜(李光

....

* 　강안성(姜安城): 강성(姜晟, ?~?). 안성 군수를 역임했던 것으로 보이나 그 시기는 알 수 없다.

輪)의 장인인데, 이광륜은 의병장 조헌(趙憲)이 패할 적에 죽어서* 그 아들 대하(大河)*가 마침 여막(廬幕)에 있다. 원래 제사 지내는 집에는 빈소를 차리지 않기 때문에 이 정자로 옮기고자 하는 것이다. 막정과 춘이를 시켜서 계당의 물건을 새 거처로 옮기고 수리한 다음에 저녁에는 그곳에 가서 잘 계획이다. 저녁에 윤함이 부여에서 돌아왔다.

◎ ─ 4월 27일

아침을 먹은 뒤에 세 아이를 데리고 계당에 가서 왜철쭉을 감상했다. 그길로 이광복의 곁채로 갔더니, 김사포(金司圃) 숙부가 이미 와 있고 이광복도 와서 서로 이야기를 나누고 있었다. 윤겸이 또 이광복과 활을 쏘는데, 광복의 집에서 물만밥을 내왔다. 해가 기운 뒤에야 돌아오다가 생원(오윤해)이 새로 머물고 있는 집에 들러 보았다.

◎ ─ 4월 28일

참봉(오윤겸)이 생원(오윤해)과 함께 한양으로 출발했다. 왜적이 도망쳐서 돌아갔다고 들었기 때문에 광주(廣州) 토당리(土塘里)*에 가서 성

....

* 이광륜은……죽어서: 이광륜(李光輪, 1546~1592)은 임진왜란이 일어나자 창의하여 의병 3백여 명을 이끌고 조헌(趙憲)과 함께 청주성을 탈환하고 금산 연곤평 전투에서 전사했다.
* 대하(大河): 이광륜의 아들 이대준(李大濬, 1567~?)이다. 초명(初名)이 대하였는데 대준으로 개명했다. 어머니는 강성의 딸이다. 《청음집(淸陰集)》권31 〈의흥현감이군묘갈명(義興縣監李君墓碣銘)〉.
* 광주(廣州) 토당리(土塘里): 해주 오씨의 광주 입향은 10세(世) 오계선(吳繼善) 대에 부인의 산소를 그곳에 두면서 시작되었다. 오계선의 아들 오옥정(吳玉貞) 대부터 광주 토당리(현재의 서울시 강남구 역삼동)에 선영을 마련하고 정착했다. 그의 아들들, 즉 12세 오경순(吳景醇)과 오경민(吳景閔), 13세 오희문과 오희인의 묘소는 경기도 용인시 처인구 모현면 오산로

묘했다. 그길로 한양으로 들어가서 안팎의 집이 어떤지 보고 파묻었던 신주를 파내서 돌아올 때 묘 아래에서 제사를 지내려고 한다. 절기가 단오에 가까워졌기 때문이다. 참봉(오윤겸)은 그길로 봉선전에 나가 보고 또 서쪽으로 돌아가고자 한다. 길이 멀어 행자(行資, 먼 길을 오가는 데 필요한 물품)를 싣고 돌아갈 수 없기에 중도에 분명 굶주리는 근심이 있을 것이니, 돌아가는 것을 기약할 수 없다.

저녁에 장수 사람 이백(李伯)과 범년(凡年) 등이 왔다. 새 현감이 결성의 친가에 안부를 묻기 위해 보냈는데, 가는 길이 이곳을 경유하기도 하고 전 현감의 처자가 편지를 보냈기 때문에 와서 전한다. 온 김에 여기서 묵고 갔다. 듣자니 새 현감이 자기들을 후하게 대접해 주지 않기 때문에 온 집안이 자못 궁색하다고 한다. 안타까운 일이다. 이시윤(李時尹)*도 오지 않았다고 하니 더욱 애통하다. 이웃에 소를 잡아 고기를 파는 자가 있다고 하여 흰쌀 1말 3되를 주고 뒷다리 한 짝과 내장 약간을 샀다.

◎ ─ 4월 29일

송노를 병영에 보내서 병마절도사가 첩으로 써서 준 물건을 받아 오게 했다.

....
61번길에 있다.
* 　이시윤(李時尹): 1561~?. 오희문의 처남인 이빈의 아들이다.

5월 큰달

◎ ─5월 1일

종일 집에 있자니 몹시 무료하다. 단아가 초학(草瘧, 학질의 초기
단계)에 걸려서 처음에는 오후에 앓더니 그저께부터는 밤 이경(二更,
21~23시)에 몸을 떨었다. 조금 있다가는 속머리를 몹시 아파하다가 이
튿날 아침까지도 낫지 않고 오후가 되어서야 비로소 가라앉았다. 오늘
밤에 또 크게 앓으니 곧 4직(直)*이다. 음식을 전혀 먹지 못하니 매우 걱
정스럽다. 참봉(오윤겸)의 처도 학질에 걸려 지금까지 10여 직을 앓았
는데도 아직 떼어 내지 못했다. 금손이 결성에서 돌아와 생갈치 2마리
를 바쳤다. 저녁에 김덕민이 와서 보고 갔다. 장수 사람은 답장을 받아
서 갔다. 충아(忠兒)가 비로소 걸음마를 배워 몇 걸음 떼었다.

....

* 직(直): 학질에 걸리면 일정 시간 간격을 두고 추워서 떨다가 높은 열이 나고 땀을 흘리는 증
상이 나타난다. 보통 하루는 열이 나고 하루는 열이 전혀 없다가 다시 그다음날 열이 난다.
이 한 주기를 직이라고 한다.

◎ —5월 2일

오후에 참봉(오윤겸)이 돌아왔다. 타고 간 말이 수척해서 제대로 걷지 못하여 겨우 아산(牙山) 이시열(李時說)의 집에까지 갔다가 하는 수 없이 돌아온 것이다. 생원(오윤해)은 사내종 셋을 거느렸는데, 각자 양식을 짊어지게 하고 혼자 말을 타고 올라갔단다. 저녁에 송노가 병영에서 돌아왔는데, 중미 3말, 메주 3말, 소금 5말, 찹쌀 1말을 싣고 왔다. 이는 곧 병마절도사 이옥(李沃)이 보내 준 물건이다.

◎ —5월 3일

종일 집에 있었다. 오후에 참봉(오윤겸)이 머물고 있는 집의 주인 기매가 민물고기를 작은 쟁반으로 한가득 잡아서 바치기에 곧바로 술을 사다가 대접했다. 그중에 조금 큰 것으로 50여 마리를 골라서 소금에 절여 말리고 나머지는 저녁에 처자와 함께 삶아서 먹었는데 맛이 아주 좋았다. 저녁을 먹은 뒤에 찰방의 아들 김덕민이 왔다. 집 뒤 언덕으로 불러서 두 아들과 함께 잠시 이야기를 나누다가 돌아왔다. 찰방은 지금 중원(中原)에 있다고 한다.

오늘은 지난해에 왜적이 도성에 들어온 날이다. 우리나라에 머물러 있는 1년 동안 백만의 죄 없는 백성을 죽이고 자녀들을 불태워 죽였으며 옥과 비단을 모조리 제 나라로 실어 갔는데, 끝내는 명나라 장수와 강화를 맺고 제 나라로 잘 돌아갔다. 온 나라의 통분을 어찌 다 말하겠는가. 조령(鳥嶺)을 넘은 이후로는 돌아가는 길이 어떠했는지 듣지 못했는데, 명나라 군사가 말하기를 2, 3백 명씩 뒤를 따라 호송했고 우리나라 장수들도 뒤쫓아 갔지만 명나라 장수가 막는 바람에 형세를 보아 공격하지 못했다고 한다. 아무리 탄식한들 어찌하겠는가. 다만 적이 돌아가는 길에 우리나라의 악공(樂工)을 데리고 앞뒤에서 음악을 연주하게 하면서 갔다고 한다. 분한 마음을 이기지 못하겠다.

◎ —5월 4일

오후에 두 아들과 함께 역관(驛館) 대문 앞의 느티나무 밑에 갔다. 김덕민을 불러 함께 그늘 아래 앉아서 한참 이야기를 나누고 마을 아이들의 반선놀이[半仙戲]*를 구경하다가 돌아왔다.

◎ —5월 5일

이른 아침에 노제(老除)* 역리 억룡(億龍)의 처가 햇보리 약간과 채소 한 소쿠리를 갖다 바쳤다. 감주(甘酒) 한 그릇을 대접하고 누룩 한 덩어리를 주어 보냈다. 오늘은 바로 단오절이다. 옛날 한양이 온전하고 융성했을 때 곳곳에 그네를 매고. 거리거리마다 씨름을 하며 화장한 여인들이 서로 무리 지어 다니면서 놀던 모습이 기억난다. 하지만 흉적이 파괴하여 무너진 이후로는 맥수은허(麥秀殷墟)의 탄식*만 있으니, 태평

....
* 반선놀이[半仙戲]: 당나라 현종(唐玄宗)이 한식날에 궁중에서 그네를 뛰게 하여 비빈(妃嬪)들로 하여금 즐기게 하고 이를 반선놀이라고 했다. 그네 뛰는 사람이 공중을 오르락내리락하는 것이 반신선 같다고 해서 이런 이름이 붙었다.《개원유사(開元遺事)》,《고금사문류취(古今事文類聚)》전집(前集) 권8 〈한식(寒食)〉.
* 노제(老除): 늙은 군사나 노비를 군역이나 신역에서 면제해 주는 것을 말한다. 원칙적으로는 61세에 노제한다.《속대전(續大典)》〈형전(刑典) 공천(公賤)〉.
* 맥수은허(麥秀殷墟)의 탄식: 기자(箕子)가 주(周)나라에 조회를 하러 가던 길에 은허(殷墟)를 지나다가 옛 궁터에 곡식이 무성한 것을 보고 슬픈 마음에 "보리 이삭 쑥쑥 패고 벼 기장 일렁일렁 교사한 저 아이 나와 뜻이 안 맞았네."라고 〈맥수가(麥秀歌)〉를 지었다는 데서 유

성대를 언제 다시 볼 수 있으려나. 아, 슬프구나.

아침 식사 후에 두 아들과 함께 이중진(李仲進)의 곁채에 갔다. 사포 숙부를 뵙고 함께 이야기를 나누다가 해가 기울어서야 돌아왔다. 자리에 있던 사람은 생원 이중순(李仲循), 진사 윤민헌, 김극, 김형윤(金亨胤)과 주인이었다. 중진은 이광복의 자(字)이고, 중순은 이광축의 자이다. 김정 형은 마침 광석에 가고 없었다.

◎ ─5월 6일

이른 아침부터 비가 내리더니 아침 느지막이 세차게 쏟아지고 바람까지 거세게 불었다. 낮이 되어서야 비로소 갰다. 지난달 14일에 비가 온 뒤로 오늘까지 비가 내리지 않고 짙은 안개가 날마다 자욱해서 보리와 밀이 누렇게 시들어 반도 영글지 않아 비를 기다리는 마음이 간절했다. 오늘 한 보지락의 비*가 내렸으니 다시 소생할 수 있겠지만, 이미 누렇게 된 보리는 더 이상 가망이 없다. 오늘 내린 비로는 흡족하지 않아서 지대가 높고 메마른 논에는 곡식이 겨우 뿌리를 적셨을 뿐 물이 없다고 한다. 비가 하룻밤 정도 다시 내려 준다면 백성의 소망을 흡족하게 할 수 있을 것이다.

단아가 오늘 또 학질을 앓았다. 어제 오전부터 아프기 시작하여 이른 저녁 식전에 조금 덜하더니 며느리고금[婦瘧]*이 되었다. 그러나 어

....
래했다.
* 한 보지락의 비: 원문의 일리지우(一犁之雨)는 쟁기질하기에 알맞게 내린 봄비이다. 보지락
  은 비가 온 양을 나타내는 단위로, 보습이 들어갈 만큼 빗물이 땅속에 스며든 정도이다.
* 며느리고금[婦瘧]: 날마다 앓는 학질로, 하루하루가 직날인 고금이다. 축일학(逐日瘧)이라고
  도 한다. 하루거리는 하루씩 걸러서 앓는 학질, 즉 이틀에 한 번씩 앓는 고금으로, 간일학(間

제 아파하던 것에 비하면 3분에 2는 덜하니, 분명 이제부터 떨어지려
나 보다.

안성(安城) 강성(姜晟)이 어제 별세했다고 한다. 오늘 비로소 부고
를 들었다. 안성은 작년 여름에 흉적이 침입해 왔을 때 임지(任地)로부
터 피난을 와서 사위 이광륜의 집에 머물렀고, 그 일가의 처첩들은 한
양에 있었기 때문에 평안도로 피난을 갔다고 한다. 지난 3월에 상기증
(上氣症)*을 얻어 이로 인해 온몸이 붓다가 이제 저세상에 갔으니 매우
슬프다.

◎ —5월 7일

종일 집에 있었다. 윤함의 처삼촌 강신윤이 대흥에서 윤함을 보러
들렀다가 점심을 먹고 갔다. 양식과 찬거리가 다 떨어졌는데, 아무리
생각해도 구걸할 곳이 없다. 보리를 수확하기 전까지는 아무래도 굶주
리는 근심이 있을 것이다. 매우 답답하다.

◎ —5월 8일

정자 이성록(李成祿)*이 영암에서 돌아올 때 여기에 와서 묵었다. 어
머니와 아우의 편지를 전해 주었는데, 모두 편안하고 인아는 절에 올라
가 글을 읽는다고 한다. 지금 어머니의 편지를 보니, 그리워 잊지 못하

日瘧이라고 한다. 또 이틀거리는 이틀을 걸러서, 즉 사흘에 한 번씩 발작하여 좀처럼 낫지
않는 고금으로, 당고금이라고 한다. 이일학(二日瘧), 해학(痎瘧)이라고도 한다.
* 상기증(上氣症): 피가 머리로 몰려 홍조, 두통, 귀울음을 일으키는 증상이다.
* 이성록(李成祿): 1559~?. 1591년 식년 문과에 급제했다.

는 마음이 종이에 가득하고 맛있는 음식을 대할 때마다 목으로 넘어가지 않는다고 하셨다. 받들어 채 다 읽기도 전에 나도 모르게 눈물이 흘러 옷깃을 적셨다.

저녁에 생원(오윤해)이 한양에서 돌아왔다. 단옷날에 반갱(飯羹, 밥과 국)과 현주(玄酒, 제사 지낼 때 술 대신 쓰는 맑은 찬물)를 토당의 선묘 아래에 진설해서 제사를 지내고 성묘를 했다고 한다. 여러 묘소는 다 예전 그대로이고, 다만 선릉(宣陵)*에서부터 불이 나서 우리 산으로 옮겨 붙었는데 다행히 봉분까지는 타지 않았단다. 산에 가득했던 소나무가 모두 타서 누렇게 변했는데, 모두 새잎이 났다고 하니 분명 말라죽지는 않을 것이다. 위아래 마을의 인가도 모두 불타서 당시 옛터로 돌아와 사는 사람이 없다고 했다. 제사 지내는 날에 마침 용궁(龍宮) 숙모댁의 사내종 복룡(卜龍)이 그곳에 찾아와 인사했다고 한다. 다만 생원(오윤해)의 양부(養父) 묘 앞에 있는 망주석(望柱石) 가운데 하나가 앞 골짜기로 굴러 떨어졌고 하나는 허리가 부러진 채 버려져 있었다고 한다.

왜병들이 무덤 앞에서 마침 군사를 거느리고 나오는 명나라 장수를 만났는데, 그들이 적의 뒤를 쫓고 있었기 때문이라고 한다. 명나라 군사는 천여 명에 가까웠으며, 대장은 좋은 말을 타고 남색 비단 도포를 입고 앞뒤에 흉배를 달았단다. 또 의관을 쓰고 기상이 웅장했고, 앞뒤에서 옹위하여 달렸으며, 북을 치고 나팔을 불며 음악을 연주하면서 갔다고 한다. 낙타 한 마리에 대철포통(大鐵砲筒)을 싣고 끌고 갔으며,

....
* 선릉(宣陵): 성종(成宗)과 계비 정현왕후(貞顯王后) 윤씨의 능으로, 서울 강남구 선릉로에 있다. 임진왜란 때 선릉과 중종(中宗)의 능인 정릉(靖陵)이 왜군에 의해 파헤쳐지고 재궁도 불태워졌다.

그 나머지 뒤를 따라가는 사람들과 병사들의 수를 알 수 없을 정도였다고 한다.

성에 들어가 보니, 중로(中路)로부터 북쪽 인가는 모두 불에 타서 재만 남았고 행랑이나 사랑채만 우뚝하게 홀로 서 있어서 보기에 몹시 참혹하더란다. 다만 산속 깊은 골짜기에는 혹 화를 당하지 않은 곳도 있었다고 한다. 한편 중로로부터 남쪽 인가는 흉적들이 반이나 들어가 진을 쳤기 때문에 보존된 곳이 많은데, 나머지 진을 치지 않은 곳은 불에 타거나 헐려서 더 이상 남아 있는 것이 없다고 한다. 적이 진을 친 집은 완연히 예전 그대로일 뿐 아니라 유기(鍮器)나 잡물 및 헐린 집의 재목이 가득 쌓여 있어서, 만일 적이 빠져나간 뒤에 집주인이 곧장 들어오면 얻는 것이 많을 것이라고 했다.

죽전동(竹前洞)의 친가에는 당초에 적이 들어와 진을 쳤지만 적이 빠져나간 뒤에 가까이 있는 장터 사람들이 먼저 들어와 모두 훔쳐 갔다고 한다. 심지어 북쪽, 동쪽, 서쪽 누칸[樓間], 몸채[身梗], 사랑에 붙어 있던 판자 및 창호와 문짝까지 모두 뜯어서 훔쳐 갔고, 그 나머지 동쪽 누각의 두 칸 판자는 아직 남아 있다고 한다. 안팎 네 벽도 모두 뜯어 갔는데, 이는 모두 우리나라 사람들 중에 먼저 들어간 자의 소행이라고 한다.

이현(泥峴, 진고개)에 있는 생원(오윤해)의 양가(養家)*는 모두 철거되고 깨진 기와와 허물어진 흙이 남은 터에 가득한데, 성조목(成造木,

....

* 생원(오윤해)의 양가(養家): 오윤해가 오희문의 동생인 오희인의 양아들로 들어갔기 때문에 윤해의 양가는 오희인의 집을 말한다.

집을 짓는 나무) 3개와 대들보 2개만 버려져 있다고 한다. 관동에 있는 장수 현감(長水縣監)*의 집은 다 타서 남은 것이 없고 사랑 2칸과 행랑만 남아 있다고 한다. 향나무와 버드나무는 모두 베어졌고 몸통이 보존된 나무는 서쪽 담 아래에 무성한 풀 속의 작약 두 그루뿐인데, 홀로 꽃이 피어서 만발하니 보기에 슬픈 마음을 이길 수 없더라고 했다. 이곳이 바로 나의 처갓집 종가이다. 30여 년 동안 장수 현감과 같이 살았고 여러 자녀들이 모두 그곳에서 자랐기 때문에 그립고 차마 잊지 못하는 마음이 매우 간절하다. 인두와 부젓가락이 마침 문밖에 버려져 있기에 생원(오윤해)이 사내종을 시켜 주워 오게 했는데, 이는 옛적에 여자아이들이 가졌던 물건으로 이것을 보고 모두 기뻐했다가 도리어 슬픈 감회가 들더라고 했다.

이경여(李敬興)*의 집도 모두 불타 없어지고 오직 사랑채에 붙어 있는 행랑만 남아 있다고 한다. 그 나머지 한 동(洞) 안의 비석이 서 있는 곳 위쪽 좌우의 인가에서 성균관 하리(下吏)의 집까지 모두 불타 없어졌고, 어쩌다가 행랑만 남아 있는 곳이 간혹 있을 뿐이란다. 목천과 천안의 두 집도 모두 불에 타서 남은 것이 없고, 어돈손(於頓孫)의 집만 보존되었다고 한다.

성균관 안에 들어가 보니, 대성전(大成殿), 명륜당(明倫堂), 존경각(尊經閣), 식당(食堂), 정록청(正錄廳)은 모두 불타 없어지고 대성전의 협문과 전사청(田祠廳)만 남아 있으며, 좌우의 재실(齋室)은 반쯤 탔고 대

....
* 　장수 현감(長水縣監): 오희문의 처남인 이빈을 말한다.
* 　이경여(李敬興): 이지(李贄, ?~1594). 자는 경여이다. 오희문의 처남으로, 이빈의 동생이다.

성전 앞의 성비(聖碑)는 세 덩어리로 깨졌으며 귀부(龜趺, 거북 모양의 비석 받침돌)도 뽑혀서 거꾸로 내동댕이쳐져 있었다고 한다.

주자동(鑄字洞) 종가에 가 보니 모두 불타고 사당만 남았는데, 신주(神主)를 후원에 파묻었다고 들었기에 처음에는 들어가 보고 파내서 참배하려고 했더니 계집종 천복(千卜)의 남편 수이(遂伊)가 집 안에 죽은 시체가 쌓여 있어서 들어갈 수 없다고 했단다. 사당 앞뜰에는 천복의 어미와 천복이 그 아들 양지(良之)의 처와 함께 피살되어 버려져 있고 수이의 피살당한 두 동서와 마을 사람 12명의 시체가 그 가운데 버려져 있는데, 아직 수습하여 장사를 지내지 않아 악취가 온 동네에 가득해서 들어가지 못했다고 한다.

천복의 어미는 곧 친가 사내종의 처이고 어머니와 동갑인데, 성질이 본래 순후하여 그 남편이 일찍 죽은 뒤로 수절하고 홀로 살면서 우리 어머니를 제 상전 섬기듯 했다. 모든 혼례나 장례, 제사 때면 언제나 와서 음식 만드는 일을 맡아 조금도 뜻을 거스르지 않았다. 출입하던 50여 년 동안 조금도 게을리 하지 않았기 때문에 어머니께서 몹시 아끼고 불쌍히 여겼으며 안팎의 여러 집안에서도 모두 착하다고 칭찬했는데, 이제 비명에 죽었다고 하니 슬픔과 탄식을 금할 수 없다.

생원(오윤해)의 처가는 왜적이 빠져나간 지 오래지 않아서 그 장인이 먼저 들어갔기 때문에 완연히 전과 같았지만, 그래도 깨진 그릇이나 부러진 나무가 많이 있었다고 한다. 분명 적이 진을 쳤던 곳일 게다. 다만 친가는 사면이 모두 헐려서 아무도 들어가 살면서 지키는 자가 없으므로 사내종 광이(光伊)에게 가서 살게 했는데, 이웃에 명나라 군사가 있어서 분명 와서 침해할 것이므로 살 수 없는 형편이라 비록 다른 곳에 살더라도 날마다 와서 보고 더 이상 훔쳐 가거나 헐지 못하게 하라고 했다 한다. 그러나 밤을 틈타 몰래 와서 헐지 않은 나머지 재목을 뜯어 간다면 누가 막을 수 있겠는가. 몹시 걱정스럽다. 서쪽 이웃 류사덕(柳師德)의 집은 전에는 적의 진지였으나 지금은 명나라 군사가 와 있다고 한다.

곳곳의 길거리와 집집마다 문과 마당에 시체가 쌓여 있어 참혹하여 차마 볼 수 없었다고 한다. 이는 모두 1월 24일에 분탕질할 때 피살된 사람들이다. 이들은 처음에는 나오지 않다가 적들의 꾐에 빠져 인가에 묻어 둔 물건을 모두 파 가서 집에 쌓아 두고 술과 밥을 배불리 먹으면서 스스로 좋은 수를 얻었다고 생각했다. 후환을 생각하지 않다가 결국 모두 죽임을 당했으니, 이는 모두 스스로 자초한 일이다. 누구를 탓하고 원망하겠는가.

고성(高城)*의 집을 보니 다 타서 없어지고 연정(蓮亭)만 홀로 남아 있었으며, 김정자(金正字)의 집은 비록 몸채는 보존되어 있지만 사방이 뜯겨서 남은 것이 없다고 한다. 참봉(오윤겸)의 처가만 예전 그대로라고 한다.

생원(오윤해)의 양부와 양조부모의 신주와 죽전동 숙부 내외분의 신주를 적들이 파내서 뜰에 내버려 둔 것을 계집종 옥춘(玉春)이 모셔다가 관동 장수 현감의 집 동산에 묻었다고 한다. 그래서 생원(오윤해)이 직접 가서 양부와 양조부모의 신주를 찾아서 파냈고 죽전동 숙부의 신주는 파묻은 곳을 알 수 없어 아무리 찾아도 찾지 못했다고 하니, 반

....
* 　　고성(高城): 남상문(南尙文, 1520~1602). 오희문의 매부이다. 고성 군수를 지냈다.

드시 옥춘이 온 뒤에라야 알 수 있을 것이다. 다만 생원(오윤해)의 양조부모 신주의 부방(趺方)*은 잃어버렸다고 한다. 오는 길에 수원에 있는 사내종 내은동(內隱同)의 집에 신주를 편안히 모시고 돌아왔다고 한다.

세 대궐 및 종묘(宗廟), 문소전(文昭殿), 연은전(延恩殿)도 다 타서 남은 곳이 없고, 궁원(宮苑)의 뜰 계단에는 잡초만 무성하다고 한다. 애통한 심정을 견디지 못하겠다. 2백년 선왕의 문물이 모두 적의 손에 없어졌으니, 이 적과는 천지 사이에 함께 살 수가 없다. 이뿐만이 아니다. 선릉과 정릉(靖陵)도 모두 다 파내서 재궁(梓宮)을 부수고 옥체(玉體)를 꺼내 버려서 중묘[中廟, 중종(中宗)]는 간신히 뒤편 골짜기에서 찾았고 성묘[成廟, 성종(成宗)]는 아직 찾지 못했는데, 혹자는 불에 태웠다고 하고 혹자는 강에 떠내려 보냈다고 한다. 온 나라 신민(臣民)의 분함과 애통함을 어찌 다 말하겠는가.

성묘는 우리나라의 성군(聖君)으로 앉아서 태평한 정치를 누렸는데, 백 년도 되기 전에 한 줌의 흙도 보존하지 못했다. 아무리 천운이 그렇다고는 하지만 반드시 인사(人事)의 미진한 점이 있으니, 곧 군신이 와신상담하며 불공대천의 원수를 갚아야 하는 것이다. 그런데 누구한 사람 자기 몸을 잊고 의리에 분발하여 만대의 수치를 씻으려고 하지 않고 명나라 군사가 토벌해 줄 것만 믿다가 끝내 명나라 장수가 강화하여 마침내 흉적을 멀쩡하게 제 나라로 돌아가게 했으니, 더욱 통분할 일이다.

옛날에 회왕(懷王)이 진(秦)나라에 들어가서 돌아오지 않자 초(楚)

---

* 부방(趺方): 신주 밑에 까는 네모난 받침이다.

나라 사람이 팔뚝을 걷어 붙여 삼호망진(三戶亡秦)의 동요가 생겼고,* 여산(驪山)의 무덤은 흙이 마르기도 전에 마침내 항적(項籍)의 손에 파헤쳐졌다.* 비록 당시에는 갚지 못했더라도 후대의 보복이 또한 초나라 사람의 손으로 이루어졌으니, 통쾌하다고 할 만하다. 우리나라 사람 가운데 격분하여 팔뚝을 걷어 올리는 것을 초나라 사람이 후대에 복수를 기약하던 것처럼 하는 자가 있는가. 아, 분통 터질 일이다.

강릉(康陵), 태릉(泰陵), 현릉(顯陵)*도 파냈으나 현궁(玄宮, 임금의 관을 묻는 구덩이 속)까지는 미치지 못했다고 한다. 나머지 다른 능침에 대한 일은 아직 어떠한지 듣지 못했다. 다만 봉선전의 광묘[光廟, 세조(世祖)] 영정(影幀)은 당초에 적의 형세가 가까이 임박했을 때 윤겸이 부득이 받들어 뒷산에 묻었고, 제기(祭器)는 절 앞 계단 아래에 구덩이를 파고 감춰 두었단다. 적이 절에 한 번 들어왔다가 돌아간 뒤에 윤겸이 들어가 보니, 영정을 묻은 땅이 장맛비로 인해 젖어 있었다고 한다. 썩어서 훼손될 것을 염려해서 즉시 영정을 도로 파내다가 불상 가운데에

---

* 회왕(懷王)이……생겼고: 《사기》 권7 〈항우본기(項羽本紀)〉에 "진(秦)나라가 6국을 멸했는데, 그중에서 초(楚)나라가 가장 죄 없이 멸망을 당했다. 회왕이 진나라에 들어가서 돌아오지 못한 뒤로부터 초나라 사람들은 지금까지 가련하게 여기고 있었다. 그러므로 초나라 남공(南公)이 말하기를 '초나라는 비록 세 가호일지라도 진나라를 멸망시킬 나라는 반드시 초나라일 것이다.'라고 했다."라고 한 데서 온 말이다.

* 여산(驪山)의……파헤쳐졌다: 항적(項籍)은 흔히 항우로 알려진 초나라의 장수이고, 여산의 무덤은 진시황(秦始皇)의 무덤이다. 한나라 고조(高祖)와 패권을 다투던 때에 항적이 진나라의 수도 함양에 들어가서 그곳의 백성들을 도륙하고 아방궁을 불태웠으며 여산에 있는 진시황의 왕릉을 파헤치고 보물을 사사로이 취했던 것을 말한다. 《사기》 권7 〈항우본기〉.

* 강릉(康陵), 태릉(泰陵), 현릉(顯陵): 강릉은 명종(明宗)과 인순왕후(仁順王后) 심씨의 능이고, 태릉은 중종의 계비 문정왕후(文定王后) 윤씨의 능이며, 현릉은 문종(文宗)과 현덕왕후(顯德王后) 권씨의 능이다.

그 보물 장식과 함께 섞어 두었는데, 적들이 이것을 보고 불상이라고 생각하여 돌아보지 않았고* 제기는 모두 파갔단다. 그 후에 윤겸이 여러 번 들어가 보았는데, 적이 들어오면 물러 나오고 적이 돌아가면 다시 들어가기를 세 번이나 했단다. 그런데도 적의 형세가 더욱 치성하여 하루도 오지 않는 날이 없자 부득이 물러 나와서 경기 감사(京畿監司) 권징(權徵)을 만나 사유를 갖추어 모두 보고했고, 감사가 이 일에 대해 장계(狀啓)를 올렸다는데 올라갔는지의 여부는 알 수 없다고 한다.

남쪽에서 충청도로 온 뒤에 적으로 인해 길이 막히고 소식이 아득하여 매양 걱정스러웠는데, 이제 적이 나갔다는 말을 듣고 제 아우와 함께 한양으로 가서 그길로 봉선전에 가 보려다가 아산에 이르러 말이 드러누워 가지 못하므로 부득이 도로 내려왔다고 한다. 사내종 갓지(㖈知)에게 봉선전에 가서 거기에 사는 중에게 물어보라고 했더니, 봉선사(奉先寺)*는 다 타서 없어지고 중들은 모두 흩어져 단지 대여섯 명이 임시로 집을 마련하여 살고 있더란다. 그들에게 물었더니 대답하기를 영정은 보호하고 있어 달리 걱정이 없다고 했다 하니, 이는 모두 세 중이

....

* 윤겸(允謙)이……않았고: 오윤겸의 문집인《추탄집(楸灘集)》〈연보(年譜)〉에 이 일화가 실려 있다. "왜적이 도성으로 쳐들어 와 기내(畿內)에 가득했다. 공이 영정(影幀)을 받들어 산에 묻어 적을 피했고, 적이 지나간 뒤에 즉시 도로 봉심(奉審)하여 재사(齋寺)의 불화(佛畫) 속에 옮겨 봉안했다. 적이 또 그 절에 들어와 보더니 불상이라고 여겨 감히 훼손하지 않았다." 라고 하여 봉선전의 영정을 지켜낸 일이 기록되어 있다. 〈연보〉에 따르면, 오윤겸은 그해에 참봉 직을 그만두었다.

* 봉선사(奉先寺): 969년에 법인국사(法印國師) 탄문(坦文)이 창건하여 운악사(雲岳寺)라고 했다. 1469년에 세조의 비 정희왕후(貞熹王后) 윤씨(尹氏)가 세조를 추모하여 능침을 보호하기 위해 89칸의 규모로 중창한 뒤 봉선사라고 했다. 임진왜란이 일어난 1592년에 전소되었으며, 1593년에 주지 낭혜(朗慧)가 중창했다. 현재 경기도 남양주시에 있다.

보호한 덕분이다.

지난 3월 3일에 광릉 참봉 이이첨(李爾瞻)이 그 중과 함께 영정을 모시고 행조(行朝, 피난 중인 조정)로 가 뵈었더니, 임금이 영정을 보호하던 중에게 친히 물으셨단다. 중이 본말을 다 아뢰자 임금께서 6품 관직을 제수했는데, 중이 이를 사양했다고 한다. 이 때문에 다시 명하여 영구히 본사(本寺)의 주지(住持)로 삼는 첩을 보내 주었다고 한다. 3일에 영정을 모시고 간 뒤 7일에 적이 군사를 내어 산을 포위하고 그 절과 능산(陵山)을 모조리 불태웠으니, 만일 조금만 늦었어도 어용(御容)을 보존하지 못했을 것이라고 한다. 다행스러운 일이다.

들으니, 친가의 계집종 복이[卜只]는 당초에 그 어미와 함께 성을 나왔는데 남편 산석(山石)이 제 아들 응일(應一)이 붙잡혀 가는 것을 보고 찾아서 데려올 생각에 뒤쫓아 가서 오래도록 돌아오지 않았단다. 분명 죽임을 당한 것이다. 복이는 세 아들 및 어미와 함께 얻어먹기가 몹시 어려워서 부득이 성안으로 들어가 도로 옛집에 가서 살았는데, 그 뒤에 적이 분탕질을 할 때 도망 나와서 중흥사(中興寺)에 이르러 그 아들들과 함께 얼고 굶주리다 죽었다고 한다. 그 어미는 적의 손에 죽지는 않았지만 필시 굶어 죽었을 것이다. 참으로 불쌍하다.

지난해 10월에 아우가 한양에 들어가 신주를 모시고 나올 때, 복이 모녀도 나오려고 하다가 양식이 없어서 포기하고 왔다고 한다. 만일 그때 데리고 나왔더라면 반드시 네 모자가 한꺼번에 죽는 지경에 이르지는 않았을 것이니, 더욱 가련하다. 계집종 옥춘이 온 뒤에 죽전동 숙부 신주의 거처를 물었더니, 당초에 관가의 다락 위에 두었는데 적이 분탕질했을 때 역시 타 버렸다고 한다.

◎ ─5월 9일

이른 아침에 이성록이 찾아와 보고 갔다. 아침 식사 후에 이중진(李仲進)의 행랑에 가서 사포 숙부를 뵈었다. 김정 형 및 생원 이광축과 신정숙(申正熟)이 먼저 와 있었다. 신공(申公)은 곧 김형과 동년우(同年友)*인데, 역시 피난해서 이 고을에 와 있었기 때문에 지금 와서 김형을 만난 것이다. 잠시 후 진사 윤민헌이 김형윤과 함께 와서 서로 조용히 이야기를 나누었다. 신공은 먼저 가고, 나도 해가 기울어서 돌아왔다.

경략 송응창이 패(牌)를 보내 여러 장수에게 흉적을 추격하라고 한 글을 보니, 명나라 장수의 강화는 본의가 아니었고 적이 한양의 험준한 곳을 점거하여 굳건하게 지키고 있으므로 실은 공격하기가 쉽지 않아서 적을 유인하여 성에서 나오게 하려는 계책이었던 것이다. 이제 적들의 돌아가는 길을 추격하여 끊는다고 하니, 비로소 의도가 무엇인지 알겠다. 더구나 적이 한번 조령을 넘은 뒤에는 경상도에 머물면서 여러 고을을 분탕질하니, 그 간사한 계략을 헤아리기 어렵다. 그러므로 제독 이여송이 대군을 거느리고 내려가서 충주(忠州)에 주둔하고 있다고 한다.

송경략(宋經略)이 "심유경이 적과 내통했으니 그 죄를 용서할 수 없다. 왕자와 배신(陪臣)* 및 두 사신을 구해 내지 못한다면, 응당 나랏일을 소중히 여겨야 해서 어찌할 수 없다."라고 했다 하니, 그렇다면 경략의 본심을 알 수가 있다. 다만 심유경은 당당하고 큰 조정의 신하로서 흉한 오랑캐와 내통하고 공모하여 기꺼이 신첩(臣妾) 노릇을 했으

....
* 　동년우(同年友): 같은 해에 사마시에 입격한 사람을 말한다.
* 　배신(陪臣): 원래 제후의 대부(大夫)가 천자에 대하여 자신을 칭할 때 사용하던 말이다. 여기에서는 명나라에 대하여 조선 국왕의 신하를 배신이라고 했다.

니, 그 부끄러움을 또한 알 만하다. -이는 없던 일이다.-

◎ —5월 10일

이른 아침에 생원(오윤해)이 처자를 데리고 진위에 있는 그의 장인 내외가 머무는 농막으로 갔는데, 송노도 말을 끌고 따라갔다. 생원(오윤해)의 처자는 함께 피난하여 여기에 온 지 이제 반년이 되어 가는데, 항상 어렵게 지냈고 또 염병(染病)에 걸려서 거의 죽을 뻔한 적이 여러 번이었다. 이제 갑자기 이별하고 돌아가니 온 집안이 서운함을 이기지 못하겠다. 손자들이 눈앞에서 노는 것을 보며 좋은 소일거리로 삼았으니, 이 때문에 더욱 마음에 걸린다. 저녁에 문응인이 와서 보기에 저녁밥을 대접해서 보냈다.

◎ —5월 11일

함열 현감(咸悅縣監) 신공(申公)*이 사람을 보내 문안하고 참봉(오윤겸)에게 편지를 보내 말하기를, "형의 집일을 한 번 생각할 때마다 한 가지 걱정이 생깁니다. 굶주림과 배부름을 함께하고자 하니 즉시 가까운 곳으로 와서 살도록 하십시오."라고 했으니, 후하다고 할 만하다. 낮에 안세규(安世珪) 공이 광석에서부터 걸어서 찾아왔다. 예전에도 한 번 찾아온 적이 있는데 병 때문에 오래 응대를 하지 못했다. 지금 또 찾아주니 몹시 부끄럽다.

....

* 함열 현감(咸悅縣監) 신공(申公): 신응구(1553~1623). 오희문의 큰사위이다. 1594년에 재취 안동 권씨(安東權氏)가 죽고 난 뒤 오희문의 딸을 다시 부인으로 맞았다.

저녁에 참봉(오윤겸)이 결성에서 돌아왔다. 소금에 절인 갈치 13마리, 생광어 1마리, 오징어 4마리, 생조기 1마리를 가지고 왔다. 갈치는 지난번에 금손이 갔을 때 생원 한효중의 집에 쌀과 소금을 미리 보내서 사 두도록 했던 것이다.

경략 송응창이 3도에 통유하는 패문(牌文)
-이 글은 나중에 얻었다-

———

흠차 경략 계요 보정 산동 등처 방해어왜 군무 병부 우시랑(欽差經略薊遼保定山東等處防海禦倭軍務兵部右侍郎) 송응창이 왜의 정세를 조사했다. 왜노는 평양과 개성 등지에서 여러 번 패하여 모두 왕경(王京)에 모여 있고 천위(天威, 명나라 황제)의 토벌을 두려워하여 조공을 내세워 애걸하면서 제 나라로 돌아가려고 도모하고 있으니, 이는 진심으로 항복을 청하는 것이 아니다. 본부(本部)에서는 그것이 거짓임을 분명히 알기 때문에 기회를 봐서 나아가 토벌하거나 한양을 떠나도록 유인하고 있는데, 진격하여 무찌르기에 편리하고 믿을 만한 험준한 곳이 없다. 더구나 지금 또 어그러져 돌아가면서 왕자와 배신을 머물러 두었으니, 왜장의 약속이라는 것이 교활하고 거짓됨이 더욱 드러났다. 이 때문에 21일, 22일 등의 날짜에 패문을 보내는 것이다.

평왜 제독(平倭提督, 이여송)이 군사를 거느리고 경상도와 전라도로 가서 앞길을 가로막고 군사를 합하여 쫓아가 뒤를 습격할 것이다. 다만 각 군사와 장수들이 이 뜻을 이해하시 못하고 지금 왜가 지방을 떠나는 것을 보고 태만히 여겨 일을 그르칠까봐 거듭 이 패를 엄하게 재촉해 보내는 것이다. 바라건대, 본관(本官)은 즉시 본국의 관병을 거느리고 병장기와 군량을 가지고 밤새 추격하여 적이 주둔한 곳에 먼저 이르러 대병(大

兵)과 회동하여 힘을 합쳐 적을 무찌르도록 하라.

심유경이 적과 내통한 죄는 용서하기 어려우니, 그대로 내버려둘 수 없다. 만약 왕자와 배신 및 두 사신을 구출해 내지 못한다면, 또한 마땅히 나랏일을 소중히 여겨야 해서 어찌할 수 없다. 더구나 본부에서 임시로 두 사신을 보낼 때에 마땅히 그를 만나 타일러서 그로 하여금 시기에 임해서 기회를 봐서 나아가고 멈추며 스스로 주장을 세우고 오로지 듣기만 하지 말도록 했다. 심유경은 통공(通貢)*과 호송(護送)의 작은 신의를 고집하여 우리 천조(天朝) 및 조선국의 큰 체모를 그르치고 말았으니, 이는 모두 왜와 타협한 것이다. 수비(守備) 호택(胡澤)과 경력(經歷) 심사현(沈思賢) 등의 관원 및 본부 휘하의 각 장령들이 함께 들은 말은 이미 먼저 했던 것이니, 본부에서 오늘날 이런 말을 처음 한 것이 아니다. 응용할 양식과 이 나라의 사람과 가축을 잘 파악해서 군사들과 협동하여 운반하고 출발 날짜를 먼저 갖추어서 보고함이 마땅하기에 패를 보낸다. 이 패는 충청도의 군사를 거느린 배신에게 내려 주는 것이니 이를 준행하라.

◎ ─5월 12일

종일 집에 있으려니 몹시 무료했다. 아침에 사내종 막정에게 말을 가지고 정산에 있는 갓지의 집에 가서 양식을 실어 오도록 했다. 전날에 참봉(오윤겸)이 쌀을 얻어서 그 집에 맡겨 두었는데, 이곳에 양식과 찬거리가 다 떨어졌기 때문에 사내종과 말을 보내서 가져오게 한 것이다.

오전에 김포 정엽 공이 보령에서 한양으로 가는 길에 들러서 참봉(오윤겸)을 만나고 갔다. 그는 참봉(오윤겸)의 친구로 지금 상중(喪中)인

....

* 통공(通貢): 조공을 바치게 해 달라고 하는 것이다. 심유경이 왜와 강화를 할 때 왜장이 조공을 바치게 해 달라고 한 일을 말한다.

데, 난을 피해 보령의 농막에 와 있었다. 그는 바로 판서 이산보(李山甫)[*]의 사위이다.

총각 둘이 피리를 들고 와서 구걸하기에 어디에 사느냐고 물었더니, 집이 한양 신성동(新城洞)에 있다고 했다. 또 뉘 집 종이냐고 물었더니, 판윤(判尹) 박숭원(朴崇元)[*]의 종으로 호서로 피난 왔다가 이제 고향으로 돌아가려는데 양식이 없어서 구걸한다고 했다. 이에 한 곡조 불러 보라고 했더니 맑은 소리가 그윽하고 밝아서 처량하고 원통함이 지극했다. 나도 타향을 떠돌고 있는 터라 듣고 나니 슬픈 감회가 더욱 지극히 일었다. 하물며 박판윤(朴判尹)은 나와 한 마을에 살아 서로 안 지가 오래인데, 지난해에 갑자기 평안도에서 죽었다. 이제 그 사내종을 보고 생각이 떠오르니 어찌 비통하지 않으랴. 이에 소금과 양식을 주어 보냈다.

◎ ─5월 13일

종일 집에 있어서 달리 보고 들은 일이 없다. 심심하던 중에 아이들과 함께 지팡이를 짚고 인근에 산보를 나가서 그늘 밑에 앉기도 하고 눕기도 하면서 긴 시름을 삭였다.

◎ ─5월 14일

늦은 아침에 송노가 진위에서 돌아왔다. 다만 돌아올 때부터 두통

<hr />

* 이산보(李山甫): 1539~1594. 임진왜란이 일어나자 선조를 호종했고, 대사간, 이조참판, 이조판서 등을 지냈다. 명나라 군대가 요양(遼陽)에 머물면서 진군하지 않자, 명나라 장수 이여송을 설득해 명군을 조선으로 들어오게 하는 데 큰 공을 세웠다.
* 박숭원(朴崇元): 1532~1592. 임진왜란이 일어나자 왕을 호종하여 선조에게서 보검(寶劍)을 하사받고 도승지를 거쳐 한성좌윤에 올랐다.

이 생겨 지금까지 낫지 않다가 오늘 저녁에는 몹시 아프다고 하니 끝내 어떠할지 알 수 없다. 답답함과 걱정스러움을 어찌 다 말하겠는가. 문밖에 장막을 치고 지내고 있는데, 내일 다시 보고 만일 통증이 낫지 않으면 냇가로 옮기게 할 생각이다.

참봉(오윤겸)과 함께 곁채로 가서 사포 숙부를 뵈었다. 중순(仲循, 이광축)과 중진(仲進, 이광복)도 모여서 서로 이야기를 나누고 있었다. 김정 형이 계당에 와서 사내종을 시켜 물고기를 잡아 놓고 나를 불렀다. 나도 참봉(오윤겸)과 함께 계당으로 돌아와서 조용히 이야기를 나누다가, 마침 우리 집에 술 반 병이 있어서 곧바로 가져오라고 하여 각자 석 잔씩 마셨다. 날이 저물어 돌아오면서 나중에 계당에서 다시 모이기로 약속했다.

◎—5월 15일

아침을 먹은 뒤에 김덕민이 어제저녁에 보은(報恩)의 본가에서 돌아왔다는 말을 듣고, 역관 앞 느티나무 그늘 밑에 가서 김공 및 두 아이와 이야기를 나누었다. 참봉(오윤겸)은 김공과 함께 철전(鐵箭, 무쇠 화살) 10여 순(巡)을 쏘다가 파했다. 또 경상도에 있는 적의 소식이 어떠하냐고 물었더니, 적들은 이미 상주(尙州)를 떠났고 명나라 군사가 들어가 진을 쳤다고 했다.

송노의 병세가 낫지 않아 부득이 냇가에 장막을 치고 저녁에 옮겼다. 온 집안의 종들이 왕래하면서 문병하고 또 음식을 하루에 두세 차례씩 보내야 하니 다만 이것이 걱정이다. 저물녘에 장원 안창이 비인(庇仁) 농촌에서 한양으로 가는 길에 여기에 들러서 묵었다. 역관 앞 느티나무 아래로 가서 조용히 이야기를 나누다가 밤이 깊어서 돌아왔고, 두 아들도 따라왔다.

◎ ─5월 16일

이른 아침에 사람을 시켜 송노의 병이 어떠한지 물었더니, 여전히 몹시 아파하고 음식을 전혀 먹지 못한다고 한다. 매우 걱정스럽다. 병에 걸린 지 이제 7일째이다. 저녁에 금손이 와서 결성의 역을 피해 도망친 사람들의 전답 입안을 전했다. 본관의 좌수(座首)와 유위장(留衛將)이 합의해서 보냈는데, 논 석 섬지기[石落只]와 밭 5일갈이[五日耕]*라고 한다. 좌수에게 내 새 갓모[笠帽]* 하나를 보냈다. 만일 이 전답을 얻고 여기에 더 매입해서 보태면 참봉(오윤겸)의 말년 은거지가 될 것이니 매우 기쁘다.

◎ ─5월 17일

아침 식사 후에 구성 군수(龜城郡守)가 찾아왔다. 함께 역관 앞 느티나무 그늘 아래로 걸어가서 김덕민과 두 아들을 불러서 이야기를 나누는데, 마침 김상관(金尙寬)도 왔다. 잠시 후 사포 숙부가 김정 형과 함께

....

* 5일갈이[五日耕]: 일경(日耕)은 하루갈이 또는 날갈이로, 밭의 면적을 세는 단위이다. 이를 근거로 조세를 거두는 단위로 삼기도 했다. 하루갈이를 중심으로 삭(朔), 일(日), 조(朝), 반조(半朝)로 땅의 면적을 헤아렸는데, 《세종실록지리지(世宗實錄地理志)》〈함길도 길주목 경원도호부〉에 토지의 규모를 "간전(墾田)이 52삭 13일 3조 반조, 2천 1백 82결이다."라고 한 것을 예로 들 수 있다.

* 갓모[笠帽]: 비가 올 때 갓 위에 덮어쓰는 우장(雨裝)이다. 우모(雨帽)라고도 한다. 위가 뾰족하고 아래는 둥그스름하게 퍼져 있어 펼치면 고깔 모양이 되고 접으면 홀쭉해져 쥘부채처럼 된다.

계당으로 와서 나를 맞았다. 내가 참봉(오윤겸)과 김상관과 함께 달려 갔더니, 이광축, 이광복, 김형윤, 장응명, 윤민헌 및 사포 숙부의 두 손 자와 광복의 두 아들이 와서 모여 있었다. 먼저 아래 냇가에서 물고기 를 잡게 하고 점심에 먹을 쌀과 반찬을 각각 가지고 왔다. 중진의 집에 서는 밥 지을 도구를 담당했다. 김상관은 보령의 임시 거처로 먼저 돌 아갔다. 물고기를 잡는 사람이 날이 늦도록 아직 물고기를 잡아 오지 않아 모두 배가 고파서 먼저 점심을 먹었다. 저녁이 되어서야 잡은 물 고기를 가지고 왔기에 회를 떠서 함께 먹었다. 하루 종일 이야기를 나 누다가 파하고 돌아왔다.

◎ —5월 18일

오전에 참봉(오윤겸)과 김덕민과 함께 말고삐를 나란히 하고 광석 안사과(安司果)에게 가서 도괴정(道槐亭)에 이르렀다. 나는 단천정(丹川 正)의 어머니가 우거하고 있는 집에 들렀다가 뒤쫓아 갔다. 안사과 및 안별좌(安別坐), 부장 최인, 안참봉(安參奉) -원문 빠짐- 안세규와 사과의 형 안(安) -원문 빠짐-이 와 있었다. 그 정자를 보니 큰 느티나무 10여 그루 가 앞뒤로 열을 지어 서 있고 녹음이 너울거려서 쇳덩이가 녹을 정도 로 더운 여름에 솜옷을 껴입었는데도 더운 줄을 모르겠다. 앞에 큰 들 이 있고 냇물이 정자 아래를 돌아 흐르니, 참으로 빼어난 경치이다. 잠 시 후 주인이 우리들을 데리고 별채로 들어갔다. 집이 매우 정갈하고 단청이 휘황하다. 서쪽으로 오서산(烏棲山)을 바라보니 푸른 산 빛이 문 을 밀치고 들어온다. 앞뒤의 매실나무는 진상품*이라고 한다. 남쪽 담 밖에는 또 연지(蓮池)가 있는데, 가물어서 물이 말랐으니 이 점이 아쉬웠다. 주인집에서 토장(土醬)을 내와서 함께 먹었다.

오후에 김정 형과 진사 윤민헌이 따라오자 주인집에서 또 점심밥을 내왔다. 반찬 중에 순채국[蓴羹]이 있었는데 맛이 참 좋았다. 분명 오랫동안 묵힌 것일 게다. 얼마 있다가 내한(內翰) 조존성(趙存性)*이 행조에서 명을 받들고 역관에 들렀다가 참봉(오윤겸)을 만나려고 한다는 말을 듣고, 참봉(오윤겸)이 먼저 돌아오고 나와 김정 형과 윤진사는 뒤따라왔다. 역관 앞 느티나무 그늘 밑에서 한림(翰林)을 만나 이야기를 나누었다. 그에게 들으니, 심인제(沈仁禔)가 예산 현감(禮山縣監)이 되었고 이귀(李貴)*는 장성 현감(長城縣監)이 되었다고 한다.

조공(趙公)은 저녁때 보령으로 돌아가 노모를 뵙고 그길로 완산[完山, 전주(全州)]으로 갔다. 사국(史局)에 있는 선릉과 정릉 두 능의 옥책(玉冊)*을 열어 보고 베껴 오기 위해서라고 한다. 두 능이 모두 파헤쳐져 이제 바야흐로 개수(改修)를 해야 하기 때문이다.

....

* 진상품: 원문의 정실(庭實)은 조당(朝堂)에 진열하는 공헌 물품(貢獻物品)을 말한다. 《후한서(後漢書)》40권 〈반고전(班固傳)〉에 "이때 정실이 천품(千品)이고, 맛있는 술이 만종(萬鍾)이다."라고 했는데, 이현(李賢)의 주에 "정실은 공헌한 물품이다."라고 했다.
* 조존성(趙存性): 1554~1628. 충주 목사, 호조참판, 강원도 관찰사, 호조판서 등을 지냈다.
* 이귀(李貴): 1557~1633. 오희문의 처사촌이다. 임진왜란 때 삼도소모관에 임명되어 군사를 모집해서 이천으로 가서 세자를 도와 흩어진 민심을 수습했고, 이듬해 다시 삼도선유관에 임명되어 군사 모집과 명나라 군중으로의 군량 수송을 담당했다. 그 뒤 장성 현감, 군기시판관, 김제 군수를 지내면서 난후 수습에 힘썼다.
* 옥책(玉冊): 옥으로 제작된 책문(冊文)이다. 책문은 왕실에서 왕과 왕비, 왕세자의 위호(位號)나 시호(諡號), 묘호(廟號), 존호(尊號) 등을 올릴 때 만든 문서이다. 왕비 이상은 옥책, 왕세자 이하는 죽책(竹冊)을 사용했다.

◎ —5월 19일

이른 아침에 참봉(오윤겸)이 함열(咸悅)에 가려고 했다. 출발하려는데 말이 병이 나서 도로 중지했다. 김정 형이 내일 서쪽으로 행조에 간다는 말을 듣고, 늦은 아침에 참봉(오윤겸)과 함께 이중진의 곁채에 가서 사포 숙부를 뵈었다. 김정 형과 이중순, 장회부(張晦夫), 윤민헌, 김극, 김형윤이 모두 모여서 조용히 이야기를 나누다가 날이 저물어서야 파하고 돌아왔다. 회부는 주부 장응명의 자이다. 회부도 오늘 부모를 모시고 영해(寧海)로 간다며 먼저 작별하고 돌아갔다. 저녁에 윤함이 대흥에서 돌아왔다.

◎ —5월 20일

이른 아침에 참봉(오윤겸)이 막정의 말을 타고 짐을 윤함의 말에 실어서 막정과 세만(世萬)을 데리고 함열로 떠났다. 어제저녁에 찰방이 돌아왔다는 말을 듣고 윤함과 함께 걸어가서 회포를 풀고 돌아왔다. 그에게 들으니, 적들은 밤에 도망쳐서 내려갔고 명나라 장수는 이미 조령을 넘어서 상주에 들어가 진을 쳤으며, 제독 이여송은 비록 뒤따라가기는 했지만 실제로는 후미에서 공격하려고 하지 않았으니 차질이 있을까 염려한 것이라고 한다. 그리고 명나라 군사는 겨우 3만인데 전염병에 걸려 누워 앓는 자가 많다고 한다.

오후에 생원(오윤해)이 진위에서 돌아왔다. 안손을 붙잡아 왔고, 명복도 역시 데리고 오려는데 중간에 발병이 났다고 핑계를 대며 뒤에 처져서 오지 않았다고 한다. 만일 오늘내일 중으로 오지 않는다면 또한 그길로 도망친 것이다. 매우 괘씸하다.

생원(오윤해)이 양지에 가서 보니 우리 집이 있던 마을에는 전혀 인가가 없고 쑥대만 눈에 가득했으며 들어가 사는 사람이 하나도 없더란다. 다만 죽산 어리현(於里峴)에 사는 양반 문응신(文應臣)과 상민(常民) 김금이동(金金伊同) 등 서너 사람이 옛터로 들어가서 간신히 초막 두서너 칸을 엮어서 사는데, 전답으로 땅을 일군 곳이 한 군데도 없었다고 한다. 그런데 목악리(木岳里)의 경우만 절반 정도 들어가 살고 있고 간혹 땅을 일군 곳도 있었다고 한다.

또 들으니, 송예(宋藝)는 전염병에 걸리고 양식까지 떨어져서 굶어 죽었다고 한다. 슬픈 마음을 이기지 못하겠다. 송예는 나의 서족(庶族)으로, 평소 매우 가깝게 지냈던 사이이다. 평소 쌓아 둔 곡식도 아주 넉넉했고 전답도 많이 사 놓았는데다 새집을 짓고 늦게 자식도 얻어서 영원토록 세업(世業)으로 삼아 부자로 살 것이라고 여겼는데, 지금 큰 변을 당해서 굶어 죽는 지경에 이르도록 구원받지 못했다. 사람의 생사와 화복은 미리 계획할 수도 미루어 알 수도 없는 것이로구나.

◎ ─5월 21일

아침에 날이 흐리고 바람이 불더니 조금 있다가 비가 내리기 시작했고, 이윽고 세차게 쏟아지더니 밤새 그치지 않았다. 4월 보름 이후로 비가 내리지 않아 지금까지 가뭄이 너무 심했다. 도랑을 파지 않아 무논[水畓]이 모두 거북 등처럼 갈라졌고 그루갈이[根耕]도 할 수가 없어서 비를 기다리는 마음이 지극했는데, 이제 큰비가 내렸으니 거의 소생될 것이고 백성의 바람에도 흡족할 게다.

◎ —5월 22일

어제부터 비가 내리기 시작하여 밤새 그치지 않더니 오늘 아침이 되어서도 날이 개지 않았다. 송노의 장막에 냇물이 넘쳐 들어가 거의 잠길 뻔하여 오늘 아침에 춘이를 시켜서 높은 언덕으로 옮겨 짓도록 했다. 송노의 병은 수삼일 전부터 조금 나아져서 점차 죽을 먹기 시작했고 오늘 아침에는 밥 먹을 생각을 했단다. 아침 느지막이 비는 그쳤으나 종일 날이 흐렸다.

찰방이 순찰사의 부름에 급히 간다는 말을 듣고 아침 식사 후에 걸어서 갔더니, 벌써 인마(人馬)를 거느리고 충주로 출발했다고 한다. 명나라 장수가 뜻하지 않게 대군을 거느리고 도로 조령을 넘어서 이미 충주로 들어갔기 때문에 여러 고을에서 인마를 제공할 형편이 못 되어 말썽이 난 것이 분명하다고 한다. 그러나 그렇게 갑자기 돌아갈 줄은 몰랐다. 김덕민을 불러다가 함께 냇가 언덕 느티나무 아래로 가서 불어난 물을 구경했다. 윤함도 뒤따라와서 한 식경(食頃)쯤 있다가 각자 돌아왔다.

◎ —5월 23일

아침부터 날이 흐려서 비가 내리기도 하고 그치기도 하면서 이렇게 저녁이 되었다. 춘이에게 말을 가지고 대흥 윤함의 처가 농막에 가서 보리를 가져오게 했다. 근래에 양식과 찬거리가 다 떨어졌는데 돌아봐도 위급함을 구제할 곳이 없다. 답답할 노릇이다. 저녁때 양식이 부족해서 부인들은 국수만 조금씩 먹었다. 춘이가 대흥에서 돌아왔는데, 겨우 보리 5말을 가지고 왔다. 호노(戶奴) 애운(愛雲)이란 자가 요역

(徭役)을 핑계로 주지 않았다고 한다. 괘씸하고 얄밉다. 밤에 명복이 와서 인사했다.

◎ ―5월 24일

종일 날이 흐렸다. 오후에 걸어서 역관 앞 느티나무 그늘 아래로 가서 김덕민을 불러 쭈그리고 앉아 함께 이야기를 나누었다. 잠시 후 김포 정엽이 한양에서 내려오다가 참봉(오윤겸)을 찾아왔는데, 윤겸이 없어서 그대로 지나갔다. 신대(新代)의 두 이씨(李氏) 집에서 보리를 빌리려고 했는데 아직 수확하지 않았다며 주지 않았다. 하는 수 없이 다시 역졸(驛卒)의 집에 가서 3말을 빌려 왔다. 이달 초부터 양식을 구걸하는 사람이 조금 드물어졌다. 분명 떠돌던 사람들이 고향으로 돌아갔고 보리도 익었기 때문에 먹을 방도가 생겨서 그런가 보다.

◎ ―5월 25일

춘이에게 홍주 장에 포목을 가지고 가서 보리와 모시로 바꿔 오라고 했더니, 값이 맞지 않았다며 그대로 돌아왔다. 생원(오윤해)이 자신과 같은 해에 사마시에 입격한 최여해(崔汝諧)를 만나러 이 고을에서 1식정(息程, 30리) 떨어진 곳에 갔는데, 마침 그가 집에 없어서 그대로 돌아왔다.

저녁에 진위 사람이 왔는데, 그에게서 몽아(蒙兒)가 22일부터 머리를 아파한다는 소식을 들었다. 매우 걱정스럽다. 오늘은 어머니의 생신이다. 처음에는 이날 전에 가려고 했는데 인마가 부족할 뿐만 아니라 이런저런 일이 많아서 갈 틈이 없었고, 또 큰 병을 앓고 난 뒤라 두 다리에 힘이 없어서 걸음을 걷기 어려워 가지 못했다. 가까운 시일에 다시 남쪽으로 거처를 옮길 생각이니, 그 뒤에 가서 뵐 수 있을 것 같다. 그러나 천지가 푹푹 찌고 여름비가 이렇게 내리니 기약할 수가 없다.

◎ ─5월 26일

새벽부터 비가 내리기 시작하여 종일 그치지 않았다. 춘이를 정산 갓지의 집에 보내서 양식을 실어 오라고 했다. 근래 양식과 찬거리가 모두 떨어져서 걱정하던 차에 어제 생원 이익빈이 정조 4말을 보내왔으니, 마치 백붕(百朋)을 얻은 듯하다.* 며칠 동안은 굶주림을 면할 수 있겠다. 매우 기쁘다.

◎ ─5월 27일

어제부터 밤새 비가 조금도 그치지 않아 앞개울이 불어 넘쳐 사람이 건너지 못한다. 강비(江婢)가 송노에게 줄 음식을 가지고 냇가에 갔다가 허탕을 치고 돌아왔기에, 다시 진위에서 온 사람을 시켜서 개울을 건너가 밥을 가져다주도록 했다. 양식이 떨어져 부득이 찰방 집에 가서 빌려 달라고 해서 쌀 3되를 얻어다가 보태서 아침밥을 지었다. 저녁은 춘노(春奴)가 돌아와야만 먹을 수 있을 것이다. 물이 불어나서 오지 못하면 분명 위아래 사람들이 다 굶을 것이다.

....
* 백붕(百朋)을 얻은 듯하다: 많은 재물을 얻은 듯함을 뜻한다. 《시경》〈소아(小雅)·청청자아(菁菁者莪)〉에 "군자를 만나 뵌 이 기쁨이여, 마치 백붕을 내려 주신 듯하도다[旣見君子 錫我百朋]."라는 글에서 나왔다. 옛날에는 패각(貝殻)을 화폐로 사용했는데, 5패를 1관(串)이라고 하고 2관을 1붕(朋)이라고 했다.

저녁에 춘이가 쌀 5말, 보리쌀 2말, 벼 1섬을 싣고 왔다. 됫박으로 다시 되어 보니 13말이었다. 이것으로 저녁밥을 지어 먹었더니 날이 이미 저물었다. 근태(根太, 그루갈이로 심은 콩)와 근두(根豆)도 각각 2말씩 실어 왔기에 곧바로 참봉(오윤겸)의 집에 보냈다. 새로 입안을 받은 결성의 땅*에 심게 하려는 것이다.

◎ —5월 28일

전에 장에서 사 두었던 광목을 이때에 보리로 바꾸어 먹으려고 했는데, 지금 들으니 장 가격이 너무 떨어져서 광목 값이 보리 12, 13말에 지나지 않는다고 한다. 전날의 계획이 도리어 헛일이 되어 버렸다. 여름을 지나기가 몹시 어렵게 되었으니, 답답함을 어찌 다 말하겠는가.

◎ —5월 29일

새벽에 죽전 숙부의 제사를 지냈다. 어제저녁부터 큰비가 다시 내리기 시작하여 밤새도록 그치지 않더니, 지금까지 조금도 그치지 않아 개울과 못이 넘쳐 사람이 건널 수가 없다. 송노의 아침밥을 춘이에게 가져다주게 했는데, 역시 건널 수가 없어서 개울가에서 던졌더니 송노가 나와서 가져갔다고 한다. 춘이와 안손 등을 오늘 보내야 하는데 비가 이렇게 내리니 보낼 수도 없고, 양식과 찬거리가 다 떨어져서

....
* 　새로……땅: 지난 5월 16일 일기에, 결성의 좌수(座首)와 유위장(留衛將)이 합의해서 결성의 역을 피해 도망친 사람들의 전답 입안을 보내온 일이 있었다. 논 석 섬지기, 밭 5일갈이였는데, 오희문은 이 전답에 땅을 더 매입해서 보태면 훗날 윤겸의 말년 은거지가 될 것이라며 기뻐했다. 그는 감사의 의미로 좌수에게 자신의 갓모 하나를 보냈다.

굶주릴 걱정이 가까이 닥쳤다. 위아래의 근심을 어찌 말로 다할 수 있겠는가.

참봉(오윤겸)이 간 지 이제 열흘 남짓 되었는데 소식을 듣지 못했다. 장맛비로 인해 큰 내와 못을 쉽게 건너지 못해서 오랫동안 돌아오지 못하는 것이리라. 매우 걱정스럽다.

저녁때 날이 조금 개서 뒤 언덕에 올라가 멀리 바라보았다. 앞뒤의 두 냇물이 큰 들판으로 들어가 넘실넘실 가득 찼다. 냇가의 곡식이 대부분 흙에 묻혔을 것이다. 안타깝다. 참봉(오윤겸) 집의 목화밭도 물속에 잠겼으니 더욱 안타깝다.

◎ —5월 30일

지난밤부터 남풍이 크게 불었는데 오늘 아침까지도 그치지 않고 시꺼먼 구름이 북쪽으로 달려가니, 필시 큰비가 내릴 징조인가 보다. 식량을 얻을 방도가 있어도 큰 내에 막혀서 인마가 통행하지 못하여 굶주릴 걱정이 코앞에 닥쳤으니 답답함을 어찌하겠는가. 아침에는 위아래 사람들이 모두 콩죽을 쑤어 먹었는데, 나는 본래 죽을 좋아하지 않기 때문에 혼자만 밥을 지어 먹었다.

낮에 참봉(오윤겸)의 편지가 함열에서 왔다. 쌀 1말과 조기 1뭇을 함께 보냈으니, 이는 함열 현감이 보내 준 것이다. 참봉(오윤겸)이 오늘내일이면 분명 돌아올 텐데 오지 않는 것은 물에 막힌 때문이리라. 또 이곳에 온 사람에게 들으니, 현감이 명나라 군사를 지공하는 일로 나가다가 마침 참봉(오윤겸)을 만나서 잠시 이야기를 하고 가면서 자기가 돌아올 때까지 기다리라고 했다 한다. 만약 그렇다면 참봉(오윤겸)은 분명 빨리 돌아오지 못할 것이다.

무료하던 차에 역관 앞으로 걸어가서 김덕민을 불러 함께 이야기를 나누었다. 그에게 들으니, 찰방이 검찰사(檢察使)를 모시고 지금 공주에 도착했는데 검찰사는 곧 판서 이산보로 삼도(三道)의 일을 검찰한다고 했다. 그러나 자세한 내용은 알지 못하겠다. 명나라 장수는 지금 충주에 있다고 한다. 분명 비로 인해 오래 지체하는가 보다. 오늘은 비가 올 조짐이 있었는데 끝내 내리지 않았다.

6월 작은달

◎ ─ 6월 1일

아침 식사 후에 이중진의 곁채에 가서 사포 숙부를 뵈었다. 주인과 이중순, 진사 윤민헌, 이귀령, 김극, 생원 이익빈이 모두 모여 이야기를 나누면서 소년들이 서로 운(韻)을 달아 글을 지어 승부를 겨루는 것을 구경하며 웃었다.

오후에 나는 먼저 일어서서 돌아왔다. 오는 길에 큰 냇가에 있는 이첨사(李僉使) 집의 둔답(屯畓)*을 보았다. 벌써 세 번이나 김매기를 했는데 그저께 내린 큰비로 앞 둑이 터져서 모래와 자갈 속에 고스란히 파묻혀 그대로 큰 내가 되어 있었다. 가을에 수확할 가망이 없어졌으니 매우 안타깝다.

춘이를 청양 장에 보내서 포목 1필을 보리 10말로 바꾸어 왔는데,

....
* 　둔답(屯畓): 군량을 보충하고 관청의 비용을 충당하기 위해 국가가 지급한 토지 중의 논이다.

다시 되어 보니 9말뿐이다. 또 정목(正木, 품질이 매우 좋은 무명베) 1필을 모시 35자[尺]로 바꾸었는데, 겉보리 1말을 더 주었다고 한다. 보리의 품귀가 이런 극심한 지경에 이르러 달리 양식을 댈 길이 없는데, 내가 머물고 있는 집의 주인이 지금 또 나가 달라고 독촉한다. 사람의 곤궁함이 이 지경에 이르렀으니 사는 게 한탄스럽다.

◎ ─ 6월 2일

안손을 진위에 보내서 몽아의 안부를 물었다. 아침 식사 후에 생원(오윤해)이 처남 최희선을 만나기 위해 홍주 적동리(赤洞里)에 갔다. 오후에 참봉(오윤겸)이 돌아왔다. 비 때문에 함열에서 3일을 머물다가 임천(林川)의 한림 조희보(趙希輔)*의 집까지 왔는데, 또 큰비에 막혀서 이틀을 묵었다고 한다. 처음에는 전에 정산에 얻어 놓은 집으로 옮겨 갈 생각이었다. 그런데 참봉(오윤겸)이 직접 가 보니 누추하고 허물어졌을 뿐만 아니라 이웃에 전염병 환자가 앓고 있어서 갈 수가 없더란다.

임천 조한림(趙翰林)의 이웃집을 얻었는데, 다만 새로 지은 지 얼마 안 되어 아직 손질이 끝나지 않았고 또 마루가 없다고 한다. 그러나 달리 옮길 곳이 없어 부득이 가야 할 형편이니, 열흘 안에 길을 나설 생각이다.

함열 현감이 준 쌀 7말, 벼 9말, 감장 2말, 조기 3뭇, 갈치 4마리, 웅어[葦魚] 젓갈 2두름[冬乙音], 새우젓 1항아리[缸], 남자 신발 1켤레, 여

---

* 조희보(趙希輔): 1553~1622. 예문관 검열과 대교, 봉교를 지냈다. 1597년 충청도 도사로서 관찰사 류근(柳根)을 도와 임진왜란의 뒷바라지에 힘썼다.

자 신발 1켤레를 참봉(오윤겸)이 가지고 왔다. 남자 신발은 내가 신었고, 여자 신발은 임아(任兒) 어미*에게 주었다. 양식과 찬거리가 떨어져서 걱정스럽던 차에 지금 이 물건들을 얻으니, 5, 6일 정도는 연명할 수 있으리라.

◎ ─6월 3일

어제 오후부터 동남풍이 크게 불어 밤까지 그치지 않더니, 바람이 그치자 비가 내리기 시작했다. 또 오늘 아침까지 비가 퍼붓듯이 내리다가 느지막이 밥을 먹은 뒤에 조금 잦아들더니 오후가 되어서야 비로소 그쳤다. 생원(오윤해)이 돌아왔다.

◎ ─6월 4일

밤에 비가 오기 시작해서 지금까지도 그치지 않았다. 열흘 사이에 임천으로 거처를 옮기려는데 장맛비가 이와 같으니, 내와 도랑이 넘쳐서 사람이 통행하지 못할 뿐 아니라 길이 몹시 험하다고 한다. 갈 수 있는 상황이 아닌데 양식 자루는 텅 비었으니 말로 형언할 수가 없다.

◎ ─6월 5일

새벽부터 비가 내렸다. 종들을 보낼 만한 곳이 있는데도 비 때문에 한집에 모여 있으려니 먹을 것을 대기가 몹시 어렵다. 걱정이 이만저

---

* 임아(任兒) 어미: 오윤겸의 부인 경주 이씨(慶州李氏)로 보인다. 다만 임아가 누구인지는 정확하게 알 수 없다.

만이 아니다. 임천으로 가는 일도 이로 인해 오래 지체되고 있으니 더욱 답답하다. 어제 낮에 최진운(崔振雲)이 거친 쌀[荒租] 10말을 사람을 통해 보내 주었는데, 다시 되어 보니 7말 8되이다. 필시 지고 온 사람이 훔쳐 먹은 것이다. 최진운은 생원(오윤해)의 처남 최희선인데, 지금은 그 이름으로 개명했다.

◎ ─6월 6일

밤새 비가 내리고 거센 바람이 불어 오늘까지 그칠 기미가 조금도 없다. 괴로움을 이루 다 말로 할 수가 없다. 오후에 조금 멎었지만 그래도 때때로 조금씩 뿌린다.

◎ ─6월 7일

어제저녁부터 또 비가 내려 밤새도록 그치지 않았고, 아침이 되어서도 여전히 날이 개지 않았다. 이른 아침 식사 후에 송노가 직산에 있는 그 아비의 집으로 돌아갔다. 병에 차도가 있고서도 오랫동안 냇가에 있었는데, 이 같은 장맛비에 괴로워 못 견디겠다며 집으로 돌아가 몸조리한 뒤에 다시 오겠다고 하기에 보냈다. 이번 달 20일 안으로 돌아오라고 일러 보냈다.

요사이 양식이 떨어져서 하는 수 없이 들깻잎[荏藋]을 따다가 국을 끓이고 죽을 쑤어 위아래 사람들이 함께 먹으며 날을 보내고 있다. 나는 본래 죽을 좋아하지 않기 때문에 홀로 밥을 지어서 단아와 함께 나누어 먹었다. 다만 두 아들도 죽을 먹을 뿐이니 안타깝다.

◎ —6월 8일

밤새 바람이 불고 비가 내렸다. 요사이 오랜 장마가 한 달이 넘도록 그치지 않아 위아래 사람들이 한집에 모여 출입을 못하는지라 굶주림이 심하다. 걱정을 이루 다 말로 할 수가 없다. 춘노를 대흥에 보내서 전에 받아 온 보리 환자를 감하려고 했지만, 문지기가 엄하게 출입을 금해서 서장(書狀)을 바치지 못하고 어두워져서야 허탕을 치고 돌아왔다.

또 내한 조존성이 역에 이르러 묵으면서 사람을 시켜 문안했기에, 내가 곧바로 가서 이야기를 나누고 돌아왔다. 조공이 하는 말이, 실록을 정읍(井邑) 내장산(內藏山)에 있는 절에 옮겨 두었기에* 그곳에 가서 옥책을 베껴서 오는 길인데 다만 물에 막혀서 아직 돌아가지 못하고 있단다. 왜적은 지금 경상도 창원(昌原) 아래의 여러 고을에 있으면서 들판 가득히 진을 쳤고, 제독 이여송도 군사를 거느리고 다시 경상도로 내려갔다고 한다. 그동안의 곡절은 자세히 알 수 없지만, 분명 적은 오래 머물며 여러 고을을 노략질할 것이다. 저들의 모략을 헤아릴 수 없기 때문에 그들을 추격하는 것인가 보다. 다만 지난달 20일 이후로 동남풍이 계속 불어 지금까지 그치지 않으니, 적도 이 때문에 바다를 건너지 못하는 것일 게다.

....

* 실록을……두었기에: 임진왜란이 일어난 1592년 5월에 경기전 참봉 오희길(吳希吉)이 전라
감사 이광(李洸)의 지휘를 받아 실록 이안처(移安處)를 물색했다. 6월에 정읍 내장산의 은적
암과 용굴암으로 옮기는 데 태인의 선비인 안의(安義)와 손홍록(孫弘祿) 등이 참여했다. 조
선 전기의 4대 사고 가운데 한양의 춘추관과 충주사고, 성주사고의 실록들은 모두 불에 탔
으나 전주사고에 보관하고 있던 실록은 이들의 발 빠른 대처로 유일하게 보존되었다. 이 실
록은 정읍 내장산에서 1년여간 수호되다가 1593년 7월에 강화도와 해주 등을 거쳐 묘향산
에 봉안되었다가 1603년 강화도에 안치되었다. 이동희, 『전주사고본 조선왕조실록의 보존
과 임진왜란, 조선왕실과 전주』, 국립전주박물관, 2010.

또 들으니, 완산에 있던 어용도 사책(史冊)을 보관하는 절에 옮겨 두었는데, 당초 적이 완산성을 침범했을 때 창졸간에 거두어 수류(垂旒, 면류관 전후에 드리운 구슬 줄)와 축(軸, 두루말이)을 말아서 첩(貼)을 만들고 유둔(油芚, 두꺼운 기름종이)과 거적[草席]으로 싸서 사책과 함께 한꺼번에 옮겨 보관했다고 한다.* 상서롭지 못하다. 성실한 유생(儒生) 두 사람을 시켜 지키게 했다고 한다.*

◎ ─6월 9일

어제부터 동남풍이 계속 불어 밤까지 계속되었고, 오늘 아침까지도 요란하게 불며 그치지 않았는데 비까지 이따금 조금씩 뿌렸다. 조한림이 이른 아침에 한양으로 가는데, 한림이 가는 길에 춘노도 함께 대흥으로 보냈다. 한림으로 하여금 현감에게 부탁을 하게 했더니, 보리 환자를 감해 주고 또 두(荳) 3말을 주었기에 애운에게 맡겨 두었던 보리 17말과 함께 싣고 왔다. 전에 바치려던 보리 환자를 윤함 처가의 밭에서 나온 보리로 내려고 미리 준비해 두었는데, 이제 감해 주었기 때문에 실어 온 것이다. 양식이 떨어져서 한참 걱정하던 차에 지금 뜻밖

....

* 완산에……한다: 어용(御容)은 태조의 어진인데, 병화를 피해 실록과 함께 보존되었다. 임진 왜란 직전에 전주사고에는 태조 대부터 명종 대까지의 실록을 비롯하여 《고려사(高麗史)》, 《고려사절요(高麗史節要)》 등 각종 문헌 총 1,344책이 60궤에 담겨 보관되어 있었다. 실록을 먼저 옮기고 7월 9일에 어용을 옮겼는데, 제사용 은기(銀器) 및 사각(史閣) 안에 있던 《고려 사》와 《형지안(形止案)》 등 여러 책을 포함하여 50여 바리[駄] 분량이었다고 한다. 황윤석(黃胤錫)이 쓴 〈도암오공전(韜庵吳公傳)〉에 자세한 내용이 실려 있다. 《전주사고포쇄형지안(全州史庫曝曬形止案)》, 《이재유고(頤齋遺藁)》 권23 〈도암오공전〉.

* 성실한……한다: 태인의 선비인 손홍록과 안의 두 사람을 말한다. 어용과 실록을 보위하고 호종한 공으로 손홍록은 사포서 별제에, 안의는 활인서 별제에 제수되었다.

에 곡물을 얻어서 요사이 굶주림을 면하게 되었으니 기쁘다.

저녁에 찰방이 역에 돌아왔다는 말을 듣고 세 아이와 함께 가서 이야기를 나누고 돌아왔다. 찰방은 우리들이 벌써 다른 곳으로 옮겨 갔으리라고 생각했다가 지금 다시 보게 되니 매우 기쁘고 위로가 된다고 했다. 오후부터 바람이 그치고 날도 개어 비로소 푸른 하늘과 밝은 해를 보았다. 찰방에게 들으니, 명나라 장수 이여송이 한양으로 올라간 뒤에 이여백(李如栢)이 도로 내려와서 충주에 머물러 주둔했는데, 지금 또 도로 올라갔다고 한다. 오고 가는 뜻을 알 수가 없다. 어떤 사람은 왜적이 지금 창원 아래 여러 고을에 있다고 하고, 어떤 사람은 동래(東萊), 부산(釜山), 웅천(熊川) 등지에 조금씩 있고 나머지는 모두 바다를 건넜으며, 우리나라 장수들은 양산(梁山)으로 가서 진을 쳤다고 한다. 하지만 자세한 상황은 알 수가 없다. 다만 여러 장수들이 적이 갔는지 있는지를 정탐하지도 않고 여러 고을에 알렸기 때문에 조정에서도 모른다고 한다. 안타까운 일이다. 어제 단아가 학질을 앓았는데 오늘 또 아프다고 하니, 분명 며느리고금인가 보다. 몹시 걱정스럽다.

◎ — 6월 10일

아침 식사 후에 세 아이와 함께 찰방을 찾아가서 종일 이야기를 나누었다. 거기에서 점심을 지어 내왔는데, 반찬에 닭찜과 고적(菰炙)이 있었다. 이것은 귀한 음식은 아니지만 나그네 생활을 하면서 보리밥도 잇기 어려운 형편에 감히 입맛을 돌게 하는 음식을 바라겠는가. 오랫동안 못 보다가 이제 비로소 먹게 되니, 마치 팔진미(八珍味)를 대하는 듯했다. 사는 게 한스럽다. 절반을 나누어 병중에 있는 단아에게 보냈다.

이 자리에 있던 사람은 주인과 그 아들 김덕민, 나의 세 아이, 그리고 정계무(鄭繼武)였다. 정계무는 곧 상공(相公) 정지연(鄭芝衍)*의 서자이다. 참봉(오윤겸)은 김덕민과 함께 활을 쏘다가 날이 저물어서야 끝내고 돌아왔다.

또 들으니, 명나라의 세 곳에서 또 변란이 생겼기 때문에 이여송에게 급히 돌아오라고 명령했다고 하는데 사실인지 아닌지 아직 모르겠다. 만일 사실이라면, 왜적이 경상도에 머물면서 아직 바다를 건너지 않은 채 여러 고을의 남아 있는 백성을 불태우고 살육하는 와중에 명나라 군사가 갑자기 돌아가면 저 적들이 그 소식을 듣고서 도로 북쪽을 향해 내달릴까 근심스럽다. 답답함과 걱정스러움을 어찌 다 말하겠는가.

◎ ─ 6월 11일

찰방이 공주로 돌아간다는 말을 듣고 이른 아침에 세 아이와 함께 가서 작별했다. 찰방은 그길로 검찰사 이산보를 모시고 여러 고을을 순행하기 때문에 오래도록 돌아오지 못할 것이다. 우리들은 보름 뒤에 임천으로 옮길 계획이니, 이제부터는 다시 만나기가 몹시 어려울 것이다. 작별하자니 피차 자못 서운한 마음이 들었다.

내가 3월부터 여기에 오래 머물러 있으면서 찰방이 역에 있으면 매일 서로 찾았고, 그도 유무를 따지지 않고 반드시 나를 도와주어 후하게 대해 주는 뜻이 많았다. 찰방은 곧 대곡(大谷) 성운(成運)*의 양자

....

로, 어질고 너그러운 어른이며 집안의 가풍을 지니고 있었다. 그 아들 덕민도 비범한 사람으로 충분히 가업을 계승할 만하니, 훌륭한 자손을 두었다고 할 만하다. 찰방이 떠날 때 나에게 우비를 주었다. 또 식사 후에 세 아이와 김덕민과 함께 계당으로 나가서 사람을 시켜 물고기를 잡게 했다. 나는 홀로 사포 숙부를 찾아뵙고 돌아왔다.

◎ ─6월 12일

찰방의 안사람이 우리 집사람과 참봉(오윤겸)의 처를 초대했기에 식사 후에 함께 가서 점심을 먹고 돌아왔다. 조용히 이야기를 나누면서 자못 은근한 후의를 표했고, 떡도 만들어 주더라고 했다. 저녁에는 또 세 가지 젓갈을 보내왔다. 나는 혼자 계당으로 가서 사내종을 시켜 그 물로 물고기를 잡게 하고 말을 풀어 놓아 먹이며 종일토록 누워 쉬다가 돌아왔다. 날이 몹시 더워서 푹푹 찌는 괴로움을 견딜 수 없어 높은 곳에 가서 바람을 쐬었다. 저물녘에 사내종 막정이 임천에서 돌아왔다.

◎ ─6월 13일

참봉(오윤겸)이 명노(命奴)와 말을 데리고 결성으로 가려다가 5리도 못 가서 말이 삐끗해서 자빠지는 바람에 말에 실었던 짐이 모두 젖어 하는 수 없이 돌아왔다. 그래서 세만만 보냈다. 식사 후에 세 아이와 함께 계당으로 가서 더위를 피했다. 전 언양 현감(彦陽縣監) 박제(朴濟)

....

* 성운(成運): 1497~1579. 서경덕(徐敬德), 성수침(成守琛), 조식(曺植)과 함께 16세기의 전형적 처사 가운데 한 사람이다. 성운은 처조카인 김가기를 양자로 삼았으며, 말년에는 질녀를 김가기와 혼인시켜 후사를 부탁했다.

가 말을 먹이기 위해 먼저 들어왔기에 함께 읍(揖)하고 마주 앉아 조용히 이야기를 나누었다. 박공(朴公)이 가지고 온 점심밥을 같이 나누어 먹었다. 잠시 후 진사 윤민헌과 김극, 생원 김정생(金挺生)이 따라왔다. 박공이 또 소주와 안주를 가져다가 김정 형에게 대접하려고 했는데, 김정이 마침 한양에 갔기 때문에 좌중 사람들과 함께 먹었다. 박공은 김정의 어릴 적 친구이다. 이곳을 지나다가 방문했는데 만나지 못한 것이다. 김정생은 참봉(오윤겸)의 동년우*로, 이 고을에 살고 있다.

◎ ─ 6월 14일

아침 식사 후에 김덕민의 말을 빌려 타고 사포 숙부를 찾아뵙고 돌아왔다. 오후에 덕민이 나에게 개장국[家獐]을 보냈다. 나는 좋아하지 않지만 오래 먹어 보지 못하던 차에 달게 먹었다. 기쁘다. 날이 저물어서 덕민이 와서 보고 갔다. 내일 제 어머니를 모시고 집으로 돌아가기 때문에 와서 작별한 것이다.

또 들으니, 명나라 장수가 포수(砲手) 6천 명을 거느리고 전라도로 가려고 하는데, 오늘내일 사이에 공주에 도착할 것이고 대군이 뒤따라온다고 한다. 그 까닭을 모르겠다. 분명 왜적이 전라도로 가려고 해서일 게다. 그게 아니라면 이 길을 따라 완산, 용성(龍城)을 거쳐 운봉(雲峯)의 팔랑치(八郞峙)를 넘어 경상도 진주(晉州)로 들어가 적을 공격하려는 것인가? 왜적이 갔는지 머물러 있는지 실로 자세한 상황을 알 수가 없다.

<hr />

* 　동년우: 김정생은 윤겸과 같이 1582년 임오년 사마시에 입격했다.

이른 아침에 생원(오윤해)과 윤함을 먼저 부여로 보냈다. 훗날 갈 적에 인마가 부족할 것이기에, 부여에 머물러 기다리도록 하는 것이다. 부여 현감 박동도(朴東燾)*와 절친한 사이이므로 얻어먹기에도 편할 것이다. 막정도 잡동사니 물건 한 짐을 싣고 함께 가게 했다.

◎ —6월 15일

어제저녁에 집사람이 이현 제수씨*와 함께 사포 숙모를 찾아뵙고 오늘 새벽에 돌아왔다. 모레 임천으로 옮길 예정이므로 숙모께서 사람을 시켜 굳이 오라고 하셨고, 또 사내종과 말을 보내 주셨기 때문이다. 이른 아침에 찰방의 안사람이 고향으로 돌아갔다. 세만이 결성에서 돌아왔는데, 정목 1필을 보리 15말로 바꿔 왔다. 저녁에 막정과 춘이가 돌아와서 하는 말이, 조도어사 이철이 마침 부여에 왔는데 생원(오윤해)과 윤함이 찾아가 뵈었더니 맞이하며 몹시 기뻐하고 각각 쌀 7말과 감장 1말씩을 주었단다. 가면서 먹을 양식 자루가 이미 다 비어서 죽으로도 끼니를 이을 수 없어 온 집안이 한창 답답하던 차에 생각지도 못한 양식을 얻으니 더할 나위 없이 기쁘다. 다만 내일 갈 적에 말 두 필이 부족해서 온 집안이 함께 갈 수 없는 형편이다. 매우 걱정스럽다. 쌀 4말은 가지고 왔고 10말은 부여에 두고 왔다고 한다.

....

* 박동도(朴東燾): 1550~1614.《쇄미록》〈임진남행일록〉 10월 26일 일기에서 박동도가 부여 현감에 제수된 것을 확인할 수 있다. 일기에 따르면, 체찰사가 인사권을 부여받았기 때문에 궐원(闕員)이 생긴 부여 현감에 박동도를 임시로 임명했다가 뒤에 장계를 올렸는데 그대로 받아들여졌다고 한다.

* 이현 제수씨: 지난 5월 8일 일기에 따르면, 이현에 윤해의 양가(養家)가 있다고 했다. 이현 제수씨는 오희문의 동생인 오희인의 아내로 보인다.

◎ ─ 6월 16일

식사 후에 사포 숙부께 가 뵙고 작별하고 왔는데, 자못 섭섭해 하는 기색이 있었다. 이중순, 이중진, 윤민헌이 와서 모였다. 좌수 이은신(李殷臣)이 내가 왔다는 말을 듣고 나를 청하기에 들어가 만났더니 물만밥을 대접했다. 이익빈은 두 번이나 그 집에 갔는데, 마침 집에 없어서 직접 보고 작별하지 못했다. 안타깝다. 집에 돌아와 들으니, 광석에 사는 안사과가 와서 생원 박효제와 안세규를 보내 방문하도록 했는데 마침 내가 집에 없어서 만나지 못하고 그대로 돌아갔다고 한다. 매우 안타까운 일이다. 저녁에 이익빈이 와서 보고 갔다. 행장을 꾸리는데 말 두 필을 얻지 못하여 한창 걱정하던 차에 사포댁의 소와 이익빈의 소를 빌려서 처자식과 함께 갈 수 있게 되었다. 매우 기쁘다.

◎ ─ 6월 17일

닭이 울 때 출발해서 청양 땅 대치(大峙)* 아래 길 왼쪽 소나무 그늘 아래에 이르렀다. 아침을 먹고 참봉(오윤겸)은 먼저 정산으로 돌아갔다. 우리도 뒤따라서 겨우 고개를 넘었는데, 갑자기 소나기가 세차게 몰려와 세 차례 쏟아졌다. 위아래 옷이 모두 젖고 딸아이의 새 치마도 모두 더러워졌으며 둘째 딸은 울음을 그치지 않으니, 한편으로 우습기만 하다.

정산현에 들어왔다. 현감 김장생(金長生) 공은 곧 참봉(오윤겸)의 친구이다. 극진하게 대접하여 위아래 사람 20여 명에게 모두 양식을

....

* 　대치(大峙): 청양군 칠갑산(七甲山)에 있는 고개이다. 대현(大峴)이라고도 한다.

한 되씩 첩으로 써서 내주고, 젖은 의복은 숯불을 피워 말리게 해 주었다. 날이 저물어 현감이 나에게 소주를 대접했다. 나는 더위를 먹어 배가 아팠는데 연거푸 석 잔을 마시자 복통이 조금 나아졌다. 기쁘다. 오늘이 초복(初伏)이라 그런지 더위가 보통날보다 갑절은 더 심했다.

◎ ― 6월 18일

날이 흐리고 비가 내리니 매우 걱정스럽다. 현감이 쌀 2말, 보리쌀 2말, 소두(小豆) 1말, 조기 1뭇, 감장 1말을 주었다. 길을 가는 데 필요한 양식은 걱정이 없게 되었으니 매우 고마운 일이다. 아침 느지막이 비가 그쳤다. 길을 출발해서 왕진(王津)* 북쪽에 있는 갓지의 아비 유령(有齡)의 집에 이르러 점심을 먹었다. 집사람이 곽란(霍亂)에 걸려 토하고 설사를 하므로 조금 낫기를 기다렸다가 왕진을 건너 정사과댁이 머물고 있는 곳에 들어갔다. 집사람과 작은딸을 그곳에 묵게 하고 나머지는 부여현으로 달려왔더니 날이 벌써 저물었다. 마침 현감이 오늘 낮에 공주에서 돌아왔기 때문에 우리 일행의 식사를 넉넉하게 잘 챙겨 주었다.

◎ ― 6월 19일

이른 아침에 사내종 세만에게 소 두 마리를 끌게 하여 홍주로 돌려보냈다. 다만 소 등에 종기가 나서 걱정이다. 또 우리 일행 모두가 더위에 시달려서 더위를 먹고 복통을 앓는 사람이 많기 때문에 하는 수 없

....

*   왕진(王津):《신증동국여지승람(新增東國輿地勝覽)》제18권 〈충청도 부여현〉 조에 따르면, 왕진은 "북쪽 15리에 있는데 정산으로 통한다."라고 했다.

이 그대로 머물렀다.

새벽에 생원(오윤해)이 제 어머니를 모셔 오기 위해 정사과댁이 우거하고 있는 집에 갔다. 잠시 후 정사과댁과 함께 와서 곧장 삼가댁(三嘉宅)*이 피난 와서 머물고 있는 시골집에 이르렀다. 나는 아침 식사 후에 아헌(衙軒)*에 가서 현령을 만나 뵙고 배를 빌렸다. 내일 처자식을 배에 태워 물길을 따라 남쪽으로 내려가도록 하기 위해서이다.

양식으로 쓸 쌀 2말, 조기 2뭇, 감장 5되, 간장 1되, 젓갈 1되를 부탁하여 얻어서 혼자 먼저 출발했다. 조도어사 이강중을 만나기 위해서이다. 말을 타고 달려서 임천에 도착해서 들으니 운량어사(運粮御史) 강첨(姜籤)*이 고을에 들어왔다고 한다. 문밖의 비어 있는 인가에 물러나 있으면서 먼저 사내종을 시켜 이름을 전하자 강중이 즉시 사람을 보내서 문안했다. 잠깐 앉아 있었더니 또 사람을 보내 초대했다. 강중과 강공(姜公)은 요산루(樂山樓)에 올라 활을 쏘고 있었는데, 내가 들어가 보자 인사를 나누고 나란히 앉았다. 그 자리에 있던 사람은 금성정(錦城正),* 파계수(坡溪守) 및 한산 군수(韓山郡守) 신경행(辛景行)* 공, 강중의

....

* 삼가댁(三嘉宅): 박동도의 장모이다. 《쇄미록》 〈임진남행일록〉 10월 14일 일기에 박동도가 장모인 삼가댁과 식구들을 데리고 황해도에서 바닷길을 이용해 삼가댁의 농장이 있는 홍주로 왔을 때 윤함을 만난 일이 실려 있다. 삼가댁은 오희문의 부인의 외사촌으로, 한양에 있을 때 사이좋게 지냈다.

* 아헌(衙軒): 지방 수령이 공무를 처리하는 곳이다. 동헌(東軒)이라고도 한다.

* 강첨(姜籤): 1559~1611. 병조좌랑을 지내던 중 임진왜란이 일어나자 충청·경상도의 운량어사가 되어 군량 조달에 힘썼다.

* 금성정(錦城正): 이의(李儀, ?~?). 성종(成宗)의 왕자인 익양군(益陽君) 이회(李懷)의 손자이고, 장천군(長川君) 이수효(李壽鱙)의 아들이며, 양성정(陽城正) 이륜(李倫)의 동생이다. 오희문의 부인은 이회의 외손녀이니, 이의와는 외사촌 간이다.

* 신경행(辛景行): 1547~?. 1592년 한산 군수에 임명되었다.

사촌 형 양사원(梁思遠)이었다. 금성정은 곧 나의 처사촌인데, 역시 한산 땅에 피난해 있다가 서로 만나니 더할 나위 없이 기뻤다.

파계수는 금성정의 큰형인 양성정(陽城正)[*]의 막내아들이다. 종일 이야기를 나누다가 강공이 먼저 관사로 돌아갔다. 우리들은 누각에서 내려와 또 요수헌(樂水軒)에 앉았다. 진사 윤시남(尹是男)이 또 왔기에, 서로 이야기를 나누다가 밤이 깊어서 파했다. 나는 양사원과 윤시남 두 공과 함께 강중이 거처하고 있는 상방(上房)에서 같이 잤다.

요수헌은 상동헌(上東軒) 북쪽에 있는데, 연못 위에 집을 짓고 물을 끌어다가 못으로 흘러가게 해서 그 안에 연꽃을 심었다. 마침 늦여름이라 연꽃이 활짝 피어서 바람이 불면 향기가 당(堂)에 가득했다. 동북쪽 담장 아래에는 성긴 대나무가 묶어세운 듯 서 있는데, 푸른 잎이 땅에 늘어져 있고 대나무 틈에는 매화나무 두 그루와 왜철쭉 다섯 그루가 있었다. 참으로 아름다운 경치이다.

◎ ─6월 20일

이른 아침에 강중과 우리들이 또 요수헌에 앉아서 함께 식사를 하는데, 관에서 연포(軟泡)[*]를 내왔다. 강중이 첩을 써서 나와 금성, 파계, 양사원과 윤시남 공에게 쌀을 각각 2말씩 주었다. 내게 딸린 식구가 몹시 많기 때문에 죽은 아우의 아내 및 네 아들에게도 이름을 써서 각각 2말씩을 더 주었으니, 곧 여섯 명의 이름으로 모두 12말이었다. 매우

....

* 양성정(陽城正): 이륜(李倫, ?~?). 익양군 이회의 손자이며, 장천군 이수효의 아들이다. 오희문의 부인은 이회의 외손녀이니, 이륜과는 외사촌 간이다.

* 연포(軟泡): 얇게 썬 두부 꼬치를 기름에 지진 다음 닭국에 넣어 끓인 음식을 말한다.

기쁘다. 또 부여현에서 보리 20말과 소금 5말을 지급하라는 내용으로 관문을 작성해서 보내 주어서 나중에 찾아올 계획이다.

한산 군수 신경행은 예전에 한양에 있을 때 조경유(趙景綏)*의 집에서 여러 번 만났다. 그런데 오늘 서로 만나서는 그도 알아보지 못하다가 관사에 돌아간 뒤에 금성정에게 듣고 비로소 알아차리고는 곧바로 사람을 보내 문안했다. 나도 강중을 시켜서 빈 가마니[空石]를 구했는데, 한산 군수가 즉시 첩을 써서 빈 가마니 200닢[葉], 정조 10말, 조기 2뭇, 장어(長魚) 10마리, 청어(靑魚) 10마리를 보내 주었다. 몹시 기쁘다. 이 또한 참봉(오윤겸)과 잘 알고 지내는 사이였기 때문이다.

아침 식사 후에 어사 강첨이 따라와서 강중에게 누대에 올라 활을 쏘자고 청했다. 우리들도 따라 올라가서 활을 쏘았다. 관아에서 개장국을 대접해 주었다. 저녁에 행조 사람이 비변사의 관문을 가지고 왔기에 열어 보니, 강중이 조도(調度)를 잘못한 일 때문에 교체하여 강공을 조도어사로 임명한다는 내용이었다. 강중은 무거운 짐을 벗은 듯하지만, 우리들은 그에게 많이 힘입었는데 뜻하지 않게 교체되니 안타까운 마음을 금할 수 없었다. 바로 끝내고 내려오다가 또 요수헌에 앉아서 이야기를 나누고 밤이 깊어서야 파했다.

◎ ─ 6월 21일

이른 아침에 들으니 처자식이 어제도 오지 않았다고 한다. 식사 후

─────────

* 조경유(趙景綏): 조응록(趙應祿, 1538~1623). 자는 경유이다. 임진왜란 때 함경도로 피난 가는 세자를 호종했고 난이 끝난 뒤 통정대부에 올랐다.

에 강중과 작별하고 고을 동쪽 10여 리쯤 되는 곳으로 달려왔다. 이곳은 내가 옮겨서 우거할 소지(蘇騭)의 빈집이다. 집은 탁 트이고 훤한데다만 좁아서 종들이 거처할 곳이 없고, 또 잡동사니 물건들을 간수해둘 곳이 없다. 사방 이웃이 모두 멀리 있고 소씨(蘇氏)의 집만 있으니, 이것이 유감이다. 소지명(小地名, 최소 행정구역 지명)은 소지동(小知洞)이고, 대지명(大地名)은 수다동(水多洞)이라고 한다.

사내종 막정과 명복이 끌고 온 말 2마리와 이곳에서 얻은 소와 말까지 4마리를 끌고 물가에 가서 처자식이 오기를 기다렸다. 날이 저물어서야 온 식구가 함께 들어왔다. 주인이 저녁밥을 대접했다. 매우 미안했다. 부여 현감이 쌀 8말과 반찬거리를 보내 주었다. 매우 감사하다. 사내종과 말이 부족해서 짐을 다 실어 오지 못했기 때문에 생원(오윤해)이 배 위에서 잠을 자면서 지키고 있다.

들자니, 경상도에 머물러 있던 적들이 곧장 전라도로 향하다가 지금 함양(咸陽) 땅에 도착해서 전라도 사람들이 술렁이고 있다고 한다. 그러나 사실인지는 알 수 없다. 소지가 사내종을 데리고 물고기 1바리[駄]를 잡아와 회를 쳐서 먹으면서 추로주 한 잔을 마셨다.

◎ ─ 6월 22일

생원(오윤해)이 들어왔다. 부여에서 보내 준 뱅어젓을 배에서 잃어버렸다고 한다. 안타깝다. 종일 소지의 집에서 누워 쉬니, 덥고 답답했던 심회가 조금은 풀리고 객중(客中)의 무료함이 거의 달래졌다.

◎ ─ 6월 23일

날이 밝기 전에 사내종 막정을 한산으로 보냈다. 전에 첩으로 써 준 물건을 받아 오기 위해 주인의 사내종과 말을 빌려서 보냈다. 아침에 사내종 명복을 시켜서 풀을 베어 오라고 했더니 명령에 순종하지 않을 뿐 아니라 불순한 말을 많이 하기에 발바닥을 때렸다. 소지가 사내종들을 데리고 물고기를 잡아 왔다. 저녁때 그와 함께 밥을 짓고 물고기를 삶아서 먹었다.

막정이 한산에서 돌아왔는데, 첩으로 써서 지급해 준 물건을 받아왔지만 빈 가마니는 저장해 둔 것이 없어서 얻지 못했다고 한다. 내한 조희보가 쌀 1말 5되와 반찬거리를 보내왔다. 매우 감사하다. 이웃에 사는 류선각(柳先覺) 공이 와서 만나고 갔다. 참봉(오윤겸)이 활을 쏘다가 화살이 튕겨서 오른쪽 눈을 다쳤다. 몹시 위태롭다.

◎ ─ 6월 24일

갓지가 집으로 돌아갔다. 한림 조희보가 계집종을 보내 문안하면서 생선구이와 생선국을 함께 보냈다. 참봉(오윤겸)과 두터운 교분이 있기 때문에 이와 같이 정중한 것이다. 또 소나무를 이어 처마를 만들려고 하는데 긴 나무를 얻지 못해서, 소지가 사내종과 짐 싣는 말 3마리를 끌고 류공(柳公) 선각의 산에 가서 나무를 베어 왔다.

◎ ─ 6월 25일

아침에 조한림이 떡과 생선구이와 고깃국을 보냈는데, 바로 대상(大祥)*을 지내고 남은 것이다. 사내종 춘이를 부여에 보냈다. 이강중이 준 물건을 받아 오기 위해서이다. 저녁때 춘이가 보리 20말, 소금 2말을 싣고 왔다. 함열 현감이 사람을 보내 문안했고, 백미 2말, 소금, 웅어 2두름, 준치[眞魚] 4마리, 쌀새우젓[白蝦醢] 3되를 아울러 보냈다. 매우 감사하다. 진사 한겸(韓謙)*이 왔다 갔다.

◎ ─6월 26일

날이 밝기 전에 소지가 사내종들을 데리고 소나무를 이어 처마를 만들었다. 아침 느지막이 생원(오윤해)이 함열에 갔다. 함열 현감이 어제 편지를 보내 불렀기 때문이다. 참봉(오윤겸)은 기운이 편치 않아서 같이 가지 못하고 소지가 따라갔다. 아침에 조한림이 생선구이, 고깃국, 닭고깃국을 보내왔다. 계속해서 맛있는 음식을 보내 주니 더할 나위 없이 감사하다.

참군(參軍) 이뢰(李賚)*가 이 고을 사내종의 집에 왔다가 우리들이 여기에 와 있다는 말을 듣고 찾아왔다. 만날 줄 생각지 못했던 터라 매우 기쁘고 위안이 되었다. 저녁밥을 대접해서 보냈다. 오후부터 비가 내리기 시작해서 저녁 내내 내리더니 밤이 되어서도 그치지 않았다. 임시로 지은 집이라 비가 새고 사내종들은 잘 곳이 없어 허둥대며 안정하지 못했다. 안타깝다.

계집종 동을비는 여기에 도착한 날부터 이질(痢疾)에 걸렸는데, 지금까지 조금도 차도가 보이지 않고 누운 채로 설사를 하고 있다. 상태

....

* 대상(大祥): 사람이 죽은 지 두 돌 만에 지내는 제사이다.
* 한겸(韓謙): 1554~?. 1585년 식년 사마시에 입격했고 1606년 증광시 문과에 급제했다.
* 이뢰(李賚): 1549~1602. 오희문의 처사촌이다. 한성부 참군을 지냈다.

가 매우 위중하니 분명 일어나지 못할 게다. 걱정스럽다. 진사 조정호(趙廷虎)*가 찾아와서 보고 갔다. 조정호는 윤함의 어릴 적 친구로, 윤함과 교분이 두텁다. 점심밥을 대접해서 돌려보냈다. 그는 지금 고산(高山)에 와 있다고 한다.

◎ ─ 6월 27일

날이 흐리고 바람이 불면서 때때로 비도 내렸다. 참봉(오윤겸)은 눈을 다친 이후로 기운이 몹시 편치 않다. 눈동자가 빨갛고 찌르는 듯한 통증이 있다고 하니 매우 걱정스럽다. 저녁에 세만이 홍주에서 들어왔다. 참봉(오윤겸)의 처자가 용곡에서 사내종 용복(龍卜)의 집으로 옮겨 와 머물고 있다고 한다. 춘이는 서천으로 돌아갔다. 오늘은 중복(中伏)이다.

◎ ─ 6월 28일

밤새도록 바람이 불고 비가 내리더니 아침이 되자 세차게 쏟아졌다. 낮이 되어서야 비로소 그쳤다. 함열 현감이 사람을 시켜 농어[蘆魚] 1마리, 피라미[鰷魚] 1마리, 웅어 10마리를 보내왔다. 집사람이 이곳으로 올 때부터 곽란을 앓았는데, 지금까지 차도가 없는 것은 음식을 제대로 먹지 못했기 때문이다. 즉시 회를 쳐서 먹고 또 탕을 끓여 함께 먹었다. 물에 넣어서 보냈기 때문에 좋은 맛이 변하지 않아 마치 막 잡은 것 같았다.

....

* 　　조정호(趙廷虎): 1572~1647. 1612년 문과에 을과로 급제했다.

저녁에 생원(오윤해)이 함열에서 돌아왔다. 함열 현감이 쌀 10말, 보리 1섬, 밀가루 2말, 참깨 1말, 준치 3마리, 잡젓[雜醢] 1말, 감장 2말, 간장 3되, 미역 2동, 소금 1말, 돗자리[寢席] 1닢, 말편자[馬鐵] 2부(部), 찹쌀 5되를 보내왔다. 이런 때에 지극히 후한 뜻이 아니면 어찌 이렇게 손을 크게 쓸 수 있겠는가. 깊이 감사하다.

◎ ─6월 29일

참봉(오윤겸)이 처자식이 머물고 있는 홍주로 돌아갔다. 또 사내종 막정과 안손이 말 두 필을 끌고 함열로 갔다. 지붕을 얹을 때 쓸 빈 가마니를 실어 오기 위해서이다.

또 들으니, 우리나라의 여러 장수가 대군을 거느리고 함안군(咸安郡)에 들어가 점거하고 있는데, 다만 지리적 이점이 좋지 않아서 많은 사람을 수용할 수 없으므로 여러 장수들이 의령(宜寧)으로 물러나서 보전하고 정진(鼎津)을 거점으로 해서 지키려고 한단다. 그런데 전라도 순찰사 권율이 "오직 전진이 있을 뿐, 한 발짝도 물러나서는 안 된다." 라고 하면서 뜻을 고집하고 허락하지 않자, 이에 거제 현령(巨濟縣令) 김준민(金俊民)이 큰소리로 "우리나라의 일은 항상 유자(儒者)들이 그르쳤다. 융통성 없이 고집만 앞세우면서 나아가지도 물러나지도 않으면 적에게 패할 것이 분명하다."라고 하고 고언백(高彦伯)*도 큰소리로 배

<hr />

* 　고언백(高彦伯): ?~1608. 임진왜란이 일어나자 영원 군수로서 대동강 등지에서 적을 맞아 싸우다가 패배했다. 그러나 계속 분전하여 그해 9월 왜군을 산간으로 유인해서 지형을 이용하여 62명의 목을 베었다. 그 이듬해 양주에서 왜군 42명을 참살했는데, 그 공으로 선조가 그를 특별히 당상관으로 올리고 양주 목사로 삼아 능침(陵寢)을 보호하도록 했다. 양주에서는 장사를 모집하여 산속 험준한 곳에 진을 치고 복병했다가 왜군을 공격하여 크게 전과를

척해서 의논이 일치하지 않아 결정하지 못했다고 한다. 그런데 이때 적이 갑자기 몰려와서 여러 군사가 무너져 흩어지니, 적이 승세를 타고 쫓아와서 우리 군사를 많이 죽이고 정진을 건너 의령으로 들어가 점거하고 있다고 한다. 의령은 전라도와의 거리가 멀지 않기 때문에 전라도도 술렁거려 순찰사는 남원(南原)으로 달아났고 함안에 있던 군기(軍器)와 군량(軍糧)을 빼앗겨 도리어 적을 도와주는 꼴이 되었다고 한다. 참으로 안타깝다.

또 적들이 진주로 향하여 날마다 분탕질을 하면서 성의 5리 밖에 무수히 진을 치고 먼저 포수 70여 명으로 하여금 성을 공격하게 하여 충돌했는데, 성 위에서 쇠뇌를 일제히 쏘자 15명이 화살에 맞아 즉사했고 수급(首級) 10개를 베니 나머지 적들이 모두 도망쳐 돌아갔다고 한다. 진주는 경상 우병사[慶尙右兵使, 최경회(崔慶會)*], 충청 병마절도사[황진(黃進)], 창의사[倡義使, 김천일(金千鎰)], 건의장[建義將, 고종후(高從厚)] 및 여러 의병이 성으로 들어가 굳게 지키고 있고* 형세도 험해서

....

올렸다.
* 최경회(崔慶會): 1532~1593. 임진왜란이 일어나자 형 최경운(崔慶雲), 최경장(崔慶長)과 함께 고을 사람들을 효유(曉諭)하여 의병을 모집했다. 1593년 6월 가토 기요마사 등이 진주성을 다시 공격해 오자 창의사 김천일(金千鎰), 충청 병마절도사 황진(黃進), 복수의병장 고종후(高從厚) 등과 함께 진주성을 사수했으나, 9일 만에 성이 함락되자 남강에 투신했다.
* 진주는……있고: 제2차 진주성 전투 직전의 상황을 말하고 있다. 이보다 앞서 6월 15일에 약 9만 3천여 명에 달하는 왜군이 김해, 창원으로부터 대거 수륙으로 병진함으로써 제2차 진주성 전투의 서막이 올랐다. 왜군은 6월 16일 함안에 들어와 분탕했고, 6월 18일부터 정진을 공격하기 시작하여 6월 20일 정진을 건너 의령을 분탕했다. 6월 21일 왜군이 의령 경내에 가득했고 점차 진주성 동쪽 방면으로 진출했다. 또한 군사를 단성, 삼가 및 남강변 등지로 진출시켜 원군이 이르지 못하도록 진주 일원을 완전히 봉쇄했다. 당시 진주성의 수성군의 전체 규모는 경상우도와 충청도의 관군과 전라도 의병을 주축으로 대략 6, 7천 명 정도였

전혀 잃을 리가 없다고 한다.

남평 현감(南平縣監)이 대구부(大丘府)에 있으면서 급히 보고한 내용에, "심유격(沈遊擊)이 왜인 35명과 우리나라 배신 1명, 황정욱의 식구 5명을 데리고 부산에서 안주(安州)로 향하는 길이니 온 도의 인마를 정돈하라는 일로 선문(先文)*이 왔다."라고 했는데, 어떤 뜻인지 알 수가 없다. 두 왕자가 지금 부산에 있다고 하는데,* 또한 사실인지 알 수 없다.

참봉(오윤겸)은 말이 파리해서 나아가지 못했기 때문에 5리 남짓 가다가 하는 수 없이 돌아왔고, 춘이도 돌아왔다.

7월 작은달

◎ — 7월 1일

참봉(오윤겸)이 비로소 홍주로 돌아갔고, 사내종 춘이는 진위로 갔다. 충아가 대역(大疫, 천연두)을 앓는다는 말을 들었기에 사람을 보내서 안부를 물었다. 안손을 시켜서 오미자를 함열로 보냈다. 함열 현감이 요새 더위를 먹어서 오미자를 구한다고 했는데, 어제는 잊어버려서 오늘 사람을 시켜 보낸 것이다. 그러나 안손이 문을 나설 무렵에 함열에서 보낸 사람이 와서 받아 가지고 갔다.

오후에 조한림이 사람을 시켜서 두 가지 떡과 과일 및 물고기와 고기구이, 양(胘) 보시기[保只]와 점주(粘酒) 1사발을 보내 주어 처자식들과 함께 먹었다. 타향을 떠돌며 사방을 돌아보아도 친구가 없는데, 조희보만이 홀로 이와 같이 후하게 대해 주니 감사하기 이를 데 없다. 분명 초하루 제사를 지내고 남은 음식일 것이다. 정랑(正郞) 조응록(趙應祿)의 아들이 와서 보고 갔다. 그도 난리를 피해서 이 고을에 와 있다.

정랑은 지난달 중순에 행재소로 돌아갔다고 한다.

저물녘에 종사(從事) 김상용(金尙容)*이 서산(瑞山)에 피난 와 있는 부친을 뵙고 전라도로 돌아가는 길에 이 고을에서 묵었다. 참봉(오윤겸)이 이 고을에 와 있다는 말을 듣고 편지를 보내 안부를 묻고 내일 지나갈 때에 들르겠다고 했다.

사내종 막정이 임천 장에 가서 쌀 2말 5되를 9새[升] 모시 40자로 바꾸어 왔고, 또 쌀 1말을 생모시 2근 2냥으로 바꾸어 왔다. 곡물 값이 비싸기 때문에 정목 1필 값이 보리 4, 5말이라고 하니, 사람들이 모두 전에는 이런 적이 있었다는 말을 듣지 못했다고 한다. 그래서 모시 값이 또 이처럼 싼 것이다. 모시로 인아의 여름옷을 지으려고 한다.

◎ ― 7월 2일

집사람이 어제부터 이질을 앓아 하루에 여덟아홉 번 설사를 하고 식음을 전폐하여 기운을 차리지 못하고 있다. 백오계(白烏鷄)*로 이질을 치료하고자 안손을 함열에 보내서 얻어 오게 했다. 오후에 윤함이 직접 류선각 공의 집에 가서 오계(烏鷄)를 구하려고 했는데, 오계가 없어서 황계(黃鷄)를 얻어 왔다. 조방직(趙邦直)이 또 1마리를 보내왔다. 방직은 조경유의 아들이다. 저녁에 명복이 정산에서 돌아왔다. 강을 건널 때 어떤 사람이 베적삼을 잊고 그대로 가는 바람에 명복이 가지고 왔다고 한다. 입을 만해서 여름을 지내기에 걱정이 없을 듯하다.

....

* 김상용(金尙容): 1561~1637. 임진왜란 때 양호체찰사 정철의 종사관이 되어 왜군 토벌과 명나라 군사 접대로 공을 세워 1598년 승지에 발탁되었다.
* 백오계(白烏鷄): 털이 희고 뼈가 검은 닭이다. 흔히 오골계라고 한다.

◎ — 7월 3일

오늘은 할머니의 제삿날이다. 난리가 난 이후로 온 집안이 각지로 흩어져서 믿고 의지할 데가 없으니 어느 겨를에 선조(先祖)를 생각하여 잔을 올리겠는가. 슬픔과 안타까움을 이길 수 없다. 저녁에 경여가 익산(益山)에서 찾아왔다. 안손도 함열에서 돌아왔는데, 함열에서 닭 1마리와 소고기 포 5조(條)를 보내왔다.

들으니, 흉적이 진주를 포위한 지 7일째인데 성안의 장수들이 굳게 지키면서 날마다 촉석루(矗石樓)에 올라 음악을 연주해서 한가하고 편안한 모습을 보이고, 순변사(巡邊使)와 도원수는 밖에 진을 쳐서 성원하고 있으며, 성안에는 군량을 많이 쌓아 놓아서 1년을 지탱할 수 있을 것이라고 한다. 명나라 장수 지휘(指揮) 송대빈(宋大斌)과 참장(參將) 낙상지가 포수 1천여 명을 데리고 오늘내일 사이에 남원에서 팔량치를 넘어 전진할 것이고 이제독도 대군을 거느리고 내려간다고 하니, 진주는 분명 쉽게 함락되지 않을 것이다.* 또 진주를 굳게 지키면 그곳을 놔두고 전라도를 침범하지는 않을 것이다.

◎ — 7월 4일

소지의 집에서 경여와 함께 종일 바둑을 두면서 긴 여름날을 보냈다. 사내종을 시켜 그물을 가지고 물고기를 잡게 해서 저녁을 먹을 때 함께 끓여서 먹었다. 또 몇 달 동안 어머니의 소식을 듣지 못했으니, 밤

....
* 진주는……것이다: 이보다 앞서 6월 29일에 진주성이 함락되었는데, 소식이 아직 전해지지 않은 것이다. 오희문은 7월 6일이 되어서야 이 소식을 듣게 되었다.

낮으로 답답하고 걱정스럽다. 처음 생각에는 여기에 온 뒤에 곧장 가 뵈려고 했는데, 일이 많아서 가지 못했다. 열흘 후에 윤함과 함께 돌아가 뵐 생각이다.

◎ ─ 7월 5일

아침에 사내종 막정을 시켜 참봉(오윤겸)의 편지를 가지고 석성(石城)에 가도록 했는데, 석성 현감이 받아들이지 않아 그대로 돌아왔다. 소지의 집에서 하루 종일 경여와 함께 바둑을 두었다.

들으니, 진주성이 장마로 인해 무너져서 성을 포위하고 있던 적들이 삼대와 같이 몰려들어 성을 타고 올라오려 할 때 천자총통(天字銃筒) 7, 8문(門)을 한꺼번에 모두 쏘고 혹은 돌을 던지고 혹은 활을 쏘니 적의 사상자가 부지기수였다고 한다. 적은 또 남강(南江)에서 대나무로 뗏목을 만들어 강을 건너려고 했지만, 우리 군사가 비 오듯 화살을 쏘아 대자 놀라고 당황하여 이리저리 흩어져 물에 빠져 죽은 자가 얼마인지 모른다고 한다. 물에 떠내려온 시체가 강에 가득하니, 이 때문에 적의 형세가 크게 꺾여 포위를 풀고 물러가서 진을 쳤다고 한다. 의병장 최경회의 배리(陪吏)*가 통보한 내용이고 이탁(李晫)*이 익산에서 편지를 보내 전한 소식인데, 확실한지는 알 수 없다.

....
* 　배리(陪吏): 상관을 모시고 다니는 관리이다.
* 　이탁(李晫): ?~1594. 오희문의 처남인 이지의 사위이다.

◎ ─ 7월 6일

오후에 뜻밖에 이탁이 익산에서 걸어서 왔다. 이에 전라 순찰사의
전통(傳通)*을 보니, 좌의장(左義將) 임계영(任季英)이 급히 보고한 내용
에 "진주성 안에서 창의사 김천일과 충청 병마절도사 황진 및 이하 여
러 장수들이 6월 22일부터 밤낮으로 죽음을 무릅쓰고 혈전을 치렀으
나 같은 달 29일에 성 전체가 함락당했다고 하니 몹시 경악스럽다. 적
이 본 도의 경계를 넘는 일이 코앞에 닥쳤으니, 다시 들어가서 성을 지
킬 일이 몹시 급하다."라고 했다.

전라도에서 믿고 견고하다고 여긴 곳이 진주인데, 지금 성을 지키
지 못했다는 소식을 들으니 놀랍고 통탄스러움을 이길 수 없다. 이 때
문에 전라도 사람들이 술렁이면서 모두 충청도로 옮기려고 한다. 우리
식구들은 이곳으로 옮겨온 지 20일도 안 되었는데 또 이런 걱정을 만
났으니, 다시 옮겨서 경기도 안으로 돌아가고 싶지만 위아래 수십여 명
식구들의 식량을 얻기가 몹시 어려워 적의 손에 죽지 않더라도 반드시
굶어 죽을 것이다. 이 때문에 몹시 걱정스럽다. 적이 다시 팔량치를 넘
었다는 소식을 들은 뒤에는 처자를 데리고 북쪽으로 돌아갈 계획이다.

저녁에 소지가 함열에서 돌아왔다. 소지가 함열의 주탕(酒湯)*을 사
랑하여 오랫동안 돌아오지 않다가 이제 돌아왔으므로, 그 아내가 시기

....

* 전통(傳通): 상급 기관에서 하급 기관에 공적인 일을 긴급히 알리는 글이다.
* 주탕(酒湯): 관청 소속의 계집종으로, 미색이 뛰어난 여성을 말한다. 《국역 연산군일기(燕山
君日記)》 10년 12월 26일 기사에 "평안도 풍속에 자색이 있는 관비(官婢)를 주탕이라고 한
다."라고 했고, 《국역 목민심서(牧民心書)》 〈이전(吏典)·어중(御衆)〉 조에 "관비에는 두 종류
가 있다. 하나는 기생인데 일명 주탕이라고 하고, 하나는 비자(婢子)인데 일명 수급(水汲)이
라고 한다."라고 했다.

하여 큰소리로 다투다가 그의 망건과 옷이 찢어졌다고 한다. 우스운 일
이다.

◎ ― 7월 7일

이른 아침에 생원(오윤해)이 익산으로 가서 김상용이 그곳에 있는
지를 물었다. 그에게 환자를 얻어서 가는 동안에 먹을 양식으로 쓰려는
것이다. 이탁이 부여로 돌아갔다.

◎ ― 7월 8일

생원(오윤해)이 돌아왔다. 익산 군수가 쌀 2말, 보리 5말, 소금 1말,
감장 1말, 조기 2뭇을 보내 주었고, 아울러 내게 편지까지 보냈다. 후한
뜻에 감사하다. 들으니, 진주의 여러 장수들 가운데 황진, 김천일, 거제
현령 김준민이 직접 화살과 돌을 무릅쓰고 죽기로 혈전을 치르다가 탄
환에 맞아 죽었고 온 성이 모두 도륙을 당했다고 한다. 놀랍고 통탄스
러움을 이기지 못하겠다. 지금은 적의 선봉이 장차 산음(山陰)에 이를
것이라고 하니, 오래지 않아 분명 전라도를 침범할 것이다. 매우 걱정
스럽다.

또 들으니, 경상도의 적 4백여 명이 밀양성(密陽城) 밖에 진을 치자
독포사(督捕使) 박진(朴晉), 성주 목사(星州牧使) 곽재우(郭再祐) 및 여러
장수가 들어가 공격하기로 이미 약속을 정하고 명나라 장수에게 말했
더니, 총병(摠兵) 유정이 박진 등을 불러들여 하루 종일 뜰에 결박해 놓
고 적을 공격하지 못하게 했다고 한다. 자신들이 힘을 합쳐 적을 공격
하지 않을 뿐만 아니라 우리나라 장수들이 마음대로 적을 공격하지 못

하도록 결박하고 욕을 보여서 대략 적을 도와주고 있으니, 그 뜻이 무엇인지 모르겠다.

또 들으니, 명나라 군사 가운데 전라도로 내려간 자들이 길가 민가에서 끝도 없이 재물을 약탈하여 마치 적에게 봉변을 당한 것 같다고 한다. 심지어 전주 지역 지평(指平) 송영구(宋英耉)*의 집에 불시에 난입해서 소를 빼앗아 잡아먹고 귀중한 기물을 모두 빼앗았는데, 송공(宋公)의 처는 가까스로 도망하여 화를 면했다고 한다. 이들은 모두 이제독의 휘하인데, 군졸을 단속하지 않아 이런 지경까지 이르렀다. 이들은 모두 요계(遼薊)의 군사라고 한다. 송대빈, 낙상지 두 장수의 군사들은 털끝 하나도 범하지 않고 호령이 엄숙하여 지나는 곳이 편안했으니, 이들은 곧 절강(浙江)의 군사라고 한다. 매우 가상하다.

◎ ─ 7월 9일

춘이와 송이가 돌아왔다. 충아와 몽아가 모두 대역을 잘 넘겼다고 한다. 매우 기쁘다. 식사 후에 조한림을 찾아가 보았다. 그의 두 형인 희철(希哲)과 희식(希軾)도 모두 있었다. 이웃에 사는 조희윤(趙希尹)과 생원 정응창(鄭應昌)도 와서 함께 종일토록 이야기를 나누었는데, 주인집에서 점심을 대접했다. 조희윤은 어릴 적 이름을 희무(希武)로 했다가 지금의 이름으로 고쳤는데, 곧 내 어릴 적 동문 친구이다. 만나지 못한 지 30여 년이 되었는데, 오늘의 만남이 뜻밖이라 얼굴을 몰라보다

....

* 송영구(宋英耉): 1556~1620. 임진왜란이 일어나자 도체찰사 정철의 종사관으로 발탁되었고, 1593년에 군사 1천여 명을 모집하여 행재소로 향했으며, 그해 3월 27일에 사헌부 지평에 임명되었다.

가 각자 이름을 말한 뒤에야 비로소 알아보았다. 정생원(鄭生員)은 참봉(오윤겸)과 동년우인데, 피난해서 이곳에 와 있었다.

막정이 함열에서 왔다. 그편에 들으니, 적이 둘로 나뉘어서 한 편은 이미 산음으로 들어갔고 또 한 편은 지리산으로 향하여 거의 전라도에 임박했는데, 명나라 장수는 지금 남원에 있으면서 성 밖 독산(獨山)에 진을 쳤다고 한다.

◎ ― 7월 10일

정자 홍준(洪遵)*이 경상도에서 이쪽을 지나가다가 우리들이 여기 있다는 말을 듣고 들어와 보고 갔다. 홍공(洪公)도 의병장인데, 경상도에 있을 때 진주성으로 들어가지 않고 산음에 있다가 진주성이 함락된 뒤에 내달려 돌아온 것이다. 병마절도사 황진 및 충청도 수령으로서 죽은 자가 9명으로, 그 지역은 결성, 보령, 남포(藍浦), 서산, 태안(泰安), 당진(唐津)이며 나머지는 기억나지 않는다고 했다. 진주성이 함락된 까닭에 대해서는 사람들의 말이 달라서 확실하게 알 수 없다. 그러나 밤낮으로 혈전을 치른 지 8일이 되어 가는데도 밖에서는 개미 한 마리도 와서 구원하지 않고 적은 기세등등하여 합세해서 공격하는데, 하늘마저 돕지 않아 열흘 동안 계속된 장마로 성가퀴(성 위에 낮게 쌓은 담)가 무너져 내렸다고 한다. 황진과 김준민이 탄환에 맞아 죽자 군사들이 낙담했고, 적들은 갖가지 꾀를 내어 기어이 함락시키려고 마침내 풀단으로 성을 메워 성보다 높은 데서 탄환을 비 오듯 쏘아 대고 칼을 휘두르

....

* 홍준(洪遵): 1557~1616. 교리, 사간, 동부승지, 공조참의 등을 지냈다.

며 곧장 진격하여 충청도 군사가 먼저 궤멸되었으며, 이 때문에 함락되었다고 한다. 전에 피난 온 선비들도 모두 성안으로 들어갔다가 도륙을 당했다고 한다. 더욱 슬프고 참혹하다.

또 들으니, 최경선(崔景善)이 남원에 있을 적에 순찰사가 성을 지키고자 하여 사족(士族)들을 몰아넣었는데, 경선이 머뭇거리며 들어가지 않다가 순찰사에게 잡혀서 종일 군중(軍中)에 돌려지고 온갖 모욕을 받았다고 한다. 놀랍고 한탄스러움을 금할 수 없다. 저녁에 기성군(箕城君)이 찾아왔다. 이는 생각지도 못한 일이라 기쁨을 가눌 수 없었다. 마침 부여에 왔다가 우리들이 떠돌다가 여기에 와 있다는 말을 듣고 찾아온 것이다. 만일 정이 지극하지 않았다면 이같이 심한 더위에 어찌 멀리서 오려고 했겠는가. 그의 두 아들이 모두 적의 손에 죽임을 당했고 영북(嶺北)으로 떠도느라 온갖 고생을 했다고 하니, 듣고서 슬픔과 참담함을 견딜 수 없었다. 안손이 돌아왔다. 참봉(오윤겸)이 내일 올 것이라고 한다.

◎ ─ 7월 11일

기성군 영공(令公)이 식사 후에 부여로 돌아갔다. 오늘은 주인 소지의 아버지 기일이어서, 그의 형 소은(蘇隱)이 와서 여기에서 제사를 지냈다. 그래서 아침밥을 아주 잘 차려서 내왔다. 어제저녁에 달빛 아래서 앞 누대에 마주하고 앉았을 때도 주인집에서 좋은 술을 내와서 조용히 이야기를 나누다가 밤이 깊어서 파했는데, 오늘도 이같이 아침 밥상을 차려 내오니 한편으로 매우 미안하다.

참봉(오윤겸)이 홍주에서 왔다. 그편에 들으니, 막내 아이가 이질을 앓다가 요절했다고 한다. 슬프고 불쌍함을 견딜 수 없다. 1년 동안에 두 딸아이가 연이어 죽으니 슬픔이 더욱 크다. 또 들으니, 결성의 전답을 값을 치르고 샀다고 한다. 내년에 그쪽으로 옮겨 가서 농사를 힘써 지으면 굶주림을 면할 수 있을 게다. 그나마 위안이 된다. 다만 양식을 구할 힘도 없으니, 먹을 것 외에 농사에 쓸 것을 마련할 수 있겠는가.

◎ ─ 7월 12일

문화(文化) 조희철(趙希轍)*이 찾아왔다. 단양(丹陽) 신벌(申橃)* 씨도 대흥에서 지나다가 들렀다. 소지의 당에 함께 모여 앉아서 조용히 이야기를 나누다가 헤어졌다. 신벌 씨는 이 길로 익산으로 돌아갔다가 내일 전라도로 갈 계획으로 행장을 꾸렸다. 연전에 처자식이 각각 남북으로 떨어져 있어 고생을 함께하지 못했는데, 지금 또 형편 때문에 그들을 버리고 남쪽으로 왔다. 만약 흉적이 가까이 온다면 처자식은 북쪽으로 돌아가고 나는 어머니와 함께 바닷길로 섬에 들어가서 생사 여부를 아득히 듣지 못할 것이니, 처자식은 슬픔을 이기지 못하리라. 아무리 탄식한들 어찌하겠는가.

◎ ─ 7월 13일

아침 식사 후에 참봉(오윤겸)과 함께 출발해서 무수포(無愁浦)를 건너고 용안(龍安)을 지나 함열로 들어갔다. 함열 현감 신공이 즉시 동헌

....

* 　조희철(趙希轍): ?~?. 상주 판관, 고산 현감 등을 지냈다.
* 　신벌(申橃): 1523~1616. 오희문의 사위인 신응구의 아버지이다. 안산 군수, 세자익위사 사어 등을 지냈다.

으로 맞아들여 다과를 차려 내서 소주 석 잔을 마시고 파했다. 잠시 후 또 물만밥을 내와서 함께 먹었다. 나는 참봉(오윤겸)과 함께 낭청방(郎廳房)으로 먼저 돌아와 누워서 쉬었다. 저녁에 현감이 내려와서 함께 저녁밥을 먹었다.

현감이 노자로 백미 1말, 중미 1말 5되, 콩 1말, 조기 1뭇, 소고기 1덩어리, 소고기 포 5조, 새우젓 1되, 추로주 1선(鐥), 감장, 간장을 주었다. 쌀 1말, 소고기 포, 조기, 새우젓은 임천 집으로 보냈다. 길에서 숙수(熟手, 잔치 때 음식을 만들거나 음식을 만드는 일을 직업으로 하는 사람) 영환(永環)을 만났는데, 그는 이리저리 떠돌며 굶주려서 거의 죽을 지경이었다. 슬프고 불쌍함을 이기지 못하여 쌀 2되를 주어 하루 목숨이라도 보전할 수 있게 했다.

◎ ─ 7월 14일

날이 밝기 전에 밥을 먹고 출발하려는데 비가 퍼붓고 천둥과 번개까지 쳤다. 아침이 지나서야 조금 그쳤다. 곧 길을 나서서 임피(臨陂)를 거쳐 전주 신창진(新倉津)* 가의 등원루(登院樓)에 이르러 말을 먹이고 점심을 먹었다. 그리고 나루를 건너 달려서 김제(金堤) 땅에 이르렀다. 이 나루에는 긴 다리가 있었는데 지난여름에 큰물에 허물어져 배로 건네주는 사람이 있었다. 이에 나루를 건너 부안(扶安) 정병(正兵) 박원준(朴元俊)의 집에서 잤다. 그곳에는 수십여 집이 있었는데 모두 비어 있

....

* 신창진(新倉津): 현재 김제군 청하면에서 옥구군 대야면으로 건너오는 다리를 '새챙이 다리'라고 부르고 다리가 놓이기 전에는 이곳에 있던 나루를 '새챙이나루'라고 했다. 이 나루의 한자 표기가 신창진이다.

어 마당에 쑥대만 가득했고, 두어 집에만 사람이 살고 있었다. 원준에게 물었더니 대답하기를, "연전에 변란이 일어난 이후로 요역(徭役)이 전보다 10배나 심해지자 백성이 그 괴로움을 견디지 못하고 모두 다 도망쳐 떠나 버렸습니다. 비단 이곳만이 아니고 곳곳이 다 그러합니다. 우리들도 지금 살고 있기는 하지만 추수를 마친 뒤에는 떠나서 잠시라도 괴로움을 면하려고 합니다."라고 했다. 듣고 보니 참혹하고 측은함을 견딜 수 없다.

올 때에 길에서 선전관(宣傳官) 류형(柳珩)*을 만났다. 나에게 이르기를, "지금 영암에서 오는 길입니다."라고 했다. 노모의 안부를 물었더니, "지금은 모두 평안하지만 만일 적이 오면 마땅히 배를 타고 바다로 나가신다고 합니다."라고 했다. 류공(柳公)은 임경흠(林景欽)*의 사촌 아우이다. 총각 때 만났기 때문에 얼굴을 알아보지 못했는데, 그가 먼저 내 얼굴을 알아보고 자기의 성명을 말한 뒤에야 비로소 알아보았다.

어제 올 때 무수포 가에서 마침 전라도 순찰사의 장계를 가지고 가는 사람을 만났기에 적의 소식을 물었더니 대답하기를, "구례(求禮)를 분탕질한 적은 왜적이 아니었습니다. 곧 우리나라 사람이 왜적의 옷으로 바꿔 입고 왜인의 소리를 내자 목책을 지키던 군사가 모두 흩어지고 그곳에 사는 백성도 이 때문에 놀라고 동요하여 모두 도망쳐 달아나니, 적들이 재물을 노략질하고 집을 불태웠던 것입니다. 이때 마침

....

* 류형(柳珩): 1566~1615. 임진왜란이 일어나자 창의사 김천일을 따라 강화에서 활동하다가 의주 행재소에 가서 선전관에 임명되었다. 이순신(李舜臣)의 신망이 두터웠으며, 삼도수군통제사 등을 지냈다.
* 임경흠(林景欽): 임극신(林克愼, 1550~?). 자는 경흠이다. 오희문의 매부이다.

곡성 현감(谷城縣監)이 대여섯 명의 적을 붙잡아서 심문했더니 우리나라 사람이었습니다. 진주가 함락된 뒤에 왜적은 도로 나갔기 때문에 명나라 군사가 들어가 점거했습니다."라고 했다.

이 장계의 내용은 곧 전라도를 침범한 자가 왜적이 아니라는 것이다. 길가에서 들으니 사람들의 말도 이와 같았다. 만일 정말로 왜적이었다면, 이곳의 사람들이 분명 그렇게 동요하지 않았을 리가 없다. 산음에 쳐들어온 적도 역시 우리나라 사람이었다고 한다. 그러나 사실인지는 아직 알 수 없다. 우리나라의 여러 장수들이 왜적의 위세에 겁을 먹고 헛소문에 놀라 숨으니, 가는 곳마다 모두 그러하다. 비록 정탐하는 사람을 보내도 그 사람 역시 두려워 겁을 먹고 적진(敵陣)은 보지도 않은 채 중간에 돌아와서 떠도는 말로 허위보고를 한다. 그러므로 비록 관가의 문보(文報, 보고 공문)가 있어도 모두 헛일이니, 참으로 안타깝다.

◎ ― 7월 15일

새벽에 출발해서 고부군(古阜郡) 앞을 지나 10리쯤 되는 곳에 이르렀다. 시냇가 다리 아래에서 말을 먹이고 아침밥을 먹었다. 다만 볕이 쨍쨍해서 더위를 견딜 수 없어 나무를 베어다가 정자를 만들고 앉았다.

임피에서부터 고부군 앞까지 길가 좌우를 보니 들판의 절반 정도가 일궈지지 않았다. 비록 땅을 일구고 씨를 뿌린 곳이 있어도 대부분 김을 매지 않았고, 호미질을 한 곳이 있어도 싹이 자란 것이 두어 치[寸]에 지나지 않았다. 천 리나 되는 기름진 들판에 거친 풀만 눈에 가득하니 굶주리는 백성들이 어떻게 지탱할 수 있겠는가. 내년까지 가지 않아도 반드시 구덩이를 채우는 귀신이 될 것이다. 몹시 슬프고 참혹하다.

어제 오는 길에 7, 8세 되는 아이가 큰소리로 통곡하고 여인 하나는 길가에 앉아서 역시 얼굴을 감싸고 슬피 우는 것을 보았다. 괴이해서 까닭을 물었더니 대답하기를, "지금 제 남편이 우리 모자를 버리고 갔습니다."라고 했다. 내가 무엇 때문에 남편이 버리고 갔느냐고 물었더니 대답하기를, "세 사람이 떠돌면서 밥을 구걸했는데 이제는 구걸해도 얻지 못하여 굶어 죽게 생겼기에, 제 남편이 우리 모자를 버리고 혼자 갔습니다. 우리도 장차 굶어 죽을 것이 분명하니, 이 때문에 우는 것입니다."라고 했다. 이 말을 들으니 애통함과 측은함을 견디지 못하겠다. 부모 자식은 타고난 지친(至親)이고, 부부에게는 사랑하는 윤리가 있다. 아무리 짐승이라도 모두 사랑하고 불쌍히 여기는데 심지어 길바닥에 버리고 돌아보지 않으니, 부득이한 일이 아니고서야 어찌 이런 극도에 이르렀는가. 애처로운 우리 창생(蒼生)이 장차 다 없어지고 하나도 남지 않으리니, 안타까움을 견딜 수 있겠는가.

고부에서 약 10리 정도 못 간 길에서 생원 이규실(李奎實)을 만났는데, 처자식을 데리고 위쪽 지역으로 돌아가고 있었다. 까닭을 물었더니 말하기를, "영광(靈光)에 있다가 적이 전라도로 쳐들어온다는 소식을 듣고 뜻하지 않게 올라가고 있는데, 우선 한산에 있는 사내종의 집에 머물다가 만일 적이 오지 않으면 도로 내려가려고 합니다."라고 했다. 비단 이 사람뿐만이 아니다. 혹은 걷거나 말을 타고서 늙은이를 부축하고 어린아이를 이끌어 위로 올라가는 사족과 유민(流民)의 행렬이 길에 끊이지 않고 있다. 이들은 흐트러진 머리에 얼굴이 꾀죄죄해서 참혹하기가 차마 눈뜨고 볼 수 없었다. 슬프고 안타까움을 어찌하겠는가.

아침 식사 후에 노령(蘆嶺) 아래 군영(軍營)에 이르렀다. 점심을 먹은 뒤에 걸어서 고개를 넘어 장성까지 달려가니 날이 벌써 어두워졌다. 마침 현감 이옥여(李玉汝, 이귀)는 없고 그 형 이자 여훈(李資汝訓)*이 관아에 있었다. 즉시 이름을 전하니 동헌으로 맞아들여 함께 잤다. 이 고을은 돌아가신 아버지께서 부임하셨던 곳인데,* 옛사람 가운데 아는 이는 서너 명뿐이고 나머지는 모두 새로운 젊은이라서 나 역시 얼굴을 알지 못했다. 그들의 할아버지와 아버지의 이름을 물은 뒤에야 비로소 어떤 사람의 자식 손자인지 알았다. 아버지께서는 계해년(1563, 명종18) 겨울에 현감으로 왔다가 갑자년(1564, 명종19) 가을에 파직되어 가셨으니, 재임 기간이 채 1년도 되지 않았기 때문에 아는 사람이 적었다.

◎ ─ 7월 16일

연일 배도(倍道)*로 달려왔더니 사람과 말이 모두 지쳤는데, 또 비까지 내렸다. 나도 더위에 몸이 상해서 위로 토하고 아래로 설사하여 하는 수 없이 묵을 수밖에 없었다. 종일 큰비가 내리고 있어 내일도 출발할 수 없는 형편이다. 걱정스럽다. 여훈이 예리(禮吏)에게 말해서 가는 중에 먹을 양식으로 백미 1말 5되, 콩 5되와 반찬거리를 구해 주었다.

저녁에 검찰사 이산보의 종사관인 김상용 공이 나주(羅州) 등의 관

<hr>

* 이자 여훈(李資汝訓): ?~?. 이자의 자는 여훈이다. 오희문의 처사촌으로, 이귀의 형이다.
* 이 고을은……곳인데: 오희문의 아버지 오경민(吳景閔, 1515~1575)이 장성 현감을 지냈던 것을 말한다.
* 배도(倍道): 보통에 비해 곱절로 길을 빨리 걷는 것이다. 곧 이틀 걸릴 길을 하루에 가는 것을 말한다. 《손자(孫子)》〈군쟁(軍爭)〉에 "갑옷을 벗어 메고 걸음을 재촉하고 밤낮을 쉬지 않고 두 배의 길을 행군하여, 백 리를 가서 승리를 다툰다."라는 말에서 유래했다.

청을 순검(巡檢)하는 일로 마침 여기에 왔다가, 내가 여기에 와 있다는 말을 듣고 먼저 사람을 시켜 불렀다. 곧 낭청방의 굽은 다락[曲樓] 위로 올라가서 서로 이야기를 나누었다. 조금 있다가 관에서 다과를 내와서 함께 먹었다. 김공이 백립(白粒, 흰쌀) 6말, 콩 4말, 소금 1말, 감장 1말, 닭 2마리, 건어 2뭇, 소주 1병을 주었다. 생각지도 못했는데 이 물건들을 얻었으니, 사내종과 말이 돌아올 때 실어 간다면 처자식이 며칠 동안 연명할 수 있을 것이다. 기쁜 일이다. 김공은 곧 나의 처족(妻族)이요 참봉(오윤겸)과 동년우라서 아이들과 서로 매우 두텁게 교유했다. 전에는 만나 보지 못했지만 객지에서 만나니, 옛날에 서로 알고 지낸 사이 같았다.

◎ — 7월 17일

비는 쾌청하게 그쳤지만 앞길의 큰 하천의 물이 불어 건너기가 매우 어려울 듯하다. 억지로 건너다가는 반드시 물에 휩쓸릴 걱정이 있다고 하여 하는 수 없이 또 머물렀다. 그러나 현감이 없는 고을에 며칠씩 묵으려니 마음에 몹시 편치 않다. 다만 여훈이 관아에 있어 함께 회포를 푸니 이것으로 위안이 된다.

이른 아침에 관아에 가서 김종사(金從事)를 만나고 그길로 함께 우정정(友淨亭)으로 걸어가서 연꽃을 감상했다. 김공이 먼저 작별하고 금성(錦城, 나주)으로 향했다. 나도 관아로 돌아왔다. 우정정은 전에는 없었는데 전전(前前) 목사 이계(李啓) 씨가 처음 지었다고 한다. 어머니께 드리기 위해서 백미 1말로 모시 2근을 샀다.

◎ ─ 7월 18일

닭이 울 때 일어나서 밥을 먹고 여훈과 작별한 뒤 걸어서 반 식정 (15리)을 갔더니 동쪽이 비로소 밝아왔다. 나주 땅에 이르러 고(故) 목사 양응정(梁應鼎)*의 집 앞 냇가에서 점심을 먹었다. 오는 길에 큰 하천이 구불구불 이어져 있는데, 그 근원이 노령에서 나와서 나주 영산포 (榮山浦)로 흘러 들어간다. 오는 동안 하천을 18번 건넜는데, 맨 마지막에 건넌 곳은 물이 배꼽 아래까지 차서 말을 타고 건널 수가 없었다. 나도 옷을 벗고 사내종의 부축을 받아 간신히 건넜다. 어제 내린 비로 물이 불어 넘쳤기 때문이다.

나주부에 이르니 날이 이미 저물었다. 북문으로 들어가려고 했으나 문을 지키는 자가 문을 닫고 들여보내 주지 않았다. 이에 종을 시켜 서문으로 들어가서 종사 김상용에게 아뢰도록 했더니, 사령(使令)을 보내서 문안에 들이도록 했다. 임경흠이 여기에 왔다고 하기에 그 주인집에 가서 물었더니, 오늘 아침에 벌써 집으로 돌아갔다고 했다. 자고 간 이부자리도 아직 거두지 않았으니, 만나지 못해 몹시 안타까웠다. 나도 그 집에 묵기로 했는데, 그곳은 이 고을의 통판이며 참봉(오윤겸)의 처족인 사람의 집이다. 참봉(오윤겸)의 편지를 올리려다가 그러지 못하고 김종사로 하여금 통판에게 보내게 했더니, 즉시 사람을 시켜 문안하고 우리 일행의 식사를 보내 주었다. 술과 과일도 보내 주이 마셨다.

또 그가 자신이 있는 금성 관아로 나를 초대했다. 나는 출입이 불

....
* 양응정(梁應鼎): 1519~1581. 광주, 진주, 의주 등지의 목사를 지냈다. 이후 나주의 박산에 조양대와 임류정을 짓고 강학하며 후학을 길렀다.

편해서 사양했더니, 저녁에 또 술과 안주를 보내 주어 마셨다. 두 번 세 번 사람을 보내 문안하여 은근한 뜻을 다했다. 또 가는 동안 먹을 양식 으로 백미 2말, 콩 2말, 기름과 꿀 각각 1되, 말린 숭어 5마리, 새우젓 1말, 보릿가루[牟末] 3되를 주었다. 감사하기 그지없다. 통판의 성명은 이성남(李成男)이고, 어의동(於義洞)에 산다.

◎ ─ 7월 19일

처음에는 일찍 떠나려고 했는데, 어제 준 물건을 지금에서야 받았 기 때문에 늦어졌다. 통판이 내가 있는 곳에 와 보더니, 별도로 소고기 10덩어리를 주고 또 우리 일행의 점심을 싸 주었다. 서문으로 나와서 영암 부소원(夫蘇院)*까지 달려와 말을 먹이고 밥을 지어 먹었다.

오는 길에 농사 상태를 보니, 고부 이북은 이미 끝났고 남쪽으로 장성, 광주(光州), 나주를 거쳐 영암에 이르기까지는 벼와 곡식이 매우 잘 되었다. 올벼[早稻]와 기장이나 조는 절반을 베어 먹었지만 풍년을 기대할 수 있으니, 이곳 백성은 굶어 죽을 걱정을 거의 면할 듯하다. 점 심을 먹은 후에 구림(鳩林)*에 도착하니 날이 이미 저물었다. 즉시 어머 니를 뵈었더니 안색이 여전하셨다. 아우 희철과 임매(林妹)*, 인아, 조카 붕아도 모두 병이 없으니 매우 위로가 되고 기쁘다.

어제 묵었던 집의 주인은 바로 관아의 계집종 심이(心伊)이다. 일찍 이 경비(京婢)*가 되어 한양에 13년간 있었다가 지금은 좌상 윤두수의

....
* 　부소원(夫蘇院): 현재의 영암군 신북면 이천리 부선마을의 옛 지명이다.
* 　구림(鳩林): 현재의 영암군 군서면에 있는 마을이다.
* 　임매(林妹): 오희문의 여동생. 임극신의 부인이다.

훈비(勳婢)로 있고, 세공(歲貢)은 정목 20필로 정했다고 한다. 집이 서문 안에 있다고 하니, 왕래할 때 자고 가는 곳으로 삼고 싶다.

◎ — 7월 20일

체찰사 류성룡(柳成龍)의 종사인 판관 김탁이 곡식을 모으는 일로 여러 고을을 순시하며 지나다가 이 고을에 이르렀으니, 그는 곧 진사의 친구이다. 이곳을 지나다가 찾아와서 주인과 함께 냇가 모정(茅亭)에 마주하고 앉았다. 주인집에서 떡과 맛있는 안주와 추로주를 내와서 각각 한 순배를 마시고 파했다. 김공이 술을 마시지 않았기 때문이다.

잠시 후 또 물만밥을 내왔는데 반찬의 맛이 몹시 좋았다. 자리에 있던 사람은 주인과 나, 아우 희철, 생원 임환(林懽),* 진사 임현(林晛)*이었다. 임현은 임경흠의 조카이고, 임환은 임경흠의 매부이다. 날이 저물어 김종사가 도갑사(道岬寺)*에 가서 묵었는데, 임경흠이 내 아우 언명에게 함께 가서 자게 했다. 임경흠은 그의 조카와 함께 내일 아침에 가서 두부를 만들어 대접할 계획이란다.

일전에 계집종 복이[福只]*가 그 자식들과 함께 굶주려 죽었다고 들어서 항상 불쌍히 여겼다. 오늘 남쪽으로 와서 보니 복비(福婢)가 막내

....

* 경비(京婢): 영접도감 소속의 계집종이다. 사내종은 경방자(京房子)라고 했다.
* 임환(林懽): 1561~1608. 오희문의 매부인 임극신의 매부이다. 임진왜란과 정유재란 때의 공로를 인정받아 공조좌랑이 되었다.
* 임현(林晛): 1569~1601. 임극신의 조카이다. 승정원, 세자시강원, 예문관 등에서 벼슬을 했다.
* 도갑사(道岬寺): 영암 월출산에 있는 절이다. 신라 말기의 고승인 도선(道詵)이 머물렀던 곳으로 유명하다.
* 복이[福只]: 앞의 5월 8일 일기에는 복이의 한자가 'ㅏ只'로 나온다. 같은 인물로 보인다.

자식과 떠돌다가 어머니가 계신 곳으로 찾아왔는데, 그 어미와 둘째 아들의 생사는 모른다고 했다. 필시 죽었을 것이니, 슬픈 일이다. 막내딸은 중도에 죽었다고 한다. 또 삼촌 집의 계집종 양이(良伊)는 지난봄에 떠돌다가 이곳으로 왔는데, 제 어미와 할미의 죽음을 모르고 있다가 내가 오고 나서야 비로소 들었다. 안타까운 일이다.

◎ — 7월 21일

이른 아침에 임경흠이 그 조카와 함께 도갑사로 갔다. 또 누이가 생숭어를 얻어서 회를 쳐서 주었다. 한 대접을 먹었더니 몹시 배부르다. 오후에 임경흠과 언명이 절에서 내려와 요월당(邀月堂)*에 앉아서 이야기를 나누었다. 잠시 후 마을 사람 박준(朴濬), 박경인(朴景仁), 박주(朴澍), 진사 임환 및 피난 온 사람 김영휘(金永暉) 등 젊은이와 어른이 함께 모였다가 저녁 무렵에 자리를 파했다. 김영휘는 나의 칠촌 친척이고 순천에 살았던 고 태인(泰仁) 조숙관(趙叔灌)의 외손자이다. 조숙관은 아버지의 사촌이다. 영휘의 모친도 역시 여기에 와 있는데, 그의 처가가 있기 때문이다.

◎ — 7월 22일

저녁 내내 요월당에 있었다. 마을의 젊은이와 어른이 다 모여서 혹은 바둑을 두고 혹은 종정도(從政圖) 놀이를 하고 혹은 장기를 두고 쌍

---

* 요월당(邀月堂): 영암의 월출산 아래에 있는 나주 임씨들의 정자 이름이다. 임구령(林九齡)이 1536년에 세웠다.

륙(雙陸)*을 하면서 즐겁게 놀며 긴 날을 보냈다.

◎ — 7월 23일

저녁 내내 요월당에 있으면서 소년들이 장기와 바둑을 두며 노는 것을 보았다. 오후부터 속머리가 약간 아프고 기운이 몹시 편치 않더니, 저녁에는 귀밑머리에 땀이 나서 젖었다가 약간 나아졌다. 학질 기미인 것 같아서 걱정이다. 다음날 다시 보면 알 것이다. 사내종 막정을 시켜 거친 포목 3필을 미역[小藿] 45동과 절인 고등어 13마리로 바꾸어 왔다.

◎ — 7월 24일

식사 후에 아우와 서호정(西湖亭)으로 나갔다. 별좌 임환과 진사 임현이 뒤따라왔다. 잠시 후 이웃 김영휘와 그 처남 고기후(高基厚)가 따라와서 함께 소나무 그늘 아래에 앉아 있는데, 김영휘의 집에서 점심을 내왔다. 또 사내종을 시켜서 앞내에 가서 물고기를 잡게 했더니 우연히 은어(銀魚) 1마리를 잡았는데 크기가 청어만 했다. 즉시 어머니의 주방으로 보내서 구워 드리라고 했다.

저녁 식사 때 별좌 임자중(林子中)이 술과 안주를 가지고 와서 함께 마셨다. 병이 비자 또 1병을 가져오게 했고, 이것도 다 마시자 또 더 가져오게 했다. 나는 기운이 편치 않아서 먼저 돌아왔고, 아우는 여러 사람들과 저녁내 마시다가 어두워진 뒤에 크게 취해서 돌아왔다. 내 병의

....
* 쌍륙(雙陸): 편을 갈라 차례로 주사위를 던져 말을 써서 먼저 궁에 들어가기를 다투는 놀이이다.

증세는 며느리고금인 것 같지만 어제보다는 조금 나아졌다. 임경흠은 배를 만들 재목을 베어 오는 일로 배를 타고 서호(西湖)를 건너갔기 때문에 참석하지 않았다. 인아가 임천에 갔다가 막정과 명복을 데리고 돌아왔다.

◎ — 7월 25일

이른 아침에 박 넝쿨을 가져다가 태워서 술에 타서 마셨다. 학질을 고치기 위해서이다. 누이가 새로 숭어를 얻어서 회를 쳐 주었다. 아우는 다 먹었는데 나는 절반도 먹지 못하고 조카 붕아에게 주었다. 요사이 더위가 몹시 심했는데, 지금은 더욱 극에 달했다. 인아가 어떻게 올라가려나. 걱정스럽기 그지없다. 진사의 말을 빌려 타고 돌아가다가 장성에 가서 돌려보내고 만일 장성에서 말을 얻지 못하면 머물면서 우리 일행을 기다리라고 일러 보냈다. 나도 다음 달 초에 돌아갈 작정이다.

어제 막정이 가져온 물품은 작은 미역 45동, 절인 고등어 23마리이다. 그 가운데 고등어 10마리는 진사가 더 준 것이다. 말린 숭어 1마리, 홍합 5되, 젓갈 1항아리, 작은 전복 5곶[串]은 누이가 주었으니, 추석 제수(祭需)로 쓸 것이다. 미역 1동이라는 것이 겨우 한 움큼이니, 수는 비록 많으나 실은 큰 것 1동만도 못하다.

오늘은 바로 나의 생일이다. 누이가 교아(交兒) 상화병(霜花餅)*을 쪄서 먼저 신주 앞에 올리고 나에게 큰 그릇으로 하나를 주었지만 학

....
* 상화병(霜花餅): 밀가루를 막걸리로 반죽하고 누룩을 넣어 발효시킨 다음 팥소를 넣고 채소나 고기 볶음 따위를 얹어 시루에 쪄낸 떡이다. 상화고(霜花糕)라고도 한다.

질을 앓고 있어서 먹지 못했다. 오후부터 학질을 앓다가 저녁때가 되자 조금 나아졌다. 아주 심하지는 않은데 다만 속머리가 조금 아프다.

◎ ― 7월 26일

오늘은 처서(處暑)이다. 이른 아침에 박 넝쿨을 태운 재를 술에 타서 또 마셨다. 학질이 비록 위중하지는 않지만 아픔이 여러 날 계속되니 몹시 피곤하다. 답답하다. 경흠의 막내 누이 이서방댁이 점심을 지어 우리들을 대접했는데, 반찬이 몹시 좋았다. 하루 종일 요월당에 있었다. 오후부터 양쪽 귀밑머리 부위가 조금 아프더니 저녁에 땀이 나다가 다시 정상으로 돌아왔다. 아무래도 이제부터 싹 나으려나 보다. 김영휘와 박경행(朴敬行)이 와서 함께 이야기를 나누다가 저녁에 돌아갔다.

◎ ― 7월 27일

오늘 아침에도 박 넝쿨을 태운 재를 술에 타서 마셨다. 아침 식사 후에 아우와 함께 걸어서 진사 박종정(朴宗挺) 응선(應善)*의 집을 찾았다. 생원 안홍도(安弘道)*와 박근기(朴謹己)도 따라와서 함께 이야기를 나누었다. 안홍도와 박근기 두 공이 먼저 돌아갔기에, 주인이 점심을 내오려는 것을 억지로 사양하고 왔다. 오고 나서 오래지 않아 학질을 심하게 앓았고, 저녁때가 되어서야 조금 나아졌다. 오늘은 전에 비하여

....

* 박종정(朴宗挺) 응선(應善): 1555~1597. 자는 응선이다. 임진왜란이 일어났을 때 선조가 의주로 피난을 가는 바람에 군대를 거느린 장수들이 제대로 싸워 보지도 않고 위축되어 퇴각하는 것을 보고 한두 명의 동지와 함께 항의의 상소를 올렸다. 행재소에서 상소를 본 선조가 가상하게 여겨 공을 특별히 장원서 별제로 임명했다고 한다.
* 안홍도(安弘道): ?~?. 1585년 생원시에 입격했다.

더욱 아프다. 걱정스럽다. 임경흠이 그 조카와 함께 목사를 찾아가 만나고 밤이 깊어서 돌아왔다.

◎ ─ 7월 28일

아침부터 어머니께서 여름 설사병을 앓아 여러 번 설사를 쏟아 몹시 피곤해 하셨다. 답답하고 걱정스럽다. 아침볕이 방의 창으로 그대로 들어와 마치 푹푹 찌는 솥 안에 있는 것 같으니 분명 더위를 드신 게다. 어깨 위에 조그만 종기가 났는데, 크기가 밤톨만 하고 며칠 전부터 찌르는 듯한 통증이 있다고 하시더니 지금은 조금 나아졌다고 한다. 분명 속에서 곪은 것이니, 뜨겁게 달군 침으로 따면 반드시 고름이 나오고 쉽게 나을 것이다. 다만 어머니께서 두려워하셔서 못하고 있다. 답답하다. 밤 이경에 여향(余香)을 시켜서 학질 귀신을 잡게 했다. 여향은 부사(府使) 한진(韓璡)의 사내종인데, 떠돌다가 여기에 와 있던 참이다. 오늘도 학질을 크게 앓았다.

◎ ─ 7월 29일

첫닭이 울었을 때 몰래 문을 나와 여러 가지 방법을 써 보았다. 사내종 춘희(春希)를 데리고 나귀를 타고 마을 어귀를 나오니 밤이 아직 이슥하다. 송정(松亭)이 있기에 나귀에서 내려 소나무 뿌리에 기대어 누워서 계명성(啓明星)*이 하늘로 올라가기를 기다린 뒤에 도갑동(道岬

....
* 　계명성(啓明星): 새벽에 동쪽 하늘에 떠 있는 금성(金星)이다. 초저녁에 나타나는 금성을 장
　　경성(長庚星), 새벽에 보이는 금성을 샛별, 명성(明星) 또는 계명성이라고 했다. 밝고 커서 태
　　백성(太白星)이라고도 했다.

洞)으로 들어갔다. 풀은 길게 자랐고 나귀는 작아서 새벽이슬이 허리 아래 옷과 버선을 모두 적셨다. 절에 들어가서야 하늘이 비로소 밝아왔다. 기운이 피곤하여 선방(禪房)에 오래 누워 있다가 식사 때 법당에 나와 앉아서 중들과 함께 이야기를 나누었다.

식사 후에 북쪽 연못가의 나무 그늘 아래 편안히 누웠다. 조금 있으니 이 고을에 사는 전 좌수 박정기(朴鼎己)라는 자가 그 아우와 아들을 데리고 와서 보았다. 연못에 물고기가 많이 몰려들어서 조그만 돌을 던졌더니 물고기들이 다투어 서로 삼킨다. 박공(朴公)이 중에게 바늘을 얻어서 갈고리를 만들어 낚시를 했다. 7, 8마리를 가까스로 잡았는데 도로 놓아 주었다.

점심때부터 기운이 불편한 조짐이 있어 법당으로 돌아와 누웠다. 미시(未時, 13~15시)가 되자 더 아파져서 부득이 내려오는데, 중도에 여름 해가 심하게 내리쬐니 기운이 더 무거워졌다. 말에서 내려 길가에 눕고 싶었지만 억지로 참고 집에 도착해서 어머니를 뵈었다. 어머니는 지금 증세가 위중해서 불그스름하기도 하고 허옇기도 하여 마치 생선 창자처럼 생긴 것이 횟수도 알 수 없을 만큼 옷을 적시고 저절로 흘러나온다. 뱃속에도 참을 수 없을 정도로 찌르는 듯한 통증이 있어서 식음을 전폐하고 계시니 어찌해야 할지 모르겠다. 나도 돌아와 방 안에 누우니 통증이 어제보다 곱절은 심하다. 날이 저물 무렵에 조금 나아지다가 한밤중이 되어서 다시 괜찮아졌다. 어머니의 증세가 이렇게 심한 지경에 이르렀고 내 학질도 떨어지지 않으니, 답답함을 이루 말할 수 없다.

8월 큰달

◎ — 8월 1일

어머니의 증세가 전과 같으시니 참으로 망극하다. 아침 전에 진사의 사내종과 말이 들어왔다. 전날 인아가 타고 가서 장성에 이르렀는데 기한이 지나도 오지 않아서 몹시 걱정하던 차에 지금에서야 오니 기쁘다. 인아는 장성에서 말을 구하지 못하여 그대로 머물러 있다고 한다. 목사가 출타해서 부재중이었기 때문이다. 진사의 사내종은 금성에 도착했는데도 목사가 답장을 해 주지 않아 체류하고 있었다고 한다.

어머니의 이질 증세는 어제보다 횟수는 조금 덜한데 다만 복통이 여전하고 소변을 보기 어려운 지 며칠이 되었다. 배꼽 밑이 당기더니 오늘 새벽에 연이어 세 번을 쏟아 낸 뒤에 당기는 증세가 곧바로 줄었다. 그러나 미음이나 죽을 조금이라도 드시면 번번이 토하고 넘기지 못하시니, 이 때문에 더욱 걱정이다.

내 병이 오후부터 가벼워지는 조짐이 있어서 요월당에 나가 최심원(崔深遠),[*] 임자중 등과 이야기를 하며 통증을 잊으려고 했는데, 점점 더 심해져서 하는 수 없이 도로 방으로 들어와 누웠다. 전보다 곱절은 더 아팠고, 저녁이 되어서야 조금 나아졌다. 몹시 걱정이다. 심원은 생원 최집(崔潗)의 자이고, 임경흠의 사촌이다. 난리가 난 초기에 평안도로 떠돌다가 이제 비로소 남쪽으로 와서 어제 여기에 도착한 것이다.

◎ ─ 8월 2일

어머니의 증세는 여전하고 복통은 오히려 더하니 망극하다. 낮이 되자 기운이 더 뜨겁고 막히는 것 같아 수박을 드시고자 하기에 한 조각을 잘라서 드렸다. 얼음과 꿀에 섞어 들고는 기운이 몹시 상쾌하다고 하신다. 내 학질은 어제에 비하면 좀 덜한데, 통증이 시작되는 것은 약간 늦고 괜찮아지는 것은 빠른 것으로 보아 떨어질 기세가 있는 듯싶다.

◎ ─ 8월 3일

어머니의 증세가 좀 나아졌지만 복통은 여전하다. 그러나 어제에 비하면 덜한 것 같다. 다만 이로 인하여 죽이나 미음을 넘기지 못하여 원기가 떨어졌으니, 이 때문에 몹시 망극하다. 내 학질은 연일 비법을 써서 박연운(朴連雲)으로 하여금 잡게 했다. 저녁에 점점 아프다가 속히 멎으니 이제부터는 아주 떨어지려나 보다. 통증이 있기 전에 요월당에 나가서 임자중, 최심원 및 김영휘의 무리들이 바둑 두는 것을 구경하면

....

[*]   최심원(崔深遠): 최집(崔潗, 1556~?). 자는 심원이다. 1579년 생원시에 입격했다.

서 거의 아픔을 잊을 수 있었다.

◎ ─ 8월 4일

어머니의 증세를 보니, 설사 횟수가 조금 줄었고 색이 자연스러워
졌다. 다만 복통이 여전하고 또 식사 생각이 없다. 이 때문에 몹시 답답
하다. 오늘은 두 번 얼음물에 밥을 말아서 대여섯 숟가락 드셨고, 저녁
에는 흰죽 조금과 생꿩고기 두어 점을 드셨다. 내 학질은 박연운으로
하여금 연 사흘 동안 잡게 했더니 오늘 저녁에는 속머리가 아프던 것
이 그쳤다. 통증이 분명 아주 떨어질 것 같다. 기쁘다. 다만 어머니께서
아직 쾌차하지 못하시니, 이 때문에 몹시 걱정이다.

◎ ─ 8월 5일

어머니께서 지난밤에 두 차례 대변을 보셨는데, 모두 자연스럽고
이질 설사가 아니었다. 또 두 차례 흰죽을 조금씩 드셨다. 다만 뱃속의
찌르는 듯한 통증은 여전하고 식사 생각이 전혀 없다고 하신다. 어깨
위의 조그만 종기는 전날에 이 병으로 인해 속의 고름을 싹 짜내지 못
했기 때문에 지금 또 쑤시고 아프다고 하시더니 다시 곪았다. 심지어
종기 주변에서 진물이 흘러나오고 염증이 있는 곳에 작은 종기가 많이
생겼다. 종기 모양은 녹두알 같은데 끝은 희고 덩어리는 붉으니, 이 때
문에 몹시 답답하고 걱정스럽다.

요사이 비록 처서는 지났지만 더위가 몹시 지독해서 마치 찌는 항
아리 속에 앉아 있는 것 같다. 젊고 병이 없는 사람도 오히려 괴로움을
견디기 어려운데, 하물며 어머니께서는 이와 같은 병환 중에 어떻게 반

드시 편안하리라고 보장할 수 있겠는가. 머무시는 방이 시원스레 터져 있지 않아서 사방에 바람이 들어올 곳이 없고 아침 햇볕이 창에 가득 들어와 느지막이 비로소 창을 여니, 이것이 병환 중에 더 근심스러운 점이다. 몹시 답답하다.

임자중이 개장국을 가지고 와서 마을 사람들과 함께 요월당에 앉아서 배불리 먹었다. 마침 술이 없어서 임경흠의 서모(庶母) 집에서 추로주 1병을 얻어다가 각각 석 잔씩 마시고 헤어졌다. 참석한 사람은 임자중, 최심원, 별좌 박종정 응선과 우리 형제, 그리고 마을 소년 네다섯 명이었다.

◎ ─ 8월 6일

어머니의 기후는 여전하다. 어젯밤에 대변을 한 번 보았는데 묽지 않고 자연스러웠다. 다만 복통 증세가 낫지 않고 또 밥을 넘기지 못하신다. 이 때문에 몹시 답답하다. 어깨의 종기는 두 손으로 눌러 고름을 짜내서 구멍이 생겼으니 이제 나을 것이다. 다만 종기 주변의 작은 종기 7, 8개는 모양이 큰 콩과 같고 색이 붉으니 더욱 걱정스럽다.

오후에는 어머니의 기후가 조금 낫고 복통도 줄어든 듯하다. 소변도 편하게 보고 아침을 드신 뒤로는 아직 설사를 쏟지 않으신다. 미역죽에 꿩고기를 섞어서 조금 드셨으니 이제부터 거의 회복되실 것이다. 크나큰 기쁨을 어찌 말로 다할 수 있겠는가.

능성 현감(綾城縣監)이 어제저녁에 금성에서 와서 여기서 잤다. 그는 바둑을 잘 두어서 임자중, 김국서(金國舒), 임현의 무리와 함께 요월당에서 종일 바둑을 두었다. 그러나 실력이 뛰어나 대적할 수가 없어서 임자중의 무리가 모두 8점씩을 더 놓고서도 오히려 갑절로 지는 것을 면치 못했다. 우습다. 임경흠이 예전에 금성에 있을 때 능성 현감과 서로 알았기 때문에 찾아온 것이다. 국서는 김영휘의 자이다.

저녁을 먹고 임경흠이 최심원, 임자중, 임현의 무리와 함께 도갑사로 올라가서 함께 잤다. 내일 두부를 만들기 위해서이다. 능성 현감도 같이 갔다. 우리 형제는 어머니의 병환 때문에 가서 자지 못했다. 내일 아침에 갈 생각이다.

◎ ― 8월 7일

이른 아침에 아우와 함께 절에 올라가서 공(公)들과 함께 연포를 먹었다. 혹 바둑을 두고 종정도 놀이도 하면서 웃음거리로 삼았다. 마침 소나기가 한바탕 세차게 쏟아지더니 잠시 뒤에 그쳤다. 오랜 가뭄 뒤에 이렇게 한바탕 비가 쏟아지니, 누렇게 시들어 가던 곡식이 소생할 가망이 생겼지만 흡족하지 못한 것이 유감이다. 그러나 바람이 남쪽에서 불어오고 하늘이 또 흐리니, 분명 이 정도에서 그치지 않을 것이다. 비가 그쳤을 때 각자 뛰어서 돌아왔다. 능성 현감은 강진(康津)으로 향했다.

어머니의 기후가 점점 회복되어 간다. 어젯밤에는 흰죽 한 대접을 드셨고, 아침에는 메밀범벅[木末凡柝]을 조금 드셨으며, 아침 느지막이 또 수제비 한 대접을 드셨다. 점차적으로 식사량을 늘리시니 더할 나위 없이 기쁘다. 다만 뱃속의 찌르는 듯한 통증이 아직 낫지 않아 때때로 발작한다고 하시니 이것이 걱정스럽다. 저녁에 가랑비가 뿌리다가 그쳤다.

◎ ― 8월 8일

어머니의 기후가 전과 같이 차도가 있다. 변이 마려울 때마다 배가 쑤시고 아프다가 변을 보고 나면 도로 낫는다고 하신다. 다만 식사하는 것이 평소 같지 못하시다. 어깨 종기의 구멍이 난 곳에서는 하얀 진물이 때때로 흘러나오고 오래도록 아물지 않는다. 오래 누워 있을 생각만 하고 일어나려고 하지 않으시니, 이 때문에 답답하고 걱정스럽다.

어제 군의 아전이 서신을 보내와서 보았더니, 두 왕자와 두 명나라 사신이 모두 적중에서 나왔고* 적들은 지금 부산, 동래, 김해, 밀양 근처에 머물며 가득히 주둔해 있다고 한다. 혹은 함안과 진주로 향하여 전라도에서 난리를 일으키려 한다고 하고 혹은 절반 정도가 바다를 건너갔다고 하는데, 사실인지 알 수가 없다. 아침에 임경흠이 최심원과 함께 관아에 들어가서 목사를 만나고 돌아오면 그 대강을 알 수 있을 것이다.

저녁에 임경흠이 집으로 돌아왔다. 그편에 들으니, 적이 따로 전라도로 향했다는 소식은 없고 다만 부산과 동래 근처에 돌을 모아 성을 쌓았다고 한다. 분명 오래 머물 생각인 듯하니 염려스럽다.

참봉 안서국(安瑞國)과 이용제(李用濟)가 금성에서 와서 임경흠을 찾았다. 둑을 쌓는 곳을 살펴보기 위해서이다. 안공(安公)은 곧 나주 목사 첩의 아버지이고 용제의 서제(庶弟)이다. 안공은 나의 소년 시절 동문 친구로, 옛날부터 아는 사이이다. 떠도는 중에 만나서 서로 회포를

....
* 두 왕자와……나왔고: 임해군과 순화군, 그리고 명나라와 일본의 강화 협상을 위해 명나라 사절로 꾸며서 나고야에 파견했던 사용재(謝用梓)와 서일관(徐一貫)이 적중에서 풀려나온 것을 말한다. 《국역 선조실록》 26년 8월 6일.

푸니 매우 기쁘고 위안이 된다.

◎ ― 8월 9일

어머니의 기후가 여전하다. 다만 복통이 완전히 떨어지지 않아 걱정스럽다. 지난밤에는 수제비 한 그릇을 드셨고, 새벽에는 녹두죽 반 보시기를 드셨으며, 아침에는 흰죽 반 접시를 드셨다. 어제 낮에는 무료함이 너무 심해서 아우와 함께 국사암(國師巖) 앞으로 걸어가서 임자중을 불러내 냇가 모정에 가서 함께 이야기하다가 해가 기울어서야 돌아왔다. 마을의 젊은이 몇 명과 금남(錦南), 갑생(甲生) 등도 함께 있었다. 금남과 갑생 두 사람은 임경흠의 서숙(庶叔)이다.

오늘은 임현의 생일이다. 떡과 과일과 토장을 내오고 또 추로주를 내와서 마셨다. 참석한 사람은 안상보(安祥甫), 이용제, 임자중, 최심원, 민우중(閔友仲)과 임경흠, 우리 형제였다. 상보는 서국의 자이다. 우중은 참판 민준(閔濬)*의 막내아들이며 임현의 처남*으로, 그 어머니를 모시고 여기에 와서 머물고 있다.

어머니께서는 오후부터 백리(白痢)*를 네 차례나 쏟고 밤새 복통을 앓았다. 식사량이 또 줄었다. 몹시 걱정스럽다.

....

* 민준(閔濬): 1532~1614. 임진왜란이 일어나서 조정이 북으로 파천하자 선조를 의주까지 호종했다. 그해 좌부승지가 되어 어려운 행궁의 국사 처리에 종사했고, 조정이 도성으로 돌아온 뒤인 1593년 호조참의가 되었다.
* 임현의 처남: 임현은 1590년 여름에 민준의 딸과 혼인했으므로, 민우중(閔友仲)과는 처남 매부 사이이다. 《국역 성소부부고(惺所覆瓿藁)》 제17권 문부14 〈예조좌랑임군묘지명(禮曹佐郎林君墓誌銘)〉.
* 백리(白痢): 이질의 하나로, 백색 점액이나 농액이 섞인 대변을 보는 병증이다.

◎ ― 8월 10일

어머니의 기후가 아침에는 조금 낫고 복통도 줄었다. 한밤중에 흰밥을 물에 끓여서 한 대접을 드셨고, 아침에는 또 박죽(朴粥) 반 접시를 드셨다. 지난밤에는 대변을 한 차례 보았는데 자연스러웠다. 아침을 드신 뒤로 저녁까지 예닐곱 번이나 백리를 점점이 누었다. 더욱 걱정스럽다. 복통은 어제 같지는 않다고 하신다. 낮에 박죽 한 접시를 드시고 저녁에는 잘게 썬 파를 밥에 섞어서 조금 드셨다.

참봉 안상보와 이용제가 금성으로 돌아갔다. 임자중도 금성 회진촌(會津村)의 본가로 돌아가서 추석을 지낸 후에 돌아온다고 한다. 내목 뒤쪽이 당겨서 고개를 돌리는 데 지장이 있다. 아무래도 찬 기운을 쐬서 그런 것 같다.

◎ ― 8월 11일

어머니의 복통이 여전하고 식사하는 것을 달가워하지 않으신다. 죽을 드시는 것도 반드시 싫다고 하다가 억지로 권한 뒤에야 조금 드신다. 어깨의 종기는 아직 아물지 않았고, 주변의 작은 종기 8, 9개는 모양이 태두(太豆) 같은데 어떤 것은 끝이 희고 알맹이가 붉으며 어떤 것은 끝에서 고름이 나오기도 한다. 이 때문에 몹시 걱정스럽다. 지난밤에는 대변을 한 차례 보았는데 색이 희었다. 말린 미역으로 끓인 국을 조금 드셨다.

내 사내종과 말이 오늘내일 사이에 올 텐데, 어머니의 증세가 그대로여서 속히 나을 것 같지 않다. 반드시 다 나은 뒤에 출발하려면 여기에 오래 머물러야 할 것이다. 위아래 식구들을 먹이는 일이 분명 어려울 게다. 더욱 염려스럽다. 새벽에 큰비가 한 차례 쏟아지고 늦게까지 오다 그치다를 반복했다. 누렇게 시든 곡식이 살아나겠지만 많이 흡족하지 못한 것이 아쉽다. 다만 날이 흐려서 비가 올 징조가 있으니 반드시 이 정도로 그치지는 않을 것이다. 아침 느지막이 이후로 어머니의 기후가 조금 나아졌다. 김칫국물에 밥을 말아서 두 번 드시고, 저녁에 또 칼제비를 조금 드셨다. 대변은 세 차례 보았고, 변을 볼 때는 복통이 멎어 어제 같지는 않다고 하신다.

◎ ― 8월 12일

지난밤에 어머니께서 숭늉에 밥을 말아 드셨다. 다만 새벽부터 복통이 다시 도졌는데, 아침 식사 전에 연이어 세 번 변을 보더니 조금 나아졌다. 그러나 아픈 증세가 완전히 없어지지는 않았고 식사하기를 달가워하지 않으신다. 이는 병이 몸에서 떨어지지 않았기 때문이다. 몹시 걱정스럽다. 아침 느지막이 수제비에 밥을 말아서 반 대접을 드시고, 오후에는 소고기구이 반 곳을 드셨다. 아우가 거친 포목 반 필로 소고기를 사 와서 낮에 구워서 아우와 함께 먹었다. 오후부터 비가 내리기 시작하더니 저녁 내내 그치지 않았다.

◎ ― 8월 13일

어머니의 복통이 여전하다. 지난밤에 숭늉에 밥을 말아 드셨다. 아침 전에 두 번 변을 보았는데, 변 색깔이 자연스러웠다. 또 생새우탕에 마른 밥을 조금 드셨다. 아침을 먹은 뒤에 임경흠이 최심원과 임현 및 우리 형제를 안방으로 불러 추로주를 마셨다. 술이 다 떨어지고 나서 흩어졌다.

◎ — 8월 14일

어머니의 기후가 어제 오후부터 점차 회복되었다. 복통 증세가 때때로 있지만 전처럼 심하지는 않다. 지난밤에 두 차례 변을 보았는데, 색도 자연스러웠다. 아침에 흰밥과 민어탕을 다시 드렸더니 거의 한 보시기를 드셨고, 낮에는 조밥[粟飯]을 약간 드셨다. 때때로 한참씩 일어나 앉아 계신다. 이제부터는 날로 회복하실 게다. 이 기쁨을 어찌 다 말하겠는가. 다만 어깨와 등의 종기가 아직 말끔하게 낫지 않았다. 이 때문에 누웠다가 일어날 때 스쳐서 찌르는 듯한 통증이 있고 파리 떼가 몰려들어 쉼 없이 부채질을 해야 하니, 괴로움을 이루 말할 수 없다. 이것이 걱정스럽다.

김정자 집의 계집종 고서비(高西非)가 제 어미를 보려고 말미를 얻어 금성으로 내려왔다가, 그길로 어머니를 찾아와 뵙고 누이의 편지도 가지고 왔다. 저녁에는 어머니께서 흰밥과 찐 붕어 1마리와 생선탕을 조금 드셨다. 아침 식사 전에 누이가 새로 숭어를 얻어 회를 쳐 주어 우리 형제가 배불리 먹었다.

◎ — 8월 15일

누이가 아버지의 신위 앞에 술, 과일, 떡과 구이, 탕을 갖추어 차례를 지냈다. 오늘은 바로 추석이다. 일찍이 생원(오윤해)으로 하여금 상경해서 광주 선산에 제사를 지내게 했는데, 지냈는지 모르겠다. 어머니의 기후는 점점 차도가 있어 날로 식사를 더 하신다. 기쁨을 이기지 못하겠다. 그러나 복통 증세가 아직 완전히 낫지 않아서 변을 보려고 할 때마다 찌르는 듯한 통증이 있다고 하시니, 이것이 걱정스럽다.

이른 아침에 임경흠이 청냉동(淸冷洞) 선묘 아래에 가서 제사를 지냈다. 그 참에 나를 오라고 청하기에 재궁(齋宮)으로 갔다. 제사를 지낸 뒤에 두부를 만들어 대접했고, 제사 음식을 많이 차려 내어 배부르게 먹고 취해서 돌아왔다. 참석한 사람은 진사 윤우(尹佑),* 민우맹(閔友孟), 나와 임경흠의 숙질(叔姪), 그리고 그의 서숙 등 모두 14명이었다. 최심원은 뒤따라오다가 도중에 학질에 걸려 극심한 통증이 있어서 먹지 못하고 승방(僧房)에 들어가 누워 있느라 함께 오지 못했다.

청냉동과 구림의 거리는 10여 리이다. 윤진사는 집이 한양인데 여기저기 떠돌다가 이곳에 와서 사내종의 집에 머물고 있어 청냉동과 거리가 멀지 않기 때문에 초대한 것이다. 민공(閔公)은 임현의 처남으로, 그저께 그 어머니를 뵈러 여기에 왔다.

◎ ─ 8월 16일

어머니의 기후가 여전하다. 음식을 드리면 죽이든 밥이든 세 번이나 네다섯 번 뜨신다. 식사를 하실 생각이 조금 있기는 하지만, 반 보시기를 드시기도 하고 절반도 못 드시고 물리기도 했다. 대변은 하루에 두 번이나 세 번 보고 밤에도 혹 한두 차례 보는데, 색은 자연스럽다. 다만 변을 볼 때 여전히 배가 아프니 이것이 걱정스럽다.

숙수 영환이 떠돌면서 걸식하다가 이곳으로 우리를 찾아왔다. 그러나 우리도 떠돌다가 누이 집에 얹혀살고 있으니, 어느 겨를에 다른

---

* 윤우(尹佑): 1543~?. 1576년 식년 사마시에 입격했다. 《쇄미록》 〈을미일록〉 4월 13일 일기에는 '윤우(尹祐)'로 되어 있다. 동일 인물로 보이나 어느 것이 맞는지 분명하지 않다.

사람을 돌보겠는가. 마음으로는 참으로 애처롭고 불쌍하지만 손을 써 줄 수가 없으니 어찌하겠는가. 누이가 밥을 지어 먹이고 쌀되를 주어서 그것으로 절에 가서 병을 조리하게 했다. 영환이 이질에 걸려 앓고 있었기 때문이다. 어머니께서도 쌀되와 자반[佐飯]을 조금 주셨지만, 그는 분명 실망했을 것이다.

◎ ─ 8월 17일

어머니의 기후와 음식을 드는 것, 대변을 보는 것이 어제와 같으시다. 식사 후에 언명과 함께 걸어서 모정으로 나가 최심원을 불렀더니, 학질 때문에 오지 못한단다. 그길로 서호정으로 가서 붕아를 시켜 김국서에게 나오라고 청하여 소나무 그늘 아래에 앉아 한참 동안 이야기를 나누었다.

경흠이 민우중과 함께 왔다. 함께 포구로 나가서 경흠이 연전에 만든 피난선(避亂船)을 구경하고 송정으로 돌아와 나란히 앉아 다리를 쉬었다. 경흠은 바로 돌아가고 나는 언명과 함께 국서의 집에 가서 그의 모친을 뵈려고 했는데, 병환이 있다며 사양했다. 국서의 어머니는 바로 나의 육촌 누이이다. 집으로 돌아올 때 박경인 원중(元仲)의 집에 들렀더니, 아우 박경행 신중(愼仲)도 와서 모였다. 주인집에서 술과 과일을 내와서 마셨다. 그 얼족(孼族) 두 사람도 와서 조용히 이야기를 나누었다. 언명은 흠뻑 취해서 집에 돌아와 누워서 일어나지 못하더니 토하고 밥도 먹지 못한 채 잠들었다. 나도 마시기는 했지만 크게 취하지 않아서 평소처럼 저녁밥을 먹었고 밤잠도 편안했다.

◎ — 8월 18일

어머니의 기후가 어제와 같다. 등의 종기는 거의 회복되었다. 다만 어깨 위의 두어 곳이 아직 다 낫지 않아서 때로 쑤시고 아파하지만 이 제부터 싹 나을 것이다. 아침 식사 전에 누이가 생모치(毛致) 고기를 얻 어 회를 쳐 주어 아우와 함께 각각 한 대접씩 먹고 추로주 한 잔을 마 셨다. 아우는 어제 크게 취했던 나머지 다 먹지 못했다.

◎ — 8월 19일

어머니의 기후가 어제와 같다. 다만 큰 병을 앓은 뒤라 식사량이 크게 줄었다. 입맛은 좋지 않지만 5홉 밥을 가까스로 3분의 1 정도 드 셨다. 죽이나 밥을 하루에 네다섯 번 드시고, 한밤중에 죽이나 밥을 또 한 번 드셨다. 드시는 양이 많지 않기 때문에 쉽게 배가 고프신 것이다. 약과(藥果)를 얻으면 배고픔을 달랠 수 있을 텐데, 얻을 수가 없으니 매 우 답답하다. 내 사내종과 말이 오래도록 오지 않는다. 무슨 일인지 모 르겠다. 혹 말이 병이 들었는지, 또 아이들이 끌고 다른 곳으로 갔다가 오지 않는 것인지 의심스럽다.

◎ — 8월 20일

어머니의 기후가 전과 같다. 아침 식사 후에 요월당으로 나갔다. 최심원과 김국서가 마침 와서 조용히 이야기를 나누었다. 또 국서와 자 승(子昪)이 바둑 두는 것을 보다가 오후가 되어서야 각각 헤어졌다. 자 승은 임현의 자이다.

◎ ─ 8월 21일

어머니의 기후가 여전하다. 다만 어깨 위의 종기가 아직도 완전히 낫지 않아 때때로 쑤시고 아파서 누울 때에 지장이 있다고 하시니, 이것이 걱정스럽다. 숙수 영환이 절에서 내려왔다. 이질이 오랫동안 낫지 않은데다 굶주려서 몰골이 수척하고 얼굴에 부기가 있으니, 머지않아 분명 죽을 듯하다. 몹시 불쌍하다. 이제 돌아간다는데 또 양식을 얻지 못했다. 내가 얻어 주고 싶지만 돌아봐도 얻을 곳이 없으니 어찌한단 말인가. 누이가 다만 쌀되와 간장을 주었고 나는 아침저녁으로 밥을 남겨서 보내 주었지만 중간에 분명 걸식하면서 갈 것이다. 그러나 병세가 이와 같으니, 돌아가지 못하고 분명 도중에 죽을까 두렵다. 가련하기 그지없다.

◎ ─ 8월 22일

어머니의 기후가 여전하다. 아침 식사 후에 언명과 최심원, 김국서, 국서의 동서 서완(徐玩), 민우중 및 박원중의 아들, 심원의 두 아들, 귀생(龜生), 금남 등과 함께 배를 타고 죽도(竹島) 앞에 이르러 고기 잡는 것을 구경했다. 그리고 모치 10여 두름을 얻어 회를 치고 굽기도 하고 탕을 끓이기도 해서 배불리 먹었다. 해가 기울고 조수가 들어올 때 돌아왔다. 금남은 경흠의 얼숙(孼叔)이고, 귀생은 경흠의 누이의 아들이다. 올 때는 함께 서호정에 앉아서 다리를 쉬고 돌아왔다.

◎ ─ 8월 23일

어머니의 기후가 여전하다. 다만 음식을 드시는 것이 예전 같지 않다. 어깨의 종기가 아직 완전히 낫지 않아 걱정이다. 언명이 거친 포목 1필을 고기로 바꿔다가 끓이기도 하고 굽기도 해서 배부르게 먹었다.

◎ ─ 8월 24일

어머니의 기후가 여전하다. 아침 전에 누이가 모치를 얻어 회를 쳐 주어서 맛있게 먹었고, 또 추로주 한 잔을 마셨다. 오후에 언명이 영암군에 갔다. 순찰사 이정암(李廷馣)*이 순찰하러 왔다고 해서 찾아뵙기 위해서였다. 날이 저물었는데 돌아오지 않는다.

◎ ─ 8월 25일

어머니의 기후가 여전하다. 입맛이 좋지 않아 밥상을 대할 때마다 싫다고 하고 몹시 피곤하다고 하신다. 이것이 매우 걱정스럽다. 언명이 돌아왔다. 순찰사가 대기(大忌, 선왕의 기일) 날이어서 나오지 않았기 때문에 만나지 못하고 그의 자제만 만나고 돌아왔다고 한다. 순찰사의 집은 한양 이현에 있는데, 언명이 전에 그에게 배웠기 때문에 가서 뵈려고 했던 것이다.

들으니, 경상도의 왜적이 부산에서부터 웅천까지 병영을 이어서 성을 쌓고 집도 많이 지었으며 군량을 많이 쌓아 오래 머물려고 한단다. 고성(固城)에 사는 사람이 지난해 9월에 포로로 잡혔다가 이달 초에 도망쳐 돌아왔는데, 그가 말하기를, "적들 속에서 몰래 들으니, 평수길(平秀吉, 도요토미 히데요시)이 '조선은 이미 내 물건이니 전라도를 급하

....

* 　이정암(李廷馣): 1541~1600. 1593년 6월 7일에 전라도 관찰사로 임명되었다.

게 공격할 필요가 없다. 내년 3월에 바다를 건너서 곧장 쳐들어가면 말 한마디로 평정할 수 있다.'라고 말했습니다."라고 했다. 분함을 이기지 못하겠다. 이는 곧 방답 첨사(防踏僉使) 이순신(李純臣)이 임경흠에게 보낸 편지의 내용이다. 그리고 그곳 적의 소식에 대해 말하기를, "적이 성을 쌓고 집을 지어 오래 머물면서 가지 않고 있다. 근래에 또 군사를 철수했는데도 전라도를 엿보지 않으니 반드시 까닭이 있을 것이다. 그러니 내년 봄의 일은 말할 수 없다."라고 했다. 어머니가 여기 계시고 내 식구들은 임천에 가 있어 서로 떨어진 것이 5, 6일 거리인데, 적이 뜻하지 않게 횡으로 자른다면 피차간에 소식이 아주 막혀서 생사를 알 수 없을 것이다. 이 때문에 앞선 걱정이 참으로 많다. 슬하에 머물면서 모시고 싶지만 봉양하기가 실로 어렵고, 만약 내가 머물고 있는 집으로 모셔 가고자 한다면 돌아봐도 머물 만한 곳이 없으며 또 봉양할 물자를 얻기도 어렵다. 이 사이의 일을 한밤중까지 생각해 봐도 전혀 좋은 일이 없으니, 한갓 노심초사만 할 뿐이다.

저녁에 사내종 막정이 말을 가지고 왔다. 그편에 들으니, 온 집안의 위아래 처자식과 종들이 모두 학질에 걸려 한 사람도 성한 사람이 없어 날마다 고통스러워한다고 한다. 그 가운데 집사람과 윤겸이 몹시 위태롭고 심한데, 집사람은 숨이 끊어질 듯하여 거의 살지 못할 것 같다가 지금은 조금 나았다고 한다. 윤겸은 결성에서 학질에 걸려 오는 길에 보령에서 멈추었는데, 고통이 여러 날 계속되고 거기에 담증(痰症)까지 앓아서 아래로 기운이 통하지 않아 형세가 몹시 위중했다고 한다. 검찰사 이산보가 마침 홍양에 있다가 윤겸이 병으로 고생한다는 말을 듣고 의원을 보내 치료해서 지금은 나았는데, 또 이질에 걸렸다고 한다. 원기가 크게 꺾인 뒤라 병이 오랫동안 낫지 않으면 어떻게 지탱할 수 있으려나. 답답하고 걱정스러워 견딜 수가 없다.

집을 떠난 지 몇 달 만에 식구들의 병이 이런 지경에 이르렀다. 이곳에서는 어머니께서 이질에 걸려 위태롭다가 가까스로 회복되셨고 나도 학질을 앓다가 반달이 되어서야 겨우 떼어 냈으니, 피차가 모두 이와 같다. 윤해가 진위에 있으면서 학질에 걸려 아플 적에 제 어머니가 병에 걸렸다는 소식을 듣고 달려오느라 지금까지 학질을 떼어 내지 못했고, 윤해의 처도 예닐곱 번이나 학질을 앓다가 겨우 나았으며, 윤겸의 처도 지금 앓고 있다고 한다. 앞으로 무슨 큰일이 생길지 모르겠다. 이리저리 떠돌며 곤궁한데다 온 집안의 병환이 또 이런 극한 상황에 이르렀으니, 밤중에 가만히 앞으로의 일을 생각해 봐도 대책이 없다. 지난봄에 병에 걸렸을 때 차라리 죽어서 아무것도 모르는 게 나았겠다.

◎ ─ 8월 26일

어머니의 기후가 여전하다. 사내종과 말이 왔으므로 내일 떠나려고 한다. 간성(杆城) 임극(任克)* 이 이번에 임천 군수가 되어 이미 부임했다는 말을 들었으니, 이것으로 위안이 되었다.

듣건대, 사내종이 올 때 장성에 이르러 사람을 시켜 내간(內簡, 부녀자가 쓰는 편지)을 전했는데 받아들인 사람에게 장(杖)을 쳤다고 한다. 옥여(이귀)가 어찌 이렇게 심하게 했겠는가. 나는 믿지 못하겠다. 하지만 인심이 변하는 것은 알 수 없는 일이다. 지금 백리(百里)의 장(長)* 이

....

* 임극(任克): 1537~?. 1568년 진사시에 입격했다.

되었으니, "어찌 포의(布衣)의 생활을 묻겠는가"*라고 한 것이 어찌 아니겠는가. 훗날 조정의 반열에 들어가게 된다면 한미한 옛 벗을 돌아보지 않으리라는 것을 알겠다. 사람의 일이 가소롭다. 어떤 사람은 옥여의 어머니가 장을 쳤다고도 한다.

독운어사 임발영(任發英)*이 뜻밖에 임경흠을 찾아왔다가 해남(海南)으로 돌아갔다. 임발영은 바로 임경흠의 육촌 친척으로, 해남에 사는 사람이다. 임공(任公)이 돌아간 뒤에 나도 요월당으로 나가서 진사 박종정과 박대기(朴大器)를 만나서 조용히 이야기를 나누고 헤어졌다.

◎ ─ 8월 27일

어머니의 기후가 여전하다. 다만 어깨의 종기가 아직 완전히 낫지 않았다. 답답하고 걱정스럽다. 순찰사가 어젯밤에 사람을 시켜 언명에게 쌀 5말, 콩 6말, 간장 1말, 소금 7말, 감태(甘苔) 10주지(注之), 고등어 5마리, 미역 7주지를 보내 주었다. 뜻밖에 이것을 얻으니 백붕을 얻은 것 같다. 이것으로 술을 빚어서 팔아 쓸 수 있을 터이니 몹시 기쁘다. 언명이 사례하고자 새벽녘에 군(郡)에 들어갔더니, 마침 순찰사가 출타

....
* 　백리(百里)의 장(長): 한 고을의 수령을 뜻한다.
* 　어찌……말인가: 양분(楊賁)의 〈시흥(時興)〉에 "귀한 분들이 옛날 귀해지기 전에는 모두 한미한 자를 돌보기 원하더니, 요직에 오른 뒤로는 언제 일찍이 포의(布衣)들의 생활을 물어보았는가[貴人昔未貴 咸願顧寒微 及自登樞要 何曾問布衣]."라고 했다. 포의는 베옷을 입은 사람으로, 평민을 말한다. 《고문진보(古文眞寶)》〈전집(前集)〉.
* 　임발영(任發英): 1539~1593. 임진왜란 때 종묘서령으로서 종묘의 신주를 받들어 모신 공으로 선조가 무과 시험을 보게 하여 그해 안주 목사가 되었고, 이듬해에는 운량사로서 군량 수송에 공을 세웠다. 원문에는 '발(拔)'로 나와 있으나 《실록》과 《방목(榜目)》, 《장흥임씨세보(長興任氏世譜)》 및 다른 기록에 모두 '발(發)'로 나오므로 바로잡았다.

하는 길이어서 겨우 문간에 서서 이야기를 나누었다고 한다.

◎ ― 8월 28일

어머니의 기후가 여전하다. 오늘 새벽에 출발하려고 했는데, 막정이 어제 아침부터 머리가 아파서 종일 괴로워하다가 밤이 깊어서야 조금 나았다. 분명 학질일 것이다. 이 때문에 출발하지 못하니 안타깝다.

오늘은 임경흠의 할머니의 기일이다. 여기에서 제사를 지냈으므로 나를 초대해서 아침 식사를 대접하고 또 두부를 만들어 대접했다. 임현이 나에게 말린 숭어 1마리를 주었다. 누이도 말린 숭어 2마리와 절인 고등어 5마리, 말린 모치 5뭇, 생선 젓갈 1항아리를 주었다. 어머니는 고등어 4마리, 미역 3주지, 감태 5주지를 주셨고, 누이가 또 양식과 반찬을 마련해 주었다. 한편으로 매우 미안하다. 임경흠은 갓모 하나를 주었고, 임자중은 쌀 1말, 은절어(銀節魚) 1뭇, 작은 전복 1곶을 주었다.

◎ ― 8월 29일

이른 아침에 출발하려는데, 어머니께서 작별할 즈음에 하염없이 눈물을 흘리셨다. 나도 슬픈 눈물을 참을 수 없었으니, 모자간의 정이 여기에서 지극했다. 내가 정처 없이 충청도를 떠돌아 아침저녁 끼니를 잇기 어렵기 때문에, 연로하신 어머니를 천 리 밖의 머물 수 없는 곳에 체류하시게 하고 우리 모자가 한 곳에 같이 있지도 못하게 되었다. 하늘이 실로 만든 것이니, 슬퍼하고 탄식한들 어찌하겠는가.

임현의 암말을 빌려 타고 달려서 부소원(扶蘇院) 아래 냇가에 이르러 말을 먹이고 점심을 먹었다. 금성의 성 밖에 이르러 사내종과 말을 먼저 남문으로 들어가게 하고 나는 서문을 향해 걸어서 주인집으로 들어갔는데, 혼금(閽禁)*이 몹시 엄했다. 순찰사 이정암이 들어왔기 때문이란다.

안경호(安景豪) 씨가 남문 안에 와 있다는 말을 듣고 즉시 가 보았다. 안공(安公)이 나를 보자 슬픈 눈물을 하염없이 흘렸다. 저녁밥을 지어 대접해 주었다. 안공은 곧 목사의 장인이고, 남중소(南仲素)* 씨의 소년 시절 친구이다. 옛날에 배천(白川)에 있을 때 만나서 여러 날 같이 거처했기 때문에 지금은 온 식구들을 데리고 임시로 여기에서 먹고 있다고 한다.

저녁에 아우가 부득이 순찰사를 만나 사정을 말하려고 달려갔다가 날이 저물어서 만나지 못하고 돌아왔다. 날이 밝기를 기다려 들어가 볼 생각이란다. 뜻하지 않게 객지에서 만나니 기쁘고 위로가 되는 마음을 어찌 다 말하겠는가. 주인집에서 함께 잤다.

◎ ─ 8월 30일

새벽에 언명이 순찰사를 만나 류형의 애매한 일*을 말했는데, 말을 마치기 전에 조도어사가 들어왔기 때문에 말을 다 못하고 물러났다. 순

....
* 혼금(閽禁): 관청에서 잡인의 출입을 금하는 일이다.
* 남중소(南仲素): 남상문(南尙文, 1520~1602). 자는 중소이다. 오희문의 매부이다.
* 류형의 애매한 일: 1593년 8월 3일에 사헌부가 류형을 잡아다 국문하기를 청한 내용을 보면, 당시 선전관이었던 류형이 표신(標信)을 가지고 호남으로 내려가서 피난민 10여 명을 거느리고 장성현에 이르러서 일행에게 지공하지 않는다는 이유로 함부로 관인(官人)에게 매질을 하고 쇄마(刷馬)를 10여 필씩이나 내도록 했으며, 심지어 스스로 첩자(帖子)를 만들어 제종으로 하여금 멋대로 관고(官庫)를 열고 쌀과 콩을 공공연히 실어다가 피난민에게 주게 했다고 한다. 그 일에 대해 말하는 것으로 보인다.《국역 선조실록》 26년 8월 3일.

찰사는 바로 길을 나서서 진원(珍原)으로 향했고, 언명은 참봉 안상보를 찾아가 보았다. 상보가 내가 왔다는 말을 듣고 말을 보내서 초대했기에, 바로 가서 함께 이야기를 나누었다. 술을 내어 대접하고 또 아침 식사를 나누어 제공해 주었다.

언명은 관아에 들어가 목사를 만났고, 나는 달려서 거의 10여 리를 왔다. 목사가 내가 와서 묵었는데 만나지 않고 간 것을 그제야 듣고서, 즉시 눈앞의 사령을 뒤쫓아 보내고 또 아우를 시켜서 말을 보내 돌아오라고 하기에 하는 수 없이 도로 성으로 들어갔다. 목사가 동헌에 앉아 있고 빈객이 당에 가득했다. 내가 들어가 목사를 보자, 목사는 내가 만나지 않고 간 것을 책망하면서 은근한 말을 많이 건넸다. 그리고 백미 3말, 정미(正米) 10말, 콩 10말, 정조 1섬, 말린 숭어 3마리, 말린 민어 3마리, 소고기 포 10조, 잡젓 3되, 감장 1말, 간장 3되, 갓모 1사(事), 3색 부채 3자루를 주었다. 뜻밖에 이것들을 얻으니, 후의에 고맙기 그지없다. 감장과 콩 1말은 집주인에게 주고, 간장은 춘의(春義)에게 주었다. 짐이 무거워서 싣고 갈 수 없었기 때문이다. 언명에게도 쌀 10말, 콩 1섬, 갓모와 부채를 주었다.

임익신(任翊臣)과 조탁(曺倬)*도 와서 앉아 있었다. 생각지도 않았는데 이 친구들을 만나니 매우 기쁘고 위로가 되었다. 조공(曺公)은 나의 칠촌 친척이고, 임익신도 어릴 적 친구이다. 다만 찰방 홍백남(洪百男) 사진(士振)*이 병에 걸려 죽었다고 하니, 놀라움과 슬픔을 금치 못하

....

*   조탁(曺倬): 1552~1621. 공조참판, 한성부 좌·우윤 등을 역임했다.
*   홍백남(洪百男) 사진(士振): 1538~1592. 자는 사진이다. 1564년 사마시에 입격했다.

겠다. 사진은 바로 조공의 사촌이고, 나의 칠촌 친척이다. 지난봄에 내가 큰 병을 얻었을 때 홍주의 계당으로 찾아와서 내 병이 심한 것을 보고 깊이 걱정을 해 주었는데, 반년도 못 되어 그가 먼저 떠나갔다. 사람의 생사가 병이 있는지 없는지에 달려 있지 않다는 것을 여기에서 또한 알겠다. 매우 슬프고 안타깝다.

곧 좌중과 작별하고 아우와 함께 걸어서 주인집으로 왔다. 얻은 물건을 계산해 남겨 두고 즉시 40여 리를 달려서 그 고을 고 목사 양응정의 집 앞에 이르러 그 사내종의 집에서 잤다. 비변사의 사령 언충(彦忠)이 관문을 가지고 와서 순찰사에게 바쳤고, 돌아갈 때 나를 따라와서 한 곳에서 함께 잤다.

지금 조보(朝報)*를 보니, 진주성이 함락될 때 여러 군사가 힘껏 싸운 것에 대한 내용이 적혀 있었다. 창의사 김천일은 직접 성을 순시하고 울면서 사졸들을 어루만져 주었고, 성이 함락되려고 할 때에는 좌우 사람들이 부축해 일으켜 피하게 했다고 한다. 그런데 김천일은 그대로 앉아서 일어나지 않고 말하기를, "나는 마땅히 여기에서 죽을 것이니 너희들이나 피하라."라고 했다고 한다. 어떤 사람은 김천일이 성이 함락되었다는 말을 듣고 최경회와 함께 촉석루 위에서 통곡하다가 스스로 바위 아래로 투신하여 죽었다고도 한다.

충청 병마절도사 황진은 사졸보다 앞장서서 죽음을 무릅쓰며 힘껏 싸웠고, 서쪽 성이 저절로 허물어지자 즉시 의관을 벗어 버리고 직접

....

* 조보(朝報): 승정원에서 재결사항을 기록하고 서사(書寫)하여 반포하던 관보(官報)이다. 조정의 결정사항, 관리 임명, 지방관의 장계 등이 모두 포함되었다.

돌을 짊어지면서 사졸보다 앞장서서 밤새 일을 감독하며 지성으로 잘 타일렀는데, 성안의 남녀들이 감격하여 힘을 바쳐 하룻밤 만에 앞다투어 쌓았다고 한다. 다음날 적이 조금 물러가자 황진이 성 아래를 내려다보면서, "어젯밤 싸움에서 죽은 왜적의 수가 거의 천여 명에 이르는 구나."라고 했는데, 그는 성 아래에 잠복해 있던 적이 쏜 총에 목을 맞아 죽었다고 한다.

거제 현령 김준민은 성이 함락되던 날에 힘껏 싸우다가 탄환에 맞아 죽었고, 이종인(李宗仁)은 성이 함락될 때 그곳을 떠나지 않으면서 "일이 급박하다."라고 하고 연달아 큰 화살[大箭]을 쏘아 7명의 적을 꿰뚫었는데, 적이 물러가지 않아 이윽고 탄환에 맞아 죽었다고 한다. 또 명나라 사람의 품첩 내용에, 이종인의 용맹은 삼군(三軍) 가운데 으뜸이었다고 했다 한다. 진주 사람이 와서 싸움을 도와달라고 하여 이종인이 연달아 5명의 적에게 화살을 쏘니, 5명이 다 피해서 달아났다고 한다. 적이 또 큰 궤를 만들어 옹성[曲城]으로 들어가자, 이종인은 먼저 수십 개의 화살을 쏘아 궤를 맞히고 연이어 기름과 땔나무를 떨어뜨려서 적들이 급히 불을 끄고 있을 때 연이어 8명의 적을 토벌했다고 한다.

그날 초경(初更, 19~21시)에 북문의 싸움이 다급해지자 또 이종인에게 와 달라고 청하니 수하를 데리고 가서 활을 쏘아 물리쳤는데, 그 밤에 적이 성의 돌을 빼내고 날이 밝자 돌을 빼낸 곳으로 쳐들어왔다고 한다. 이에 이종인이 활과 화살을 버리고 바로 창과 칼을 잡고 쳐 죽여 적의 시체가 산처럼 쌓이자 적이 신북문(新北門)으로 조금 물러갔는데, 창의군이 형세가 다급한 것을 보고 성을 버리고 촉석루 위로 향하자 적이 성을 넘어 들어왔고 이종인은 탄환에 맞아 죽었다고 한다.

장윤(張閏)은 가목사(假牧使)로 임명되어 몸에 탄환을 맞았으나 동요하지 않고 창을 들고 힘껏 싸우다가 죽었다고 한다. 이상의 몇 사람은 평소에 힘써 싸운 공이 이미 충분히 가상하다. 함께 한 성에 있으면서 죽음을 무릅쓰고 지키면서 나가지 않다가 성이 함락되는 날에 의열(義烈)이 이와 같았으니, 특별히 포장(褒獎)하여 충성스러운 넋을 위로해야 한다.

이에 김천일은 좌찬성에, 황진은 우찬성에, 최경회는 이조판서에, 이종인은 호조판서에, 김준민은 형조판서에, 장윤은 형조참판에 증직되었다. 아, 이 같은 장사(壯士)들이 함께 한 성에 있다가 한꺼번에 도륙을 당했다. 아무리 나라의 운수라고 하더라도 밖에서 작은 구원도 없이 홀로 많은 적을 막다가 형세가 궁하고 힘이 다하여 머리를 모으고 죽어 가면서도 성을 빠져나가지 않았다. 충성스럽고 의로운 혼백이 열렬하여 만고(萬古)를 지나도 없어지지 않을 것이니, 아름답다고 하겠다.

회덕 현감 남경성(南景誠)*은 나의 사촌인데, 진주성에서 죽었다고 한다. 애통함을 이기지 못하겠다. 지난해에 그의 두 형이 한집안 사람 9명과 함께 죽임을 당했는데, 지금 또 자신도 죽음을 면치 못했으니 더욱 통곡할 일이다. 명나라 사신 사용재, 서일관 및 두 왕자와 가권(家眷) 4명, 배신 2명, 가솔(家率) 6명이 지난 7월 27일에 나왔다고 한다. 전에 순화군(順和君)이 죽어서 적중에서 장사 지냈다고 들었는데 오늘 돌아왔으니, 전에 들은 것은 거짓이었다.

....

* 남경성(南景誠): ?~?. 오희문의 둘째 외삼촌인 남지명(南知命)의 여섯째 아들이다. 1595년 6월 23일에 형 남경충(南景忠)과 함께 순절했다. 「회상사」, 『남씨대동보』 권16, 1993, 2~27쪽.

9월 작은달

◎ ─ 9월 1일

일찍 출발해서 30리 정도 떨어진 냇가에 이르렀다. 아침밥을 먹은 후에 장성 5리 밖으로 달려왔더니, 순찰사가 진법(陣法)을 연습하고 있다고 했다. 말에서 내려 냇가에 앉아 들으니, 교리(校理) 박응소(朴應邵)가 조도사(調度使)의 명령을 받아 이곳을 지나간다고 했다. 길가에서 기다리다가 박응소가 지나갈 때 사람을 보내서 청했더니 즉시 찾아와 보았다. 서로 이야기를 나누다가 날이 저물고 갈 길이 바빠서 이야기를 더 나누지 못하고 다시 작별했다. 매우 안타깝다.

바로 아헌에 이르렀는데, 여실(汝實)*이 없어서 홀로 빈 마루에 앉아 있으려니 무척 무료했다. 현감이 밤이 깊어서야 아헌에 들어왔다.

....

* 여실(汝實): 이분(李蕡, 1557~1624). 오희문의 처사촌이다. 오희문의 장인 이정수의 셋째 동생인 이정현과 은진 송씨 사이의 둘째 아들이다. 이정현의 네 아들은 이빈, 이분, 이신(李蕡), 이천(李蕆)이다.

같이 아헌에 앉아 각자 떠돌이 생활의 괴로움을 이야기하면서 조촐한 술자리를 마련하여 석 잔씩 마시고 끝냈다. 밤이 반이나 지나서야 잠자리에 들었다. 옥여의 친구 김연경(金延慶)도 와서 헌방(軒房)에서 같이 잤다. 김공은 여기 온 지 한 달 정도 되었다고 한다.

◎ — 9월 2일

이른 아침에 순찰사가 길을 나서서 현의 산성을 순찰하여 살피기 때문에 현감도 따라갔다가 내일 돌아온다고 한다. 사내종 송이가 아침 전에 말을 가지고 왔다. 그편에 들으니, 처자식의 학질이 아직도 떨어지지 않았고 윤함은 병세가 위태로우며 둘째 딸과 이현 제수씨도 학질에 걸렸다고 한다. 매우 걱정스럽다. 참봉(오윤겸)은 조금 나아졌다고 한다.

춘희를 영암으로 돌려보내서 누룩 3덩어리, 녹두 5되, 율무[薏苡] 2되, 꿀 1되를 얻어 어머니께 보내려고 했는데, 율무와 꿀은 마침 외상으로 안 된다고 해서 보내지 못했다.

하루 종일 아헌에 홀로 앉아 있었다. 같이 이야기를 나눌 사람이 없었다. 마침 용인에 사는 정종선(鄭從善)이 순찰사와 절친한 사이인데, 어제 와서 만나고 그대로 묵고 있다가 내가 왔다는 말을 듣고 즉시 찾아왔다. 같이 이야기를 나누며 떠돌이 생활의 무료함을 달래니 매우 다행이었다. 춘노는 일이 있어 머물러 있으니, 내일 보낼 생각이다. 장성에 머물렀다.

◎ — 9월 3일

그대로 장성에 머물렀다. 정종선이 찾아와 종일 함께 이야기를 나누었다. 오후에 이여실이 광산(光山)에서 들어왔다. 타향을 떠돌다가 객중에 우연히 만나니 더할 나위 없이 기쁘고 위로가 되었다. 저녁에 현감이 관아에 돌아왔다. 밤에는 여실과 한방에서 잤다.

◎ — 9월 4일

그대로 장성에 머물렀다. 이른 아침에 옥여가 나를 관아로 초대하여 그의 큰형수와 부인을 처음 뵈었다. 자릿조반으로 흰죽을 내주고 또 술을 대접하기에 조용히 이야기를 나누고 나왔다. 옥여도 아헌으로 나와 앉아 공무를 처리했다. 오후에 관아로 들어가더니, 또 나와 여실을 불러 술을 대접했다. 옥여는 냇가에 나가서 과녁을 펼치고 여실 및 활을 잘 쏘는 품관(品官)*들과 함께 활을 쏘았다. 또 물고기를 잡게 하여 회도 치고 탕도 끓이고 구워서 먹고 이어서 저녁을 대접했다. 날이 저물어서야 파하고 돌아왔다.

밤에 함께 헌방에 앉아서 들으니, 옥여가 연전에 강원도와 평안도에 있을 때 군사를 모집하고 곡식을 거둘 방책을 계속해서 위에 아뢰었다고 한다.* 밤이 절반이나 지나서야 잠자리에 들었다. 옥여의 서얼

....

* 품관(品官): 향직(鄕職)의 품계를 받은 벼슬아치를 말한다. 주현(州縣)에 유향소(留鄕所)를 설치하고 고을에 사는 유력한 자를 좌수, 별감, 유사에 임명하여 수령을 보좌하며 풍속을 바로잡고 향리(鄕吏)를 규찰하고 정령(政令)을 전달하며 민정(民情)을 대표하게 하던 유향품관(留鄕品官)이다.

* 옥여가……한다: 이귀는 임진왜란이 일어난 1592년에 삼도소모관으로 활약했고, 행조의 부름에 평안도 숙천으로 나아가 선조를 알현하고 나라를 회복할 계책을 진달했다. 이 일로 삼

외사촌 권수성(權守成)도 와서 한방에서 잤다.

◎ ― 9월 5일

그대로 장성에 머물렀다. 이른 아침에 옥여가 또 나와 여실을 초대해서 자릿조반으로 흰죽을 대접하고 좋은 술을 내주었다. 아헌으로 나와서 정종선, 여실과 함께 마주하여 아침밥을 먹었다. 옥여는 고을 앞 냇가로 나가서 군사를 모아 진법(陣法)을 연습하며 절강 군사가 죽창과 장검을 들고 진퇴하면서 교전하는 것*을 따라했다. 초하루부터 시작하여 온 고을 사람으로 하여금 모두 명나라의 모습을 본받아 갓[笠子]을 버리고 감투[甘吐]를 착용하게 하고 옷과 버선은 모두 푸른색으로 입게 했다. 전법(戰法)을 연습할 때는 온 군대가 모두 이와 같이 했다.

우리들도 나가서 구경했는데, 봉사 윤진(尹軫)*도 와서 앉았다. 잠

도선유관에 제수되었다. 명나라 군사가 평양에서 왜적을 축출하고 벽제에서 패하여 파주에 주둔해 있을 때, 체찰사 류성룡은 양곡이 떨어질 것을 걱정하였으나 구할 방도를 모르고 있었다. 이때 이귀가 계책을 세워 도망친 군사들을 꾀어들여 군량을 운반해 속죄하게 하니, 모두가 기꺼이 따라 양곡 6백여 석을 확보했다. 류성룡이 크게 기뻐하여 도총 검찰관에 제수하여 막부의 일을 떠맡겼다고 한다. 《국역 동명집(東溟集)》 제17권 〈연평부원군이공묘지(延平 府院君李公墓誌)〉.

* 절강……것: 명나라 척계광(戚繼光)이 절강현 참장으로 있을 때 왜구를 소탕하기 위해 개발한 병법으로, 이를 《기효신서(紀效新書)》로 편찬했다. 이 병법이 절강 지방에서 나왔다고 하여 절강병법이라고도 한다. 명확한 지휘 편제와 연대 책임을 강조하는 속오법(束伍法)을 채택하고 조총(鳥銃), 등패(藤牌), 낭선(狼筅), 장창(長槍), 권법(拳法) 등 다양한 무기와 전술을 구사하는 것이 특징이다. 임진왜란 이듬해인 1593년 1월 평양성 전투 후 선조는 명나라의 이여송 군대가 《기효신서》의 전법으로 왜군을 격퇴했다는 소식을 듣고 이 책을 입수하여 그 전법을 연구하도록 하고 8월에 훈련도감을 설치하여 명나라 군사의 훈련법을 습득하게 했다.

* 윤진(尹軫): 1548~1597. 임진왜란이 일어나자 김경수(金景壽)를 맹주로 한 장성 남문창의에 참여하여 종사로 활약했다. 이듬해에는 왜군이 장차 전라도로 침입해 올 것을 예견하고 전라도 관찰사 이정암(李廷馣)에게 입암산성의 수축을 건의했다.

시 후 검찰군관(檢察軍官) 임득인(林得仁) 공이 지나다가 들어왔다. 조촐한 술상을 차려 크게 취한 뒤 날이 저물어서야 돌아왔다. 임공(林公)이 술을 잘 마셨기 때문이다. 임공은 연전에 우연히 홍주의 피난처에서 만난 적이 있었는데, 오늘 여기에서 다시 만나니 서로 매우 기쁘고 위로가 되었다. 임공은 진원으로 향했다. 봉사 윤진은 해운판관(海運判官) 윤기(尹箕)*의 아우로, 이 고을 농막에 피난 와 있는데, 순찰사가 산성을 쌓는 감관(監官)으로 삼았다. 오늘도 물고기를 잡아 회를 쳐서 먹었다.

오전에 윤수이(尹遂伊) 및 그 아들 양이(良伊)가 두 딸과 함께 영암으로 가다가 내가 여기에 와 있다는 말을 듣고 찾아왔다. 그편에 한양의 소식을 들으니, 김제 숙모의 상구(喪柩, 관)를 거두어 장사 지낼 사람이 없어서 종가의 후원에 임시로 매장했다고 한다. 불쌍한 일이다. 또들으니, 오세량이 병으로 길에서 죽었다고 한다. 슬픔을 이길 수 없고 믿어지지도 않는다. 오늘 밤도 옥여와 여실, 권수성 등과 이야기를 나누다가 밤이 절반이나 지나서야 잠자리에 들었다.

◎ ― 9월 6일

이른 아침에 출발해서 천원역(川原驛)* 앞 판교(板橋) 아래에 이르러 말을 먹이고 점심을 먹었다. 고부 땅의 언명 처가 사는 마을에 이르러 물었더니, 지난달에 이미 태인 고현내면(高縣內面)에 있는 처남의 집으

....

* 윤기(尹箕): 1535~1606. 공조좌랑, 사헌부 감찰을 지냈다. 임진왜란이 일어나자 수원 부사로서 무관을 대신하여 성천에 가서 세자를 시종했다.
* 천원역(川原驛): 전라도 정읍에 있었던 역이다. 오늘날 전북도 정읍시 입암면 접지리에 위치한 호남선의 철도역이다.

로 옮겨 갔다고 했다. 그래서 도로 같은 고을의 고 감사 김계(金啓) 공의 정자 아래에 이르러 빈집이 있기에 들어가 묵었다. 마을 사람에게 물었더니 하는 말이, 김감사(金監司)가 정자를 지었는데 단장을 끝내기 전에 세상을 떠났기 때문에 네 벽이 무너진 채 쓸쓸하게 홀로 서 있다고 했다. 정자를 지을 때에는 분명 오래오래 살면서 즐기고 잔치하는 곳으로 쓰려고 했을 게다. 그런데 죽은 지 오래지 않아 이처럼 황폐해졌으니, 사람의 일이란 게 참 안타깝다. 그 아래에 농장이 있다고 하는데, 필시 자손이 없을 것이다. 자손이 있다면 이처럼 버려두지는 않았을 것이다.

옥여가 나에게 백미 2말, 중미 3말, 콩 3말, 메밀 1말, 감장 1말, 간장 1되, 참기름 1되, 날꿩 1마리, 말린 닭[乾鷄] 2마리, 소고기 포 5조, 조기 1뭇, 부채 5자루, 흰 닥[白楮] 1뭇, 가을보리[秋牟] 10말을 주었다. 관고(官庫)가 바닥이 났지만 있는 힘껏 마련해 주는 것이라고 했다.

◎ — 9월 7일

새벽에 출발하여 태인에 도착해서 아침밥을 먹었다. 달려서 신창진 가에 이르렀더니, 마침 행인이 매우 많았다. 술 취한 사람이 뱃사공에게 따지다가 머리끄덩이를 붙잡고 싸우는 바람에 건너지 못하고 날이 저물었다. 하는 수 없이 나룻가에 있는 뱃사공의 집에서 묵었는데, 온돌이 있어서 하룻밤 편안히 잤다. 꿈에서 아버지께 절을 올렸다. 사모하는 마음을 견딜 수 없었다.

◎ — 9월 8일

날이 밝기 전에 나루를 건너서 임피에 이르러 길가에서 아침을 먹었다. 오늘은 장모님의 제삿날이다. 올 때 소찬(素饌)도 가지고 오지 못했기 때문에 아침에 포장(泡醬)만 가지고 먹었다. 송노가 발목이 시리고 아프다며 빨리 걷지 못하고 항상 뒤에 처져서, 부득이 함열현에 있는 전 이천(伊川) 남궁동장(南宮洞長)의 사내종 산이(山伊)의 집에 투숙했다. 마침 순찰사가 고을에 들어와 소란스러웠기 때문에 현감에게 이름을 전하지 못했다. 순찰사가 나간 뒤에 이름을 전하니, 사람을 시켜서 안부를 묻고 나를 서헌(西軒)으로 초대하여 서로 이야기를 나누었다. 또 조촐한 술상을 차려 와서 석 잔을 마신 뒤 파하고 돌아왔다. 생원 안극인(安克仁)이 뒤따라 들어왔는데, 바로 윤겸의 동년우이다.* 현감이 우리 일행의 아침저녁 식사를 대접해 주었다.

◎ ─ 9월 9일

일찍 식사를 마치고 출발해서 무수포 가에 이르렀다. 마침 류선각 공을 만나서 함께 같은 배를 타고 건너 임천 집에 도착하니 아직 저녁이 되지 않았다. 온 지 얼마 안 되어 큰딸이 학질을 앓기 시작했다. 안타깝다. 위아래 집안사람이 모두 학질을 앓는데, 아내가 더욱 심해서 뼈만 앙상하게 남았다. 만일 다른 병을 얻기라도 한다면 아무 말로도 형용할 수 없을 것이다. 윤겸은 전보다 조금 회복되었다고 하지만, 먹는 것이 예전만 못하고 아직도 행보를 못한다. 몹시 걱정스럽다. 저녁에 비가 내리기 시작하더니 밤이 되어서도 그치지 않았다.

....
* 　생원……동년우이다: 안극인(安克仁, 1553~?)은 1582년 사마시에 오윤겸과 함께 입격했다.

◎ — 9월 10일

아내의 학질이 몹시 심하다가 날이 저물어서야 조금 덜해졌다. 매우 걱정스럽다. 오전에 이웃에 사는 류원(柳愿) 공이 술과 과일을 가지고 찾아왔다. 그 후의에 고맙기 그지없다. 류공은 선각의 부친이고 용궁 삼촌 하보(荷寶)의 동서이다. 이곳의 방이 좁아서 잘 수가 없어 어제부터 소지의 사랑방에 와서 잤는데, 소지의 큰형 소은도 와서 함께 잤다. 종일 비가 뿌렸다.

◎ — 9월 11일

어젯밤 꿈에 자미(이빈)를 보았는데 완연하게 옛 모습 그대로였다. 슬픔을 견디지 못하겠다. 두 딸이 학질을 앓고 있다. 윤함은 새벽에 오랫동안 몸을 떨었고 또 열이 나며 속머리가 조금 아프다고 하니, 분명 학질 증상이다. 병을 오래 앓은 뒤에 이번에 학질까지 걸린다면 아무 말로도 형용할 수 없을 것이다. 매우 걱정스럽다. 계집종 셋도 누워 앓고 있어서 저녁밥을 지을 사람이 하나도 없으니 안타깝다. 시윤의 아내가 있는 곳에 사내종과 말을 보내 초대했더니, 딸 셋을 데리고 와서 보았다. 저녁에 부득이한 일이 있어 돌아갔고, 경진(敬眞)만 홀로 남아 단아와 함께 잤다.

◎ — 9월 12일

이른 아침에 임천 군수를 찾아가 부탁했는데, 한 가지도 들어주지 않았다. 집에 병든 처자식이 있는데도 무엇 하나 주는 물건이 없으니 야박하다고 할 만하다. 그러나 모두 무심한 자의 병통이다. 군수는 곧 아내의 사촌 조카이다. 처음에 임천 군수에 제수되었다는 말을 듣고 분명 그의 힘에 의지해서 여러 식구들이 연명할 수 있겠다고 여겼고 남들도 그럴 것이라고 하기에 매우 기쁘고 다행이라고 생각했다. 그런데 지금 그의 뜻을 보니 다시 기대할 것이 없겠다. 한스럽다.

임면부(任免夫)*의 아내가 마침 관아에 왔기에 가서 보았다. 각자 난리 중에 겪은 일을 이야기하다가 해가 기울어서야 돌아왔다. 면부는 마침 출타해서 만나지 못했다. 올 때 내한 조희보 형제에게 들렀다. 조용히 이야기를 나누고 날이 저물어 집으로 돌아왔더니 배가 몹시 고팠다.

자장(子張) 임기(任紀)는 곧 군수의 동종(同宗) 육촌으로 여기에 와서 기식(寄食)하고 있는데, 나와는 한마을에 살던 동갑 친구이다. 마침 객지에서 서로 만나니 매우 기쁘고 위로가 되었다. 집사람이 또 학질을 앓으니 걱정스럽다.

◎ ― 9월 13일

참봉 임면부가 와서 보고 돌아갔다. 집사람과 두 딸이 학질을 앓는데, 집사람은 그저께부터 매일 몹시 아파한다. 답답하고 걱정스럽다. 면부가 데리고 간 사내종이 돌아왔는데, 군수가 소고기 1덩어리를 보내왔다. 하루 종일 소지의 당에서 소지와 함께 바둑을 두었다.

....

* 임면부(任免夫): 임면(任免, 1554~1594). 자는 면부이다. 오희문의 동서로, 이정수의 막내사위이다.

◎ ─ 9월 14일

밤에 비가 내렸다. 이른 아침에 김포 조희식(趙希軾)*이 벼 10말과 콩두부 2덩어리를 보내왔다. 마침 양식이 떨어졌을 때 보내 주니 고맙기 그지없다. 군수 임익길(任益吉)*이 재해로 인한 피해를 살펴보는 일로 경내를 순시하다가 낮에 이 마을을 지나게 되어 들어와 아내를 만나 보고 갔다. 다만 앉은자리가 따뜻해지기도 전에 일어나서 가니 우스운 일이다. 아내의 학질이 전에 비해서 더욱 심한데, 익길이 왔을 때는 마침 아플 때여서 잠깐 얼굴만 보았을 뿐이다. 언명의 처남 김담명이 와서 보고 갔다. 충의 류원도 와서 군수를 보고 돌아갔다. 저녁에 비가 내렸다.

◎ ─ 9월 15일

새벽에 송노를 홍주에 있는 참봉(오윤겸)에게 보냈다. 오랫동안 참봉(오윤겸)의 소식을 듣지 못했기 때문에 사내종을 보내서 물으려는 것이다. 막정을 또 함열에 보내서 양식과 찬거리를 구하게 했다. 경여의 처가 익산으로 돌아갔다. 오는 19일에 소면천(蘇沔川)의 장사를 지내기 때문에 가 보는 것이다. 성덕린(成德麟)이 술과 과일을 가지고 와서 마시는데, 류선각 공도 마침 왔고 소지도 술과 떡을 내와서 조용히 마시

....

* 조희식(趙希軾): 조희철의 동생이자 조희보의 둘째 형이다. 1591년에 작성된 류우(柳祤)의 《공신록(功臣錄)》에 김포 현령 조희식이라고 기록된 것으로 보아 이즈음에 임명된 것으로 보인다.
* 군수 임익길(任益吉): 앞의 8월 26일 일기에서 임극이 임천 군수에 부임했음을 알 수 있다. 《사마방목(司馬榜目)》에 그의 자가 맹길(孟吉)로 나오기 때문에 뭔가 착오가 있는 듯하다. 임극은 임면의 형이다.

면서 이야기를 나누다가 파했다. 또 류공과 함께 바둑을 두었다. 저녁에 바람이 불고 비가 내렸다.

◎ ─ 9월 16일

아내의 학질이 더욱 심하고 윤해도 오늘부터 또 아프기 시작해서 온 집안의 위아래가 모두 앓고 있다. 오직 나와 인아와 단아, 그리고 사내종 막정과 송노만 학질을 면했다. 밤에 소지, 인아와 함께 뒤 냇가에 가서 게를 13마리 잡아서 돌아오니 밤 이경이었다.

◎ ─ 9월 17일

어제부터 양식과 찬거리가 다 떨어져서, 저녁에는 쌀 2되를 가지고 미역죽을 쑤어서 위아래 10여 명이 나누어 먹었다. 사람 사는 것이 이 지경에 이르렀으니 탄식한들 어찌하겠는가. 병든 처자식도 배불리 먹지 못하니 더욱 개탄스럽다. 오늘 아침밥으로 종자보리[種牟] 1말을 막 찧어 먹으려던 차에, 마침 류선각이 사람을 통해 말린 벼 3말을 보내 주었다. 오늘의 굶주림을 면하게 되었으니 매우 감사하다. 산 사람 입에 거미줄을 치지 않는다는 속담이 이것인가 보다.

참봉(오윤겸)이 사내종 세만을 보내서 문안하고 돌아갔다. 지금 참봉(오윤겸)의 편지를 보니, 저도 돌아와서 전에 걸렸던 학질이 세 번째로 도져 몹시 아프니 와서 뵙지 못한다고 했다. 더욱 답답하고 걱정스럽다. 피차 멀리 살아서 소식도 자주 듣지 못하고 곤궁한 형세가 날로 심해지는데, 아무 데도 의지할 곳이 없다. 내년 봄을 기다릴 것도 없이 금년 겨울이 되기 전에 분명 굶어 죽은 귀신이 될 것이다. 슬퍼하고 탄식한들 어찌하겠는가.

저녁에 막정이 왔다. 함열에서 백미 5말, 정조 10말, 콩 4말, 소금 1
말, 찹쌀 1말, 말린 민어 1마리, 누룩 5덩어리, 보리종자 4말, 소고기 2
덩어리를 보내왔다. 며칠간은 연명할 수 있겠다. 고맙기 그지없다. 함
열의 은혜가 없으면 가을을 넘기기도 분명 어려울 것이다. 돌아봐도 보
답할 길이 없으니 온 집안이 그저 감사할 뿐이다. 아내 및 두 딸, 생원
(오윤해)과 계집종 넷이 모두 학질에 걸려 누워 있어서 저녁밥을 지을
사람이 없다. 그들이 조금 낫기를 기다렸다가 밥을 짓는다면 분명 밤이
깊을 것이다. 안타깝다.

저녁때 시윤의 장인과 이언우(李彦祐) 공이 와서 보고 갔다. 이공(李
公)은 난을 피해서 이산(尼山) 땅에 우거하고 있는데, 이곳으로 딸을 만
나려고 왔다가 내가 여기 있다는 말을 듣고 찾아온 것이다. 류선각도
와서 보고 돌아갔다.

◎ ─ 9월 18일

아침에 윤함이 또 학질을 앓았다. 큰 병이 다 낫지도 않았는데 또
이 병을 얻었으니 매우 걱정스럽다. 류선각의 집에 사내종을 보내서 달
걀 3개를 얻어 왔다. 윤함이 삶아 먹고 싶어 했기 때문이다.

변응익(邊應翼)이 찾아왔기에, 조 두어 되를 주었다. 변응익 역시
이 고을에 피난 와 있는 사람이다. 성덕린이 찾아왔다. 이어 덕린과 함
께 그 사내종의 집에 가 보았다. 가까운 시일 안에 그 집으로 옮기려고
하기 때문에 방이 넓은지 좁은지를 먼저 보기 위해서이다. 오는 길에
내한 조희보에게 들렀다가 돌아왔다.

저물녘에 형수씨와 세 딸이 시룡(時龍)의 어미와 함께 게 잡는 것을 보러 갔다. 인아를 데리고 갔는데, 겨우 1마리를 잡아서 돌아왔다. 우습다. 인아는 혼자 있다가 또 7마리를 잡았다. 사람이 많아 소란스러워서 게가 물을 따라 내려왔다가 사람을 보고 도로 도망갔기 때문에 많이 잡지 못한 것이라고 한다.

◎ ─ 9월 19일

이른 아침에 시윤의 장인을 보기 위하여 그가 있는 곳으로 달려갔더니, 어제 낮에 이미 이산으로 돌아갔다고 해서 시윤의 처만 만났다. 마침 비가 쏟아지려고 해서 서서 이야기하고 돌아왔다. 집에 도착하고 오래지 않아서 천둥이 치고 비가 세차게 쏟아졌는데, 두 방에 다 비가 새서 앉아 있을 곳이 없었다. 답답한 노릇이다. 윤함이 어제 학질을 앓고 난 뒤로 먹는 것이 크게 줄었다. 오늘 아침에는 기운이 여전히 편치 않고 속머리가 아프다고 했다. 답답하고 걱정스럽다.

막정을 시켜 군수에게 편지를 보내서 젓국[醢水]을 얻어다가 반찬을 하려고 했는데, 문지기가 막고 들여보내지 않아서 빈손으로 돌아왔다. 안타깝다. 송노가 보령의 참봉(오윤겸) 처소에서 돌아왔다. 참봉(오윤겸)의 편지를 보니, 학질이 조금 나았다고 한다. 기쁘다. 다만 오랫동안 만나지 못하여 그리운 마음이 더해졌다.

송노가 대흥에 있는 윤함의 처갓집 사내종 애운의 집에 가서 윤함의 편지를 가져왔다. 이를 통해 온 집안의 위아래가 무사함을 알았으니 기쁘다. 또 윤함의 장인 편지를 통해 들으니, 임금의 행차가 지난 8월 20일 즈음에 해주에 거둥하여 동궁에게 선위(禪位)하려고 하자 2품 이상이 의논해 아뢰었다고 했는데, 아뢴 것이 어찌되었는지는 알 수 없다.

오늘은 아내가 잠깐 앓다가 금방 나았다. 둘째 딸도 이와 같은데, 다만 윤해와 큰딸이 아프다. 나도 오후부터 온몸이 옥죄는 듯하고 뼈마디는 풀어진 것 같으며 속머리가 조금 아팠다. 한밤중이 되도록 좋아지지 않으니 아마도 학질의 조짐인 듯하다.

◎ ─ 9월 20일

아침을 먹은 뒤에 충의 류원 씨에게 가서 보고, 그 참에 학질을 치료하기 위해서 뽕나무 껍질을 벗겨 왔다. 류원이 나를 맞이하여 곁채에 앉아서 한참 이야기를 나누었다. 그의 아들 류선각은 기운이 편치 않아 누워서 땀을 내고 있었기 때문에 나와서 인사하지 못하고 다만 찰떡을 대접했다. 오늘은 아내가 학질을 앓지 않았다. 기쁘다. 다만 윤함은 학질을 앓으면서 이질 증상을 조금 보인다. 필시 뽕나무 껍질을 마셨기 때문일 것이다. 그러나 학질을 앓은 뒤에 이질이 생긴다면 아무 말로도 형용할 수 없을 것이다. 매우 걱정스럽다. 윤해도 앓고 있지만 전보다는 조금 덜하다.

◎ ─ 9월 21일

어젯밤 자리에 누울 적에 바지를 벗고 창밖으로 소변을 보았는데, 온몸이 갑자기 미세하게 떨려서 곧장 돌아와 이불을 둘렀고 한참 뒤에야 안정되었다. 그저께부터 불편했던 기운이 자못 회복되지 않고 오늘 아침에는 더욱 불편했다. 처음에는 학질 증세인가 의심했는데, 연이틀 계속 이러하니 아무래도 감기인가 보다. 답답하다. 오늘은 윤해와 큰딸이 앓고 둘째 딸은 괜찮다. 다만 윤함의 이질 때문에 마음이 쓰여 먹는 것을 크게 줄였다. 답답하고 걱정스럽다. 종일 기운이 편치 않았다.

◎ ─ 9월 22일

어젯밤에 온돌에서 땀을 냈더니 아침이 되자 기운이 한결 회복된 것 같은데 아직도 가뿐하지는 않다. 오후부터 땀을 더 많이 냈더니 저녁에는 아주 상쾌해졌다. 윤함은 학질을 앓고 있는데 이질도 낫지 않는다. 매우 걱정스럽다. 생원(오윤해)도 앓고 있다. 밤에는 소씨 집에 온 손님과 한방에서 잤다. 그는 젊은 사람인데, 성명이 한선일(韓善一)이고 원주 목사 한준겸(韓浚謙)의 조카라고 한다.

◎ ─ 9월 23일

오후 느지막이 충의 류원 씨 부자가 와서 보고 갔다. 윤해와 큰딸이 학질을 앓고 있는데, 윤해는 날마다 앓으면서 열이 떨어지지 않는다. 답답하고 걱정스럽다.

◎ ─ 9월 24일

송노가 말미를 얻어 직산에 있는 제 아비의 집으로 돌아갔다. 겨울옷을 장만하기 위해서이다. 예산을 지날 때 그에게 주서(注書) 김자정의 집에 편지를 전하라고 했다. 저녁에 들으니, 조한림이 상(喪)을 당했다고 한다. 아버지 상을 치른 지 겨우 몇 달 만에 또 어머니 상을 당했다니 불쌍하다. 의지할 곳 없이 떠도는 자에 비할 바가 아니다. 이곳은 선대의 유업이 넉넉하게 남아 있는 곳이니, 분명 어렵고 곤궁한 걱정은 없을 게다. 이 점으로 위안을 삼는다. 저녁에 시윤이 보낸 사내종 수억(守億)과 덕손(德孫) 등이 말을 가지고 왔다. 그 처자식을 데려가기 위해서이다. 그편에 들으니, 온 가족이 무사하기는 한데 다만 먹는 어려움이 매우 심하다고 한다. 참으로 가련하다.

◎ ─ 9월 25일

이른 아침에 시윤의 처가 들러서 인사하고 장수로 돌아갔는데, 바빠서 그곳에 편지를 보내지 못했다. 안타깝다. 경여도 사내종과 말을 보내서 제 딸을 데려가려고 했지만, 사정이 생겨 돌아가지 못하고 사내종은 헛걸음하고 돌아갔다. 소지가 도사(都事)를 만나기 위해서 군에 들어갔다. 막정이 익산에서 돌아왔다. 경여가 벼 8말을 보내 주었다. 또 저녁에 조한림의 집에 가서 상중인 좌수 조희윤 형제를 만나고 돌아왔다.

오늘도 윤함은 학질을 앓았다. 이는 분명 매일 앓는 학질이니 더욱 걱정스럽다. 요새 양식과 찬거리가 모두 떨어져서, 병이 이와 같은데도 아픈 자식의 입에 맞는 음식을 구할 길이 없다. 더욱 답답하다. 계집종 동을비는 요즘 누워서 일어나지 못하고 대변이 그치지 않으며 얼굴 가득 부기가 있다. 이는 오랫동안 찬 곳에 거처하면서 바람을 막지 못해서 그런 것이다. 분명 죽을 것이니 참으로 가련하다.

◎ ─ 9월 26일

윤해 형제가 앓았다. 종일 소지의 당에 있으니 무료하기 그지없다.

◎ — 9월 27일

윤해와 함께 조씨 집에서 성복(成服)*하는 것을 보러 갔다. 그런데 마침 관 짜는 일이 끝나지 않았으므로 밤이 깊어서나 입관하게 될 테니 오늘은 성복을 하지 못할 형편이라고 하기에 돌아왔다. 온 고을의 품관들이 모두 모였다가 역시 돌아갔다.

인아가 그물을 가지고 물고기 20여 마리를 잡아 왔다. 이를 쪄서 윤함에게 먹였다. 윤함이 오랫동안 병을 앓은 뒤로 맛있는 음식을 구하지 못해 전혀 먹지 못했기 때문에 물고기를 잡아 오라고 한 것이다. 윤함과 큰딸이 학질을 앓는데, 윤함은 전보다 좀 덜하고 이질도 나아졌다. 저녁에 명복이 돌아왔다. 부여 현감이 백미 2말, 메밀 1말을 보내 주었다. 양식이 떨어진 뒤에 이렇게 생각지 못한 물건을 얻으니 고맙기 그지없다.

◎ — 9월 28일

어젯밤에 동을비가 죽었다. 선대의 늙은 계집종 가운데 동을비만 살아 있었는데, 타향에서 객사했으니 애처롭고 불쌍한 마음을 이기지 못하겠다. 곧장 사내종들에게 묻게 했다. 이 때문에 사내종이 없어서 조씨 집의 성복에 가 보지 못했다. 성덕린이 쌀과 두(豆)를 각각 1말씩 보내 주었다. 이른 아침에 생원(오윤해)이 집을 빌리는 일로 군수를 만나고 돌아왔다.

....

* 　성복(成服): 상례(喪禮)에서 대렴(大殮)을 한 다음날 상제들이 복제(服制)에 따라 상복을 입는 절차이다. 죽은 날로부터 4일째에 행한다.

◎ ― 9월 29일

저녁 내내 비가 내렸는데, 오다 그치다를 반복했다. 밥을 먹은 뒤에 비를 뚫고 군에 들어갔다. 군수는 이미 아헌에 나가서 들어가 보지 못하고 임참봉댁(任參奉宅)만 보았다. 오는 길에 빌리려는 집에 들어가서 거처할 수 있을지 보았더니, 살기에 아주 적합했다. 다만 우물이 멀고 땔나무가 드문 것이 흠이다.

10월 큰달

◎ ─ 10월 1일

생원(오윤해)이 사내종 둘을 데리고 새로 머물 집으로 가서 청소하고 창도 바르고 나무를 해다가 아궁이에 불을 지피고 돌아왔다. 나는 하루 종일 소지의 당에 있었다. 저물녘에 류선각 공이 내가 내일 집을 옮긴다는 말을 듣고 찾아왔다. 이야기를 나누다가 한참 뒤에 돌아가니 밤이 이미 깊었다.

◎ ─ 10월 2일

조희윤, 류선각, 이정시(李挺時)*에게 말을 빌렸다. 이른 아침을 먹고 고을 5리 밖 서쪽 변두리에 있는 검암리(儉巖里)의 백성 덕림(德林)의 집으로 옮겨 왔다. 두 번을 오갔더니 날이 벌써 저물었다. 덕림은 이

---

*   이정시(李挺時): 1556~?. 1603년 식년시에 입격했다.

미 오래전에 죽었다. 그의 외손자인 김화동(金火同)이 당시 이웃집에 살고 있었는데, 꺼리는 점이 있어서 여러 해 동안 이 집에 들어가지 않았다. 그러므로 집이 비어 있은 지 이미 오래되었고 다른 사람이 빌려서 살고 있어서, 군수로 하여금 집주인에게 패자를 보내 살고 있는 사람을 내쫓도록 하고 옮겨 온 것이다.

다만 매우 견딜 수 없는 점이 네 가지가 있다. 방의 온돌이 너무 차가워서 땔감 한두 다발로는 따뜻해지지 않는 것이 첫 번째 견딜 수 없는 점이고, 나무를 할 곳이 너무 먼 것이 두 번째 견딜 수 없는 점이며, 우물에 가는 길이 너무 먼 것이 세 번째 견딜 수 없는 점이고, 아침저녁으로 불을 때서 나오는 연기가 집 안에 자욱해서 눈을 뜰 수 없는 것이 네 번째 견딜 수 없는 점이다. 그러나 안팎이 갖추어지고 기와집이 깨끗하기 때문에 위아래가 모두 좋아하니 다시 옮기지 않을 것이다. 더욱 답답한 점은 근래에 양식과 반찬거리가 모두 떨어져서 저녁밥도 겨우 먹었고 내일은 밥을 차려 먹기가 몹시 어렵다는 사실이다. 사는 게 한스럽다.

오면서 조한림의 집에 들러서 조문하고 돌아왔다. 윤함이 중도에 학질에 걸려서 간신히 들어왔는데, 오늘은 더 심하게 앓았다. 걱정스럽다. 다만 윤해는 며칠 동안 앓지 않으니 아마도 다 나은 듯하다.

◎ — 10월 3일

지난밤에는 방구들이 차가워서 편히 자지 못했다. 아침 식사 전에 윤해와 함께 성덕린의 사내종 집에 가서 안팎을 청소하고 아궁이에 불을 넣고 돌아왔다. 내일 옮겨 가려고 하기 때문이다. 다만 오래된 초가 집이라 비가 새는 곳이 있고 방이 깨끗하지 않아서 걱정이다. 아침 식사는 임참봉에게 쌀을 꾸어다가 해 먹었고, 저녁에는 콩 3되를 빻아서 죽을 쑤어 위아래가 나누어 먹었지만 모두 배가 차지 않았다. 안타깝다.

◎ ─ 10월 4일

어젯밤 꿈에 자미(이빈)를 보았는데, 완연히 옛날과 같은 모습이었다. 꿈에서 깨고도 얼굴과 말이 또렷하여 실제로 만난 것 같으니 슬픔을 참기 어렵다. 이른 아침에 윤해가 편지를 보내서 진사 한겸이 있는 집에 가서 벼 2말을 꾸어다가 따뜻한 솥에 삶아서 말렸다가 찧어서 밥을 지으니 이미 한낮이 되었다. 위아래 사람들의 배고픔이 몹시 심한데 식량이라고 얻어 온 것이 또 적어서 쌀 1되를 세 사람이 나누어 먹었으니, 탄식한들 어찌하겠는가.

이웃에 사는 늙은 아전이 즙장(汁醬)* 한 사발, 김치 한 그릇을 주었다. 또 병리(兵吏)의 처가 와서 집사람을 보더니 큰 홍시 7개를 주었다. 윤함이 병들어 기력이 다해 가던 차에 이것을 먹었으니 참으로 기쁘다. 뒤이어 달걀 3개와 녹두 3되, 박 1개를 보내왔다.

윤해의 양모가 먼저 대조동(大鳥洞) 성덕린의 사내종 집으로 갔다. 이곳은 방이 작아서 다 들어가지 못하므로 나누어 거처하게 한 것이다. 이 집은 너무 추워서 살 수 없는 형편이라 우리들도 옮기려고 하기 때

....
*   즙장(汁醬): 메주를 빻아서 고운 고춧가루 따위와 함께 찰밥에 버무려 장항아리에 담고 간장을 조금 친 뒤에 뚜껑을 막은 다음 두엄 속에 8, 9일 묻었다가 꺼내 먹는 장이다.

문에 먼저 보냈다. 그 집을 다른 사람이 차지할까 우려해서이다.

이웃에 사는 교생(校生) 김대성(金大成)과 그 아들 김정(金井)이 와서 보고 갔다. 이곳은 군에서 멀지 않기 때문에 사방 이웃이 모두 관인이고, 마을 풍속도 나쁘지 않아서 꾸어 주는 데에 인색하지 않다. 비록 조그만 물건이 있어도 번번이 가져다주는 이웃이 있으니 후하다고 할 만하다. 저녁에 주인집 노파가 대추와 밤을 가지고 와서 집사람을 보고 갔다. 오후부터 비가 내리더니 밤새 그치지 않았다.

◎ ─ 10월 5일

아침에 비가 내렸다. 비가 이렇게 내리는데 양식과 찬거리마저 떨어졌다. 둘러봐도 빌릴 곳이 없어서 겨우 녹두 두어 되로 죽을 쑤어서 나누어 먹었다. 춘이는 번동(飜同)의 일로 비를 무릅쓰고 나갔고, 막정도 제 처를 데리고 이탁의 처자를 모시고 군에서 반 식정 떨어진 이탁의 사내종 집으로 옮겨 갔다. 그도 양식이 없었기 때문에 비가 오는데도 머물지 못한 것이다.

이웃 사람 김대성이 사람을 보내서 문안하고, 또 감장 한 사발과 각종 김치를 소반 가득 보내 주었다. 고맙기 그지없다. 이웃 사람이 사발 2개, 접시 2개, 종지 1개, 팥 2되, 생채(生菜) 및 김치 조금을 보내 주었다. 주인 노파가 그 손자며느리를 데리고 술과 대추와 밤을 가지고 와서 집사람을 보고 갔다. 셋째 딸도 나와서 보았다. 이웃에 사는 병리의 처가 접시 4개, 큰 접시 4개, 팥 3되를 보냈다. 아침에 임참봉에게 사내종을 보내서 쇠간 한 덩어리를 얻어 왔다. 윤함이 병을 앓고 있는데 반찬이 없어서 부득이 편지로 청한 것이다.

저녁에 먹을 것이 없는데 아무런 대책이 없어서 윤해가 직접 좌수 조윤공(趙允恭)의 집에 가서 양식이 떨어졌다고 말했더니, 조윤공이 벼 3말을 주어 우선 사내종을 시켜서 지워 보냈다. 즉시 솥을 달구어서 말리고 찧어서 밥을 지으니 밤이 이미 깊었다. 그러나 모두 배가 차지 않았다. 탄식한들 어찌하겠는가. 조윤공의 집에서는 또 저녁밥을 지어 윤해를 대접했다고 한다.

이곳은 군과의 거리가 멀지 않은데 군수는 한 번도 사람을 보내서 문안하지 않고, 곤궁함이 이와 같은데도 생각해 주지 않고 물 한 모금도 보태 주지 않는다. 인정이 어찌 이리도 야박할 수 있는가. 다른 사람도 오히려 불쌍히 여겨 도와주는데 하물며 절친한 사이에 큰 고을의 사또가 되었으면서도 이같이 괄시하니, 야박할 뿐만 아니라 너무도 몰인정한 사람이다. 몹시 서운하다.

◎ ― 10월 6일

집주인이 쌀 2되, 팥 2되를 보내 주어서 위아래 사람들이 밥을 지어서 같이 먹었다. 저녁에는 두(豆) 2되로 죽을 쑤어 나누어 먹었다. 낮에 안낙국(安樂國)의 아들이 와서 보고 갔다. 진위에서 낙국의 편지가 와서 생원(오윤해)의 처자식에게 별 탈이 없는 것을 알게 되었다. 기쁘다. 생원(오윤해)의 처가 밤을 보내 주어서 여러 아이들이 나누어 먹었다. 윤함이 아프던 차에 이런 먹고 싶은 것을 얻으니 더욱 기쁘다.

◎ ― 10월 7일

어제저녁에 주인집에서 벼 2말을 꾸어다가 온돌에 말려서 이른 아침에 찧어서 먹었다. 이후로는 꾸어다 먹을 곳이 없어서 하는 수 없이 사내종과 말을 데리고 부여로 갔다. 곤궁함을 면할 물자를 빌리기 위해서이다. 올 때 임참봉이 머무는 집에 들렀다. 참봉이 관아에 들어가고 없었기 때문에 그 아내만 만나고 왔다. 전에 면부와 함께 부여에 놀러 가서 고적(古跡)을 구경하자는 약속을 했는데, 서로 어긋나서 안타깝다.

그대로 백마강(白馬江)을 건넜는데, 중간에 부여 현감이 없다는 말을 들었다. 서운함을 이기지 못하겠다. 그대로 사가(私家)로 들어가 그의 자제들을 불러 물어보니, 현감은 참의(參議) 정광적(鄭光績)이 고을 지경에 도착했다는 말을 듣고 만나러 가서 저녁이 되어야 돌아온다고 한다. 강위(姜煒)*와 함께 한참 동안 이야기를 나누고 있노라니, 저녁에 현감이 크게 취해서 돌아왔다. 그래서 만나지 못하고 그대로 빈관(賓館) 상방에서 잤다. 저녁에 강위가 찾아와서 추로주를 얻어다가 마시게 해 주고 밤이 깊어 돌아갔다.

◎ ― 10월 8일

현감이 나를 아헌으로 청하여 아침 식사를 같이했다. 인의 박적(朴寂)도 자리를 함께했다. 오후에 박인의 및 박원과 함께 배를 타고 백마강의 물을 따라 올라가서 조룡석(釣龍石)*과 낙화암(落花巖)을 먼저 보고 다시 고란사(皐蘭寺)에 올라가 앉아서 한참 동안 구경하다가 돌아왔다.

....

*　　강위(姜煒): 1568~?. 박동도의 큰사위이며, 윤함의 친구이다. 돈녕 도정을 지냈다.

*　　조룡석(釣龍石): 조룡대(釣龍臺)로, 부여 8경 가운데 하나이다. 나당(羅唐) 연합군이 백제를 공격할 때 용의 조화로 구름과 안개가 끼어 방향을 구분할 수 없자 미끼로 유인하여 용을 낚아 올렸다는 곳으로, 백마강에 있다.《국역 가정집(稼亭集)》제5권 〈주행기(舟行記)〉에 자세한 내용이 실려 있다.

다시 배를 타고 물결을 따라 내려가는데, 현감이 술과 안주를 차려 보냈다. 세 사람이 둘러앉아 마시고 크게 취해서 빈관으로 돌아왔더니 날이 이미 저물었다. 오늘은 서쪽 상방으로 옮겨서 잤다. 동쪽 상방에는 죽산 박동준(朴東俊)이 와서 잤기 때문이다. 죽산은 현감의 사촌 친척인데, 오늘 저녁에 처음 왔다.

◎ ― 10월 9일

현감이 나를 아헌으로 청하여 또 아침밥을 같이 먹었다. 박죽산(朴竹山), 박인의, 임소열(任少說)의 둘째 아들 경연(慶衍)도 함께 먹었다. 늦은 아침에 비가 내리다가 낮이 되어 조금 그쳤다. 즉시 달려서 이 고을 몽대리(夢代里)에 가서 정사과댁이 머물고 있는 집을 찾아가 만났다. 나에게 점심을 대접하고 벼 5말, 조개젓 조금을 주었다. 돌아올 때 이탁의 집에 들렀다. 이탁의 어머니도 그 이웃인 찰방 김덕장의 농막에 와서 머물고 있었다. 저녁엔 큰비가 내리더니 밤이 되어서도 그치지 않았다.

아침에 김사포 숙부가 별세했다는 소식을 들었다. 애통함을 이기지 못하겠다. 이광복도 이번 달 초에 죽었다고 하니 더욱 슬프다. 작년 겨울부터 금년 봄에 이르기까지 우리 식구들이 그의 계당을 빌려 머물면서 은혜를 많이 입었는데, 지금 죽었다는 소식을 들으니 지극한 슬픔을 참지 못하겠다. 사포 숙부도 난리를 피해 이광복의 이웃에 와 있어서 내가 매일 가 뵈었고, 병환 중에도 나에게 7폭 그림을 그려 주셨다. 임천으로 옮겨 올 때에도 서운한 마음이 많았는데, 지금 부음을 들으니 더욱 애통하다.

김찬선 형이 이제 인천 부사(仁川府使)에 제수되었다. 숙부께서도 그 때문에 인천으로 돌아갔는데, 지난 9월 보름께 세상을 떠나셨다고 한다. 만일 홍주에 있다가 돌아가셨다면, 분명 선산과 가까운 인천만큼 염습(殮襲)하고 장사 지내기가 편리하지 못했을 것이다. 이것이 그나마 불행 중 한 가지 다행한 일이다.

좌수 이우(李遇) 씨는 살림살이가 넉넉하고 아들만 둘인데, 큰아들 광륜은 작년 여름에 조헌의 의병에 종사하다가 결국 금산(錦山)에서 패했을 적에 죽었고 둘째 아들 광복도 올가을에 병으로 죽었으니, 2년도 채 안 되는 사이에 두 아들이 모두 죽은 것이다. 그도 연로한데다 중풍을 앓고 있어 방 밖을 나가지 못하니, 세상 살아가는 게 더욱 한스럽다.

◎ ─ 10월 10일

아침에 박죽산이 묵고 있는 상방에 가서 이야기를 나누었다. 박원 형제와 박인의, 임경연(任慶衍), 이양(李揚) 등도 함께하다가 이어서 같이 마주하여 아침밥을 먹었다. 식사 후에 현감이 나를 아헌으로 불러서 한참 동안 이야기를 나누었다. 현감은 관청으로 나가고 나는 객사로 돌아왔는데, 여러 자제들도 따라왔다. 이에 감고루(鑑古樓)에 올라가 활쏘기 일순(一巡)을 하고 파했다. 나는 임경연과 말고삐를 나란히 잡고 배를 타고 백마강을 건너서 임천군으로 달려왔다. 임경연은 관아로 들어가고 나는 집으로 돌아오니 아직 해가 지지 않았다. 여기 와서 들으니, 어제 군수가 쌀 2말을 보내 주었다고 한다. 그의 모친이 우리 집의 어려운 사정을 말했기 때문에 보낸 것이라고 한다.

오늘 낮에 함열 현감이 사람을 통해서 쌀 2말, 게젓 20개, 쌀새우젓 4되, 종이 3뭇을 보냈고, 또 요즘은 어찌하여 사람을 보내서 가져가지 않느냐는 편지도 보냈다. 요구하지 않아도 매번 은근한 마음을 전하니 그 후한 뜻을 갚을 길이 없다. 온 집안사람들이 고마워서 어쩔 줄을 모른다.

윤함의 처갓집 사내종 옥지(玉只)가 의복을 가지고 왔다. 그 집의 위아래 식구들도 모두 편안하다고 하니 기쁘다. 윤함의 학질이 아직 떨어지지 않았으니, 올해 안으로는 해주로 돌아가지 못할 상황인 것 같다.

내가 돌아올 때 부여 현감은 한 가지 물건도 주지 않았다. 지난달에도 사람을 보내 놓고 지금 또 직접 찾아오니, 마음속으로 분명 싫증이 나서 그랬으리라. 몹시 부끄럽다. 처자식은 내가 오기만을 기다려 먹을 수 있기를 날로 간절히 바랄 텐데, 끝내 빈손으로 돌아왔으니 한편으로는 웃음이 나온다. 타향을 떠돌며 사방을 돌아보아도 친척은 없고 굶주림은 날로 코앞에 닥쳐 가는 곳마다 구차하게 매번 얼굴을 붉혀야 하니, 아무리 탄식한들 어찌하겠는가. 만일 함열의 도움이 없었으면 나는 구렁을 뒹구는 귀신이 되었을 것이다.

◎ ─ 10월 11일

이웃에 사는 김대성이 와서 만나고 갔다. 생원(오윤해)은 집주인이 부탁한 일로 부득이 군에 들어가 군수를 만나고 돌아왔다. 소지가 와서 보고 돌아갔다. 저녁에 임천 군수의 아내가 고기를 한 상자 삶아 보내 주어서 온 집안이 함께 먹었다. 집사람이 오후부터 조금 한기(寒氣)를 느끼고 매우 편치 않아 더운 방에서 이불을 쓰고 누웠다. 학질 증세인가 보다.

◎ ─ 10월 12일

종일 집에 있으니 무료함이 매우 심하다. 안손에게 뒷간을 짓게 했다. 윤함의 처갓집 사내종 옥지가 편지를 받아 가지고 해주로 돌아갔다. 듣자니, 오세검(吳世儉)이 문의(文義)에 있는데 벼 30말을 거두어 집에 두었다가 이로 인해 화적(火賊)을 만나 몸만 간신히 빠져나왔다고 한다. 이것으로 그곳의 곤궁함과 굶주림이 절박함을 알겠다.

저녁에 경여의 사내종 성동(性同)이 익산에서 찰떡을 가지고 와서 바쳤다. 이는 곧 경여의 처가 보낸 것이다. 그편에 들으니, 경여와 이언좌(李彦佐)가 이 고을의 임면부가 머물고 있는 곳에 왔는데 내일 만나려고 한단다. 이언좌는 곧 나의 동서로, 그의 아내는 젊어서 이미 죽었고 지금은 다시 장가들었는데 난리를 피하여 완산의 농막에 와서 머물고 있다.

◎ ─ 10월 13일

늦은 아침에 경여와 계우(季佑)가 찾아와 만났다. 집사람이 계우를 안으로 들어오라고 청해서 만났고, 나는 자식들과 경여와 같이 앉아서 한참 동안 이야기를 나누었다. 계우가 참깨 1말과 생강 3되를 주었다. 병중에 이것들이 부족했는데 뜻밖에 가져다주니 매우 고마웠다. 계우는 그대로 한산으로 돌아갔다. 추노(推奴)*를 하기 위해서이다. 계우는 이언좌의 자이다. 경여는 머물러 있다가 저녁 식사 후에 도로 면부의

....

* 추노(推奴): 주인과 따로 거주하면서 독립적으로 생계를 꾸려 나가던 외거노비(外居奴婢)에게 그 주인이 노적(奴籍)을 제시하여 이탈 노비 및 그 자손으로부터 공포(貢布)나 신대금(身代金)을 받던 일 또는 도망간 노비를 수색하여 데려오는 일이다.

집으로 돌아갔다. 이곳에는 잘 방이 없었기 때문이다.

저녁에 소지가 찾아왔기에 저녁밥을 대접해 보냈다. 윤해는 집주인의 물고입안(物故立案)*을 발급받는 일로 군에 들어갔다. 군수가 굴[石花] 2되, 절인 웅어 10개를 주어 보냈다. 나는 또 군수에게 편지를 보내 절인 게 20갑(甲)과 말먹이 콩[馬太] 5되, 소금 3되를 얻었다. 게는 어머님께 보내려고 한다. 내일 사내종이 영암으로 문안하러 가기 때문이다. 집사람이 학질을 앓았다.

◎ ― 10월 14일

막정은 파일(破日)*이라고 출발하지 않았다. 내일 이탁의 처자를 모시고 익산으로 돌아갔다가 그길로 남쪽으로 향할 생각이란다. 낮에 경여가 찾아와서 만났다. 마침 이웃 사람이 술과 안주를 가지고 왔기에 두 사발을 마시게 하고 보냈더니 기쁘다. 참봉(오윤겸)의 사내종 세만이 왔다. 그편에 편지를 보고 참봉(오윤겸)의 학질이 떨어졌다는 것을 알았다. 몹시 기쁘다. 참봉(오윤겸)이 찰떡 1상자, 꿩과 닭 각각 1마리, 건어, 식해 등을 보냈다. 떡은 여러 아이들에게 주어 함께 먹으라고 하

....
* 물고입안(物故立案): 우마(牛馬)나 공노비, 군사 등이 죽었을 경우 관에 고하여 발급받는 입안이다. 한양의 오부(五部) 및 성 밑 10리 내에서 소나 말이 죽으면 이를 검사하여 입안을 발급받도록 했다. 만일 자연사한 경우라면, 한양에서는 병조에, 지방에서는 거진(巨鎭)에 고하여 가죽을 벗기고 입안을 받았다. 공노비가 죽으면 한양에서는 내수사와 공노비가 살던 구역의 담당 관원이, 지방에서는 수령이 직접 가서 살피고 관련인의 일족과 이웃 등의 진술서를 받아 입안을 발급했다. 최연숙, 「조선시대 입안에 관한 연구」, 한국학중앙연구원 박사학위논문, 2005, 165~166쪽.
* 파일(破日): 패일(敗日)이라고도 한다. 음력으로 매달 5일, 14일, 23일로, 이날에 일을 하면 불길하다고 한다.

고, 꿩과 닭은 탕을 끓여서 병을 앓고 있는 자식에게 먹일 생각이다.

◎ ─ 10월 15일

새벽에 세만은 보령으로 돌아갔고, 어머니의 안부를 묻기 위해 막정을 영암에 보냈다. 식전에 생원(오윤해)이 그의 처남 최지선(崔止善)을 만나는 일로 이 고을 박곡촌(朴谷村)에 갔는데, 여기에서 10여 리쯤 떨어져 있다고 한다. 최지선은 추수하는 일로 여기에 와 있다. 낮에 생원(오윤해)이 돌아왔다. 마침 지선이 오지 않았기 때문에 만나지 못하고 그대로 돌아왔다고 한다.

식사 후에 무료함이 너무 심해서 두 아이와 함께 뒷산 봉우리에 올랐다. 사방을 보니 툭 트여 시원했다. 임천 관사를 내려다보니 저 멀리 바다가 보이고 돛단배가 왔다 갔다 했다. 객중의 답답한 마음이 거의 풀렸다. 단아도 따라 올라왔다.

아내의 학질이 전보다 곱절이나 심하고, 윤함도 마찬가지이다. 답답하고 걱정스럽다. 저녁에 양식이 없어서 여러 아이들과 함께 콩죽을 먹었다. 이웃 사람이 두(豆) 3되와 쌀 2되를 보내 주어서 그것으로 쑨 것이다.

◎ ─ 10월 16일

향춘을 임참봉(任參奉, 임면)이 우거하고 있는 집에 보냈다. 참봉댁이 장(醬) 1그릇, 절인 조기 1마리, 젓갈을 조금 주어 보냈다. 그 아내가 또 탕육(湯肉)과 산자(散炙)* 및 젓갈과 채소 등을 한 상자에 담아 보내 주어서 처자식이 같이 먹었다. 무료하던 중에 지팡이를 짚고 집 앞의 밭두둑을 거닐었다. 함께 이야기할 사람이 아무도 없으니 몹시 안타깝다. 밤에 집사람과 윤함이 학질을 앓았다. 날마다 앓는데 집에는 쌀 1되도 마련해 둔 것이 없다. 두 계집종도 날마다 앓으니 더욱 답답하다.

◎ ─ 10월 17일

이른 아침에 김대성이 술 1병, 지진 떡[煎子色餠] 1사발, 세 가지 과일, 두부구이 및 삶은 닭 다리 1개, 김치 1그릇을 보내와서 바로 처자식과 함께 먹었다. 매우 감사하다. 저녁때 밥을 지을 양식이 없어서 나와 윤해, 윤함은 쌀 1되 반으로 밥을 지어 먹고 나머지 아이들은 콩 2되를 쪄서 나누어 먹었는데, 배가 차지 않았을 테니 몹시 가련하다. 타향을 떠돌며 사방을 둘러봐도 친척이라곤 없고 곤궁함이 이 지경에 이르렀으며 병도 이와 같으니, 아무리 탄식한들 어찌하겠는가. 윤함 모자는 밤 일경(一更, 19~21시)에 또 학질을 앓았다. 윤함 어미는 이 때문에 저녁 식사도 먹지 못하니 더욱 안타깝다.

◎ ─ 10월 18일

아침 식사 거리를 얻을 곳이 없어서 하는 수 없이 향춘을 관아에 들여보내 군수에게 편지를 전했더니, 군수가 쌀 1말을 주었다. 이것을 나누어 아침밥과 저녁밥을 지었다. 생원(오윤해)의 처갓집 사내종이 겨울옷을 가지고 와서 온 집안이 근심을 면했다고 한다. 매우 기쁘다.

들자니, 최지선이 이제야 박곡촌에 왔다고 한다. 생원(오윤해)이 그

....

* 산자(散炙): 산적을 말한다.

를 만나러 달려가서 그곳에서 같이 자고 내일 돌아온단다. 임면부가 와서 보고 돌아갔다. 별좌 이우춘(李遇春)도 떠돌다가 이 고을로 와서 마침 이곳을 지나가게 되었는데, 길에서 우리 집 계집종을 만나서 내가 여기 있다는 말을 듣고 찾아왔다. 임면부와 함께 군에 들어가 순찰사가 첩에 써 준 물건을 받으려 한다고 한다. 이공은 곧 자미(이빈)와 동년우로, 일찍이 자미(이빈)의 집에서 만난 적이 있다. 집사람의 학질은 아주 심하지는 않다.

◎ ─ 10월 19일

아침에 콩 2되로 죽을 쑤어서 나누어 먹었다. 식사 후 무료해서 인아와 함께 지팡이를 짚고 울타리 아래로 걸어 나가서 김대성을 청하여 함께 동쪽 봉우리에 올라가 마을을 내려다보았다. 김공이 어떤 집에 누가 살고 있는지 말하면서 일일이 여염집을 가리켰다. 또 하는 말이, 이 봉우리의 이름이 바로 화산(花山)인데 봄바람이 부는 좋은 시절에 두견화가 만발하면 술을 가지고 와서 노는 사람이 몹시 많다고 했다. 그 위에는 소나무가 가로누워 있고 땅도 평평하고 넓어서 10여 명이 앉을 만한데, 멀리서 보나 가까이서 보나 사방에 막힌 곳이 없으니 하나의 명승(名勝)이다. 한참 동안 앉아서 구경하다가 김공이 고적을 말해 주었다. 모두 겪은 일이 아니니 어떻게 믿을 수 있겠는가. 그러나 오히려 적적함을 달래고 근심을 씻을 만했다.

생원(오윤해)이 그의 처남을 만나고 돌아왔다. 내일 진위로 돌아가려고 하지만 가는 동안 먹을 양식을 준비하기 어려우니 기약할 수 없다. 그편에 들으니, 심열(沈說)*이 요새 금오랑(金吾郎)에 제수되었는데,

사람을 붙잡는 일로 진위현을 지날 때 편지를 보내서 윤해의 장인의 안부를 물었다고 한다. 전에 윤함 처의 편지에 심열이 도사에 제수되었다고 하기에 의심하고 믿지 않았는데, 이제 지선의 말을 들으니 분명 헛말이 아닌 게다. 몹시 기쁘다. 심열의 어머니는 곧 나의 누이이다. 겨우 열 살이 되었을 때 그 어미가 일찍 죽고 할머니의 집에서 자라면서 나에게 배워 우리 아이들과 여러 해를 같이 살았다. 그래서 내가 심조카를 내 자식처럼 여겼는데, 지금 음사(蔭仕)로 좋은 벼슬에 올랐으니 온 집안사람들이 모두 함께 기뻐했다. 다만 이같이 어지러운 세상에 조정이 어두워서 동분서주하며 어려운 일이 많은 터에 어찌 결과가 좋기를 보장할 수 있겠는가. 이것이 걱정이다. 심열의 장인은 바로 참판공 민준(閔濬)이니, 분명 그의 힘 덕분에 얻은 벼슬일 것이다.

주인 노파가 전에 추수하는 일로 출타했다가 오늘 돌아왔다. 두(豆) 2되와 찰떡 5개를 보냈기에 그 팥으로 죽을 쑤어서 저녁 식사로 때웠다. 어제 낮에 단아를 시켜 벼루를 가져오게 했더니 실수로 떨어뜨려 깨졌다. 안타까운 일이다. 이 벼루는 30년 전에 아버지께서 장성 현감으로 계실 때 얻은 것으로, 허탄을 시켜 벼루 집을 만들어서 오래도록 행갑(行匣)에 넣고 행연*으로 썼다. 연전에 난리가 발생한 초기에 온 집안 물건이 다 타서 남은 것이 없었는데, 이것은 마침 내가 가지고 장천(長川, 장수)으로 왔기 때문에 홀로 온전할 수 있었다. 그런데 이제 깨지고 말았으니 물건의 성패에도 운수가 있는가 보다. 그러나 집에 쓸

....

* 심열(沈說): 오희문의 매부인 심수원(沈粹源)의 아들로, 오희문의 생질이다.
* 행연(行硯): 여행 중에 가지고 다니는 조그마한 벼루이다.

만한 것이 없으니 깨진 것을 고쳐서 써야겠다. 단아가 벼루를 깨뜨린 후에 꾸지람을 들을까 걱정해서 울음을 그치지 않는다. 안쓰럽다.

◎ ─ 10월 20일

윤해가 진위로 가려고 하는데 가는 동안 먹을 양식을 마련하지 못하여 하는 수 없이 양식을 빌리려고 이른 아침에 군에 들어갔다. 마침 군수가 임시 파견 관원으로 출타해서 만나지 못하고 그대로 돌아왔기 때문에 길을 나서지 못했다. 종일 날이 흐리고 바람이 불면서 때때로 비도 내렸다.

아침밥을 지을 양식이 없어서 하는 수 없이 계집종 향춘을 임참봉에게 보내서 쌀 3되를 빌어다가 나누어서 아침저녁으로 죽을 쑤어 위아래 사람들이 함께 먹었다. 병든 자식도 뱃속을 채우지 못하니 탄식한들 어찌하겠는가. 딸아이들이 행전(行纏)*을 만들어 계집종 향춘을 시켜 이웃집에 팔아서 벼 2말, 두(豆) 3되를 얻어다가 솥에 볶아 찧었다. 내일 윤해의 노자로 쓰게 하려는 것이다. 며칠 전부터 아내와 난녀(蘭女)는 학질을 앓지 않는다. 윤함만 아직 학질이 떨어지지 않고 밤마다 앓고 있는데, 음식이 여의치 못해서 굶주리는 때가 자못 많다. 슬프고 안타까움을 이기지 못하겠다.

....
* 행전(行纏): 바짓가랑이를 좁혀 보행과 행동을 간편하게 하기 위하여 정강이에 감아 무릎 아래에 매는 물건이다. 행등(行縢)이라고도 한다.

◎ ― 10월 21일

지난밤부터 바람이 불고 눈이 날리더니 아침에도 여전히 그치지 않아 산천이 모두 하얗게 변했다. 윤해가 하는 수 없이 눈보라를 무릅쓰고 길을 나섰다. 집에 사내종이 없어서 겨우 어린 사내종 안손을 데리고 갔다. 노자도 제대로 갖추지 못하고 갔으니 도중에 걸식하면서 가야 할 것이다. 몹시 안타까워 눈물이 난다. 나는 성격과 계책이 졸렬하고 본디 생계를 도모하지 않아 평상시에도 처자식을 보호하지 못하고 식량도 자주 떨어뜨렸다. 하물며 이 난리 이후로 타향을 떠돌며 사방을 둘러봐도 의뢰할 친구가 없고 또 의지할 만한 농장도 없이 이곳에 의탁하여 굶주림과 추위가 날로 닥치고 심해지니, 앞으로 또 얼마나 고초를 당할지 모르겠다. 그저 안타까울 뿐이다.

전에 빚어 놓은 술 4되는 오늘 향비(香婢)에게 장에 가지고 가서 쌀로 바꾸어 오도록 했다. 이것을 내일의 양식으로 쓰려고 한다. 이 같은 눈보라 속에 생계에 급급해서 술을 보고도 한 잔을 마시지 못하니 안타깝다. 저녁에 동쪽 이웃에 사는 염모(染母)*가 밥 한 사발을 울타리 틈으로 보내 주었다. 나와 윤함이 절반씩 나누어 저녁으로 때웠다. 처자식들은 흰죽을 쑤어 마셨으니 가련하다. 요새 사내종이 없어서 오랫동안 땔나무를 하지 못했기 때문에 날이 이와 같이 찬데도 방에 불을 때지 못하고 잤다. 아이들의 침구가 몹시 얇고 또 냉방에서 거처하니 답답할 노릇이다.

....

* 염모(染母): 관아에서 직물의 염색에 종사하던 여인이다.

◎ — 10월 22일

어제 내린 눈으로 인해 오늘은 쾌청하기는 하지만 바람이 몹시 차다. 요새 양식이 없어서 날마다 죽을 쑤어 먹는데도 오히려 그릇을 채우지 못해 아이들이 배고픈 탄식을 금치 못했다. 더욱 애처롭고 불쌍하다. 송노가 지난달 20일부터 말미를 얻어 집으로 돌아갔는데, 지금까지 돌아오지 않는다. 굶주림이 이와 같은데 집에 심부름을 시킬 사람이 없어서 아는 곳에 가서 꾸어 오지도 못한다. 몹시 밉다.

저녁때 양식이 떨어져서 겨우 7홉 쌀로 죽을 쑤어 여러 아이들이 나누어 먹었다. 죽을 마시는 모습을 보고 있자니 슬픔과 탄식을 이기지 못하여 마음이 찢어질 듯하다. 저녁에 집주인이 벼 2말, 좁쌀 1되, 콩 6되를 가져왔다. 아무래도 양식이 떨어졌다는 소식을 들은 모양이다. 즉시 콩 2되를 쪄서 나누어 먹고 겨우 배를 채웠다.

◎ — 10월 23일

이른 아침에 윤해의 양모가 밥을 지어서 큰 그릇에 가득 담아 보내 주어서 여러 아이들이 나누어 먹었다. 제수씨도 걸식하는데, 우리 온 집안 식구가 매일 죽을 마신다는 말을 듣고 밥을 지어 보낸 것이다. 감사하고 기쁘면서도 한편으로 몹시 미안하다. 또 향비를 좌수 조희윤에게 보내서 편지로 사정했더니, 상미 1말, 백두(白豆) 3되, 감장과 간장 각 1그릇씩을 보내 주었다. 매우 감사하다. 처자식이 밥을 짓고 탕을 끓여 이제야 먹었다. 또 이웃에 사는 교생 전윤득(田允得)이 찾아와 보고 갔다.

◎ ― 10월 24일

지난밤에 눈이 내려 지붕이 모두 하얗다. 아침에도 날이 흐리고 바람이 불어 찬 기운이 마치 한겨울 같다. 사내종들이 모두 나가서 돌아오지 않고, 날이 이렇게 추운데 땔나무까지 떨어졌다. 강비가 아침저녁으로 집 뒤의 나뭇잎을 긁어다가 겨우 밥을 짓기 때문에 잠 자는 방은 몹시 차다. 답답함을 어찌하겠는가. 윤해가 진위로 떠난 뒤로 날이 마침 추워졌는데, 말 한 필에 아이 하나를 데리고 어떻게 가려는가. 몹시 걱정스럽다.

아침에 향비를 관아로 보냈다. 군수의 아내가 자반 1상자와 섞박지[雜沈菜] 1항아리를 보냈는데, 모두가 아침저녁 봉물(捧物)이다. 비록 식사를 돕는 음식을 얻었지만 양식이 없어 밥을 짓지 못하니 안타깝다. 저녁에 최지선이 사람을 통해 벼 10말을 보냈다. 또 10말을 윤해의 양모에게 보냈으니, 며칠간의 다급함은 면할 수 있게 되었다. 매우 감사하다.

◎ ― 10월 25일

성덕량(成德良)이 추수하는 일로 가까운 이웃에 왔다가 말을 가지고 와서 보았다. 직접 안장을 갖추어 말에 나를 태워 그곳에 가서 남녀들이 추수하는 모습을 구경하자고 청했다. 농가에 풍년이 들었다는 말을 들으니 무료한 마음이 거의 씻겼다. 주인집에서 좋은 술을 주고 저녁밥도 대접해 주었다. 그 집 주인의 이름은 이등귀(李登貴)이고 화포장(火炮匠) 소속으로 역을 수행하고 있다. 작년 겨울에 강화 창의군에 있을 때 발을 잘못 디디는 바람에 배 위에서 떨어져 오른쪽 팔을 다쳤는데 요행히 살아 돌아왔다고 한다. 나이가 몇이냐고 물었더니 기해생(己亥生)이라고 했다. 그렇다면 나와 동갑인데 살쩍과 머리카락이 아직 세지 않았다. 그러나 팔이 부러진 뒤로 여러 달을 앓아서 노쇠한 모습이 벌써 보였다.

이등귀가 말하기를, "나와 동갑이면서 머리가 허옇게 센 사람은 모두 늙었다고 역을 면제받았는데, 나는 머리가 세지 않아서 아직도 역을 수행하고 있습니다. 팔이 부러져서 쓰지도 못하는데 역으로 인한 침탈은 여전하니, 머리가 세지 않은 것이 무척 한스럽습니다."라고 했다. 인정(人情)으로는 젊어지고 싶지 않은 사람이 없고 가장 싫어하는 것이 백발인데 이 사람은 일찍 세지 않은 것을 한스럽게 여기니, 이로써 관역(官役)이 몹시 괴로움을 알 수 있다. 아, 슬프다. 덕량은 싱덕린의 친동생이다. 또 저녁에 참봉 임면부댁이 사내종과 말을 보내서 집사람을 초대했는데, 거기서 머물러 묵고 돌아오지 않았다. 사내종 명복이 돌아왔다.

◎ ─ 10월 26일

집사람은 아직도 임면부의 집에 머물고 있다. 이른 아침에 단아가 제 어미가 있는 곳에 가려고 했는데, 마침 향비가 어제부터 앓아누워 일어나지 못하니 데리고 갈 사람이 없었다. 막 한탄하고 있었는데, 임 참봉댁이 사내종과 말을 보내서 태워 갔다. 기쁘다. 낮에 이웃에 사는 김대성, 백몽진(白夢辰), 방수간(方秀幹)*이 찾아와 조용히 이야기를 나누

....

*   방수간(方秀幹): 1551~?. 1588년 생원시에 입격했다.《사마방목》만력(萬曆) 16년 무자 2월

다가 갔다. 백몽진은 교생이고, 방수간은 윤해와 함께 무자년 생원시에 입격했다. 이 마을의 위아래에는 사족 집안이 없고 교생 두어 집만 있을 뿐이며 일반 백성과 아전들이 살고 있다. 무료함이 몹시 심한데도 함께 회포를 풀 사람이 없다. 몹시 안타깝다.

◎ — 10월 27일

아침에 들으니, 집사람이 군수 부인의 초대로 관아에 들어갔다고 한다. 향비가 밤새 고통스러워 했는데 아침에도 여전히 차도가 없다. 아마도 염병에 걸린 모양이다. 임참봉댁이 술 1병을 보냈기에 바로 한 잔을 데워 마셨더니 냉한 가슴이 조금 편안해지고 화기(和氣)가 몸에 가득 퍼졌다. 한 잔 술이 천금과 같다고 말할 만하다. 향비는 온돌이 있는 이웃집을 빌려서 옮겨 머물게 했다. 땀을 내게 하기 위해서이다.

◎ — 10월 28일

향비가 밤새 앓으면서 음식을 전혀 먹지 못했고 아침에도 여전히 일어나지 못했는데, 오히려 찬 것만 찾으니 답답하고 걱정된다. 윤함의 학질은 아직도 떨어지지 않았고 밤마다 앓고 있지만, 전에 비하면 조금 나아졌다. 낮에 충의 류원 씨가 찾아왔다. 조금 있다가 임면부와 그 조카인 임경운(任慶雲)이 찾아와 조용히 이야기를 나누고 각자 헤어졌다. 명복을 익산에 보냈다.

....

24일 기록에는 '방수간(房秀幹)'으로 되어 있는데, 효자 정려의 현판과《국역 여지도서(輿地圖書)》에 의거해 볼 때 '방수간(方秀幹)'이 옳을 듯하다.

아침에 향비의 병 상태를 물어보니, 지난밤에 따뜻한 방에서 두꺼
운 이불을 덮고 땀을 냈더니 기운이 나아지고 있단다. 매우 기쁘다. 집
사람은 아직도 관아에 머물며 돌아오지 않았다. 어제 종 분개(粉介)를
관아에 보냈더니, 집사람이 구운 어육(魚肉)과 채소를 얻어 보내서 여
러 아이들과 함께 먹고 집주인과 평소 후하게 대해 주던 동쪽의 두 이
웃집에도 나누어 주었다. 임면부가 안장을 갖춘 말을 보내 나를 초대
했다. 즉시 아헌으로 가서 면부 및 임경운, 구혜(具憲), 이효길(李孝吉)과
이야기를 나누었다. 또 면부하고는 바둑을 두었다. 구혜와 이효길 두
공은 바로 군수의 사위이다.

저녁에 군수가 관청으로 돌아왔다. 하릉군(河陵君)*의 부인이 위로
돌아갈 때 호송하는 임시 파견 관원으로 수원까지 갔다가 돌아온 것이
다. 이에 군수와 함께 이야기를 나누었는데, 관에서 차(茶)를 내주어서
나누어 마셨다. 전 감찰 한집(韓楫)*이 또 왔다. 그는 군수의 먼 친척으
로, 역시 떠돌다가 여기에 온 것이다. 나에게 저녁 식사를 대접해 주어
서 어두워서야 집에 돌아왔다. 또 군수에게 들으니, 이 도의 방백(方伯,
관찰사)이 병사를 뽑는 일을 기한에 맞추지 못한 일 때문에 잡혀가고
윤승훈(尹承勳)*이 대신 임명되었다고 한다.

....

* 하릉군(河陵君): 이린(李鏻, 1546~1592). 선조의 둘째 형이다. 임진왜란이 일어나자 왜군을
  피해 피난하여 강원도 통천군에 도착했다가 왜군이 진입하자 목을 매어 자결했다.
* 한집(韓楫): ?~?. 1578년에 감찰 직에 있다가 체직되었다. 《국역 선조실록》 11년 1월 4일.
* 윤승훈(尹承勳): 1549~1611. 대사헌, 이조판서, 영의정 등을 지냈다.

◎ ─ 10월 30일

향비의 병에 차도가 있어서 집으로 들어왔다. 분명 차가운 곳에 오래 있어서 찬바람에 거듭 상했다가 땀을 내고 나니 곧바로 나은 것이다. 늦은 아침부터 저녁 내내 비가 내렸다. 집사람이 군수에게 급한 사정을 구제해 달라고 하여 쌀 1말, 밀가루 1말, 소금 2되, 작은 게젓 1되를 얻어 보냈다. 하루의 군색함은 면할 수 있겠다. 집사람은 비 때문에 아직도 임면부의 집에 머물러 있다. 다만 어제 또 학질을 앓았다고 하니 걱정스럽다.

명복이 돌아왔다. 경여의 처가 찰떡을 쪄서 보냈기에 아이들과 함께 먹었다. 또 베갯모[枕隅]를 팔아서 벼 8말, 콩 3말 5되를 얻어서 짊어지고 왔다. 다만 다시 되어 보니 1말이 모자란다. 분명 명노가 훔쳐 먹은 게다. 괘씸하고 얄밉다. 콩은 짊어지기에 무거워서 가져올 수 없었다고 한다. 어제 성덕린이 찾아왔는데, 마침 내가 군에 들어가서 만나지 못했다. 안타깝다. 덕린이 벼 5말을 주고 돌아갔다고 한다. 요사이 양식 걱정은 거의 면할 수 있겠다.

11월 큰달

◎ ― 11월 1일

집사람은 아직도 임면부의 집에 머물러 있다. 오늘도 학질을 앓아서 오지 못한 것이다. 종일 집에 있었다. 최천인(崔千仞)이 찾아왔다. 남에게 고소를 당해서 관아에 붙잡혀 가게 되었기 때문에 나에게 부탁하러 온 것이다. 최천인은 곧 윤해의 육촌 처남으로, 추수하는 일로 여기에 왔다.

◎ ― 11월 2일

어제 들으니, 남정지(南庭芝)가 영암 임경침(林景忱)의 집에서 얻어먹고 지내려고 가다가 이 고을 계집종의 남편에게 들러 잤다고 한다. 이른 아침에 말을 얻어 타고 그가 있는 곳으로 갔다. 편지를 써서 어머니께 전하게 하고 함께 막혔던 회포를 풀었다. 진사 한겸을 청하여 한참 동안 이야기를 나누었다. 남공(南公)이 아침밥을 지어서 대접했다.

돌아올 때 임면부의 집에 들러서 잠시 이야기를 나누고 아헌으로 돌아와서 면부와 임경운, 구혜, 이효길 등 여러 공들과 이야기를 나누었다.

오후에 들으니, 목천 최경선이 사창(司倉)의 군수가 근무하는 곳에 와 있다고 해서 즉시 갔다. 서로 죽다 살아난 뒤라 만나서 손을 잡고 눈물을 흘리면서 떠돌며 고생하던 일과 자미(이빈)의 죽음을 이야기했다. 슬프고 애통한 마음을 이기지 못하겠다.

군수는 밥을 같이 먹은 후에 관아로 돌아갔고, 나는 최경선과 함께 빈관 서쪽 상방에서 잤다. 밤 이경에 방이 냉골이라 잘 수가 없어 사가로 옮겨 가서 밤새 다정하게 이야기를 나누었다. 다행스럽다. 다만 군수가 대우하는 것이 제 뜻에 만족스럽지 않다며 자못 분한 말을 하고 돌아갔다. 안타깝다. 또 아헌으로 갈 때 마침 품관이 술과 고기를 갖다 바쳤다. 경운이 관아에 시켜서 고기를 굽고 술을 데우게 해서 마시라고 주었다. 술은 향기롭고 독하며 고기는 연하고 기름져서 모두 맛이 있었다.

집사람이 집으로 돌아왔으나 단아는 업어 올 사람이 없어서 그대로 임면부의 집에 머물렀다. 남공은 임경침의 동서로, 경침은 죽은 지 이미 오래되었다. 그 아내가 홀로 구림촌에 살고 있는데, 살림살이가 조금 괜찮은 편이다. 남공은 보령 땅을 떠돌며 곤궁하여 의지할 곳이 없는데, 처자를 거느리고 지금 당장은 임경침의 집에 가서 의지해 살다가 겨울이 지나고 봄이 되면 늦지 않게 돌아오겠다고 한다. 내년 봄에 왜적이 쳐들어올까 걱정해서이다. 경침은 곧 임극순(林克恂)의 자이니, 경흠의 큰형이다.

◎ ─ 11월 3일

이른 아침에 최경선과 마주하여 밥을 먹었다. 경선은 먼저 출발해서 돌아갔고, 나는 홀로 묵었던 곳에 머물러 있다가 면부에게 말을 빌려서 해가 지기 전에 집으로 돌아왔다. 윤함은 며칠 전부터 앓지 않는다. 분명 학질이 완전히 떨어졌는가 보다. 기쁜 일이다. 집사람은 오늘도 앓았다. 단아는 두 계집종을 보내 업어 왔다.

◎ ─ 11월 4일

종일 집에 있으려니 몹시 무료했다. 단아와 함께 바둑을 두고 추자놀이[楸子戲]*를 하면서 적적한 회포를 달랬다. 윤해가 간 뒤에 사내종과 말이 지금까지 돌아오지 않는다. 무슨 일인지 모르겠다. 곧바로 참봉(오윤겸)이 있는 곳으로 보냈을 텐데, 참봉(오윤겸)이 사정이 있어서 아직도 오지 못하는 것인가. 참봉(오윤겸)도 와 볼 수 있을 텐데 오래도록 오지 않으니, 분명 홍주의 환자에 대해 책임 추궁을 받아서 아직 다 바치지 못했기 때문일 게다. 그렇지 않으면 앓던 학질이 아직도 떨어지지 않은 것인가. 답답하고 걱정스럽다. 막정도 돌아오지 않으니, 분명 중도에 병이 난 게 아니라면 말이 병들어서일 게다. 근래에 군색하고 다급함이 이처럼 심한데, 꾸어 올 곳이 있어도 사내종과 말이 없어서 하나도 구해 올 수가 없다. 더욱 답답할 노릇이다.

....

*   추자놀이[楸子戲]: 바둑이나 장기와 같이 판을 차리고 하는 놀이이다.

◎ ─ 11월 5일

식사 후에 김대성을 맞았다. 앉은 지 얼마 안 되어 백몽진과 이광춘(李光春)이 찾아와 조용히 이야기를 나누다가 흩어졌다. 이광춘은 판관 상시손(尙蓍孫)*의 얼서(孽婿)로, 난을 피해 이 근처에 와 있었다. 저녁에 최천인이 와서 보고 벼 5말, 두(豆) 1말, 마초 13뭇을 사람을 통해 실어 보내 주었다. 참으로 감사하다.

천린(天麟)이 찾아와서 하는 말이, 어머니를 모시고 두 아우와 함께 한산에 있는 사내종의 집에 와서 우거하고 있는데 그저께 돌아가신 구례 현감 조사겸(趙思謙)의 식구를 이곳에서 만났다가 내가 여기 와 있다는 말을 듣고 찾아온 것이란다. 생각하지도 못한 일이라 매우 기쁘고 위로가 되었다. 저녁 식사를 대접해 보냈다. 조구례(趙求禮)는 천린의 외족(外族)인데, 벼슬살이를 하다가 병으로 죽어서 이곳에 임시로 장사 지내고 그의 처자식들이 근처에 집을 빌려 살고 있다.

저녁에 사내종 막정이 영암에서 돌아왔다. 어머니께서 손수 쓰신 편지를 받아 보니 눈물을 주체할 수 없었다. 그편에 들으니, 계집종 서대(西代)가 병이 나서 냇가에 움막을 쳐서 내보냈는데 돌봐주는 사람이 없어 목이 말라 물을 마시려고 냇가로 기어가다가 그곳까지 가지도 못하고 엎어져 죽었다고 한다. 더욱 슬프다. 서비(西婢)는 열 살도 되기 전에 어머니께서 데리고 와서 눈앞에서 부리면서 잠시도 떼어 놓지 않았다. 집안일을 부지런히 했고 없는 것을 있는 것으로 바꿔 오는 데에 자못 능력이 있어 어머니께서 의지하시는 것이 실로 많았다. 지금 난리를

....

* 　상시손(尙蓍孫): 1537~1599. 군자감 판관을 지냈고 사복시 정에 추증되었다.

만나 아무리 어려워도 잠시도 떼어 놓지 않았고, 남쪽 물가로 떠돌면서도 항상 데리고 다니셨다. 그런데 뜻밖에 보살피는 사람이 없는 곳에서 병으로 죽었으니 불쌍하기 그지없다. 어머니께서 이로 인해 마음이 상하여 눈물을 그치지 않고 식사량도 갑자기 줄어 기운이 자못 편치 않다고 한다. 매우 답답하고 근심스럽다.

어머니께서 누이의 집에 오래 있는 것이 미안해서 북쪽으로 돌아가고 싶어 하신다고 들었지만, 한양이나 지방을 둘러봐도 의지할 곳이 없고 나도 여기에 있으면서 곤궁함에 날로 시달려 미음과 죽도 잇지 못하기 때문에, 연로한 어머니를 편치 않은 집에 오래 계시게 하고 아직까지 모셔 오지 못했다. 비록 형편이 그렇다고는 하지만, 불효의 죄가 이에 이르러 더욱 심하다. 그러나 내년 봄에 날이 따뜻해지기를 기다려 이곳으로 모셔서 죽이나 미음도 올리지 못할지언정 마음이라도 편안하게 해 드리려고 한다. 하지만 세상일이란 게 어그러지기 일쑤이니, 어찌 미리 기약할 수 있겠는가. 근심과 그리움이 날로 더해진다.

어머니께서 흰쌀 1말, 버선을 지을 흰 무명 4자, 자반 1상자를 보내셨다. 언명도 백미 1말을 보냈고, 임매도 말린 숭어 2마리, 고등어 5마리, 미역 5주지, 감장 1사발, 목화 5근을 보내왔다. 전에 맡겨 두었던 쌀 4말로 작은 고등어 10마리와 갈치 55마리를 사서 실어 왔다.

나주 통판(이성남)이 참봉(오윤겸)의 편지를 받고 말린 숭어 3마리, 소포(小脯) 3첩, 기름과 꿀 각 2되, 밀가루 3말, 참깨 1말을 보내 주었다. 장성 현감이 준 백미 1말, 거친 쌀 3말, 콩 1말, 조기 1뭇, 돼지고기 1덩어리도 실어 왔다.

밤부터 진눈깨비가 내렸다. 최천인이 사내종과 말을 보내서 보광사(普光寺)로 오라고 청했다. 밥을 먹은 뒤에 눈을 무릅쓰고 갔더니 최천인은 나중에 도착했다. 또 절의 중에게 말을 끌게 해서 인아가 있는 곳으로 보내 데리고 오게 했다. 저녁때 우리 부자와 최공(崔公) 세 사람이 둘러앉았는데, 중이 두부를 만들어 내왔다. 마침 두부가 몹시 부드럽고 맛이 좋아서 나는 30여 곳을 먹고 인아와 최공은 각각 40곳을 먹었다. 처음에는 그날 돌아오려고 했는데, 하루 종일 큰 눈이 내리고 날도 저물어서 그만두었다. 이 때문에 세 사람이 서쪽 가의 방장(方丈)*에서 함께 잤다.

보광사는 고려 때의 옛 절로 인근 고을에서 가장 규모가 컸다. 그런데 근래 병란을 겪은 뒤로 중들이 전쟁에 나갔다가 많이 죽고 또 관역에 시달려 확실한 소재가 없는 사람들은 모두 흩어졌다고 한다. 이 때문에 빈방이 몹시 많고 지금 살고 있는 사람들도 제대로 보전할 수 없는 형편이라고 한다. 그러나 거처하고 있는 중들을 보니 모두 부유하고 쌓아 놓은 곡식이 매우 넉넉했다. 이러한 때에도 오히려 이와 같으니 평소에 풍족했음을 또한 알 수 있다.

중들은 반동(反同)*을 생업으로 삼는다고 한다. 법당이 크고 웅장하

....

* 방장(方丈): 화상(和尙), 국사(國師), 주실(籌室) 등 높은 중들이 거처하는 처소이다. 유마거사(維摩居士)가 일장사방(一丈四方)의 작은 방에서 수행한 데에서 유래되어 선실(禪室)을 방장이라고 이르게 되었다.

* 반동(反同): 《국역 세조실록(世祖實錄)》 2년 11월 23일 기사에 "반동이라 칭하여 혹독한 아전을 사방 촌락에 보내어 일체 징수하는 것"이라고 했다. 이 기사의 주에 "혹 어염(魚鹽), 잡물(雜物) 같은 것으로 나누어 계산하여 거두는 것, 혹 포화(布貨)를 주고 이자를 받는 것을

며 좌우의 선승당(宣僧堂)도 규모가 큰데 모두 비어 있다. 동쪽에는 차군루(此君樓)가 있는데, 목은(牧隱) 노인의 기문(記文)이 벽 위에 붙어 있다.* 누각 앞에 대나무 숲이 있기 때문에 누각의 이름을 이렇게 지었는가 보다.* 시인들 가운데 차군(此君)을 읊는 자가 또한 많다. 법당 서쪽에는 큰 우물이 있는데, 작은 돌로 쌓았고 깊이는 한 길[丈]이나 되었다. 아무리 엄동설한이라도 물이 얼지 않고 아무리 가물어도 마르지 않아, 온 절의 중들이 이 우물에서 물을 길어도 부족한 때가 없었다고 한다. 우물에서 약간 서쪽에 각(閣)이 세워져 있고 그 안에 큰 비석이 있는데, 그 비석에 신라의 학사 고운(孤雲) 최치원(崔致遠)의 기문이 새겨져 있다. 돌이 몹시 푸른데 큰 눈에 길이 묻혀 가서 보고 쓰다듬어 볼 수 없다.

새 주지가 어제 도착했는데, 이름은 신변(信辨)으로 본래 안성(安城) 청룡사(靑龍寺)에 있었다고 한다. 신변 선사가 말하기를, "이제부터 명나라 장수의 말에 따라 8도에 각각 선종(禪宗)과 교종(敎宗), 양종(兩

....

시속(時俗)에서 모두 반동이라고 이른다."라고 했다.《국역 동사강목(東史綱目)》계해년 전폐왕 우 9년 기사에 "놀고먹는 중들이 불사(佛事)를 칭탁하고 권세가의 서장(書狀)을 외람되게 받아서 주군에 청하여 백성에게서 쌀과 베를 빌면서 '반동'이라고 부르는데, 거두기를 마치 포흠(逋欠)이나 빚 받듯이 합니다."라는 내용이 보인다.

* 차군루(此君樓)가……붙어 있다: 목은(牧隱) 노인은 고려 말의 문인 이색(李穡)을 가리킨다.《신증동국여지승람》제17권〈충청도 임천군 불우(佛宇)〉조에 보광사는 성주산에 있는데 여기에 차군루가 있다고 했다. 이색의《목은집(牧隱集)》제1권에〈차군루기(此君樓記)〉가 실려 있다.

* 누각……지었는가 보다: 차군은 대나무의 별칭이다. 진(晉)나라의 왕휘지(王徽之)는 잠깐 빈집에 거처할 때에도 대나무를 심도록 했는데, 어떤 사람이 그 이유를 묻자, "어떻게 하루라도 차군 없이 지낼 수가 있겠는가."라고 대답했다. 이 고사에서 유래했다.《진서(晉書)》권80〈왕휘지열전(王徽之列傳)〉.

宗) 도합 16개의 절을 세운답니다. 이 도는 남포의 영흥사(永興寺)를 교종으로 삼고 보은의 속리사(俗離寺)를 선종으로 삼아 그곳에 모두 판사(判事)를 두고, 판사가 인신(印信)을 담당하고 공무를 처리하면서 그 도의 여러 절을 총괄하여 다스리게 한다고 합니다. 그리고 판사의 등용과 파면은 도총섭(都摠攝)*이 수정하여 주관하게 하고 주지의 등용과 파면역시 그 도의 판사에게 권한을 준다고 합니다."라고 했다. 이는 필시 중들을 유지시켜 군대와 부역에 내보내는 일을 모두 이들로 하여금 담당하게 해서 숨거나 누락되는 자가 없게 하기 위한 것일 게다. 그러나 법을 마련하면 폐단도 생기기 마련이다. 중들이 이를 빙자하여 세력을 만들고 제멋대로 해서 제어하기 어려워져 이로 인해 부처를 믿는 조짐이 생겨날까 심히 우려스럽다.

◎ ─ 11월 7일

아침 식사 후에 최공이 먼저 떠나고 나도 따라서 왔다. 인아에게 말이 없었기 때문에 내가 집에 들어간 뒤에 사내종과 말을 돌려보내기를 기다렸다가 타고 왔다. 어제 큰 눈이 내린 뒤로 땔나무와 숯이 다 떨어졌는데도 나무를 벨 수 없는 형편이다. 밥을 짓기도 몹시 어려운데 어느 겨를에 온돌이 따뜻해지겠는가. 방이 쇠처럼 차가워 얇은 옷을 입은 아이들이 눕고 일어나는 것도 참기 어려워한다. 한탄한들 어찌하겠는가.

....

* 도총섭(都摠攝): 임진왜란으로 승병(僧兵)이 의롭게 일어나는 일이 많아지자 그들에게 관직의 명호(名號)를 내려 주지 않을 수 없다고 해서 8도에 각각 총섭(摠攝)을 두고 나라 전체에 1명의 도총섭을 두어 총괄 지휘하게 했다. 그리고 첨지중추부사의 직질(職秩)을 제수했다. 《국역 간이집(簡易集)》제3권 〈도총섭(都摠攝) 엄상인(嚴上人)에게 준 시서(示書)〉.

전에 통진(通津) 이수준(李壽俊)* 씨가 이 고을 농막에 와 있다고 들었는데, 어제 아침에 사내종과 말을 통해 벼 1섬을 실어 보냈다. 후의에 매우 감사하다. 연전에 어머니께서 난을 피하여 강화에 계실 때에도 양식과 찬거리를 두 번이나 보내 주어서 굶주릴 걱정을 면하게 해 주어 고마움이 지극했는데, 지금 또 이렇게 해 주니 더욱 고맙기 그지없다. 이공은 바로 윤겸의 친구이다.

집사람이 오늘은 아침 식사 후에 학질을 앓았는데, 아픔이 전보다 배나 심하고 속머리도 몹시 아프다고 한다. 매우 걱정스럽다. 또 오늘 낮에 정사과댁이 부여에서 임참봉이 우거하고 있는 집으로 왔다고 한다. 부여 현감의 장모인 삼가댁이 쌀 1말과 닭 2마리를 사과댁이 올 때 부쳐 보냈다. 아마도 우리 집에 굶주림과 곤궁함이 심하다는 말을 들은 듯하다. 윤함이 수일 전부터 다시 학질에 걸려 밤마다 앓는다. 몹시 걱정스럽다. 학질을 뗀 지 겨우 5, 6일 만에 지금 또 걸린 것이다.

◎ — 11월 8일

윤해의 양모가 있는 곳에 사내종과 말을 보내서 모셔 오게 했다. 한집에 오래 거처하다가 지난달 초에 이 집으로 옮겨 온 뒤에 거처할 만한 방이 없어서 부득이 각각 살게 되었지만, 피차간에 모두 보고 싶어 하기 때문에 말을 보내서 모셔 오도록 한 것이다. 소지가 찾아와서 함께 바둑 두 판을 두고 파했다. 저녁 식사를 대접했고, 소금 5되, 갈치

....
* 이수준(李壽俊): 1559~1607. 주부, 감찰, 호조좌랑, 통진 현감을 지냈다. 임진왜란이 일어나자 부녀자와 선비 및 양식을 통진에서 강화도로 보냈다.

2마리, 고등어 1마리를 주어서 보냈다.

◎ ― 11월 9일

아침 식사 전에 군수를 만나 말구유[馬槽]를 청했더니, 관에 저장해 둔 소나무가 없다고 핑계를 대면서 주지 않았다. 가소롭다. 오면서 임자장(任子張)이 우거하고 있는 집에 들러서 잠시 이야기를 나누었다. 또 임면부가 우거하고 있는 집에 들어가서 정사과댁을 만났다. 임면부의 부인이 아침밥을 지어 대접하고 탁주 한 그릇을 내왔다.

아침에 군수를 만났을 때 누룩을 부탁했는데, 자신이 관아에 나갔을 때 사람을 보내 찾아가라고 했다. 그래서 저녁때 사내종을 보냈더니, 소란하다고 핑계를 대면서 나중에 찾아가라고 하더란다. 매번 나중 나중 하면서 끝내 식언(食言)하는 경우가 많았다. 처자식이 굶주리기에 술을 빚어 팔아서 한 푼이라도 벌어 보려고 여러 번 누룩을 청했던 것인데 속고 말았으니, 부끄럽고 안타까움을 금할 수 없다. 말구유는 임자장이 보내 주어서 저녁에 사내종을 보내 짊어지고 오게 했다. 군수에게 부탁해도 얻지 못한 물건인데, 임자장은 여기에서 객지생활을 하는데도 도리어 자기가 먹이던 것을 친구의 부탁에 내어 주니, 군수의 무정함을 알 만하다.

◎ ― 11월 10일

아침 식사 후에 임자장이 찾아왔다. 조용히 이야기를 나누고 탁주 두 그릇을 먹여 보냈다. 저녁에 윤겸이 들어왔다. 각자 병 때문에 만나지 못한 지 이제 다섯 달이 되었다. 온 집안이 만나고 싶어 날마다 그가 오기를 바라고 있었는데, 뜻밖에 들어오니 온 집안의 기쁨을 이루 말할 수 있겠는가. 다만 윤해가 타고 갔던 말을 처음에는 참봉(오윤겸)에게 바로 보냈으리라고 생각했는데, 참봉(오윤겸)이 왔을 때 그 말이 보이지 않았다. 오는 길에 명나라 군사에게 빼앗기지 않았다면, 분명 송노가 훔쳐서 도망친 것이다. 한탄한들 어찌하겠는가.

◎ ─ 11월 11일

집사람이 아침 식사를 마치자마자 학질을 앓는데 갑절이나 심하다. 걱정스럽다. 임전(任銓)*이 참봉(오윤겸)을 찾아왔기에 쌀 1말을 주었다. 그는 날이 저물어 군으로 돌아갔다. 임전은 고 참의 임윤신(任允臣)의 아들로, 한양 상사동(相思洞)에 살았고 윤겸 형제와 교분이 두터웠다. 마침 이 고을에 왔다가 윤겸이 왔다는 말을 듣고 먼저 사람을 시켜 문안하고 뒤따라와서 방문한 것이다. 임공은 군수와 일가인데, 떠돌다가 전라도에 머물고 있다고 한다. 또 소지가 와서 만났는데, 저녁밥을 대접해 보냈다.

◎ ─ 11월 12일

요새 사내종이 없어서 오랫동안 나무를 베어 오지 못해 아침저녁으로 밥을 짓기에도 부족한데, 하물며 온돌까지 덥힐 수 있겠는가. 집사람이 학질을 앓는데 방이 몹시 차서 몸이 거듭 상하게 될까 걱정하

....

* 임전(任銓): 1559~1611. 임진왜란이 일어나자 강도에 있는 창의사 김천일의 휘하에 종군했다.

던 차에, 소지가 마른 땔나무 1바리를 사람을 시켜 실어 보내고 감장 1 동이도 보내 주었다. 매우 감사하다.

저녁에 막정이 들어왔다. 함열 현감이 벼 2섬, 콩 1섬, 절인 웅어 20마리, 새우젓 3되, 소금 2말, 참기름 1되, 누룩 10덩어리를 보내왔다. 고마움을 이루 말할 수 없다. 막정이 돌아올 때 익산에 들렀는데, 경여가 벼 5말을 부쳐 주었다. 다만 함열에서 보내 준 벼는 거칠고 오래 묵은데다 여기 와서 새로 되어 보니 26말인데, 실제로는 좋은 벼 1섬만도 못하다. 짐이 무거워서 콩 10말은 실어 오지 못하고 소은이 우거하고 있는 집에 맡겨 두었다고 한다.

◎ ― 11월 13일

자염관(煮鹽官) 전 판관 이경록(李景祿) 공이 순시하다가 마침 이 군에 도착하여 내가 가까운 곳에 우거하고 있다는 말을 듣고 한산으로 향하던 길에 지금 방문하고 돌아갔다. 김대성, 백몽진, 이광춘도 와서 보고 돌아갔다. 이웃에 사는 병리 임춘기(林春起)도 와서 보고 돌아갔다.

◎ ― 11월 14일

저녁에 백몽진이 술과 과일을 가지고 와서 보고 돌아갔다. 참봉(오윤겸)의 사내종 갯지(㖰知)가 왔는데, 그 아비가 보낸 녹두 1말과 팥 1말을 가지고 와서 바쳤다.

◎ ― 11월 15일

장수 현감 집의 사내종 수억이 그저께 왔다가 오늘 돌아갔는데, 군수가 준 물건을 싣고 갔다. 처음에는 자미(이빈)의 소상(小祥)*날에 가보려고 했는데, 사내종과 말이 하나도 없어서 생각은 있는데 가 보지 못했다. 참으로 안타깝다. 윤해가 타고 갔던 말이 지금까지 오지 않고 있기 때문이다.

갯지에게 말을 끌려 부여에 보냈다. 양식을 구하기 위해서이다. 그저께 판관 이경록을 통해서 참봉 윤응상(尹應商)이 연전에 수운판관(水運判官)을 제수받았는데 뜻하지 않게 병으로 죽었다는 말을 들었다. 윤공(尹公)은 지난 정해년(1587, 선조 20)에 그의 집을 빌려 들어가 산 3년여의 오랜 시간 동안 나를 매우 후하게 대접해 주었다. 정의(情意)가 자못 깊어 마치 친형제 같았는데, 지금 부음을 들으니 놀랍고 슬픈 마음을 견디지 못하겠다.

난리 이후로 친구와 친척들 가운데 적의 칼날에 죽지 않으면 병으로 죽은 사람이 매우 많다. 관동 한 마을만 가지고 말하더라도, 어른 중에는 오직 남궁지평(南宮砥平)만이 생존하여 함열 땅을 떠돌다가 중풍에 걸려 인사불성이 된 지 오래이고, 그 아래로는 충의 조대정(曹大禎)과 유수(留守) 홍응추(洪應推),* 목천 최경선, 목사 민치운(閔致雲), 찰방이여인과 나, 이렇게 대여섯 명만이 목숨을 보전하고 있다. 그 나머지는 적에게 죽었거나 병으로 죽어서 남아 있는 사람이 얼마 안 된다. 좋은 시절에 평소 서로 어울려 젊은이와 어른이 한데 모여 놀면서 술에 취해 떠들던 일을 이제는 다시 하지 못할 것이다. 매번 이것을 생각하

* 소상(小祥): 죽은 지 1년 만에 지내는 제사이다.
* 홍응추(洪應推): 홍인서(洪仁恕, 1535~1593). 임진왜란이 일어나 선조가 개성으로 피난해 오자, 당시 개성부 유수로서 백성을 효유하여 안정시켰다.

면 어찌 슬프고 안타깝지 않겠는가. 형편이 그런 걸 어찌하겠는가. 하늘의 운에 맡길 뿐이다.

◎ ─ 11월 16일

삼가댁이 정사과댁의 사내종 편에 닭 1마리를 보내왔다. 잠시 후 부여 현감의 사위 강위가 술 1병과 닭 2마리를 가지고 와서 윤함을 보고 돌아갔다. 들으니, 동궁이 명나라 장수의 요청으로 인해 이제 황해도에서 출발해서 충청도와 전라도를 순행하려고 하는데, 완산이나 공주에 머물 것이라고 한다. 사실인지 자세히 알 수는 없다. 수도 없이 많은 명나라 군사가 근래 전라도 길로 내려갔다고 한다.

들자니, 명나라 장수 유총병[劉摠兵, 유정]이 경주(慶州)에서 적과 싸워 양쪽이 많이 죽었고, 적에게 포위되자 고언백이 포위를 뚫고 나갔다고 한다. 이 때문에 낙참장(駱參將, 낙상지) 등도 포위를 무너뜨리고 마구 공격해서 적장을 많이 죽였지만 명나라 편비(偏裨, 부장)도 탄환을 맞고 죽었다고 한다. 그 뒤에 또 고성 전투에서 양남(兩南, 전라도와 경상도)의 병마절도사가 조총에 맞았는데, 중상은 아니지만 양쪽 다 죽은 자가 많았다고 한다. 그러나 사실인지 아닌지 알 수 없다. 다만 우리 군사는 양식이 없어서 곳곳에서 도망해 흩어졌는데 적과의 충돌이 아직도 그치지 않으니, 내년 봄에 다시 쳐들어온다면 누가 막을 수 있겠는가. 죄 없는 백성이 굶주림과 적의 칼날 속에서 다 죽어 남아나지 않겠다. 저 푸른 하늘은 어찌 차마 이렇게 하시는가. 나는 실로 믿기 어렵다. 윤겸은 식사 후에 들어가 면부를 만났고, 그대로 그와 함께 자고 돌아오지 않았다.

◎ — 11월 17일

이른 아침에 갯지가 부여에서 돌아왔다. 부여 현감이 벼 1섬, 중미 4말, 두(豆) 2말, 녹두 1말을 보내 주었다. 요사이 다급함을 거의 면할 수 있으니 매우 고맙다. 소지가 만나러 왔기에 저녁밥을 대접해서 보냈다.

◎ — 11월 18일

윤겸이 막정과 갯지를 데리고 말에 짐을 싣고 홍산(鴻山)에 갔다. 지금 정사과댁이 관아에서 사람을 보내 아침 식사 때 남은 반찬을 보내와서 처자식과 함께 먹었다. 요새는 무료해서 날마다 단아와 추자놀이를 하며 객지의 적막한 회포를 달래고 있다.

사내종 명복은 이달 초부터 발에 종기가 나서 아침저녁으로 괴로워한다. 침을 두 번 맞았는데도 아직 차도가 없어서 이웃의 흙집으로 물러가 거처하다가 이제야 비로소 들어왔다. 그런데 발을 보니 부기가 여전해서 아직도 걷지 못하고 다만 통증만 조금 덜한 듯하다. 윤함이 요 며칠 사이에 학질이 떨어져 아파하지 않는다. 기쁘다.

◎ — 11월 19일

막정이 돌아온 후로 어머니의 소식을 오랫동안 듣지 못해 답답하고 걱정스럽다. 요사이 날이 온화해서 마치 봄철 같다. 어제저녁에는 안개가 자욱하다가 아침 느지막이 비로소 걷혔으니, 이 또한 하나의 재변(災變)이다. 아침에 집주인이 팥죽 2사발을 가져와서 처자와 함께 나누어 먹었다. 29일이 동지(冬至)인데 오늘이 동지인 줄 잘못 안 것이다. 우습다.

백몽진이 찾아와서 만났다. 그편에 마초 20뭇을 주었다. 류선각 공이 사람을 통해서 벼 10말, 볏짚[穀草] 1바리를 보내 주었다. 매우 감사하다. 저녁에 윤겸이 돌아왔다. 홍산에 손님이 많아서 헛걸음했고, 다만 날꿩 2마리를 얻어 가지고 왔다.

홍응추(洪應推) 영공의 사내종 천학(天鶴)이 이곳을 지나다가 내가 여기 있다는 말을 듣고 들어와 인사했다. 그가 하는 말이, 응추가 지난 9월에 병으로 개천(价川)에서 죽었다고 한다. 슬픔을 금치 못하겠다. 전에 최경선이, 사람들 말로는 응추가 병으로 죽었다고 하는데 전하는 말이라 분명하지 않다고 했다. 지금 사내종의 말을 들으니, 실로 빈말이 아니었던 게다. 한마을에 살면서 매우 친하게 지냈는데 갑자기 부음을 듣게 되니 더욱 비통하다. 집사람은 근래 학질이 떨어졌고, 두 계집종만 다시 아파한다.

◎ — 11월 20일

이른 아침에 향비를 군수에게 보내서 도와달라고 청했더니, 백미 2말, 젓국 1동이를 보내 주었다. 갯지를 한산에 보냈더니, 한산 군수가 벼 1섬, 절인 게 10개, 조기 1뭇, 빙어 3두름을 보내 주었다. 벼는 거칠고 좋지 않는데, 다시 되어 보니 13말이었다.

◎ — 11월 21일

윤겸이 함열에 갔다. 저녁에 성산령(星山令)과 운산령(雲山令) 형제가 홍산에서 오다가 마침 임천에 와서 나를 보고 돌아갔다. 성산령 형제는 평릉수(平陵守)의 아들로, 임천 군수나 나에게는 오촌 친척이다.

◎ ─ 11월 22일

어제저녁에 참봉(오윤겸)의 집 계집종의 남편이 보령에서 왔다. 홍주의 환자를 거두어들이지 못한 일로 세만 내외가 붙잡혀 수감되었기 때문에 참봉(오윤겸)에게 도움을 청하려고 온 것이다. 그런데 참봉(오윤겸)이 마침 함열에 갔기 때문에 이른 아침에 함열로 가라고 일러 보냈다.

낮에 검찰사의 관문을 가진 역졸이 왔다. 그 관문의 내용을 보니, 참봉(오윤겸)을 막중 종사(幕中從事)로 삼았으니 여러 고을을 순시하면서 경상도로 군량을 독촉하여 보내라는 것이었다. 이 역졸에게도 함열로 가라고 일러 보냈다. 다만 전에 여러 번 병으로 사양했는데 지금 또 강하게 나오도록 압박하니 걱정스럽다.

방수간과 백몽진이 소매 속에 바둑알을 가지고 왔다. 함께 대국하여 10여 판을 두다가 파하고 돌아갔다. 어제 향비가 장에 나가 술을 팔아서 산 쌀을 자루[帒] 가득 넣었다가 잃어버리고 빈손으로 돌아왔다. 우스운 일이다. 한 푼이라도 이문을 남겨서 부족함을 채우려고 했다가 도리어 본전까지 다 잃었으니 더욱 안타깝다.

◎ ─ 11월 23일

김대성이 와서 보고 돌아갔다. 저녁에 참봉(오윤겸)의 처갓집 계집종의 남편 옥지가 함열에서 돌아왔다. 함열 현감이 맛 좋은 술 1병, 다섯 가지 과일 1상자, 다섯 가지 고기구이 1상자, 소고기 1부, 찹쌀 1말을 보내와서 처자들과 함께 먹었다. 매우 감사하다.

임자장이 시중드는 아이를 보내서 편지로 안부를 묻고, 또 소고기

2짝을 보내왔다. 혼자 먹지 않고 친구에게 주니 후하다고 할 만하다. 오늘은 자미(이빈)의 소상이다. 처음에는 이날 가 보려고 했는데 사내 종과 말이 없어 가지 못했다. 한탄한들 어찌하겠는가.

◎ ─ 11월 24일

생원(오윤해)이 올라간 뒤로 이제 달포가 되어 가는데 소식을 들을 수 없다. 그래서 오늘 아침에 편지를 써서 연학(連鶴)을 보내 안부를 묻게 했다. 연학은 바로 윤해 양가의 계집종 풍월(風月)의 남편이다. 아침을 먹은 뒤에 비가 내리더니 저녁이 되어도 그치지 않았다.

◎ ─ 11월 25일

이른 아침에 백몽진이 와서 만나고 돌아갔다. 오후에 백몽진이 또 방수간과 함께 소매 속에 바둑알을 가지고 와서 밤새 바둑을 두다가 각각 술 한 잔씩을 마시고 돌아갔다. 사내종 명복이 비로소 거동하여 땔나무를 베어 왔다. 종기가 난 발이 아직 깔끔하게 낫지는 않았지만 집에 땔나무가 없기 때문에 절뚝거리는데도 억지로 보낸 것이다.

저녁에 윤해가 제 처자식을 데리고 들어와서 그들을 양모가 머물고 있는 곳으로 먼저 보냈다. 뜻밖의 일이라 온 집안이 기뻐해 마지않았다. 이어서 하는 말이, 자기가 타고 갔던 말을 즉시 돌려보내려고 했는데 송노가 제 아비가 종군(從軍)하러 갈 적에 양곡을 지고 경상도에 가서 돌아오지 않았고 안손은 병으로 누워서 일어나지 못했기 때문에 곧바로 보내지 못하다가 이번에 오는 길에 끌고 왔단다. 영영 잃어버렸다고 생각했는데 뜻밖에 끌고 오니 더욱 기쁘다. 다만 송노가 말미를 얻어 돌아간 뒤로 여러 달 오지 않다가 심지어 멀리 경상도까지 갔다고 하니 참으로 분통이 터진다.

윤해가 오는 길에 김매(金妹)*의 집에 들어가 잤는데 모두 무탈하더란다. 다만 예산 현감 심인제의 모친이 염병으로 죽었다고 하니 놀랍고 슬프다. 심인제의 모친은 나의 사촌 누이이다. 지금 부음을 들으니 몹시 슬프다. 조한림이 사람을 통해 벼 10말과 메주 1말을 보내 주었다. 매우 감사하다. 조한림은 나와는 본래 친척도 아니고 전에 알고 지냈던 친분도 없다. 다만 윤겸의 동년우일 뿐인데* 우리 집을 친척보다 후하게 대접하니 더욱 고마운 마음을 금할 수 없다.

◎ — 11월 26일

이른 아침에 백몽진의 다급한 일 때문에 들어가 군수를 보고 직접 그 뜻을 말했다. 그 참에 그곳에서 아침밥을 먹고 돌아왔다. 윤해의 처자가 와서 인사했다. 오늘에야 충손(忠孫)과 몽아를 보니, 충손은 잘 걷고 뜀박질도 하며 닭이나 개, 소, 말소리도 흉내 낸다. 사랑스러움을 이기지 못하겠다. 지난 5월에 진위의 외갓집에 갔다가 일곱 달 만에 비로소 돌아온 것이다. 김대성과 백몽진이 와서 보고 돌아갔다.

저녁에 송노가 들어와서 하는 말이, 제 아비가 병이 들어 양식을 실어 나를 수 없어서 짊어지고 거창(居昌)까지 갔다가 돌아왔다고 한다. 지난 9월에 말미를 얻어 돌아갔다가 기일을 여러 달 넘겼으니, 집

....

*   김매(金妹): 오희문의 여동생. 김지남의 부인이다.
*   윤겸의 동년우일 뿐인데: 조희보와 오윤겸은 1582년 사마시에 함께 입격했다.

안일이 틀어지게 된 것은 모두 이 사내종이 때에 맞춰 돌아오지 않았기 때문이다. 처음에는 그 죄를 크게 다스리려고 했다. 그러나 그 말이 비록 사실이 아니더라도 아비를 위하는 정은 또한 자식의 상정이니 지금은 우선 용서하고 따지지 않았다.

◎ ─ 11월 27일

윤해의 처자가 식사 후에 머물고 있는 집으로 돌아갔다. 송노를 부여에 보냈다. 내일은 팥죽을 먹는 속절(俗節)이지만 집에 팥 1되가 없고 얻을 곳도 없는데 아이들이 청을 해서 부여 현감에게 팥을 구해다가 죽을 쑤어 먹기 위해서이다. 저녁에 이웃에 사는 노제(老除) 아전 임승운(林承雲)의 후처가 직접 술과 안주 및 밥 한 사발을 가지고 와서 집사람을 보고 돌아갔다.

저녁에 막정과 갯지 등이 말 3필을 끌고 가서 쌀과 콩을 싣고 왔다. 참봉(오윤겸)이 함열에 있으면서 여러 곳에서 구해 얻은 정미 26말, 백미 12말, 거친 쌀 2말, 콩 39말, 벼 10말, 절인 게 20마리, 숭어 2마리, 빙어 5두름, 새우젓 5되를 보낸 것이다. 이것이면 한 달은 넘길 수 있겠다. 매우 기쁘다. 마침 교리 박응소가 어명으로 순행하다가 함열에 이르러서 쌀과 콩 6말을 구해 주었다고 한다. 지난밤에 족제비가 방에 들어와서 숭어 1마리 반과 빙어 2두름을 물어 갔다. 몹시 아깝다.

◎ ─ 11월 28일

백몽진과 방수간이 찾아와서 함께 바둑을 두고 저녁에 돌아갔다. 송노가 돌아왔다. 부여 현감이 팥 1말, 하미(下米) 1말, 조기 1뭇을 보내왔다. 저녁에는 백몽진과 방수간이 각각 팥 3되와 4되를 보내왔다. 내일이 동지인데 두 사람이 우리 집에 팥이 없다는 말을 들었기 때문에 보낸 것이다. 몽아를 데려왔다가 저녁에 제집으로 돌려보냈다.

◎ ― 11월 29일

팥 7되로 죽을 쑤어서 위아래 사람들이 나누어 먹었다. 지난밤에 족제비가 또 와서 꿩 1쪽을 물어 갔다. 아까운 마음을 이기지 못하겠다. 명복에게 족제비가 다니는 구멍 밑에 덫을 놓게 했는데 잡지 못했다. 분명 덫을 잘못 놓은 게다. 저녁에 충의 류원 씨가 와서 보고 돌아갔다. 어른이 두 번이나 찾아왔는데, 나는 사내종과 말이 없어서 한 번도 사례를 하지 못했다. 매우 부끄럽다. 저녁에 사내종과 말을 관아에 보내서 정사과댁을 모셔 왔다.

◎ ― 11월 30일

새벽에 비가 쏟아지더니 아침에도 날이 흐리다. 아침을 먹고 조한림 형제를 찾아가 조용히 이야기를 나누었다. 또 좌수 조희윤의 집에 들렀더니, 조희윤이 저녁밥을 차려 대접했다. 돌아올 때 윤해가 우거하는 집에 들러 충아 등을 보고 어두워서야 돌아왔다. 세만 형제가 보령에서 왔다. 들으니, 먹을 만한 쌀 1섬을 갖추어 바치자 차지(次知)*가 풀어 주었지만 나머지 쌀은 아직 준비하지 못했다고 한다.

....

* 　차지(次知): 일반적으로 책임자 혹은 담당자를 뜻하는 말로 쓰인다. 각 궁방(宮房)의 일을 맡아 보던 사람, 높은 벼슬아치의 가사를 맡아 보던 사람, 주인이나 상전 혹은 타인을 대신하여 형벌을 받던 하인 등을 가리킨다.

윤11월 ^{작은달}

◎ ― 윤11월 1일

세만 형제를 함열에 보냈더니, 중간에 참봉(오윤겸)을 만나서 저녁에 함께 돌아왔다. 쌀과 콩 각 1섬씩을 얻어서 싣고 왔는데, 홍양의 환자를 갚기 위해서이다. 또 좋은 술 1병과 삶은 돼지 다리 하나를 얻어 왔기에, 고기를 썰고 술을 데우게 해서 정사과댁 및 여러 아이들과 함께 먹었다.

◎ ― 윤11월 2일

아침 식사 후에 임자장이 찾아와서 바둑 대여섯 판을 두고 돌아갔다. 집에 술과 먹을 것이 없어 날이 저물었는데도 그냥 돌아갔다. 참으로 안타깝다. 세만을 시켜서 상미(上米) 12말과 콩 9말을 실어 먼저 보령으로 돌려보냈다.

◎ ─ 윤11월 3일

참봉(오윤겸)이 임경운에게 편지를 보내서 군수에게 말해 달라고 청하여 쌀 3말, 조기 1뭇을 얻었다. 일찍 식사를 한 뒤에 참봉(오윤겸)이 송노 등을 데리고 제 아내가 머물고 있는 보령 집으로 돌아갔다. 가는 길에 부여, 정산, 청양에 들러서 사또들을 만나고 돌아갈 것이라고 했다. 저녁에 검찰사가 참봉(오윤겸)에게 편지를 보냈는데, 참봉(오윤겸)이 마침 부여에 갔기 때문에 심부름꾼에게 그리로 가라고 일러 보냈다.

◎ ─ 윤11월 4일

이른 아침에 임자장이 사내종과 말을 보내서 나를 청했다. 즉시 아헌으로 가서 군수를 만나고 임자장 및 면부, 임경운, 봉사 류석필(柳錫弼)과 이야기를 나누다가 군수가 파면되었다는 소식을 들었다. 그러나 이 말은 사실이 아니다. 한양에서 전라도로 내려가던 자가 구혜의 사내종에게 해 준 말이라고 하니 믿을 수가 없다. 다만 백성의 원망이 자못 심하고 미움을 받는 곳도 많으니 오래가지 못할 것이 분명하다. 류봉사(柳奉事)는 고 참의 류순선(柳順善)의 아들인데, 모친을 모시고 떠돌다가 결성 땅에 잠시 머물면서 여러 곳에 구걸해서 봉양한다고 한다. 몹시 애처롭고 불쌍하다.

저녁에 또 임자장의 말을 타고 돌아왔다. 이시열이 여기에 왔다. 아산 현감이 파면되었으므로* 임천 군수에게 편지를 전하기 위해 왔다

....
* 아산 현감이 파면되었으므로: 아산 현감은 최유원(崔有源)이다. 《국역 선조실록》 27년 1월

고 한다. 임천 군수가 아산 현감 최유원(崔有源)과 막역한 사이이기 때문이다.

◎ ─ 윤11월 5일

하루 종일 날이 흐리고 간혹 비가 쏟아지기도 했다. 아침에 아산 현감의 파면이 사실이라는 소식을 듣고 식사 후에 들어가 만났다. 그 자리에서 들으니, 사간원(司諫院)의 계사(啓辭)*에서 하리에게 정사를 떠넘겼다고 논박했다고 한다. 현감은 돌아갈 곳이 없어서 이 군 근처에 머물러 있을 작정이라고 한다. 비록 돌봐줄 힘은 없더라도 이 사람을 믿는 바가 컸는데 뜻하지 않게 파면을 당하니, 그의 집이 의지할 곳이 없어졌을 뿐만 아니라 우리 집도 몹시 서운하게 되었다.

한산 군수가 봉고(封庫)*하는 일로 군에 왔다가 사람을 시켜 내게 문안했다. 나도 만나 보려고 객사로 갔는데, 이미 관청에 갔기 때문에

....

21일 기사에 따르면, 도적의 변이 발생했다는 말을 듣고도 조치를 강구하여 체포할 생각을 하지 않고 아속(衙屬)을 거느리고 도주할 계책으로 배를 준비하고 말을 징발하느라 온 경내를 소란스럽게 했고, 관창(官倉)의 보리 종자 1백여 섬을 피난하는 친족에게 나누어 주어 백성이 파종하지 못하게 했다고 한다. 이 일로 비변사에서 파면이 추고되었던 것으로 보이는데, 해가 지난 1월에는 사헌부가 국가의 기강 진작을 위해 추국하여 죄를 정하자고 했고 이에 선조가 따랐다고 한다.

* 사간원(司諫院)의 계사(啓辭): 계사는 '신하가 임금에게 아뢰는 말이나 내용'이라는 일반적인 의미로 사용되었고, 중앙 아문에서 국왕에게 올리는 문서라는 의미로도 사용되었다. 사헌부(司憲府)와 사간원의 관원을 아울러 대간(臺諫)이라고 하는데, 대간은 국왕에 대한 간쟁(諫諍)과 관원에 대한 탄핵 등 언관(言官)으로서의 역할을 수행했다. 언관의 역할 수행에는 말로 하는 방법과 글로 하는 방법이 있는데, 글로 하는 방법이 계사를 작성하여 올리는 것이다. 이강욱, 「대간(臺諫) 계사(啓辭)에 대한 고찰」, 『고문서연구』 45권, 2014. 116쪽.

* 봉고(封庫): 수령이 파면된 후 물품의 출납을 못하도록 창고를 봉하여 잠그는 일이다. 아산 현감이 파직되자 인근의 한산 군수가 와서 봉고를 한 것이다.

만나지 못하고 임자장의 말을 빌려 타고 돌아왔다. 임자장도 내일 연산으로 돌아간다며 나에게 말하기를, "같이 떠돌다가 우연히 이곳에서 서로 만났는데, 군수가 오래 있었다면 좋았을 것을 뜻하지 않게 또 서로 작별하게 되었소. 이후에 서로 다시 만나리라고 어찌 기필할 수가 있겠소."라고 했다. 서로 이야기를 나누자니 서운한 마음을 금할 수 없었다.

현감이 파면당한 소식을 들은 뒤로는 관청 물건을 쌀 1되라도 마음대로 가져다 쓸 수 없고 양식과 찬거리도 마음대로 내가지 못하니, 맑기는 맑다고 할 만하다. 한산 군수가 내준 쌀과 콩이 각 5섬, 벼가 15섬이라고 한다. 이시열은 그의 집으로 돌아갔다.

◎ ─ 윤11월 6일

아침 일찍 사내종을 보내서 한산 군수에게 문안했다. 어두운 안개가 사방에 자욱하다가 저물어서야 비로소 걷혔다. 낮에 소지가 찾아왔기에 탁주 한 잔을 대접해 보냈다. 듣자니, 이탁의 아들 시룡이 요절했다고 한다. 슬픔을 가누지 못하겠다. 이탁은 4남 2녀를 두었는데, 큰아들 기룡(奇龍)은 적에게 피살당했고, 둘째 아들 준룡(俊龍)은 적에게 포로로 잡혀갔으며, 두 딸은 떠돌던 중에 요절했다. 그런데 지금 또 셋째 아들을 잃었으니, 이제 막내아들 원룡(元龍)만 남았다. 지난해에 그 아우와 조카가 모두 적에게 죽임을 당했고 그 아버지도 병으로 돌아갔는데, 매장이 끝나자마자 또 아들을 잃었다. 한집안의 재앙이 유독 어찌 이렇게 극심한 지경에 이른단 말인가. 더욱 슬프고 안타깝다.

◎ — 윤11월 7일

날이 흐렸다. 근래에 봄날처럼 따뜻하더니 오후에 비가 내리고 종
일 그치지 않았다. 아침 식사 후에 이웃 사람에게 말을 빌려 타고 들어
가 임면부의 부인을 만났고, 또 아헌으로 가서 군수를 만나고 돌아왔
다. 송노가 돌아왔다. 참봉(오윤겸)이 무사히 홍양에 도착했다고 한다.

접반사(接伴使)와 도원수가 동봉한 서장초(書狀草)
—

오늘 아침에 총병(유정)이 통사로 하여금 신 등에게 전하게 하여 말하
기를, "평행장(平行長, 고니시 유키나가)의 편지에 '일곱 가지 일을 모두 완
수한 뒤에 바다를 건너갈 것이다.'라고 했다는데, 일곱 가지 일은 모두 따
를 만한 일이 아니었다. 기필코 다시 남방의 군사 10만을 조달하여 바야
흐로 나아가 토벌하려고 하는데, 너희 나라 군량이 1년이나 반년을 지탱
할 수 있을 만큼 쌓여 있는가?"라고 했습니다.

신 등이 편지를 올려, "10만 군사의 몇 달 양식은 20여만 포(包)가 있어
야 비로소 만족스러울 것입니다. 설령 곡식이 있더라도 인력이 이미 지쳐
서 운반해 오지 못할 것 같습니다. 3, 4만 군사의 4, 5개월치 군량이라면
거의 준비할 수가 있을 것입니다. 적과 대치하고 있는 지금, 멀리 남방의
군사를 조달하려면 반드시 5, 6개월은 지나야 비로소 도착할 것입니다.
만일 요양(遼陽)에 도착해 있는 남방의 군사 1만여 명과 본국의 정예병 2,
3만을 취해서 조달한다면, 오히려 내년이 되기 전에 일을 할 수 있을 것
입니다. 군사 작전 시기를 알아서 문서를 각 도에 보내 이곳에 소집하고
자 합니다."라고 했습니다.

이에 총병이 다시 말을 전하기를, "지금 있는 양곡으로 10만 군사를 몇
달이나 먹일 수 있는지 명백히 써서 보이라."라고 했습니다. 신 등이 써서

보이기를, "지금 있는 양식으로는 10만 군사의 반년치 군량도 댈 수 없습니다. 다만 별도로 조도하는 일이 있다면 거의 계속 군량을 댈 수 있을 것입니다. 그러나 여기 있는 배신이 비록 결정한다고 하더라도 마땅히 국왕께 아뢰어 윤허를 받은 뒤에 회답하여 보고해야 할 형편입니다."라고 했습니다. 총병은 다 보고 나서 별로 가타부타 말이 없고 다만 말하기를, "일곱 가지 일은 국왕께 전달하지 말아야 한다."라고 했습니다.

평행장의 문서는 내보이는 때를 천천히 기다렸다가 베껴서 급히 아뢸 계획입니다. 이른바 일곱 가지 일이란 화친(和親), 할지(割地), 구혼(求婚), 봉왕(封王), 준공(准貢), 망룡의(蟒龍衣), 인신이라고 합니다.* 남방의 군사 10만은 분명히 조달하여 보낼 리가 없습니다. 비록 3, 4만이라도 군량을 대기가 몹시 어려우니, 먼저 조치하는 일을 조정에서 미리 상의해서 시행하소서. 이러한 연유로 선계(善啓)*합니다.

11월 8일.

명나라 장수 한 사람이 명나라 군사 30여 명을 거느리고 이달 7일에 동래에서 와서 왜인(倭人)과 함께 노래하고 춤추면서 술을 대작하고 4일을 머물렀다. 그런 뒤에 명나라 장수는 11일에 왜의 쌍견마(雙牽馬)와 길잡이 왜인 부지기수를 거느리고 웅천과 거제(巨濟)로 돌아갔다. 명나라 장수와 이미 강화가 이루어져서 왜적이 성을 쌓고 병장기를 제련하는 등의 일이 이미 중지되었고 중원에 조공하는 일로 왜적들이 사

....

*   일곱 가지……합니다: 임진왜란 당시 일본이 명나라와 강화 교섭을 벌일 때 요구했던 일곱 가지 조건이다. 화친(和親)을 할 것, 조선 8도 중 4도의 땅을 떼어 달라는 것[割地], 명나라 황녀를 일본의 후비로 삼을 것[求婚], 조공을 바치게 해 달라는 것[准貢], 망룡의(蟒龍衣)와 충천관(衝天冠)을 내려 달라고 하는 것, 인신 1과(顆)를 내려 달라는 것이다.
*   선계(善啓): 임금에게 서면으로 아뢰는 일을 높여 이르는 말이다.

방으로 흩어져 닥나무[楮]를 베어 종이 만드는 일을 하고 있다고 한다. 이는 곧 병마절도사의 통보였는데 헛소문이었다.

◎ ― 윤11월 8일

식사 후에 김대성, 방수간, 백몽진 세 사람이 각각 술과 안주를 넉넉히 가지고 찾아왔다. 나와 두 아들이 취하고 배부르게 먹고 파했다. 마침 생원 허용(許容)이 찾아와서 함께 마셨다. 김대성, 백몽진, 방수간 세 사람은 늘 나를 찾아 주는데, 지금 또 나를 위해 술과 안주를 가지고 와서 마시니 후의에 고맙기 그지없다.

◎ ― 윤11월 9일

이른 아침에 김대성의 아들 정(井)이 술과 안주를 가지고 와서 보고 돌아갔다. 어제 마침 출타해서 그 아버지와 함께 오지 못했기 때문에 오늘 일찌감치 술과 안주를 준비해 가지고 혼자서 찾아온 것이다. 이른 식사 전에 암탉이 날개를 치고 길게 두 번 울었다. 이게 무슨 상서일까?

◎ ― 윤11월 10일

임면부의 부인이 집사람을 찾아 주었다. 윤해의 처도 와서 보고 그대로 함께 머물러 잤다. 백몽진과 방수간이 찾아와 함께 바둑을 두었다. 연이어 다섯 판을 이기고 나서 파하고 헤어졌다. 군수가 이른 아침에 출발해서 연기(燕岐)로 가는데, 임면부는 기운이 편치 않아 머물러 있고 함께 가지 않았다. 밤에 눈이 내렸다.

◎ — 윤11월 11일

지난밤 꿈이 불길하니, 이게 무슨 징조인가? 속담에 흉한 꿈이 도리어 상서롭다고 하니, 이에 위안이 된다. 그러나 연로하신 어머니가 멀리 남쪽 끝에 계시어 소식을 듣지 못한 지 이제 두어 달이 되었다. 이 때문에 답답하고 걱정스럽기 그지없다. 막정을 홍산에 보내서 참봉(오윤겸)의 편지를 통해 식량을 구하도록 했다. 면부가 와서 보고 방수간과 더불어 바둑을 두었는데 연이어 여섯 판을 졌다. 우습다. 저녁에 임 면부의 처가 집으로 돌아갔고, 충아 어미도 돌아갔다.

◎ — 윤11월 12일

날이 몹시 차고 때때로 눈도 날렸다. 백몽진과 방수간이 와서 종일토록 함께 바둑을 두다가 헤어졌다. 어제 장에 술을 팔기 위해 향비와 정사과댁 계집종 묵개(墨介)가 함께 술 8병을 머리에 이고 갔는데, 중간에 묵개가 발을 헛디뎌 넘어지는 바람에 술이 가득 담긴 병을 떨어뜨려 깨뜨리고 빈손으로 돌아왔다. 우습다. 병은 이웃집 물건이어서 하는 수 없이 사다 갚았다. 저녁에 막정이 홍산에서 돌아왔다. 홍산 현감이 정조 1섬, 백미 3말, 콩 5말, 누룩 3덩어리, 절인 게 10개를 보내 주었다.

◎ — 윤11월 13일

지난밤에 큰 눈이 내리고 추위가 갑절이나 매서웠는데, 술이 없으니 어찌하겠는가. 무료한 중에 볕을 등지고 앉아서 단아와 함께 추자놀이를 했다.

◎ — 윤11월 14일

백몽진과 방수간이 찾아와서 하루 종일 같이 바둑을 두다가 헤어졌다. 함열에서 정어(釘魚) 10두름을 보내왔다. 저녁에 들으니, 부여 현감이 파직되었다고 했다. 놀랍고 안타까움을 금할 수 없다. 내년 봄에 그에 의지하여 연명할 생각이었는데 지금 파직되었다는 소식을 들었으니, 이 또한 우리 집의 불행이다. 실로 하늘이 하는 일이니, 탄식한들 어찌하겠는가.

◎ — 윤11월 15일

이른 아침에 정사과댁이 부여 현감이 파직되었다는 소식을 듣고 돌아갈 때 윤해가 모시고 갔다. 부여 현감이 가는 것을 보기 위해서이다. 한산 군수가 겸관(兼官)*으로 군에 왔다. 내가 사람을 시켜 안부를 물었는데, 그도 먼저 안부를 물었다. 저녁에 임면부의 말을 빌려 타고 군에 들어가서 조용히 이야기를 나누었다. 이어서 술자리를 베풀어 주어 여섯 잔을 마시고 파했다. 생원 홍사고(洪思古)* 삼형제가 또 와서 자리를 함께했다. 홍사고도 떠돌다가 군내에 와서 머물고 있다. 돌아올 때에는 밤이 깊어서 배종하는 나장(羅將) 두 사람을 데리고 집까지 왔다. 임면부의 말은 이곳에 남겨 두었다가 내일 아침에 보내려고 한다.

....

* 겸관(兼官): 이웃 고을의 수령 자리가 비었을 때 임시로 그 고을의 사무를 겸임하는 수령이다.
* 홍사고(洪思古): 1560~?. 1579년 사마시에 입격했다. 원문에는 홍사고(洪師古)로 되어 있으나 바로잡았다.

◎ — 윤11월 16일

이른 아침에 사내종을 보내 편지를 들고 한산 군수에게 문안하도록 했다. 한산 군수가 답장을 했고, 또 새우젓 1되와 젓국 1병을 보내 주었다. 방수간이 찾아와서 함께 바둑을 두고 돌아갔다. 오천린(吳天麟)이 한산에서부터 찾아왔기에 저녁밥을 대접해 보냈다.

저녁에 윤해가 돌아왔다. 그에게 들으니, 부여 현감이 독운어사 윤경립(尹敬立)의 보고에 의하여 파직되었다*고 한다. 올 때 지름길로 들어서서 여울과 진창길을 건너게 되었는데, 송노가 먼저 들어갔다가 말이 발을 헛디디는 바람에 물에 빠져서 옷이 다 젖어서 돌아왔다. 안타깝다. 부여 현감은 이미 봉고되었기 때문에 한 가지 물건도 보내 주지 않았다. 또 오늘 장에 거친 쌀 1말을 보내서 철 2근 2냥을 사 왔다. 말 2마리의 족철(足鐵)을 만들려는 것이다.

◎ — 윤11월 17일

좌수 조희윤이 편지를 보내서 나를 청했다. 나에게 말이 없다는 말을 듣고서 안장을 갖춘 말까지 보내 주었다. 달려가다가 문화 조희철과 그의 아우 한림에게 들렀는데, 마침 집에 없어서 만나지 못했다.

....

* 부여……파직되었다: 부여 현감 박동도의 파면 사유가 무엇인지는 정확히 알 수 없다. 다만 윤경립(尹敬立)이 여름부터 독운어사를 맡아서 파악한 결과를 9월에 보고했다. 그 보고서에 "지난해 난리가 난 이후 중외(中外)의 군량은 전적으로 충청도와 전라도에 의지하고 있었는데, 당초 어느 한 사람 이를 맡아 관리하는 이가 없었으므로 그 많던 공사(公私)의 저축을 모두 관군과 의병들이 절도 없이 먹어치우고 함부로 낭비했습니다. 그래서 명나라 군이 영남으로 내려온 다음에는 이를 수송하는 조치와 나누어 주는 일들에 모두 두서가 없어 절반 이상이 산실(散失)되고 있어서 조도(調度)의 중대한 일이 마치 아이들 장난같이 되고 있는 실정입니다."라고 한 내용이 보인다. 《국역 선조실록》 26년 9월 6일.

충의 조원 씨도 와서 함께 말고삐를 나란히 하고 조희윤의 집에 갔다. 전부(典簿) 한극창(韓克昌)과 판관 상시손이 먼저 와서 자리에 있었고, 부장 이홍제(李弘濟)와 홍조(洪輬)가 뒤따라 들어왔다. 거기에서 푸짐하게 상을 잘 차려 내서 취하게 마시고 배불리 먹은 뒤에 돌아오니 날이 이미 어두워졌다. 이부장(李部將)은 주서 홍준의 매부이고, 홍조는 홍준의 아우이다. 조희윤의 아들이 홍주서(洪注書)의 사위가 되었기 때문에 술과 안주를 차려서 나그네 생활의 회포를 달래 준 것이다. 한극창과 상시손 두 공도 조희윤의 인친으로, 모두 떠돌다가 이 고을에 와서 머물고 있다.

들으니, 새 군수 고경조(高敬祖)*를 교체하여 송응서(宋應瑞)*를 군수로 임명했다고 한다. 송응서는 천안 수주의 친동생이다. 예전에 자주 만나지 못해서 서로 친하지는 않지만, 또한 연가(連家)*의 사람이라 고경조처럼 전혀 모르는 사이와는 같지 않으니 위로가 된다. 다만 그가 와서 부임하는 것 또한 기약할 수 없다.

◎ ― 윤11월 18일

막정을 정산의 갓지 집에 보내서, 갓지에게 조씨(趙氏) 집안이 가난한지 부유한지와 처녀가 어떠한지를 물어 오도록 했다. 인아의 혼인을 의논하기 위한 일이다. 조씨의 이름은 건(健)으로 정산현 5리 밖에 사

....
* 고경조(高敬祖):《국역 선조실록》26년 윤11월 3일에 고경조를 임천 군수로 임명한 기사가 보인다.
* 송응서(宋應瑞): 1530~1608. 임천 군수, 한성부참군 등을 지냈다.
* 연가(連家): 대대로 인척인 사이를 말한다.

는데, 일찍이 강위를 통해서 우리 집과 혼인하고 싶어 한다는 말을 들었기 때문이다. 참봉(오윤겸)이 전에 이 일로 정산에 갔다가 마침 군수가 없어서 만나지 못했다. 그래서 지금 사내종을 보내서 묻는 것이다.

◎ ─ 윤11월 19일

지난밤 꿈에 아우 희철을 보았다. 어머니의 소식을 모르니 답답하고 걱정스럽다. 새벽에 단아가 발이 아파서 울음을 그치지 않는다. 내가 한참 동안 주물러 주었더니 조금 나았다. 단아는 매양 내 이불 아래에서 자기 때문이다.

◎ ─ 윤11월 20일

백몽진과 김정이 찾아왔다. 백몽진과 함께 바둑을 두다가 날이 저물어 그만두고 헤어졌다. 저녁에 광주에 사는 계집종 어둔(於屯)이 아들 덕세(德世)를 데리고 여러 곳에서 걸식하다가, 우리 집이 여기에 있다는 말을 듣고 수원에서 고생고생해 가며 찾아서 어두워져서야 들어왔다. 매우 불쌍하다. 그 어미는 난리 초에 적에게 죽었다고 한다. 내가 한양에 있을 때 해마다 양지에 있는 농사를 왕래할 때면 그 집에 들러서 묵었는데, 지금 비명에 죽었다는 말을 들으니 더욱 애처롭다. 근래에 쌀자루가 텅텅 비고 찬거리도 떨어진 지 이미 오래라 매번 콩을 삶아서 장에 섞어 반찬으로 먹는다. 사는 게 한스럽다. 어찌하겠는가.

◎ ─ 윤11월 21일

하루 종일 집에 있으려니 몹시 무료하다. 저녁에 명복이 부여에서 돌아왔다. 정사과댁이 쌀 4말과 벼 2말을 보내왔다. 이것은 전에 꾸어 쓴 것을 도로 갚은 것이다.

◎ ─ 윤11월 22일

새벽에 양식을 구하기 위해 막정을 함열에 보냈는데, 10리도 못 가서 마침 함열에서 보낸 사람이 도착했다. 백미 3말을 보냈고, 겸해서 편지를 보내 문안했다. 후의에 고맙기 그지없다. 어떻게 보답한단 말인가. 즉시 답장을 쓰고 심부름 온 사람에게 마실 것을 대접해서 보냈다. 변응익이 찾아왔다. 함께 바둑을 두다가 내리 세 판을 지더니 얼굴을 붉히고 갔다. 우습다. 또 들으니, 새 군수 송공(宋公)이 부임하여 온 고을의 대소 품관이 찾아가 뵈었다고 한다.

◎ ─ 윤11월 23일

신몽겸(申夢謙)과 백몽진이 찾아왔다. 함께 바둑을 세 판 두었는데, 실력이 현저히 다르니 우습다. 계집종 옥춘이 제 아들 덕년(德年)을 데리고 해주에서부터 찾아왔다. 그편에 윤함의 처자가 무탈하다는 소식을 들으니 기쁘다. 우계 선생[牛溪先生, 성혼(成渾)]이 지금 해주 석담서원(石潭書院)에 머물고 있는데, 윤겸에게 편지를 보내고 나한테도 보내서 후한 뜻을 보였다. 매우 감사하다. 옥춘이 한양에 들러서 도사 심열 조카를 만났는데, 심열도 나에게 편지를 보냈다. 이로 인해 무사히 벼슬에 종사하고 있음을 알게 되었으니 매우 기쁘다. 다만 서로 만날 길이 없으니 이것이 안타깝다.

날이 저물어 막정이 함열에서 왔다. 함열 현감이 콩 10말, 벼 1섬,

새우젓 4되, 누룩 3덩어리, 소금 3말, 상저(常楮, 보통 품질의 종이) 3뭇을 보내왔다. 매우 고맙다. 다만 볏섬이 부실하고 왕겨가 많이 섞여 있어서 벼 1말을 찧어도 쌀이 몇 되밖에 나오지 않겠다. 안타깝다.

◎ ─ 윤11월 24일

새 군수의 아들 진사 송이창(宋爾昌)*이 찾아와서 하는 말이, 어제 뜻밖에 동궁이 내려와서 마중하는 일로 그 아버지가 공주 소속의 재[岾]로 달려갔으나 날짜가 이미 촉박해서 맞출 수 없는 형편이라고 했다. 다만 동궁이 이처럼 급하게 오는 까닭을 모르겠다. 필시 이유가 있을 것이다.

또 들으니, 명나라 사신이 지난 12일에 이미 한양에 도착하여 황칙(皇勅)으로 주상께서 나라를 잘못 다스린 일을 깊이 책망했다고 한다.* 조서를 들고 온 사신의 이름은 사헌(司憲)이라고 한다. 그의 탐욕이 끝이 없기 때문에, 패망한 나머지 마련할 방도가 없어 몹시 한탄스럽다고 한다. 그가 유기 촛대 60쌍을 요구했는데, 다른 물건으로 맞춰 주었다고 한다.

또 들으니, 송경략과 이제독이 지금 요양에 있는데 삼경이 회복되었고 왜적을 다 쫓아 버렸다고 이미 황조(皇朝)에 아뢰었고 황제가 이

....

* 　송이창(宋爾昌): 1561~1627. 당시 임천 군수를 지내고 있던 송응서(宋應瑞)의 아들이다. 진안 현감, 신녕 현감 등을 지냈다.

* 　지난……한다: 1593년 윤11월 12일에 선조가 모화관으로 나아가 명나라 사신을 맞이했고, 그 자리에서 명나라 황제의 칙서(勅書)를 받았다. 칙서에 왜가 한 번 쳐들어오자 왕성(王城)을 지키지 못하고 패하게 된 원인에 대해 왕이 원려(遠慮) 없이 오락에 빠지고 백성을 돌보지 않아 도둑을 불러온 것이라며 꾸짖는 내용이 있다.《국역 선조실록》26년 윤11월 12일.

를 믿어서 여기에 있는 여러 장수도 군대를 철수하여 돌아간다고 한다. 그러므로 송경략과 이제독 두 장수는 적이 아직 이 땅에 있다는 사실을 속인 것이다. 본국의 사신이 경사(京師)에 조회하러 갈 때 만약 자문에 조금이라도 적이 머물러 있다는 말이 있으면 번번이 모두 없애도록 한다고 하니, 총명을 가리고 있음을 또한 알 수 있다. 한탄할 일이다. 그러나 길에서 들은 말이라 역시 분명하지 않다. 또 들으니, 사신이 주상의 장복(章服)을 가지고 왔다 한다.*

◎ ─ 윤11월 25일

계집종 강춘이 사지에 종기가 나서 맘대로 움직이지 못한다. 침놓는 의원이 멀지 않은 곳에 있다는 말을 듣고, 아침에 사내종과 말을 보내 불러다가 수십여 곳에 침을 놓게 하고 돌려보냈다. 의원의 이름은 이기종(李起宗)인데, 부장이라고 일컫는다고 한다. 사내종 덕년을 해서(海西)로 돌려보내면서, 참봉(오윤겸)이 있는 보령에 들러서 우계의 답장을 전하게 하려고 했다. 그런데 덕년이 그곳을 모르기 때문에 송노를 함께 보냈다. 나도 우계에게 답장을 써서 보냈다. 지난밤에 큰 눈이 내려 반 자나 쌓였다.

....

* 사신이……한다: 사헌(司憲)이 사신으로 오면서 명나라 황제의 대홍망의(大紅蟒衣)와 채단(綵緞)을 가져온 것을 말한다. 칙서에 "왕에게 대홍망의 2습(襲)과 채단 4표리(表裏)를 주어 짐이 간절히 왕을 위하여 멀리서 위로하는 뜻을 보인다."라고 했다. 《국역 선조실록》 26년 윤11월 12일.

◎ — 윤11월 26일

눈이 날리고 바람이 불었다. 김대성이 와서 보고 갔다. 근래 매서운 추위가 곱절은 심하다. 땔나무와 숯이 모두 떨어졌는데도 얇은 옷을 입은 어린 사내종이 나무를 베어 올 수가 없다. 아침저녁 밥을 지을 정도만 겨우 마련할 뿐 온돌은 몹시 차다. 심히 걱정스럽다.

◎ — 윤11월 27일

참봉 임면부와 생원 구혜가 눈 속을 헤치고 걸어서 찾아왔다. 면부와 함께 바둑을 두었는데 내리 다섯 판을 졌다. 날이 저물어서야 돌아갔다. 집사람은 20일 이후부터 또 학질에 걸려 하루걸러 앓는다. 처음에는 그다지 심하지 않더니 오늘은 조금씩 더 아파한다. 걱정스럽다.

들자니, 적의 괴수 평수길이 그의 부하에게 피살되었다고 했다. 비록 확실히 알지는 못하지만, 만약 그렇다면 그 기쁨을 어찌 헤아릴 수 있겠는가. 다만 전에도 이런 말이 있었는데 끝내 헛소문이었으니, 이번에도 반드시 믿을 수는 없다. 그러나 죄악이 가득 찼으니, 어찌 천지 사이에 오래 살 수 있겠는가.

◎ — 윤11월 28일

저녁에 송노가 보령에서 돌아왔다. 참봉(오윤겸)의 편지를 받아 보니, 지금 모두 무탈하다고 한다. 기쁘다. 다만 결성에 있는 참봉(오윤겸)의 주인집이 명화적(明火賊)*을 만나서 가산을 탕진했는데, 참봉(오윤겸)

....
*　명화적(明火賊): 무리를 지어 돌아다니는 강도로, 보통 한밤중에 강도질을 한다.

의 곡식도 그 집에 맡겨 두었다가 절반이나 잃었다고 한다. 더욱 안타
깝다.

◎ ─ 윤11월 29일

방수간과 백몽진이 찾아와 함께 바둑을 두다가 해가 기울어서야
헤어졌다. 말 2마리를 생원(오윤해)의 처갓집 농촌에 보내서 풀을 실어
왔는데, 세어 보니 45뭇이었다.

12월 큰달

◎ — 12월 1일

대한(大寒)이다. 백몽진과 방수간이 찾아와서 함께 바둑을 두다가 날이 저물어 파했다. 류선각이 찾아왔다.

◎ — 12월 2일

아침을 먹고 윤해와 함께 군수를 찾아갔는데, 군수가 관아에 있어서 나오지 못했다. 이어 우리들을 아헌으로 초대해서 조촐한 술자리를 베풀어 주어 다섯 순배를 마시고 파했다. 작별하고 돌아올 때 면부가 머물고 있는 집에 들러서 조용히 이야기를 나누었다. 면부의 아내가 나에게 저녁밥을 대접했다.

종일 비가 내려서 길이 질척거려 사람과 말이 다니기가 몹시 어렵다. 요즘은 멀리 가고 싶어도 말이 수척하고 노복이 피곤하여 분명 중도에 오도 가도 못하는 근심이 있을 것이므로 미리 염려하는 일이 실로 많다.

◎ ─ 12월 3일

바람이 불고 눈도 날린다. 두 사내종이 말을 끌고 향덕산(香德山)에 있는 류선각네 묘소에 가서 말라 죽은 소나무를 베어 가지고 왔다. 관 솔을 만들어서 등잔 기름으로 쓰기 위해서이다. 류공의 패자를 가지고 갔다.*

◎ ─ 12월 4일

김대성과 백몽진이 찾아왔고, 임면부도 왔다. 이에 면부와 함께 하 루 종일 바둑을 두다가 저녁밥을 대접해서 보냈다.

◎ ─ 12월 5일

방수간이 찾아와서 하루 종일 바둑을 두고 돌아갔다. 오후부터 진 눈깨비가 내리기 시작했는데, 밤이 되어서도 그치지 않았다. 내일 출 발하는 것도 장담할 수 없다. 하루 종일 참봉(오윤겸)이 오기를 기다렸 는데 오지 않았다. 무슨 일인지 모르겠다. 이제 먼 길을 가려는데 볼 수 없으니 몹시 안타깝다.

◎ ─ 12월 6일

일찍 식사를 하고 출발해서 남당진(南塘津)* 가에 이르렀다. 녹은 얼

....

* 류공의……갔다: 류선각이 자신의 선산에 있는 소나무를 베어 가는 것을 허락하는 내용으로 작성해 준 문서를 가지고 갔다는 뜻이다.
* 남당진(南塘津): 임천과 함열 사이에 있는 나루이다. 일명 용연포(龍淵浦)라고도 한다. 임천 군 남쪽 14리에 있는데, 고다진(古多津)의 아래쪽에 있다.《국역 신증동국여지승람》제17권 〈충청도 임천군〉.

음이 강에 가득하여 건널 수 없는 형편이었다. 다 흘러 내려가기를 기다려서 오후가 되어서야 간신히 건넜다. 날이 저물어서야 비로소 함열현에 도착했다. 현감이 내가 왔다는 말을 듣고 즉시 사람을 보내 문안하고 이어서 아헌으로 들어오기를 청했다. 정자 조익(趙翊)*도 와서 한참 동안 이야기를 나누다가 밤이 깊어서야 파하고 돌아왔다. 주인집이 바로 남궁지평의 사내종 산이의 집이라 따뜻한 방에서 잤다. 강을 건널 때 뱃사공이 장전(長箭, 긴 화살)을 얻고 싶어서 몹시 간절하게 구하기에 화살 2개를 뽑아서 주었다. 그가 온 힘을 다해 건네주었기 때문이다.

◎ ― 12월 7일

이른 아침에 현감이 사람을 보내 나를 아헌으로 초대해서 같이 마주하고 아침밥을 먹었다. 노자로 백미 1말, 중미 3말, 콩 2말, 조기 1뭇, 새우젓 2되, 감장 4되, 간장 1되, 소금 2되, 청주 1병, 미역 1동을 주었다. 매우 고마웠다. 아침 느지막이 출발했는데, 마침 송인수(宋仁叟, 송영구)의 서제(庶弟) 흘립(屹立)이 이곳에 왔다. 그대로 그와 동행하여 익산군 내의 이경여가 우거하는 집에 도착했다. 경여는 장성에 가서 아직 돌아오지 않았다.

올 때 길에서 황간(黃澗)에 사는 외사촌 형 남경효(南景孝)* 씨의 사내종 내외를 만났다. 누덕누덕 기운 옷을 입고 머리는 쑥대머리에 때

....

* 조익(趙翊): 1556~1613. 오희문의 처사촌 이빈의 사위이다. 승문원 정자를 지냈다. 임진왜란 때 호남지방에서 의병을 일으키기도 했다.

* 남경효(南景孝): 1527~1594. 오희문의 외사촌 형이다. 오희문이 어렸을 때 영동의 외갓집에서 살았는데, 이때 같이 어울려 자랐기에 정분이 두터웠다.

묻은 얼굴을 하고 있어 차마 볼 수가 없었다. 그 까닭을 물었더니, "왜
적이 분탕질을 한 뒤로 식량을 구하기가 몹시 어려워 굶주림에 날로
시달리고, 윗전 역시 먹을 것을 얻을 수 없어 노복들을 다 놓아 주어 살
던 사람들이 사방으로 흩어졌습니다. 그래서 지난달에 그곳을 나와 이
곳저곳을 떠돌며 걸식하다가 우도(右道) 근처로 향했습니다."라고 했
다. 몹시 참담하다. 이어 친척과 친구들의 생사를 물었더니, 백원(白源,
남경효)의 아내는 초겨울에 별세했고, 좌수 남환장(南煥章) 숙부도 난
리 초에 돌아가셨다고 한다. 슬픔을 이길 수 없다. 남숙부는 내가 어렸
을 때 여러 해 동안 모시고 지내서 정이 매우 두터웠다. 이제 그 부음을
들으니 애통하기 그지없다. 친가의 계집종 흔비(欣非)도 굶어 죽었다고
한다. 흔비는 내가 포대기에 싸인 아기였을 때부터 업어 주고 안아 주
던 사람이다. 그녀가 굶어 죽었다는 말을 들으니 더욱 슬프다. 오직 남
자순(南子順)* 형 일가만이 영동의 사위 집으로 가서 머물고 있으며 아
직 살아 계신다고 한다.

　　친가의 계집종 옥금(玉今)은 난리 초에 흩어졌는데 어디로 갔는지
모른다고 한다. 처음에는 사람을 시켜 잡아 오려고 했는데, 이제 떠돌
아다닌다는 말을 들었으니 굶어 죽지 않았다고 해도 나중에 찾을 길이
없다. 애석하다. 그대로 경여의 집에서 잤다.

....

* 　　남자순(南子順): ?~?. 오희문의 외사촌 형이다. 셋째 외삼촌인 남지원(南知遠)의 아들로 보
　　인다. 자순은 그의 자인 듯하다.

◎ ─ 12월 8일

이른 새벽에 명복을 임천에 보냈더니, 중미 2말, 새우젓 2되를 등에 지워 보내왔다. 경여의 아내가 찹쌀 5되를 또 보냈다. 일찍 길을 나서서 전주에 있는 송인수의 산소에 도착했다. 인수가 지난 가을에 성절사(聖節使)의 서장관(書狀官)으로 명나라에 갔다가 비로소 시골집에 돌아와서 지금 볼 수 있었다. 매우 기쁘고 위로가 되었다. 우리 일행의 아침밥을 대접해 주고 쌀 1말을 주었다. 길을 나서서 완산 양정포(良正浦)*의 이언좌(李彦佐) 계우(季佑)가 피난 와서 머물고 있는 곳에 도착했다. 계우는 나의 동서이다. 우리 일행의 저녁밥을 대접해 주었다. 그대로 그 사내종의 집에서 묵었다.

저녁에 계우가 또 술을 가지고 와서 마시면서 조용히 이야기를 나누고 밤이 깊어서야 돌아갔다. 생원 윤시남이 마침 계우의 집에 왔기에 서로 만나서 이야기를 나누었다.

◎ ─ 12월 9일

처음에는 새벽에 출발하려고 했는데, 지난밤에 비가 내렸고 아침에도 여전히 날이 흐려 계우가 강하게 만류했다. 아침밥을 지어 대접했다. 식사 후에 출발해서 웅치(熊峙) 아래 유동(柳洞)의 정병 창손(昌孫)의 집에 가서 묵었다. 고개를 넘어갈 생각이었는데 말이 지쳐서 앞으로 나아가지 못했고 비까지 내려 도적이 무서워서 일찍 들어와 묵었다. 유동 위아래의 여염집은 연전에 모두 왜적에게 분탕질을 당했고 오직 창손

....
* 양정포(良正浦): 현재의 완주군 용진면 양전으로, 만경강 일대의 나루이다.

의 집만 홀로 타지 않았기 때문에 들어가 묵은 것이다. 그 나머지 여덟 아홉 집은 모두 임시로 지어서 살고 있고, 또 반은 빈 터로 남아 있다. 창손에게 물었더니 하는 말이, 부윤(府尹)이 분탕질당한 곳을 따지지 않고 환자를 독촉해서 징수하고 온갖 요역을 날마다 독촉했기 때문에 그 괴로움을 견디지 못해서 모두 도망갔고 남아 있는 자들도 머지않아 흩어질 것이라고 한다. 참으로 안타깝다.

◎ — 12월 10일

새벽에 비가 내렸기 때문에 묵었던 집에서 아침 식사를 마치고 출발해서 웅치에 이르렀다. 걷기도 하고 말을 타기도 하면서 어렵게 고개를 넘어 진안현(鎭安縣)의 전 관노(官奴) 내은풍(內隱豊)의 집에 이르러 묵었다. 송인수의 편지를 현감*에게 바쳤더니, 현감이 우리 일행의 아침저녁 식사를 대접해 주었다. 다만 편지를 바칠 때 사내종이 사령에게 모욕을 당했으니 매우 안타깝다. 마침 중대사(中臺寺)*의 중 영운(靈雲)이 주인집에 와서 같이 잤다. 객중의 무료함이 조금 달래졌다. 고개를 넘을 때 연전에 전쟁에서 패한 곳에 아직 남아 있는 보루를 보았다. 참담한 마음을 이기지 못하겠다.

....

* 현감: 진안 현감은 정식(鄭湜)이다. 《국역 선조실록》 28년 6월 29일 기사에 따르면, 그는 진안 현감으로 있을 때에 탐욕을 일삼았다는 사헌부의 보고로 파직당했다.

* 중대사(中臺寺): 삼국시대에 보덕법사(普德法師)의 제자인 사대(四大), 계육(契育) 등이 창건한 절이다. 전라북도 진안군 성수산에 있었다고 한다. 《국역 신증동국여지승람》 제39권 〈전라도 진안현〉.

◎ ─ 12월 11일

날이 밝기 전에 출발해서 10여 리쯤 갔는데, 도중에 현감이 가까이 부리는 급창(及唱)*을 시켜서 쌀과 콩을 각각 1말씩 뒤미처 보내왔다. 부득이 길가의 여염집에 들어가서 답장을 써서 돌려보내고 그곳에서 아침밥을 지었다. 진안 현감의 성명은 정식(鄭湜)으로, 전에 서로 알던 사이는 아니지만 자미(이빈)를 통해 이름을 들은 지는 오래되었다. 지금 뜻밖에 양식을 보내 주니, 후의에 고맙기 그지없다.

날이 저물어서 옛 관아로 들어가 자미(이빈)의 처자와 서로 붙들고 통곡했다. 각각 집안의 근심을 이야기하다가 밤이 반이나 지나서야 잠자리에 들었다. 연전의 일을 돌이켜 생각해 보면 온통 슬픈 감회가 이니, 사람의 일이 참으로 한스럽다. 올 때 먼저 사내종을 보내서 현감에게 문안했더니, 현감이 마초 및 쌀과 콩 각 1말씩을 첩으로 써서 내주었다.

◎ ─ 12월 12일

이른 아침에 호장(戶長) 이옥성(李玉成)과 고지기[庫直] 학춘(鶴春)이 와서 인사했다. 모두 전에 가깝게 지냈던 사람들이다. 잠시 후 관아의 계집종 능개지(能介只)와 동봉(東鳳)이 또 찾아왔다. 오후에 관아에 들어가서 현감을 만나니, 아전들이 함께 와서 보며 모두 기뻐하는 기색을 보였다. 현감이 나를 서헌 방 안으로 맞이했다. 각자 안부를 물은 다음, 나에게 술 넉 잔과 구운 꿩 다리 2개를 대접했다. 날이 어두워져서야 돌아

....
* 급창(及唱): 고을 관아에 소속되어 수령의 명령을 간접으로 받아 큰소리로 전달하는 일을 맡아 보던 사내종이다.

계사일록 ● 257

왔다. 현감의 사람됨을 보니 말은 은근한데 진실함이 없다. 가소롭다. 또 첩으로 사내종과 말의 며칠 간의 삯을 보내 주었으니, 이 점은 기쁘다.

◎ ─ 12월 13일

새벽에 사내종 둘을 무주(茂朱)의 사내종 인수(仁守)에게 보냈다. 신공을 거두기 위해서이다. 또 쌀 1말을 주면서 장계(長溪) 장에 가서 건시(乾枾)를 사 오라고 했다. 어머니께 드리려는 것이다. 다만 아침부터 비가 내려 두 사내종이 도착하지 못할까 걱정했는데, 오후부터 그치기 시작했다.

현감이 제수로 백미 1말, 두부콩 1말, 메밀 2되, 세 가지 과일, 청주 1병을 보내 주었다. 매우 감사하다. 날이 저물어 종윤(宗胤)이 홍양에서 돌아왔다. 그편에 들으니, 그곳의 노비들이 모두 도망쳐 흩어져서 신공을 거두지 못했을 뿐 아니라 오는 동안 먹을 양식을 얻을 곳도 없어서 죽을 쑤어 먹으면서 간신히 돌아왔다고 했다.

◎ ─ 12월 14일

윤함의 말이 전에 올 때 언 땅에 자빠져서 앞발을 절뚝거리기에 마의(馬醫)를 불러서 침을 놓았다. 오래도록 낫지 않을까 걱정스럽다. 저녁에 고지기 학춘이 민물고기와 젓갈을 보내 주었다. 내일 제사에 쓸 생각이다.

◎ ─ 12월 15일

이른 아침에 직접 자미(이빈)의 궤연(几筵)*에 제사를 올렸다. 애통함을 금할 수 없다. 다만 잔을 올릴 때 잘못해서 왼쪽 옷소매가 촛불에 닿아 반쯤이나 타서 다시 입을 수 없다. 매우 안타깝다. 지난밤 꿈에 자미(이빈)를 보았는데, 완연히 평소 모습과 같았다. 이승과 저승이 떨어져 있다지만, 지금 내가 옴에 정령도 분명 캄캄한 저승에서 슬퍼할 것이다. 그래서 내 꿈에 나타난 것일 게다. 더욱 몹시 슬프다. 저녁에 두 사내종이 돌아왔다. 인수가 초겨울에 가산이 모두 불에 타서 충청 지역으로 옮겨 갔다고 해서 신공을 받지 못했다고 한다. 하지만 자세한 것은 알 수 없다. 건시 2접을 사 가지고 왔다.

◎ ─ 12월 16일

말이 발을 절던 증상은 조금 나았지만 아직도 편히 걷지는 못한다. 이 때문에 다시 마의를 불러서 침을 놓았다. 모레에는 출발하려고 한다. 그래서 저물녘에 현감을 찾아가서 노자를 보태 달라고 했더니, 백미 3말, 정미 3말, 콩 3말, 메밀 2말, 찹쌀 1말, 미역 1동을 주었다. 이 정도면 가는 동안 넉넉히 쓸 수 있겠다. 고맙기 그지없다.

◎ ─ 12월 17일

지난밤 꿈에 가위에 눌려서 소리를 지르며 깼다. 우습다. 양곡을 받아 왔기에, 메밀 1말, 찹쌀 1말, 정미 1말은 수주에게 드리고 정미 1말은 아내의 서모에게 드렸다.

....

* 궤연(几筵): 죽은 사람의 혼백이나 신주를 놓는 의자나 상과 그에 딸린 물건들 또는 그것들을 갖추어 차려 놓는 곳인 영실(靈室)이다.

◎ — 12월 18일

아침에 사내종을 보내서 현감에게 작별인사를 했다. 현감이 벼 1섬과 간장 2되를 보내 주어 즉시 정목 2필과 바꾸었다. 연전에 여자용 가죽신 2켤레를 만드는 일을 피장이[皮匠]에게 직접 맡겼다가 미처 가져가지 못했는데 이번에 와서 비로소 찾았고, 관아의 사내종 어둔에게서 망건도 찾았다. 일찍이 갓장이에게 주었던 벼 7말을 이제 와서 달라고 하니 거친 베 반 필을 바쳤다. 모두 곤궁한 사람들이라 제값에 준하지 않지만 하는 수 없이 받았다.

아침 느지막이 출발해서 서창(西倉) 뒤편 고개에 이르니 단단한 얼음이 길에 가득했다. 어렵게 도보로 넘어서 서창에 이르러 묵었다. 종일 바람이 불고 눈이 내렸기 때문에 더 가지 못하고 머물러 묵은 것이다. 전날 제사를 지낼 때 백직령(白直領)*이 촛불에 닿아서 왼쪽 소매가 모두 탔기 때문에, 수주께서 즉시 자미(이빈)의 옥색 단령[團領, 깃을 둥글게 만든 포(袍)]을 꺼내 직령[直領, 깃을 곧게 만든 포]으로 고쳐 주니, 한편으로는 마음이 편치 않았다.

◎ — 12월 19일

날이 밝기 전에 출발해서 오수역(獒樹驛) 뒤쪽 길가의 여염집에 이르렀다. 아침밥을 먹은 후에 남원 둔덕리(屯德里)에 있는 목천 최경선의 농막에 이르렀다. 경선이 내가 온 것을 보고 즉시 문밖에 나와 기쁘게 맞아 주었다. 날이 아직 늦지 않아서 출발하려고 했는데, 경선이 만류

....

* 백직령(白直領): 제사 때 입는 희고 깃이 곧은 옷이다.

해서 그대로 머물러 묵었다. 우리 일행의 식사를 대접해 주었다.

◎ ─ 12월 20일

이른 아침에 경선과 작별하고 남원에 이르렀다. 서창에서 3리쯤 못 미친 냇가의 인가에서 아침을 지어 먹는데, 좌우의 인가를 보니 모두 비어 있었다. 이웃 사람에게 물었더니, 군대에 징발되어 도망친 자의 일족인데 버티지 못하고 거의 다 도망쳐 버렸다고 한다. 이로 미루어 보면 백성의 고통을 알 만하다. 매우 안타깝다.

사내종 막정과 능찬(能贊)을 먼저 보내서 순창 군수[淳昌郡守, 김예국(金禮國)]에게 편지를 올리고, 뒤따라 홍살문* 밖 여염집에 도착했다. 먼저 온 사내종들이 혼금이 몹시 엄해서 편지를 올리지 못했다고 하기에 하는 수 없이 그 집에서 묵었다. 집주인은 노제 아전 최걸(崔傑)이라고 한다. 만일 군수를 만나지 못한다면 노자는 다 떨어지고 달리 얻을 곳도 없으니 말로 형용할 수 없는 지경이다.

◎ ─ 12월 21일

내가 장수에서 올 때, 자미(이빈) 처자의 곤궁함이 나날이 심해져서 나와 함께 순창(淳昌)에 사내종과 말을 보냈다. 순창 군수는 지난해 장계의 군진(軍陣)에서 방어할 때 자미(이빈)와 여러 달 함께 일을 해서 정이 매우 두터웠다. 매번 아는 사이라고 하며 사람을 보내면 적극 도

....

* 홍살문: 능(陵), 원(園), 묘(廟), 대궐, 관아의 정면에 세우는 붉은 칠을 한 문이다. 홍문(紅門)이라고도 한다.

와주겠다고 했다. 오늘 온 것은 오로지 이 때문이었다. 두 번이나 큰소리로 불렀는데 듣고도 못 들은 체하고 끝내 안으로 들이지 않았다. 인정세태는 늘 그런 것이니 이상할 것도 없다. 순창 군수의 사람됨을 보면 무인(武人) 중에서 그나마 괜찮은 사람인 듯한데도 지금 하는 짓이 이와 같음을 보니, 다른 사람들이야 말해 무엇하겠는가. 세도(世道)가 한스럽다. 나도 이 때문에 굳이 하루를 묵느라 양식이 모두 떨어져서 하는 수 없이 곧장 장성으로 가서 노자를 얻은 뒤에 영암으로 돌아가야겠다. 궁박한 사람의 일이란 게 매양 생각대로 되지 않는 법이다. 헛수고만 하면서 양식을 허비했으니 더욱 안타깝다.

능찬도 광주로 돌아가지 못했으니, 실로 양식이 없기 때문이다. 능찬이 온 이유는 이 고을에서 양식을 얻고 또 광주 목사에게 편지를 올려서 이를 통해 곧장 장흥의 노비들에게 가서 신공을 받아서 오려던 것이었는데, 어쩔 수 없이 도로 돌아왔다. 매사가 틀어졌으니 참으로 안타깝다. 종일 주인집에 있으려니 무료함이 매우 심하다. 능찬은 본래 중이었다가 환속해서 장수 현감 집의 비부(婢夫, 계집종의 남편)가 되었다.

◎ ― 12월 22일

끗손과 능찬을 다시 장수로 보냈다. 나는 날이 밝기 전에 출발해서 담양(潭陽)의 연덕원(延德院)* 오른편 길가의 여염집에 도착했다. 아침밥

....
*   연덕원(延德院):《신증동국여지승람》〈전라도 담양도호부 역원(驛院)〉에 "연덕원은 부의 동쪽 15리에 있다."라고 했다. 원문에는 '연덕원(淵德院)'으로 되어 있는데 수정하여 번역했다.

을 먹고 난 후에 10여 리도 못 가서 샛길로 잘못 들었다. 조그만 다리가 있었는데 내가 탄 말이 발을 잘못 디뎌 자빠졌다. 막정은 뒤에 처져서 아직 오지 않았고 송노는 앞에서 짐을 실은 말을 몰다가 내가 떨어지는 것을 보고 달려와서 부축해 일으켰는데, 말이 홀로 가다가 잡아주는 사람이 없어 뒷발이 좁은 길에서 미끄러져 진흙길에 발라당 자빠져 버렸다. 먼저 짐을 매단 끈을 자른 뒤에 꺼내 보니 이불보가 다 젖었다. 부득이 여염집을 찾아 들어가서 옷과 이불 등을 말리느라 멀리 가지 못하고 그 집에서 그대로 묵었다. 집주인은 정병 박귀문(朴貴文)이고, 지명은 담양 북면 산막곡(山幕谷)이라고 한다.

저녁 식사 때 집주인이 무김치[菁沈菜]와 미역자반[藿佐飯]을 내다 주고 나를 따뜻한 방에서 재워 주니 후하다고 할 만하다. 다만 임진사(林進士)의 새 중치막*은 딸들이 지어 보낸 것인데, 진흙탕에 젖어 더러워져서 못 입을 거라고 생각했다. 그런데 꺼내서 보니 안쪽만 조금 젖었고 두어 곳이 밖으로 스몄을 뿐이다. 매우 다행스럽다. 다른 것이야 상관없다. 젖은들 무엇이 아까우랴.

◎ ─ 12월 23일

날이 밝기 전에 출발했는데 말이 지쳐 앞으로 나아가지 못해서, 해가 뜨고 느지막이 겨우 장성 백양사(白楊寺) 동구 아래 인가에 도착해서 아침밥을 먹었다. 집주인은 사노(寺奴, 절에 소속된 사내종) 손오세(孫敖

....

* 　중치막: 벼슬하지 아니한 선비가 소창옷 위에 덧입던 웃옷이다. 넓은 소매에 길이는 길고 앞은 두 자락, 뒤는 한 자락이며 옆은 무(윗옷의 양쪽 겨드랑이 아래에 대는 딴 폭)가 없이 터져 있다.

世)라고 한다. 다만 들으니, 현감 옥여가 동궁을 영접하러 완산에 가서 해가 바뀐 뒤에나 돌아온다고 한다. 양식과 찬거리가 다 떨어져 여기에서 얻어 가려고 했는데, 지금 없다는 말을 들으니 몹시 아쉽다. 우선 수삼 일 동안 머물며 기다려 볼 생각이다.

저녁에 비로소 장성 아헌에 도착하니, 이자 숙훈(李資叔訓)*과 이천 여경(李蕆汝敬)*이 마침 와서 함께 만났다. 기쁘고 위로가 되었다. 숙훈이 하인을 시켜서 우리 일행의 식사를 대접해 주었다.

저녁에 들으니, 고창 현감(高敞縣監) 강수곤(姜秀崑)*이 현에 들어왔다고 했다. 여훈과 같이 가서 한참 이야기를 나누다가 문을 열고 들어오는 사람을 자세히 보았더니 바로 아우 희철이었다. 너무나 뜻밖이라 기쁨을 감추지 못했다. 온 까닭을 물었더니, 태인의 처가에서 와서 이제 영암으로 가려고 여기서 묵었는데, 형이 아헌에 있다는 말을 들어서 왔다고 했다. 어머니께서는 근래 편안하시다고 한다. 더욱 기뻤다. 천리 밖에서 서로 그리워하다가 운 좋게 객지에서 만났고 게다가 어머니의 소식까지 들었으니, 기쁘고 위로가 되는 마음을 이루 말할 수 있겠는가. 밤이 깊어서 파하고 아헌으로 돌아와 한방에서 잤다. 숙훈은 옥

....

* 이자 숙훈(李資叔訓): 앞의 7월 15일, 16일, 17일, 18일 일기에는 이자의 자를 '여훈(汝訓)'으로 되어 있다. 그런데 이 23일 일기에는 이자의 자를 '숙훈'으로 썼고 이후 12월 24일, 25일, 27일, 30일 일기에는 '숙훈'과 '여훈'을 번갈아 썼으나 모두 이자를 가리키고 있음을 밝혀 둔다. 여기에서는 하나로 통일하지 않고 원문 그대로 두기로 한다. 다음해 일기인 〈갑오일록〉 1월 1일 일기에도 '숙훈'으로 되어 있다. 이후의 일기에는 등장하지 않는다.
* 이천 여경(李蕆汝敬): 1570~1653. 오희문의 처사촌이다. 오희문의 장인 이정수의 동생인 이정현의 막내아들이다.
* 강수곤(姜秀崑): 1545~1610. 임진왜란이 일어나자 의주까지 왕을 호종했고, 1593년에 공조 좌랑으로 승진했다가 고창 현감이 되었다.

여의 형이고, 여경은 옥여의 사촌 아우이며, 고창 현감 강수곤은 정랑 이전로(李鐫老)의 사위이다.

◎ ─ 12월 24일

이른 아침에 고창 현감 강수곤에게 가서 가는 동안 먹을 양식을 청했다. 백미 1말, 콩 2말을 첩으로 써서 주기에 즉시 송노를 고창현에 보내서 받아 오게 했다. 편지를 써서 문안하는 사람에게 전하여 옥여에게 양식을 청했는데, 그가 돌아오기를 기다린 뒤에 출발하려면 올해 안에는 돌아가지 못할 것이다. 하지만 양식이 없으면 갈 수 없기 때문에 부득이 체류했다. 매우 답답하다.

숙훈과 여경 등이 나를 초대하여 냇가에서 쑥국[艾湯]을 끓여서 취하게 마시고 배불리 먹고 돌아왔다. 같이 참석한 사람은 옥여의 장인인 장민(張旻) 공과 나, 그리고 주탕(酒湯) 대여섯 명이다. 주탕들이 술과 안주를 차려 와서 바치고 서로 노래를 불렀다. 나와 장공(張公)은 해가 떨어지기 전에 먼저 돌아왔다. 난리 이후로 노랫소리를 듣지 못하다가 지금 오랜만에 들으니, 또한 서글픈 마음이 한껏 밀려왔다.

저녁에 정자 조익이 들어와서 아방(衙房)에서 같이 잤다. 여경도 같이 잤다. 조공은 곧 이여인의 사위인데, 윤겸이 진사시에 입격한 해에 조익은 생원시 장원을 차지했다.* 또한 난리를 피해 고산에 임시로 와 있어서, 지금 옥여—연평부원군(延平府院君) 이귀의 자이다—를 찾아온

....
* 윤겸이……차지했다: 오윤겸은 1582년 진사시에 3등 45인으로 입격했고, 조익은 같은 해 생원시에서 장원을 차지했다.

것이다.

◎ ― 12월 25일

저녁내 아헌에 있으면서 조정자(趙正字)와 이야기를 나누었다. 여훈과 여경은 객사에서 활을 쏘았다.

◎ ― 12월 26일

종일 아방에 있으면서 정자 조비중(趙棐仲, 조익)과 이야기를 나누었다. 저녁에 삼등(三登) 이계(李啓)* 씨―월사[月沙, 이정귀(李廷龜)]의 부친이다―의 부음을 들었다. 놀라움과 슬픔을 이기지 못하겠다. 이씨 문중의 어른은 이삼등(李三登)뿐인데 지금 또 돌아가셨으니 더욱 슬프고 안타깝다.

◎ ― 12월 27일

여훈은 어제 외삼촌의 부음을 듣고 이른 아침에 나주로 갔다. 현감이 부재중이라서 여훈에게만 의지했는데, 지금 또 가 버리니 몹시 무료하다. 사흘 밤 내내 꿈에 처자식이 보이니 이게 무슨 조짐인가. 작별하고 남쪽으로 온 뒤로 소식이 끊겼으니, 근심스럽기 그지없다. 노자를 얻지 못해서 여기에 오래 머물고 있는데, 빈객들이 몰려오니 더욱 마음이 편치 않다. 저녁에 이 도의 아사(亞使)*가 현에 들어왔다. 저

....

* 삼등(三登) 이계(李啓): 1528~1593. 임진왜란 때 선조가 피난을 떠나자 도보로 행재소에 이르러 삼등 현령에 임명되었으며, 군사를 다스리는 일과 양곡을 조달하는 일을 전담했다. 장성 현감을 지냈다.

물녘에 조정자와 함께 가서 만나고 한참 동안 이야기를 나누다가 밤이 깊어서야 돌아왔다. 이복흥(李復興)*이 자기 집에서부터 밤길을 무릅쓰고 왔다.

◎ ─ 12월 28일

조비중, 이여경, 이복흥과 함께 하루 종일 헌방에서 이야기를 나누었다. 들자니, 나주 목사가 어제 밤이 깊을 때 전주에서 와서 빈관에서 자고 날이 밝기 전에 나주로 떠났다고 한다. 미처 만나지 못해 매우 안타깝다. 만날 수 있었다면 옥여가 주는 양식이 없더라도 나주에서 양식을 댈 수 있었을 것이다.

◎ ─ 12월 29일

아침에 옥여가 백미 1말, 중미 4말, 콩 4말, 감장 2되를 첩으로 써서 주었다. 내일은 출발해서 돌아갈 생각이다. 다만 중미를 받아다가 다시 찧었더니 3말 2되가 나왔다. 분명 부족할 게다. 매우 답답하다.

◎ ─ 12월 30일

지난밤에 비가 내리더니 아침에도 여전히 날이 흐리다. 하루 종일 눈이 내리고 간혹 비가 내리기도 했다. 관에서 자릿조반을 제공해 주고 낮에는 다과를 내주었는데, 모두 떡과 국수로 차려 주었다. 처음에는

....

* 　아사(亞使): 관찰사를 보좌하면서 업무를 총괄하는 도사(都事)이다.
* 　이복흥(李復興): 1560~?. 1618년 생원시에 입격했다.

답하기를, "지금 역수(曆數)*가 세자에게 있으니 세자는 사양하지 말라. 나는 실로 병이 고질이 되었으니 어떻게 감당할 수 있겠는가. 만일 하루만이라도 물러나 쉴 수 있다면 소원이 이루어졌다고 하겠다. 나와 세자는 마음이 서로 통하는데 아직도 내 뜻을 헤아리지 못하는가? 오늘 바람이 불고 날씨가 좋지 않으니 빨리 돌아가서 잘 조섭하도록 하라. 부모는 오직 자식이 아플까를 걱정하는 법이다."라고 했다.

9월 2일 차자

신이 날마다 정성을 다하여 호소하는 것은 실로 진심에서 나온 것인데 성상께서는 더욱 들어주지 않으시고, 심지어 "역수가 너에게 있다. 마음이 서로 통한다."라고까지 말씀하시니, 명령을 받들고 두려워서 멍하니 살아 있는 것 같지가 않습니다. 우러러 바라건대, 밝으신 성상께서는 아무리 작은 것이라도 통촉하지 않는 것이 없으시니, 어리석은 신의 답답하고 절박하여 어찌할 줄 모르는 심정을 틀림없이 통촉하셨을 것으로 생각됩니다. 그런데 오래도록 유음(兪音, 임금이 신하에게 내리는 대답)을 내리지 않고 도리어 준엄한 하교만 내리시니, 다만 스스로 눈물을 흘리면서 저도 모르게 가슴이 무너져 내려 차라리 땅을 파고 들어가고 싶지만 어찌할 방도가 없습니다.

이미 해를 넘긴 난리로 인하여 나랏일이 위태롭고 염려스러워 밤낮으로 근심하고 애쓰시느라 성상의 옥체가 편안함을 잃기에 이르렀으니, 신이 비록 어리석고 용렬하오나 어찌 이를 모르겠습니까. 이제 적들이 조금 물러나기는 했습니다만, 여전히 국경 안에 머물러 있으므로 민심이 흉흉하여 종국에는 어떠할지 알 수 없습니다. 앞으로 다가올 근심스러운 일에는 지난날보다 더 심한 점이 있습니다. 난리를 평정하여 승리를 거두고

─────────
* 역수(曆數): 제왕이 천명을 받아 임금이 되는 운을 말한다. 《서경(書經)》〈우서(虞書)·대우모(大禹謨)〉.

옛것을 회복시키는 일은 결코 아직 젊고 용렬한데다 학식도 없고 불초한 신으로서는 도저히 감당할 수 있는 일이 아닙니다.

삼가 바라건대, 자애로운 성상께서는 깊이 조종(祖宗)의 대계(大計)를 생각하시어 속히 윤허해 주소서. 그렇게 하신다면 신의 어리석은 분수가 잠시나마 편안할 수 있을 뿐만 아니라 국가와 백성에게도 몹시 다행스러울 것입니다. 혹시라도 신의 정성이 전하의 마음을 돌리지 못하여 윤허를 받지 못한다면, 차라리 대궐 아래에서 목숨을 끊을지언정 다시는 천지 사이에 스스로 서고 싶지 않습니다. 엎드려 바라건대, 자애로운 성상께서는 간절한 마음을 굽어살피시고 한 번 더 헤아리시어 빨리 윤허하는 명을 내려 주소서.

9월 3일 차자

어리석은 신이 민망하고 절박한 심정에 매일같이 땅에 엎드려 대궐을 향해서 슬피 호소했습니다. 하지만 윤허하신다는 말씀을 받지 못했을 뿐만 아니라 여러 번 엄한 하교를 내리셨습니다. 물러나 생각하건대, 황송하고 두려워서 어찌할 바를 모르겠습니다. 미천한 신의 보잘것없음과 나랏일의 망극함을 전후의 계사에서 이미 모두 아뢰었으니 다시 성상을 번거롭게 하지는 않겠습니다.

다만 생각하건대, 신이 선위의 명을 받은 이후로 밤낮으로 걱정이 되어 음식을 넘기지 못한 지 이미 5일이 되었습니다. 정신이 가물거리고 기운까지 다 소진되었는데, 오늘에 이르러서는 목의 담(痰)과 여러 증세가 다시 발작해서 쑤시고 아픕니다. 이때를 당하여 신의 몸이 병들어 아픈 것쯤이야 족히 돌아볼 것도 없지만, 기어코 부축을 받으면서 대궐에 나아가려고 해도 도저히 움직일 수가 없어서 저의 뜻을 이룰 수 없으니, 더욱 두렵고 답답한 심정을 견딜 수가 없습니다. 만약 천지부모 같은 지극한 인에 힘입어 특별히 윤허를 받는다면 비록 죽어도 서운함이 없겠습니다.

삼가 바라건대, 밝으신 성상께서는 위로 종묘사직을 생각하고 아래로 미천한 신의 심정을 살피시어 속히 성은을 내려 주소서. 하늘을 우러르고 눈물을 흘리면서 하명(下命)을 기다리는 간절한 심정을 무어라 말씀드릴 수가 없습니다. 삼가 바라건대, 자애로운 성상께서 미천한 신이 죽기 전에 가련하게 여겨 주신다면 더없이 다행이겠습니다.

답하기를, "아뢴 내용을 살펴보니 대의(大義)를 모르는 말이로다. 대체로 순(舜)이 요(堯)의 선양(禪讓)을 받을 때 사양하여 물러났다는 말을 듣지 못했다. 국가의 일이 중하면 구구한 집안의 사정은 따질 수 없는 법이다. 지금은 종묘사직이 중요한 때이고 나는 실로 병이 오래되어 번거로운 국사를 감당해 낼 수가 없으니, 세자는 깊이 생각하여 사양하지 말도록 하라."라고 했다.

9월 4일 차자

신이 어제 삼가 성상의 하교를 받았습니다. 오래도록 유음을 듣지 못했을 뿐 아니라 굳게 거절하심이 날로 더 심하신데다, 심지어 요순(堯舜)이 주고받은 일로 하교하셨습니다. 하명을 받고 놀랍고 두려워 몸 둘 바를 알지 못하여 다만 민망해 하며 울다가 곧이어 피눈물을 흘렸습니다.

삼가 생각하건대, 삼대(三代)*는 어떠한 때였으며 오늘은 어떠한 때입니까. 순임금은 어떠한 분이었으며 신은 어떠한 사람입니까? 시대를 가지고 말씀드린다면, 요순시대에는 온 세상이 화평하여 백성이 편안하고 모든 것이 풍부했으니 오늘날처럼 나랏일이 위태롭고 근심스러운 것에 비하면 어떠합니까. 더구나 우리 성상께서는 하늘과 같은 큰 덕이 높고 넓으심이 요임금과 차이가 없으시고 춘추(春秋)가 한창 정정하심은 요임금

....
* 　삼대(三代): 중국의 하(夏), 은(殷), 주(周) 세 왕조를 말한다. 태평성대의 이상사회를 뜻한다.

이 90세가 넘어 만사에 싫증을 냈던 것과는 매우 다를 뿐 아니라 시세의 어려움 또한 만방이 모두 편안했던 요임금과는 하늘과 땅처럼 현격합니다. 또 사람을 가지고 말씀드린다면, 깊고 명철하며 문채 나고 밝으시며 그윽한 덕을 갖춘 요순*은 용렬하고 어둡고 천박한 신에 비하면 어떠합니까. 더구나 순임금의 성덕(聖德)이 저렇게 위대했는데도 30세 때에 등용하여 28년의 오랜 시일을 두고 골고루 시험한 뒤에야 비로소 "네가 제위(帝位)에 오르라"는 명이 있었습니다. 그런데도 오히려 또 하남(河南)에 가서 제위를 피했으니, 어찌 사양하는 말이 없었다고 할 수 있습니까.

아, 성상께서 춘추가 정정하심은 요임금이 90세일 때와는 몹시 다르고, 지금 시세가 어렵고 위태함은 일일이 다 말하기 어렵습니다. 어리석은 신은 철이 없고 배운 것도 없으며 어질지 못한데다 이미 순임금처럼 오랫동안 시험 기간을 거치지도 않았고 고질병마저 날로 심하여 목숨이 실오라기처럼 붙어 있을 뿐입니다. 종묘사직과 백성을 맡는 것과 승리하여 기업(基業)을 회복시키는 책임은 반복해서 생각해 봐도 도저히 감당하기 어렵습니다. 어리석은 신이 위아래로 죄를 얻고 신인(神人)에게 죄를 얻는 것은 진실로 걱정할 것이 없으나, 조종에 누를 끼치고 성상을 욕되게 할까 매우 두렵습니다. 신이 보잘것없어 정성이 위에 미치지 못하여 눈물을 흘리며 호소했어도 성상의 마음을 돌이키지 못했습니다. 황공하고 두려우며 당황스럽고 망극하여 어찌할 바를 모르겠습니다.

삼가 바라건대, 자애로운 성상께서 더 깊이 생각하시어 가엾고 애처롭게 여겨 특별히 윤허해 주소서. 그렇게 해 주신다면 죽을 목숨이 잠시라도 더 보존할 수 있게 되어 밝으신 성상께서 태평을 회복시키는 성대함을

....
* 깊고……요순: 《서경》〈우서(虞書)·순전(舜典)〉에 "옛 제순(帝舜)을 상고하건대, 거듭 빛남이 제요(帝堯)에 합하시니 깊고 명철하고 문채 나고 밝으시며 온화하고 공손하고 성실하고 독실하시어 그윽한 덕이 올라가 알려지시니, 제요가 마침내 직위를 명하셨다."라고 하여 요임금과 순임금의 덕을 칭송했다.

다시 볼 수 있을 것입니다. 속히 굽어살피시어 미천한 신의 구구하고 절박한 심정을 이룰 수 있게 해 주신다면 더없는 다행이겠습니다.

9월 5일 차자

미천한 신의 절박한 심정을 여러 날 땅에 엎드려서 피눈물 나는 정성으로 호소했으나 성상의 마음은 더욱 막연했습니다. 이는 실로 신이 보잘것없어서 정성이 위로부터 신뢰받지 못하고 힘이 성상의 마음을 돌이키지 못한 것이니, 위축되고 두려워서 어찌할 바를 모르겠습니다. 신의 간절한 심정은 이미 다 아뢰었으니 다시 일일이 열거하지 않고 그저 성상께서 헤아려 주시기를 바랄 뿐입니다.

다만 생각하건대, 성상께서는 비록 무거운 짐을 벗고자 하시지만 이러한 어지러운 때를 당하여 신처럼 어리고 무식하며 용렬하고 나약한 자에게 갑자기 어렵고 큰 기업을 맡기신다면, 이는 조종을 욕되게 할 뿐만 아니라 반드시 일을 그르치게 될 것입니다. 종묘사직의 큰 계책을 어찌하여 이렇게도 깊이 생각하지 않으십니까. 삼가 바라건대, 밝으신 성상께서는 종묘사직을 부탁받은 중책을 깊이 생각하시고 미천한 신의 답답하고 절박한 심정을 굽어살피시어 다시 여러 번 헤아리시고 속히 윤허해 주소서.

격문(檄文)*

—

듣건대, 남의 즐거움을 즐거워한 자는 그 사람의 근심을 걱정하고* 남

....

* 격문(檄文): 황정욱(黃廷彧, 1532~1607)이 돌린 격문이다. 임진왜란이 일어나자 호소사가 되어 순화군을 배종하여 강원도에 가서 의병을 소집하는 격문을 돌렸다. 이 격문은 황신(黃愼)이 대신 쓴 것이라서 《추포집(秋浦集)》 권2에 "대호소사황정욱격삼도문(代號召使黃廷彧檄三道文)"이라는 제목으로 실려 있다.

의 음식을 먹은 자는 그 사람의 일에 목숨을 바친다*고 했으니, 힘써 함께 복종하도록 타이르고 함께 올바른 말을 따르는 것이다. 그런데 이제 나라가 무너지고 집이 망하는 때를 당하여 어찌 임금이 욕을 당하면 신하가 죽는다는 의리*를 잊는단 말인가.

저 하찮은 추한 것들이 우리 큰 나라를 원수로 여겨서, 처음에는 교린 우호를 닦는다면서 우리의 허실을 엿보고 계속해서 사신을 보내라고 요구하여 우리 조정을 속이고 업신여겨 감히 명나라를 공격할 계획을 드러내어 비밀리에 길을 빌린다는 꾀를 시험했으니, 하늘의 법과 땅의 의리*를 어찌 옮기고 바꿀 수 있으랴. 큰 분수와 바른 명분은 매우 엄격한 것이다.

우리는 이를 거절하는 말을 했는데, 적은 여기를 넘어와서 꿈틀거려 벌과 전갈이 더욱 그 독을 내뿜고* 개와 양이 깊숙이 그 무리를 몰고 왔도

....

* 남의……걱정하고:《소학(小學)》〈가언(嘉言)〉에 "두계량(杜季良)이 호협하고 의를 좋아하여 남의 근심을 걱정하고 남의 즐거움을 즐거워하여 맑고 탁한 것에 잃는 바가 없었다."라고 했다. 〈집설(集說)〉에 "남에게 근심이 있으면 자신도 근심하고 남에게 즐거움이 있으면 자신도 즐거워하여 청탁을 분별하지 않고 대하여 다 잃는 바가 없다."라고 했다.

* 남의……바친다: 유세가인 괴통(蒯通)이 한신(韓信)에게 한왕(漢王)인 유방(劉邦)을 배신하도록 설득하니, 한신이 "한왕이 나를 매우 후대하여 자신의 옷을 내게 입히고 자신의 음식을 내게 먹였다. 내가 듣기로 '남의 옷을 얻어 입은 자는 그 사람의 근심을 생각하고 남의 음식을 얻어먹은 자는 그 사람의 일에 목숨을 바친다.'라고 했으니, 내가 어찌 이익 때문에 의리를 저버릴 수 있으랴."라고 한 데서 나온 말이다.《사기(史記)》권92〈회음후열전(淮陰侯列傳)〉.

* 임금이……의리:《사기》권79〈범수열전(范雎列傳)〉에 "진(秦)나라 소왕(昭王)이 조회 때 탄식을 하자 응후(應侯) 범수가 앞으로 나와 '신이 들으니, 군주가 근심하는 것은 신하의 치욕이고 군주가 모욕을 받는 것은 신하의 죽을죄라고 했습니다. 지금 대왕께서 조정에서 근심하시니, 신이 감히 그에 해당하는 죄를 청합니다.'라 했다."고 한 데서 나온 말이다.

* 하늘의……의리: 원문의 천경지의(天經地義)는 천지간의 당연한 이치로, 변할 수 없는 법도라는 뜻이다. 삼강오상(三綱五常)과 같은 예(禮)를 가리킨다.《춘추좌씨전(春秋左氏傳)》〈소공(昭公) 25년〉에 "대저 예라는 것은 하늘의 떳떳한 도이고, 땅의 후한 덕이며, 사람이 행하는 길이다."라는 말이 나온다.

* 벌과……내뿜고: 왜적을 벌과 전갈에 비유했다. 소국(小國)인 주(邾)나라가 노(魯)나라를 공

다.* 갑자기 부산과 동래가 함락되었는데 겨우 한 신하가 전사했을 뿐이요, 홀연 낙동강과 조령을 넘으니 계속해서 큰 군사가 무너졌도다. 곤수(閫帥, 병마절도사와 수군절도사)와 번신(藩臣, 관찰사)은 가만히 앉아서 보기만 하고, 진장(鎭將, 진영의 장수)과 읍재(邑宰, 고을 수령)는 태반이 내맡기고 가 버렸구나. 죽음 속에서 살기를 구하니 누가 기꺼이 사졸의 대오 앞에서 북채를 잡을 것인가.* 풀 사이에서 살기를 도모하니 모두 다 자기 몸을 온전히 하고 처자식을 보전하는 무리이다.

  여러 군진(軍陣)은 바람을 바라만 봐도 흙처럼 무너지고* 삼군(三軍)은 싸우지도 않고 와해되었다. 견고한 성이 함락되니* 한양에 침입한* 욕됨

....

격해 왔을 적에 희공(僖公)이 이를 얕보고서 방비를 충분히 하지 않자, 장문중(臧文仲)이 "벌이나 전갈 같은 미물에도 독이 있는데, 더구나 나라야 더 말해 무엇하겠는가."라고 간했던 말에 이 표현이 보인다.《춘추좌씨전》〈희공 22년〉.

* 개와……왔도다: 개와 양은 오랑캐를 비유하는 말이다. 오랑캐에게 나라가 함락된 것을 뜻한다. 두보(杜甫)의 〈남경정백중승(覽鏡呈柏中丞)〉에 "간담은 시호(豺虎)의 굴에서 녹고, 눈물은 견양(犬羊)의 천지로 들어가네."라고 했는데, 그 주에 "토번(吐蕃)이 개와 양의 자질로 걸핏하면 중원을 범하여 그곳을 도적의 굴혈(窟穴)로 만들었다. 그래서 시호의 땅이 된 것에 간담이 녹고 견양의 천지가 된 본국을 안정시키지 못한 것을 한스러워 한 것이다."라고 했다.《구가집주두시(九家集注杜詩)》권31.

* 누가……것인가: 대오 앞에서 북채를 잡고 북을 쳐서 사기를 북돋는 자가 없다는 뜻이다. 한유(韓愈)의 〈악주 류중승에게 준 편지[與鄂州柳中丞書]〉에 "북채를 잡고 북을 치면서 군중에 작전의 의의를 선포하여 사기를 북돋우고 전진하는 자가 있다는 말이 들리지 않는다."라고 했다.

* 바람을……무너지고: 원문의 망풍(望風)은 바람을 바라본다는 뜻으로, 적이 쳐들어온다는 소문만 듣고도 그 기세에 놀라 달아남을 의미한다. 토붕(土崩)은 흙이 무너지듯 사태가 잘못되어 수습할 수 없는 상황을 뜻한다.

* 견고한 성이 함락되니: 원문의 금탕(金湯)은 금성탕지(金城湯池)의 준말로, 난공불락의 요새지를 뜻한다. 전국시대 위(魏)나라 무후(武侯)가 배를 타고 서하(西河)의 중류를 내려가다가 오기(吳起)를 돌아보고 산천이 험고한 것이야말로 위나라의 보배라고 자랑하자, 오기가 "사람의 덕에 달려 있지 산천의 험고함에 있는 것이 아닙니다. 만약 통치자가 덕을 닦지 않으면, 이 배 안에 있는 사람들 모두가 적국의 사람이 될 것입니다."라고 한 고사가 전한다.《사기》권65 〈오기열전(吳起列傳)〉.

이 더욱 깊고, 임금의 수레가 파천하니 도성을 떠나는[*] 일이 더욱 급하도다. 만백성이 어육(魚肉)이 되는 것을 차마 어찌 보며, 칠묘(七廟)[*]가 폐허가 되는 것을 어찌 보겠느냐. 조정에서 힘써 금(金)나라와 화친할 것을 주장하니 진회(秦檜)의 고기를 먹어야 하고,[*] 간흉이 제일 먼저 촉(蜀)나라로 행행(行幸)할 것을 주장했으니 국충(國忠)의 머리를 베어 달아야 한다.[*] 이는 곧 공경대부가 함께 부끄러워하는 바요, 또한 충신열사가 깊이 가슴 아파하는 바이다.

조종이 11대 동안 왕업을 전했으니 유택(遺澤)이 아직 남아 있고, 국가에서 2백 년 동안 선비를 길렀으니 어찌 의병이 먼저 일어나지 않으랴. 이제는 안찰사가 직접 군사를 거느리고 고을을 이었고 도원수가 병사를 주둔하여 나루에 임했으며, 강원·함경의 군사와 황해·평안의 병졸이 모

....
* 한양에 침입한: 원문의 침호(侵鎬)는 왜적이 도성에 쳐들어왔다는 뜻이다. 《시경》〈소아(小雅)·유월(六月)〉에 "험윤(獫狁)이 자신을 헤아리지 않고 초(焦) 땅과 확(穫) 땅에 정연하게 거처하면서 호경(鎬京)과 삭방(朔方)을 침략하여 경양(涇陽)에 이르렀다."라고 한 데서 온 말이다.
* 도성을 떠나는: 원문의 거빈(去邠)은 임금이 도읍을 떠나 피난하는 것을 뜻한다. 주(周)나라 태왕(太王), 즉 고공단보(古公亶父)가 빈(邠) 땅에 있을 때 적인(狄人)이 쳐들어오자 백성을 해치지 않기 위해 빈을 버리고 기산(岐山) 아래로 옮겨 갔다는 고사에서 온 말이다. 《맹자(孟子)》〈양혜왕하(梁惠王下)〉.
* 칠묘(七廟): 칠세묘(七世廟)이다. 원래는 천자의 종묘(宗廟)를 뜻하나 여기서는 조선 왕실의 종묘를 뜻한다. 태조(太祖)를 중심으로 왼쪽에 삼소(三昭), 오른쪽에 삼목(三穆)을 모시기 때문에 칠묘라고 한 것이다.
* 조정에서……하고: 진회는 송(宋)나라 말기의 유명한 간신이다. 금나라와의 화친을 적극 주장하여 송나라의 중흥을 방해했을 뿐만 아니라 충신 악비를 죽이고 장준(張浚), 조정(趙鼎) 등을 멀리 귀양보내 내쫓고 정권을 마음대로 하여 결국 송나라를 위망의 지경에 이르게 했다. 여기서는 임진왜란 때 우리나라의 조정에서 일본과의 화친을 말하는 자를 진회에 비유했다.
* 간흉이……한다: 국충은 당나라 현종 때의 양태진(楊太眞), 즉 양귀비의 족형 양국충(楊國忠)을 말한다. 안녹산(安祿山)의 난이 일어나자 먼저 촉(蜀) 땅으로 피난 갈 것을 주장했으며 피난 도중 마외역(馬嵬驛)에서 금군(禁軍)들에게 살해되었다. 여기서는 임진왜란의 발생과 함께 왕에게 피난을 건의한 대신들을 양국충에게 비유했다.

두 근왕(勤王)하려고 모여드니 적이 섬멸되기를 기약할 수 있다. 그런데 너희 삼도의 웅번(雄藩)들 가운데는 적막하게 한 사람의 의사(義士)도 없는가. 살기를 도모하는 것은 부끄러운 일이니, 그 왕실에 어떠하겠는가. 의로움을 보고 하지 않으면 이는 장부가 아니로다.

공들은 그 지방에 살기도 하고, 한 성을 지키기도 하며, 혹은 대대로 나라의 은혜를 받았고 혹은 재상의 자리에 있기도 하다. 나라가 어려움이 많은 때를 당했으니 바로 신하가 절개를 바칠 때이건만, 어찌하여 하수 위에서 노닐기만 하며 진흙 속에 빠진 것*은 생각하지 않는가. 분발해서 앞장서는 계책을 내지 않고 스스로 머물러 나가지 않는 죄를 초래하는가. 위태로움에 임해서 길 가는 사람처럼 보니 이 어찌 차마 할 일이며, 적을 군부(君父)에게 보내고 있으니 네 마음에 편안하겠는가. 비록 역사에 꽃다운 이름을 남길 뜻은 없더라도, 유독 훗날 죽임을 당할 것을 두려워하지 않는가. 조사아(祖士雅)는 강을 지나다가 노를 쳤고* 유원규(庾元規)는 눈물을 흘리면서 배에 올랐는데,* 어찌해서 속히 한강을 건너서 일찍 성 밑으

....

* 진흙 속에 빠진 것:《시경》〈패풍(邶風)·식미(式薇)〉에 "임금 때문이 아니라면, 어찌 이슬 가운데 있으리오[微君之故 胡爲乎中露]."라고 하고, 또 "임금의 몸 때문이 아니라면, 어찌 진흙 속에 있으리오[微君之躬 胡爲乎泥中]."라고 한 데서 나온 말이다. 본래는 군주가 남의 나라에 얹혀 지내는 처지를 안타깝게 여겨서 읊은 시인데, 여기서는 나라 전체가 적의 수중에 들어간 상황을 뜻한다.

* 조사아(祖士雅)는……쳤고: 조사아는 진(晉)나라 때의 명장 조적(祖逖)이다. 조적이 원제(元帝) 때 군사를 통솔하여 북벌하기를 자청하자, 원제는 그를 분위장군으로 삼았다. 그가 북벌군을 거느리고 장강을 건너갈 때 노를 치며 "중원을 깨끗하게 하지 못하고 다시 건너게 된다면, 이 강물에 빠져 죽겠다."라고 맹세했던 고사가 있다.《진서(晉書)》권62 〈조적전(祖逖傳)〉.

* 유원규(庾元規)는……올랐는데: 유원규는 유량(庾亮)이다. 유량은 동진(東晉)의 외척으로, 조카인 성제(成帝)가 즉위하자 중서령이 되어 정권을 장악했다. 소준(蘇峻)이 반란을 일으켜 이기자 유량은 온교(溫嶠)가 있는 심양(尋陽)으로 도망쳤다. 유량과 온교가 소준을 토벌하고자 군대를 일으켰는데, 온교가 소준의 죄상을 열거하자 7천 명의 군사가 눈물을 흘리면서 배에 올랐다고 한다.《진서》권67 〈온교열전(溫嶠列傳)〉.

로 진격하지 않는가. 군사는 나가기만 하고 물러서지 않는 법인데, 어찌하여 사수(死綏)*의 마음을 격려하지 않는가. 충신은 나라를 먼저 하고 자기 몸을 뒤에 하는 법이니, 마땅히 죽음으로 보답해야 할 것이다.

나는 원훈(元勳)*의 늙은이요, 후한 녹을 받는 여생(餘生)이다. 임금이 파천하신 중에 명령을 받았고 무너져 흩어진 뒤에 군사를 모집했다. 바야흐로 적현(赤縣)*을 깨끗이 하여 민물(民物)이 다시 편안함 얻기를 기약하고, 반드시 옛 도읍을 회복하여 다시 종묘의 모습이 전과 같게 하고자 한다. 진실로 마음을 같이하고 힘을 합치면, 난을 평정하고 쇠한 것을 일으키기에 무엇이 어려우랴. 다만 옷깃을 끊고 소매를 던지는 사람이 적으니, 쓸개를 맛보면서 피눈물을 흘리는 분통함만 더욱 절실하도다. 원하건대, 즉시 끓는 물에 들어가고 불에 뛰어들어* 하늘과 땅을 되돌리기를 도모하고자 한다.*

의산(義山)이 옛 임금을 구하지 못함을 한탄했으니 적을 토벌하는 것이 하루가 급하고, 백옥(伯玉)이 홀로 군자가 됨을 부끄러워했으니 거의(擧義)하는 일이 제공(諸公)에 뒤지지 말아야 할 것이다. 격문이 이르면 헌장(憲

....

* 　사수(死綏): 군사가 패하면 장수는 마땅히 죽어야 함을 뜻한다.《춘추좌씨전》〈문공(文公) 12년〉에 "사마법(司馬法)에 장군은 수레에 오르는 끈을 잡고 죽는다."라고 한 데서 온 말이다.
* 　원훈(元勳): 나라에 공을 세워 공신(功臣)에 녹훈(錄勳)된 사람이다.
* 　적현(赤縣): 적현신주(赤縣神州)라고도 하는데, 본래 중국을 뜻하는 말이다. 여기서는 우리나라를 가리킨다.
* 　끓는……뛰어들어: 원문의 부탕도화(赴湯蹈火)는 어떤 괴로움이나 위험한 일도 피하지 않음을 뜻한다. 한나라 문제(文帝) 때의 충신 조조(晁錯)가 당대의 급선무를 주달하면서 전쟁에서 신상필벌을 엄히 할 것을 주장하여 "이렇게 함으로써 그 군사들로 하여금 화살과 돌을 무릅쓰고 끓는 물과 타는 불속으로 뛰어들게 할 수 있습니다."라고 한 데서 나온 말이다.《한서》권49 〈조조전(晁錯傳)〉.
* 　하늘과……한다: 임진왜란의 어려운 국면을 되돌려 나라를 다시 안정시키는 것을 뜻한다. 원문의 선건전곤(旋乾轉坤)은 한유의 〈조주자사사상표(潮州刺史謝上表)〉에 "폐하께서 즉위한 이래 몸소 정사를 처리하여 천지를 돌려놓으셨습니다."라고 한 데에서 나온 말이다.

章)과 같이 여길지어다. 글로 뜻을 다하지 못하노라. 황사숙(黃思叔)* 지음.

정인홍(鄭仁弘)과 김면(金沔) 등에게 내리는 교서*

—

왕은 말하노라. 군신은 천지의 떳떳한 법이요 충의(忠義)는 인도(人道)의 큰 절개이니, 본래 있는 것이라 억지로 힘쓰지 않아도 할 수 있는 것이다. 하물며 영남은 신라가 일어난 땅으로 부로(父老)는 효제(孝悌)를 실천하고 자제들은 시서(詩書)를 익혔으니, 비록 난리를 겪은 뒤일지라도 어찌 분발하는 무리가 적으리오.

중악(中岳)에서 달밤에 맹세하니 김유신(金庾信)의 칼은 칼집에서 절로 튀어나오고 한산(漢山)에서 예봉이 꺾였으니, 실혜(實兮)*의 몸에 꽂힌 화살은 고슴도치와 같았도다. 전날에 적이 처음 닥쳐왔을 때에 창의하는 이가 한 사람도 없음을 괴이하게 여겼더니, 이는 오직 장신(將臣)들이 형세를 살피기만 하고 사민(士民)들에게는 뜻밖의 일이었기 때문에 서로 놀라 흩어져 불러 모으기가 어려웠던 것이다.

이제는 각 고을에 밥 짓는 연기가 끊어졌고 온 나라가 파도치듯 꺾였도다. 백성은 어육이 되어 다시 살아나기를 도모하지 못하고 창고는 잿더미가 되어 손을 쓸 수가 없도다. 내가 서쪽으로 파천한 뒤로 이미 남쪽의 희망은 끊어졌으니, 너 인홍(仁弘)과 면(沔)이 앞장서서 군사를 규합하고 고

....

* 　황사숙(黃思叔): 황신(1560~1617). 자는 사숙이다. 임진왜란이 일어난 후 1596년 통신사로 일본에 다녀왔다. 한성부 우윤, 대사간, 대사헌 등을 지냈다.
* 　정인홍과……교서: 이 교서는 김면의 문집인《송암유고(松菴遺稿)》권3 부록에 실려 있다. 그 주에 1592년 8월 15일 합천 군수에 제수되었을 때 받은 것으로, 이호민(李好閔)이 지었다고 했다.
* 　실혜(實兮): ?~?. 신라인이다. 진평왕 때 상사인(上舍人)이 되었는데, 이때 하사인(下舍人) 진제(珍堤)가 시기하고 원망하여 여러 차례 왕에게 참소했다. 마침내 영림(泠林)의 관리로 좌천되었다.《삼국사기(三國史記)》권48 〈실혜전(實兮傳)〉.

심하여 적을 토벌하며 몇 달 사이에 수천의 군사를 얻어 의기가 하늘에 뻗치고 열사들이 메아리처럼 호응할 줄을 어찌 생각이나 했겠는가.

마른밥을 싸 가지고 군량으로 삼으니 백성에게서 긁어모았던 관가의 창고는 텅 비었고, 대나무를 깎아 활을 만드니 창고에 쌓아 두었던 갑옷과 병기는 어디에 있는가. 정진에서 군사를 출동하니 달아나던 적이 넋을 잃었고, 무계(茂溪)에서 접전했을 때는 흐르는 시체가 강에 가득했다. 관군은 어찌 그리도 잘 무너지며 의병은 어찌 그리도 모두 이기는가. 이는 관군이 겁내는 것은 형벌인데 형벌이 엄히 시행되지 못했고 의병이 맺어진 것은 의리인데 의리는 물러나기를 생각하지 않기 때문이다.

성과 해자를 만드는 공사를 그만두어 백성의 힘을 두터이 기르고 감사나 병마절도사, 수군절도사를 봉하는 일을 그만두어 군사의 마음을 굳게 단결시킬 줄을 미리 알았더라면, 떠도는 혼백이 어찌 동래의 들판에 흩어졌을 것이며 독한 칼날이 어찌 평양성에 이르렀으랴. 오직 내가 밝지 못했던 탓이니, 뉘우친들 무슨 소용이 있겠는가.

저번에 본도의 배지인(陪持人)* 강만담(姜萬潭)이 돌아가는 편에 한 장의 종이에 과인의 잘못을 서술한 교서를 내려 천 리 밖에 내 심정을 전했는데, 다만 바다와 산을 무사히 거쳐서 진중에 선포되었는지 모르겠다. 이제 최원(崔遠)의 군중을 통하여 거듭 나의 뜻을 알리노니, 적의 실정을 계속 탐지하라. 너희가 나의 글을 볼 것이니, 나의 회포를 어찌 다하랴.

높은 가을 서리와 이슬에 종묘사직의 쓸쓸함을 안타까워하고, 먼 변방 강가에서 장전(帳殿)*의 쓸쓸함을 부치노라. 고향을 그리워하는 마음에는 귀천의 차이가 없으니, 돌아가고픈 생각이 날마다 아침저녁으로 간절하도다. 다행히 명나라 조정에서 염려가 지극하고 용맹한 장수들이 명령을 받

....
* 배지인(陪持人): 지방 관아에서 임금에게 올리는 장계를 가지고 가는 사람이다.
* 장전(帳殿): 임금이 앉도록 임시로 꾸민 자리로, 행궁(行宮)을 뜻한다. 차일(遮日)을 치고 사방을 휘장으로 둘러막고 바닥을 높인 다음 자리를 펴고 그 가운데에 좌석을 마련했다.

들었도다. 병부 시랑(兵部侍郎) 1원(員)을 임명하여 광녕진(廣寧鎭), 요동진(遼東鎭) 등의 협수(協守), 총병관(摠兵官)을 독려해 거느리게 하여 70만의 군마를 보냈으며, 양곡 운반하는 것을 감독하여 수륙 양쪽으로 함께 나와서 왕경에 이르러 적을 소탕했다.

이달 11일에 유격장군(遊擊將軍) 장기공(張奇功)이 선봉을 거느리고 강을 건넜고 강소(江蘇), 절강 지방 유격장군 심유경이 연포수(連炮手) 1천 6백 명을 거느리고 상으로 내려 준 은(銀)을 가지고 15일에 강을 건넜다. 명나라 군사가 이르니 산악에 광채가 움직인다. 하늘은 개고 길은 말랐으니 바로 오랑캐를 사로잡을 시기요, 말은 살찌고 활이 강하니 실로 적을 죽일 기회로다. 철마(鐵馬)는 대정강(大定江), 청천강(淸川江)에 뻗치었고, 군함은 등주(登州)와 내주(萊州), 강소와 절강에 줄지었도다.

미친 도적이 죄악을 쌓을 대로 쌓았으니 하늘의 주벌이 마땅히 내릴 것이다. 하물며 우리 의병 열사의 무리가 모두 경기, 황해, 충청에서 일어났음에랴. 곳곳에서 적의 수급을 베고 날마다 승전을 보고하는 것은 실로 천지가 말없이 도와서 그런 것이니, 이는 바로 종묘사직이 중흥할 기회로다. 너희 여러 선비들은 다시 정충(精忠)을 힘쓸지어다.

들으니, 김성일(金誠一)은 거창에 주둔하고 한효순(韓孝純)은 영해(寧海)를 지킨다고 하니, 그들에게 좌우도 관찰사, 순찰사 등의 칭호를 내리고 크고 작은 의병장에게 아울러 차등을 두어 관직을 제수한다. 너희들은 절제사의 지시를 받고 또한 함께 계책을 짜서 적이 돌아가는 길을 맞아 그들의 후미를 습격하고 적이 주둔한 곳을 엿보아 그들의 병영을 야습하라. 멀리서 통제하기 어려우니 기회를 보아 하는 것은 너희에게 맡기노라.

손인갑(孫仁甲)*이 물에 빠져 죽은 것을 애통히 여겨서 판서의 증직을

---

* 손인갑(孫仁甲): ?~1592. 임진왜란이 일어나자 합천에서 의병을 일으켜 정인홍(鄭仁弘)의 의병 부대에 합류하여 무계 전투 때 정인홍 군의 선봉장이 되어 적병 백여 명을 사살하는 큰 전과를 거두었다.

내리며, 이형(李亨)이 전사한 것을 가슴 아프게 여겨 아들 한 사람에게 벼슬을 주노라. 관작과 상에 관심 없겠지만 너희에게 이르러 어찌 아끼랴. 다만 먼저 영남을 평온히 하고 하루 빨리 나의 행차를 맞이하라. 나의 말을 마치고자 하니 눈물이 먼저 흐르도다. 내가 어찌 잊겠는가. 너희들은 마땅히 힘쓸지어다. 아, 예악의 고장에서 오랑캐의 기운을 쓸어버리고 산이 숫돌처럼 닳고 물이 띠처럼 마를 때까지 영원히 봉작(封爵)의 영광을 누리도록 할지어다. 이에 교시하노니, 잘 알았으리라고 생각한다.

비기를 서로 전하기를 9백 년	秘記相傳九百年
앞사람은 벌써 갔고 뒷사람에게 옮겨지네	前人已去後人遷
삼도*가 한낮에 여우와 토끼 굴 되었는데	三都白日成狐兎
오부*는 봄날에 젓대와 거문고에 취하네	五部靑春醉管絃
낙엽 지는 신숭*에 차가운 비 내리고	木落神嵩寒泣雨
풀 무성한 궁원에 새벽 연기 자욱하네	草深宮苑曉生烟
황은은 너그러운 바다같이 깊어서	聖恩寬宥深如海
삼한을 두 번이나 온전하게 했네*	方信三韓得再全

제도(諸道)의 군사와 백성에게 효유하는 교서

—

우러러 생각하건대, 황상께서 우리가 왜적에게 침략당하는 것을 매우

....

*   삼도(三都): 한양, 개성, 평양을 말한다.
*   오부(五部): 한성을 중부, 동부, 서부, 남부, 북부의 다섯 구역으로 나누고 각 구획 안에 두었던, 소송, 도로, 금화(禁火), 택지(宅地) 등에 관한 사무를 맡은 다섯 관아를 말한다.
*   신숭(神嵩): 숭(嵩)은 숭(崧)과 통하므로, 송악산(松嶽山)을 말한다.
*   비기를……했네:《송와잡설(松窩雜說)》에 이 시가 실려 있다. 그 설명에 따르면, 송강사(松江寺) 돌비석에 이 시가 새겨져 있는데 그 시기가 오래되었으며 누가 지은 시인지 알 수 없다고 한다.

불쌍히 여기시어 특별히 행인사 행인(行人司行人) 설번(薛藩)*을 보내 성지를 선유(宣諭)하고, 이어서 크게 군사를 보내 적을 치도록 명령하여 기필코 우리 생령(生靈)을 구제하고 우리 강토를 회복하도록 했다. 그래서 천균(鈞)을 들어 올릴 수 있는 힘이 있어서 낙천근(駱千斤)이라고 불리는 참장 낙상지로 하여금 혼자서도 백 명을 당해 낼 수 있는 남병(南兵)의 정예한 화포수(火砲手) 5천 명을 거느려 선봉에 서게 하고, 광녕 총병관(廣寧摠兵官) 이성량(李成梁)으로 하여금 요병(遼兵) 및 가정(家丁), 달자(獺子), 철기(鐵騎) 3만 명을 거느려 그 뒤를 따르게 하며, 병부 상서(兵部尙書) 송응창으로 하여금 계진(薊鎭), 산동(山東), 산서(山西), 선부(宣府) 등 여러 곳의 대군을 거느리고 뒤를 따르게 하여, 육로(陸路)로는 세 길로 나누어 평양으로 달려가서 곧장 공격하여 신속히 소탕하고, 수로(水路)로는 두 길로 나누어 수륙의 여러 군사가 모두 한양에 모여 남쪽으로 멀리 몰아내기로 기약했다. 3백 명의 장수와 70만 명의 수많은 명나라 군사로 이 추한 적을 섬멸하니, 마치 태산(泰山)을 들어 새알을 누르는 격이다.

아, 너희 대소 서민들은 조종의 옛 백성으로서 이제 함몰되어 섬 오랑캐를 위해 복역하고 혹은 부모와 처자를 잃었으니, 어찌 마음이 아프지 않고 어찌 복수할 뜻이 없겠는가. 마땅히 각각 힘을 다하고 분발해서 왜적을 베어 스스로 공을 세우라. 그렇게 하면 적을 평정한 날에는 공신으로 기록될 것이요, 은택이 자손들에게까지 미칠 것이다. 그렇지 않으면 명나라 군사가 달려 나가 짓밟을 즈음에 반드시 옥석(玉石)이 함께 타는 근심*을 면치 못할 것이니, 비록 뉘우친들 무슨 소용이 있겠는가. 각각 힘

* 설번(薛藩): ?~?. 명나라 사신이다. 임진년(1592) 6월에 원군의 파병을 알리는 조칙(詔勅)을 받들고 의주(義州)에 왔다.
* 옥석(玉石)이……근심: 《서경》〈하서(夏書)·윤정(胤征)〉에 "불이 곤강(崑岡)을 태우면 옥과 돌이 모두 탄다[火炎崑岡 玉石俱焚]."라고 한 데서 나온 말이다. 여기서는 명나라 군대가 내려와 적을 토벌할 때 선량한 백성들도 모두 피해를 당하게 될 것임을 비유했다.

을 다하여 공을 세우도록 하라.

一. 왜의 대장의 목을 베어 오는 자는 높고 낮음을 막론하고 가선(嘉善)*
　　으로 승진시킨다.

一. 왜적 1명 이상의 목을 베어 오는 자는 모두 공신에 기록한다.

一. 비록 적에게 투항한 자라도 만일 왜적을 베어 나오면 특별히 그 죄
　　를 면해 줄 뿐만 아니라 그 공적을 기록한다.

一. 비록 왜적의 목을 베지 못했더라도 먼저 성에서 도망해 나오면 죄
　　를 면하고 상을 준다.

만력(萬曆) 20년 9월 일

경략 병부의 효유문

—

흠차 경략 병부(欽差經略兵部)에서 알리노라. 조득(照得)*해 보건대, 본부
에서 명을 받들어 남북 수륙(水陸)의 마병(馬兵)과 보병(步兵)을 대대적으
로 징발하고 왜적을 정벌해서 너희 나라를 회복할 것이니, 이미 장령(將
領) 등 관원에게 군사들을 단속하여 추호도 범하지 않도록 신칙했다. 조선
의 군사와 백성들은 이 대병(大兵)이 지나가거나 주둔할 때에 모두 평상시
와 같이 편안히 가업을 지키고 놀라거나 두려워하지 말라. 만일 군사들 가
운데 일을 일으키고 시끄럽게 해치는 자가 있으면 본부 관할의 장관에게
말하도록 하라. 또 너희들은 마땅히 대병이 추운 때에 너희 나라를 구원하
려는 것을 잘 헤아려야 할 것이니, 고의로 억압하는 행위를 하는 것을 불
허한다. 각자 잘 알도록 하라.

....
*　가선(嘉善): 종2품 문무관에게 주던 품계이다.
*　조득(照得): 문서를 서로 대조하여 보는 것이다. 송(宋), 원(元), 명(明) 대에 공문서의 첫머리
　　에 상투적으로 사용하던 단어이다.

만력 20년 11월 25일

경략 병부의 약법(約法) 패문

—

一. 각 관군 가운데 민간의 부녀를 희롱하는 자는 참형에 처한다.

一. 강제로 시민의 재물, 술, 음식을 취하는 자는 왼쪽 귀를 자른다.

一. 제멋대로 대오를 이탈하거나 약속을 듣지 않는 자는 새끼줄로 결박하여 50대를 때린다.

一. 장관(將官)이 머물러 묵을 처소는 유능한 두목 한 사람에게 맡겨서 먼저 그쪽에 가서 점방(店房)이나 사관(寺觀)의 넓고 좁은 상황을 알아보게 하고, 각 문(門) 위에 부첩(浮帖) 한 장을 붙여서 '이곳은 모(某) 부대의 약간의 인마를 수용하는 곳이다.'라고 해서 각 관으로 하여금 첩을 인정하여 투숙하게 한다. 머물 곳이 이미 정해지고 나서는 한 사람도 문을 나가지 못하게 하고, 어기는 자는 결박해서 80대를 때린다. 장관이 실행하지 않아서 일이 발각되면 모두 조사한다.

12월 15일

나라 장수와 병사의 금제법

—

一. 장령(將領)이 대병을 통솔하여 조선을 구원할 때 추호도 감히 범해서는 안 되니, 어기는 자는 참형에 처한다.

一. 장령과 군사가 조선의 자녀를 함부로 죽여서 공을 세우기를 도모하는 것을 불허하니, 어기는 자는 참형에 처한다.

一. 장령과 군사는 한마음으로 협력하여 큰 공을 세우는 데 힘써야 하니, 분잡하게 시기하는 자는 군법으로 무겁게 처결한다.

一. 전투에 임해서 선봉을 뚫는 자는 오로지 쳐서 죽이기를 힘쓰고, 머리를 베는 자는 오로지 머리를 베는 데에 힘쓴다. 공을 얻은 뒤에 공을 증험할 때는 네 단계로 나누어 승진시키고 상을 내려 주되 공을 다투어 남이 베어 온 수급을 뺏는 자는 참형에 처한다.

약법 4장이 가장 긴요하니 장령과 군사들은 각각 준수해야 할 것이다.

12월 5일

왕세자 하교[*]

—

명나라의 도독 영하후(寧夏侯) 이여송이 이여백, 양원(楊元), 장세작(張世爵) 세 대장과 함께 먼저 천하의 정예병 10만을 거느리고 지난달 25일에 압록강을 건넜다. 참장 낙상지는 복건(福建)의 포수 7천 명을 거느리고 이보다 먼저 강을 건넜으니, 대소 장관이 도합 72명이었다. 참장은 이미 순안(順安)에 이르렀고 도독은 이미 안주에 이르렀으니, 우리 군사 3만과 함께 장차 날짜를 약속하여 일을 일으킬 것이다. 병가(兵家)의 일은 비록 미리 알 수가 없으나 형세로 말하자면 태산으로 알을 누르는 것과 같아서 흉적들을 쓸어 없애는 것은 마땅히 시일이 지체되지 않을 것이다.

지금 평양에 있는 적의 수가 6, 7천 명에 지나지 않으니, 여러 곳에 주둔해 있는 적들은 필시 모두 서쪽을 향해서 서로 구원할 것이다. 이 얻기 어려운 기회를 타고 아울러 황위(皇威)에 의지해서 우리 군사의 각 진이 모두 일어나서 적을 공격하여 큰 부대로 큰 적을 막고 작은 부대로는 작은 적을 막아서 서로 구원하지 못하게 한다면, 군사의 칼날이 이르는 곳

....
*   왕세자 하교: 내용으로 보아 1593년 1월 평양성 전투를 하기 직전에 내린 하교로 추정된다. 제독 이여송이 군사 3만 명과 휘하 여러 장수들을 데리고 1592년 12월 25일에 압록강을 건너왔다. 1593년 1월 6일에 평양성에 이르렀고, 7일과 8일에 전투를 치러 왜장 고니시 유키나가((小西行長)의 퇴군 약속을 받아내 평양성을 수복했다. 《국역 선조실록》 26년 1월 11일.

이 파죽지세와 같을 것이다.

만일 중과부적인데 쉽게 병사를 보탤 수 없거나 혹 저들과 대치하여 서로 견제하며 버티고 있다면, 그 형세에서는 후미를 공격하여 적의 형세를 분리시켜서 합칠 수 없게 해야 한다. 치욕을 말끔히 씻고 나라 안을 깨끗이 하는 일은 이 한 번의 전투에 달려 있다. 이 뜻을 도내의 각 진(鎭)과 각 읍 및 크고 작은 의병들에게 알려서, 그들로 하여금 각자가 싸워서 한 사람도 수수방관하지 않도록 하라. 만일 머물러만 있고 나가지 않거나 명령을 쫓지 않는 자가 있으면, 즉시 군중에서 참형에 처하여 대중의 마음을 격려해야 할 것이다.

교서

—

왕은 말하노라. 아, 군신의 의리는 천지를 본받아서 항상 존재하고, 충의의 마음은 인륜에 뿌리를 두어 없어지지 않는다. 사람마다 각각 다 있는 것이니 어찌 권면하기를 기다리랴. 처음에는 비록 군사의 많고 적음이 같지 않아 쉽게 소탕할 수 없었으나, 지금은 이미 천자의 위엄을 떨쳤으니 어찌 각각 떨쳐 일어나지 않는가.

공손히 생각하건대, 성천자께서 우리 조종이 대대로 충성을 도탑게 했던 것을 생각하고 과인이 먼 길에 파천한 것을 민망히 여기시어, 이에 천하의 대도독 이여송에게 명하여 정예병 수십만의 무리와 복건과 절강의 화기(火器)와 포수를 거느리게 하여, 이미 이번 달 8일에 평양을 쳐서 성을 수복하고 왜적 2만여 명을 죽였으며, 적추(賊酋) 행장(行長) 이하를 목을 베고 불에 태우고 물에 빠뜨려 하나도 빠져나가지 못하게 했다. 원래 본국의 사람으로서 적을 제거하고 귀순한 자도 일체 죽음을 면하게 하여 모두 복적(復籍)을 허락하노라.

이리하여 황제의 은혜가 천지와 같아서 초목도 모두 용서해서 마음껏 자라고, 하늘의 위엄이 천둥과 같아서 부딪치고 범하면 타고 부서지지 않는 것이 없다. 길을 나누어 함께 나가서 무서운 기세로 계속 몰고 가서 나머지 적도 쳐부수어 파죽지세로 나아가야 하리라.

흠차 경략 병부 시랑 송응창이 친히 명을 받들어 천토(天討)를 받들어 행하니, 무릇 지휘하는 바가 일마다 귀신같은 계책에 들어맞고, 찬획경략(贊畫經略) 병부 원외랑(兵部員外郞) 유황상(劉黃裳)과 병부 주사(兵部主事) 원황(袁黃)이 마음을 같이하고 서로 도우니 반드시 곤궁한 형세의 적을 섬멸할 것이다. 자문을 본국에 전하여 격려하고 권유하여 조목마다 설명한 것이 명백하고 간절하니, 무릇 사람의 마음을 가진 이라면 누군들 감동하지 않겠는가.

또 접견하던 날에 대면하여 군사를 불러 모으라는 말을 들었기에 10줄의 글을 내려 8도 사람들에게 두루 타이르노니, 너희 각 도의 대소 관사(官司) 및 초야에 있는 충성스럽고 의로운 선비들은 각각 충성을 분발하고 힘을 내며 몸을 잊고 나라를 위해 죽을 각오로 혹은 의병을 모아서 관군을 돕고, 혹은 호걸들을 깨우쳐서 왕사(王師)를 맞이하며, 혹은 적이 돌아가는 길을 막고, 혹은 양식을 운반하는 길을 끊어서, 기회에 알맞은 바를 모두 스스로의 편의에 따라 처리하라.

아, 신적(神赤)*이 풍진에 덮였으니, 만약 오늘의 충절을 바친다면 능연각(凌煙閣)과 운대(雲臺)에 화상이 그려져* 만세의 공훈을 함께 누릴 것이다. 이에 교시하노니, 잘 알았으리라고 생각한다.

1월 10일

....

* 신적(神赤): 신주적현(神州赤縣)의 준말이다. 우리나라를 말한다.
* 능연각(凌煙閣)과……그려져: 운대(雲臺)는 후한(後漢) 때 공신의 초상을 걸어 놓았던 곳이다. 한나라 명제(明帝)가 광무제(光武帝)의 공신 28인을 그려 이곳에 봉안했다.《후한서(後漢書)》 권46 〈등우열전(鄧禹列傳)〉. 능연각 역시 당나라 때 공신들의 화상을 보관하던 곳이다. 태종(太宗)은 천하를 통일한 다음 장손무기(長孫無忌) 등 24명의 공신을 그린 화상을 이곳에 보관하게 했다. 이후로 공신들의 화상을 보관해 두는 곳의 대명사로 쓰이게 되었다.

제독부에서 국법을 신칙하고 태만함을 경계하여 타이르노라. 삼가 성명(聖命)을 받들어 생각건대, 너희 소국(小國)이 왜에게 함락되어 임금과 신하가 파천하고 인민이 도망하여 피했으므로 특별히 대장에게 명하여 각 진의 관군을 거느리고 멀리 산과 바다를 넘어 위태롭고 약한 자를 구원하게 했다. 그런데 12월 25일에 강을 건넌 이후로 조선국 수신(首臣) 류성룡과 윤두수 등을 자세히 살펴보니, 와신상담하여 수치를 씻고 흉적을 없앨 마음을 먹지 않고 사가(私家)에서 편히 지내며 방자하게 술이나 마시고 즐기고 있었다. 이는 비단 명나라 조정을 업신여기는 것일 뿐만 아니라 또한 스스로 나라를 망하게 하는 것이니, 예에 어긋나고 세교(世敎)를 무너뜨림이 자못 심하다.

또 관군이 들에 주둔하고 노숙하면서 목숨을 버리고 몸을 바쳐서 평양을 탈환했으니, 너희들은 나라가 없다가 나라가 있게 되었고 집이 없다가 집이 있게 된 것이다. 만일 과실과 죄로 책망한다면 양식이 떨어지고 말먹이가 없는데도 가만히 앉아서 관망하면서 군기(軍機)에 어긋나고 태만히 한 것이니, 당저(當宁, 지금의 임금, 선조)에게 알린 뒤 군사를 철수하여 요동으로 돌아가 너희들이 망하게 내버려 두어서 나라가 있다가 도로 없어지고 집이 있다가 도로 없어지도록 해야 할 것이다. 그러나 본부는 타고난 성품이 충정(忠貞)하고 성심으로 군주를 위하기에, 작은 허물을 개의치 않고 조정 기강의 대체(大體)를 견지하여 군사를 평양에 주둔시켜 백성을 안정시키고 계책을 세우며 때에 따라 진퇴하고 기미를 헤아려 승리해서 너희들 나라를 편안케 하여 바로 일이 안정되고 백성이 편안하게 된 뒤에 칙지를 받아 복명(復命)하려고 하기에 이 패문을 보내노라.

바라건대, 조선국의 대소 배신들은 수신에게 전달하여 신속히 본부로 달려와서 진격하여 토벌할 대책과 필요한 군량과 말먹이를 마련하는 일에 대해 의론을 듣도록 하라. 만약 다시 태만하거나 어기면 반드시 탄핵하여 정법(正法)을 시행해서 엄하게 처벌하여 경계를 보이고 결단코 내버려두지 않을 것이니, 이 패문이 이르게 하라.

위 글은 이제독이 우리나라 신민들을 신칙하고 효유한 패문이다.

　왕은 말하노라. 국가의 운수가 불행하여 사나운 적이 나라 안에 가득하고 군부의 원수를 잊을 수 없어 원로들이 호외(湖外)에서 일어났으니, 어찌 중임을 맡겨서 특별한 공을 세우게 하지 않겠는가.

　돌이켜 보건대, 나는 천박한 자질로 이 어렵고 큰 사업을 받들어 근심하고 애쓴 지 25년이지만 2백 년의 태평함에 편안히 여겼다. 계획은 비록 포상(苞桑)에 있었으나 대비는 음우(陰雨)보다 앞서지 못했다.* 왜노의 불측함을 어찌 생각이나 했겠는가. 갑자기 변방을 틈타 화란이 일어났도다. 뱀과 돼지가 되어 동남쪽을 차츰 잠식하고 고래를 풀어 놓아 곧장 기내(畿內)를 짓밟았도다. 승승장구하는 형세를 누가 막으랴. 동관(潼關)은 가서(哥舒)를 믿을 수 없도다.* 굳게 지킬 계획이 이미 다했거늘 하남(河南)은

....
*　포상(苞桑)에……못했다: 환란을 미리 예방하려고 했으나 대비하지 못했다는 뜻이다. 포상은 떨기진 뽕나무에 매어 놓는다는 뜻으로, 미리 예방하여 안전을 도모하는 것을 말한다. 《주역》〈비괘(否卦) 구오(九五)〉의 "혹시 망하지나 않을까 하고 항상 염려해야만 떨기진 뽕나무에 매어 놓은 것처럼 안정되리라."라는 말에서 나왔다. 음우(陰雨) 역시 미리 예방하는 것을 뜻한다. 《시경》〈빈풍(豳風)·치효(鴟鴞)〉의 "하늘에서 장맛비가 아직 내리지 않을 때에 저 뽕나무 뿌리를 거두어 모아다가 출입구를 단단히 얽어서 매어 놓는다면, 지금 이 아래에 있는 사람들이 혹시라도 감히 나를 업신여길 수 있겠는가."라는 말에서 나왔다.
*　동관(潼關)은……없도다: 동관은 섬서(陝西)에 있던 험준한 요새로, 당나라 수도인 장안(長安)과 가까운 곳이다. 안녹산의 난이 일어났을 때 현종이 안서 절도사 가서한(哥舒翰)을 파견하여 30만의 군사로 이곳을 지키게 했는데, 가서한이 안녹산의 군대와 싸워 대패하자 수하들이 그를 사로잡아 적에게 항복했다. 이에 현종은 장안을 버리고 피난길에 오르게 되었으며 천하는 큰 혼란에 빠지고 말았다. 두보의 시 〈북정(北征)〉에 "동관의 백만 군사는 지난번 패퇴하여 흩어짐이 어찌 그리도 빨랐던가."라는 구절이 있다. 《십팔사략(十八史略)》〈당현종(唐玄宗)〉, 《두소릉시집》 권5.

어찌해서 점한(粘꾸)에게 핍박을 당했는가.*

잠시 파천하는 단보(亶父)를 본받아 거의 북방에서 당나라를 일으킬 계획을 도모했다. 한도(漢都)의 성과 해자의 유리함을 하루저녁에 갑자기 잃었고, 용만(龍灣, 의주)의 서리와 눈에 파천한 지 벌써 세 계절을 넘었도다.

여러 도에 버젓이 자리 잡고 있으니 가슴이 아프고, 평정할 기약이 없으니 근심스럽다. 그나마 다행한 일은 사람들이 분발할 것을 생각하고 하늘도 쇠함을 흥기시키는 뜻을 점치는 것이다. 의병이 결속하여 원수를 치니* 근왕병이 다투어 여러 고을에서 일어나고 마음과 힘을 하나로 하여 함께 움직인다. 적을 평정하는 것이 진실로 이때에 있도다. 누가 계획을 옳지 못하게 해서 군사의 정세를 서로 잃게 하려는가. 모두가 무리를 이끌고 스스로 방위하면 누가 기꺼이 전투에 임해서 서로 돕겠는가.

주장을 여럿이 하면 반드시 흉하니 큰 공을 세우지 못한 것이 괴이할 것이 없고,* 군사의 출동을 군율에 따르면* 추한 오랑캐를 반드시 섬멸하는 데 무엇이 어려우랴. 어찌해야 대신과 함께 가서 여러 군대의 절제를 통솔할 수 있겠는가. 노신(老臣)보다 나은 이가 없으니, 오직 사람을 선택

....

* 하남(河南)은……당했는가: 점한(粘꾸)은 금나라 장수 완안종한(完顔宗翰)이다. 그는 송나라의 변경(汴京)을 함락시킨 뒤 휘종(徽宗)과 흠종(欽宗)을 사로잡아 갔으며, 뒤에 남송의 고종(高宗)이 흠종과 휘종을 문안하기 위해 파견한 대금 통문사 주변(朱弁)과 홍호(洪皓) 등을 15년간 유폐시켰다. 《송사(宋史)》 권373 〈홍호열전(洪皓列傳)〉.

* 원수를 치니: 원문의 동구(同仇)는 《시경》 〈진풍(秦風)·무의(無衣)〉에, "어찌 옷이 없다고 해서 그대와 솜옷을 같이 입으리오. 왕이 군사를 일으키면 우리들의 창과 모를 손질하여 그대와 함께 원수를 치리[豈曰無衣 與子同袍 王于興師 修我戈矛 與子同仇]."라고 한 데서 온 말이다.

* 주장을……없고: 《주역》 〈사괘(師卦) 육오(六五) 상(象)〉에 "장자가 군사를 거느렸으니 자제들이 여럿이 주장하면 정(貞)이라도 흉하리라."라고 했다. 이에 대한 상전(象傳)에 "장자가 군사를 거느리는 것은 중도로써 행하는 것이요, 자제들이 여럿이 주장하는 것은 부림이 마땅하지 않은 것이다."라고 했다.

* 군사의……따르면: 《주역》 〈사괘 초육(初六)〉에 "군사의 출동은 군율을 따를지니, 그렇지 않으면 착하게 해도 흉하다."라고 했다.

함은 실로 내 마음에 있도다. 어찌 유묘(有苗)*를 근심하랴. 선택은 모두의 천거에 말미암았도다.

오직 경은 두 조정의 옛 신하로서 일생 동안 맑고 충성스러웠다. 군문(君門)에 세 가지 대책을 말한 것은 일찍이 한나라 조정의 으뜸이었고, 태부(台府, 의정부)에서 모든 일을 총괄한 것은 오히려 주실(周室)의 노성(老成)함을 의지했다.* 바야흐로 일을 맡겨서 다스림을 도모하려고 했더니 갑자기 병을 핑계하여 물러갔는데, 난리에 생긴 병이라고 생각했더니 노환이 이미 깊은 것을 어찌하랴. 일 년 내내 호표(虎豹)에 막혀 분문(奔問)*의 반열에 나오지 못했지만, 군신의 큰 의리를 생각하면 어찌 광복(匡復)의 정성을 늦추랴. 이미 호서에서 의병을 일으켰다는 말을 들었거니와 어찌 경기로 나아갈 것을 도모하지 않는가.

돌이켜 보건대, 한양은 근본이 되는 땅이건만 흉하고 추한 비린내 나는 고장이 되었다. 의관이 개린(介鱗)*의 것으로 바뀌어 문물이 적의 손에 다

....

* 유묘(有苗): 옛 나라 이름으로, 삼묘(三苗)라고도 한다. 《서경》〈우서(虞書)·대우모(大禹謨)〉에 "순임금이 우(禹)를 시켜 유묘를 정벌케 했는데, 유묘가 30일 동안이나 완강히 저항하자 우를 보좌하던 익(益)이 '지극한 정성은 신명도 감동시키는데 하물며 유묘라고 다르겠습니까.'라고 건의하는 말을 듣고 우가 군대를 돌렸다. 이에 순임금이 문덕을 크게 펴면서 방패와 새 깃을 손에 들고 두 섬돌 사이에서 춤을 추니, 70일 만에 삼묘의 부족이 귀순해 왔다."라고 했다.

* 태부(台府)에서……의지했다: 심수경이 1590년에 우의정이 되어 백관을 통솔하며 국정을 이끌었음을 말한다.

* 분문(奔問): 난리를 당한 임금에게 달려가서 문후하는 것을 말한다. 주나라 양왕(襄王)이 난리를 피해 정(鄭)나라 시골 마을인 범(氾)에 머물면서 노(魯)나라에 그 사실을 알리자, 장문중(臧文仲)이 "천자께서 도성 밖의 땅에서 먼지를 뒤집어쓰고 계시니, 어찌 감히 달려가서 관수(官守)에게 문후하지 않을 수 있겠습니까."라고 대답한 고사에서 유래했다. 《춘추좌씨전》〈희공 24년〉.

* 개린(介鱗): 먼 지방의 오랑캐를 폄하하는 말이다. 《후한서》 권78 〈양종전(楊終傳)〉에 "원제(元帝)가 주애군(珠崖郡)을 버리고 광무제가 서역의 나라를 끊음으로써 개린이 우리 의상을 바꾸지 못하게 했다."라고 했다. 그 주에 "개린은 먼 지방의 오랑캐를 비유한 것이니, 그 사람들은 어별(魚鱉)과 다름이 없음을 말한다."라고 했다.

더러워졌고, 아침저녁으로 깃발이 오기를 바라건만 하늘의 토벌은 어찌 백성들의 심정에 순응하지 않는가. 일은 진실로 무거운 것을 먼저하고 가벼운 것을 뒤에 하는 법이니, 경은 저것을 버리고 이것을 취하지 않을 수 있는가.

이에 경에게 도체찰사를 제수하노니, 모든 각처의 의병들은 모두 경의 통제를 받을 것이요 그 명령을 듣지 않는 자 및 기의(機宜)를 잃는 자는 일체 군법으로 처리하라. 내 뜻을 잘 들어서 다시 그 마음을 다하도록 하라. 배도(裵度)처럼 도통(都統)의 깃발을 세워 여러 군사에게 약속을 분명히 하고,* 조적(祖逖)처럼 중류의 돛대를 쳐서 이번 길에 깨끗이 쓸어버리리라고 맹세하라. 어찌 삼령 오신(三令五申)*을 소홀히 할 것인가. 육보 칠벌(六步七伐)에도 허물이 없어야 할 것이다.*

기회를 엿보아 적을 섬멸하는 것은 먼저 만전의 계획을 정하는 것을 기하고, 정예병을 다 동원하여 선공하는 것은 일거에 승리를 쟁취하는 것을 기하도록 하라. 한 놈의 오랑캐도 돌아가게 하지 말고 나의 행차가 빨리 돌아오는 것을 맞이하라. 지금 내가 어찌 말을 많이 하겠는가. 오직 경은 직책을 다하라.

....

* 배도(裵度)처럼……하고: 당나라 헌종(憲宗) 때 채주 자사 오원제(吳元濟)가 회주(淮州)와 채주(蔡州)를 근거지로 삼아 반란을 일으키자, 배도가 직접 출전하여 전투를 독려하기를 자청하여 회서(淮西)를 평정한 일을 가리킨다. 《신당서(新唐書)》권173〈배도열전(裵度列傳)〉.

* 삼령 오신(三令五申): 세 번 명령하고 다섯 번 거듭하여 신칙하는 것으로, 여러 번 명령하고 경계한다는 뜻이다. 손자(孫子)가 오왕(吳王) 합려(闔閭) 앞에서 여자들을 부하로 삼아 시범을 보일 적에 "일단 약속을 정하여 선포한 다음에 부월을 설치해 놓고는 곧바로 세 번 명령하고 다섯 번 신칙했다."라는 말이 《사기》권65〈손자열전(孫子列傳)〉에 나온다.

* 육보 칠벌(六步七伐)에도……것이다: 6보는 군대로 하여금 걸어가면서 6보를 넘지 말고 멈추어 정제(整齊)하라는 것이고, 7벌은 적을 찌르는 방법으로 죽임을 탐하는 것을 경계한 말이다. 모두 전투에 임해서 군대를 정제한다는 뜻이다. 《서경》〈주서(周書)·목서(牧誓)〉에 "이제 나 발(發)은 공손히 하늘의 벌을 행하노니, 오늘의 싸움은 6보와 7보를 넘지 말아서 멈추어 정제할 것이니 장사(將士)들은 힘쓸지어다. 4번, 5번, 6번, 7번을 넘지 말아서 멈추어 정제할 것이니 힘쓸지어다. 장사들아!"라고 했다.

아, 종묘와 사직의 부끄러움을 씻지 못하여 생령의 화가 더욱 심하도다. 예의의 나라에서 요망스런 기운을 만약 오늘날에 씻어 낸다면, 산하(山河)가 대려(帶礪)가 되도록* 뛰어난 훈공을 훗날에 정할 것을 기약하노라. 이에 교시하노니, 마땅히 잘 알았으리라고 생각한다.

위는 건의대장(建義大將) 상신(相臣) 심수경 의병 도체찰사에게 주는 교서이다.

충청우도 유생 생원 이해(李莈)* 등은 삼가 두 번 절하고 심상공(沈相公, 심수경) 합하께 글을 올립니다. 삼가 생각하건대, 여러 주현(州縣)에서 다투어 의병을 일으켜 흉적을 섬멸하는데, 모두들 군대에는 주장이 없으면 어지럽다고 하면서 중론이 바람에 쏠리듯이 공을 따르니 공께서 차마 버리겠습니까. 합하께서는 지위가 이미 지극하고 이미 연로하니, 비록 조정에서 억지로 일으키지 못하겠지만 합하께서는 반드시 이와 같지 않을 것입니다.

지난번에 변신(邊臣, 변방을 지키는 신하)이 법도를 잃어 바다의 적이 창궐했습니다. 금탕(金湯)이 만 리인데도 삼경이 함락되어 임금의 수레는 파천하고 군사들은 여러 번 패하여 종묘사직이 거의 폐허가 되고 인민들은 도륙을 당했습니다. 기자(箕子)가 봉해진 영토가 오랑캐의 고장이 되었고,

....

* 산하(山河)가……되도록: 임금이 공신의 집안을 영구히 대우하겠다는 것을 약속한 말이다. 태산(泰山)이 닳아 숫돌이 되고 황하(黃河)가 말라 띠가 된다는 뜻인데, 한 고조가 공신들에게 봉작을 내리면서 맹세한 말에 "황하가 말라 띠만큼 좁아지고 태산이 닳아 숫돌만큼 작아지도록 나라를 길이 보존하여 먼 후손에게까지 미치게 하라."라고 한 데서 온 말이다.《한서》권16〈고혜고후문공신표(高惠高后文功臣表)〉.
* 이해(李莈): 1566~1645. 부모님을 일찍 여의고 숙부 이순신 밑에서 자라며 배웠고 그를 따라 종군했다. 1592년에 성균관 유생으로서 상소를 올려 군대를 다스리는 방도와 왜구에 대항하는 좋은 책략을 조목조목 아뢴 일이 있다.

백성은 변해서 오랑캐의 풍속을 따르게 되었습니다. 사방을 돌아봐도 불안하고 위축되어 갈 곳이 없는데 다행히 충청도의 절반이 겨우 부서진 기왓장이 되는 꼴을 면했으니, 이 어찌 하늘에 계신 조종의 영령이 우리나라를 도와서 이것으로 일성일려(一成一旅)의 기반*을 이루어 준 것이 아니겠습니까.

다만 군사를 거느리는 장수가 계획을 잘못 세우고 힘을 펼칠 선비가 모두 대의를 잊어서 군사와 백성이 모두 겁을 먹어 적의 예봉을 접하기만 하면 싸우지도 못하고 무너져 드디어 성상으로 하여금 서관(西關)에서 근심하게 하고 흉악한 무리가 온 나라에 내달리게 되었으니, 진실로 가슴 아픈 일입니다.

저희들은 위포(韋布)*의 선비로서 재주는 엉성하고 힘은 미약하여 공을 세우지는 못하겠지만, 그래도 스스로 심담(心膽)을 도려내어 만사일생(萬死一生)의 계획을 세워 향병(鄉兵)을 모아서 가까스로 수백 명을 얻었습니다. 우리와 뜻을 같이하는 호상(湖上, 충청도) 10여 개 군의 사내들이 기약하지 않았는데도 모여서 또 1, 2천여 명이 있습니다. 거사는 어리석고 허술하지만, 정성만은 하늘을 감동시켰습니다. 이를 통제하는 것은 실로 합하께 달려 있으니, 합하의 뜻은 어떠한지 모르겠습니다.

이 나라 사람들이 반드시 공을 장수로 삼으려는 것은 합하의 평소의 큰 절개가 훌륭한 일을 하기에 충분하고 또 군사를 잘 아는 것으로 세상에 알려져 있기 때문입니다. 난리가 일어난 초기에 대간(臺諫)이 의논하여 체찰사의 직임을 천거했지만 조정에서 공의 연로함을 안타깝게 여겨 의논

....
* 일성일려(一成一旅)의 기반: 사방 10리가 성(成)이고, 5백 인이 려(旅)이다. 나라를 회복할 작은 기반을 말한다. 《춘추좌씨전》〈애공(哀公) 원년(元年)〉에 "소강(少康)은 토지 1성과 백성 1려를 갖게 되었으니 백성에게 은덕을 베풀고 비로소 하(夏)나라를 회복할 계획을 세워 하나라 유민들을 불러 모으고…."라고 했다.
* 위포(韋布): 포의위대(布衣韋帶)의 준말이다. 베로 지은 옷과 가죽으로 만든 띠를 두른 빈한한 선비를 뜻한다.

이 중지되었으나, 성상께서는 일찍이 잊지 않으셨습니다. 그러나 경황이 없는 사이에 합하께서 마침내 성상의 어가(御駕)가 나가시는 것을 놓쳤으니, 이것이 합하께서 밤낮으로 울면서 잠들지 못하고 음식을 들지 못하신 이유입니다.

이제 남은 힘을 가지고 원문(轅門)에서 부절(符節)을 잡았으니,* 백수(白首)의 원수(元帥)를 사람들이 우러러 사모할 것이요, ─원문 빠짐─ 성상께서 듣고 알게 된다면 원로의 충성과 기절(氣節)이 늙을수록 더욱 독실하다고 생각하여 남쪽의 걱정을 거의 놓으실 수 있을 것입니다. 그렇다면 쇠약한 걸음을 잠깐이나마 펴서 만년의 절개를 더욱 힘써 죽기 전에 힘을 다해 나라에 보답하는 것이 어찌 합하의 책임이 아니겠습니까.

공께서 만약 일어나지 않으신다면, 사직을 어찌하며 백성을 어찌합니까. 얼핏 들으니 합하께서 이에 대해 기뻐하지 않는다고 하시는데, 저희들은 진실로 괴이하게 여기며 오래될수록 더욱 의혹스럽습니다. 시세로 볼 때 안 될 것 같아서 혐의하시는 것입니까? 아니면 군사를 모으고 무리를 움직임에 타협하기 어려울 것 같아서입니까?

나라가 위급한 때와 임금이 욕을 당하면 신하가 죽어야 하는 날을 당하니, 진실로 나라에 이로운 일이면 다른 것을 돌아볼 겨를도 없이 급히 해야 합니다. 하물며 여러 고을의 수령과 여러 진의 장수들 가운데 군사를 데리고 스스로 보호하면서 머뭇거리고 나가지 않던 자들이 합하께서 분발하는 충의를 보고 돌연 흥기한다면, 모두가 마음을 씻고 생각을 바꾸어 게으른 자가 일어서고 미련한 자도 격앙되어서 서로 다투어 합하의 명령

....

* 원문(轅門)에서……잡았으니: 원문은 수레의 끌채를 마주 세워 만든 문으로, 병영의 문을 말한다. 부절(符節)은 사신이나 지방관이 파견될 때 신표로 가지고 나가는 것인데, 둘로 갈라서 한쪽은 조정에 보관하고 한쪽은 파견되는 신하가 가지고 나간다. 그러므로 부절을 잡았다는 것은 심수경이 의병 도체찰사로 임명되었다는 것을 뜻한다. 심수경이 국왕으로부터 앞의 교서와 함께 군사를 발동할 수 있는 부절을 받은 것이다.

을 따를 것입니다. 마음과 힘을 합쳐서 충청도를 보장(保障)*으로 삼아 경기에서 흉한 무리를 쓸어내어 임금의 수레를 옛 도읍으로 돌아오게 할 수 있을 것이니, 어찌 장하지 않겠습니까. 저희들이 감히 합하께 사사로이 하는 말이 아니라, 나라의 형세가 의뢰하는 바가 있음을 본 것입니다.

합하께서 기력은 비록 쇠하셨으나 정신은 10배나 더 왕성하십니다. 윤건(綸巾)과 우선(羽扇)*으로 족히 스스로 지탱할 것이요 팔진(八陣)과 육도(六韜)*로 족히 스스로 운용할 수 있을 것이니, 인망(人望)이 쏠리는 바를 막을 수 없습니다. 한 도의 의병이 모이고 흩어지는 것은 오직 합하께서 하시기에 달렸사온데, 합하께서는 어찌하여 한 번 나오시는 것을 아끼시어 대의를 저버리려 하십니까.

지금 인심은 어지러운 것을 싫어하고 하늘의 뜻은 순리를 따르는 것을 도와주니, 명나라 군사가 이미 서관(西關)에 임하여 적의 형세가 와해되어 떨치지 못하고 맑은 가을은 숙살(肅殺)의 기운을 돕고* 태백성(太白星)*은

....

* 보장(保障): 민생을 안정시키고 변방을 견고히 함으로써 국가의 최후의 의지처가 된다는 뜻이다. 춘추시대 진(晉)나라의 조간자(趙簡子)가 윤탁(尹鐸)을 진양 태수로 임명하자, 윤탁이 "세금을 많이 걷을까요, 아니면 백성을 안정시켜 나라의 보장이 되게 할까요?" 하고 물으니, 보장이 되게 하라고 대답했다. 윤탁이 그 호구(戶口)의 수를 줄여서 백성의 부세(賦稅)를 경감했는데, 그 뒤에 조간자의 아들 조양자(趙襄子) 때에 지백(智伯)이 침입하여 절체절명의 위기에 처했을 때 마지막으로 진양으로 피신해서 지백의 군대를 대파하고 나라를 중흥한 고사가 전한다. 《국어(國語)》〈진어(晉語)〉 9.

* 윤건(綸巾)과 우선(羽扇): 윤건은 일종의 두건으로, 제갈량(諸葛亮)이 군중에서 썼기 때문에 제갈건(諸葛巾)이라고도 한다. 우선은 흰 깃털로 만든 부채이다. 《어림(語林)》에 "제갈량이 사마의(司馬懿)와 위수(渭水) 가에서 싸울 적에 흰 수레에 올라 갈건(葛巾)을 쓰고 백우선(白羽扇)으로 삼군(三軍)을 지휘했다."라고 했다. 후세에 이를 대장이 차분하게 지휘하는 모습의 비유로 사용했다.

* 팔진(八陣)과 육도(六韜): 중국 고대의 진법이다. 여러 가지 병법 중에서도 특히 삼국시대 촉한(蜀漢)의 제갈량이 만든 것이 유명한데, 제갈량이 일찍이 어복포(魚復浦)에다 돌을 모아 팔진을 만들어서 적병을 막은 일이 있다. 육도는 주나라 여상(呂尙)이 지었다는 병서(兵書)이다.

* 맑은……돕고: 냉혹하게 죽인다는 뜻이다. 가을이 오면 만물이 시들어 죽어 가므로 가을 기

적을 멸하는 형상을 드리웠습니다. 큰 공을 이루기를 기약한다면 바로 오늘에 있습니다. 바라건대, 합하께서는 유념하십시오.

돌아올 것을 생각한다는 하교와 날로 바란다는 교지가 있으니, 어찌 가슴 아프지 않으며 어찌 슬프지 않겠습니까. 이것이 저희들이 한밤중에 베개를 어루만지다가 닭 우는 소리를 듣고 일어나 춤추면서 창의하여 무리를 모아서 제 몸을 아끼지 않는 까닭입니다.

삼가 바라건대, 상공께서는 위로 임금의 깊은 수치를 생각하시고 사림(士林)의 갈망을 굽어살피시어 뜻을 결정하고 한 번 나오시어 시대의 어려움을 널리 구제하십시오. 그렇게 하신다면 종묘사직과 신민에게 몹시 다행한 일일 것입니다. 때가 위태롭고 일이 망극하여 말할 바를 알지 못하겠습니다.

9월 29일

심수경이 다음과 같이 답장했다.

늙고 병들어 죽어 가는 팔순의 노인이라 정신과 기력이 일을 도모하지 못하니 이것이 하지 못할 첫 번째 이유요, 숨어 도망 다니는 사람이고 조정의 명령도 없는데 갑자기 유생들의 청에 응하여 의병을 일으킨다면 일의 체모가 온당하지 않으니 이것이 하지 못할 두 번째 이유요, 조정에서 바야흐로 대신을 보내 도내에 와서 군무를 감독하는데 일찍이 대신을 지낸 자가 초야에 숨어 엎드려서 사사로이 의병을 일으킨다면 명령을 받은

....

운을 숙살지기(肅殺之氣)라고 한다. 구양수(歐陽脩)는 〈추성부(秋聲賦)〉에서 "가을은 형관(刑官)이니, 사시에 음(陰)이 되고 또 병상(兵象)이다. 오행으로 금(金)에 속하니, 이것을 천지의 의기(義氣)라고 일컫는바 항상 숙살을 마음으로 삼는다."라고 했다.

* 태백성(太白星): 샛별이다. 금성(金星), 계명성(啓明星), 장경성(長庚星) 등으로 불리며 병란(兵亂)을 상징한다.

대신이 일을 제대로 하기에 부족한 사람이라고 여겨서 그렇게 하는 듯한 상황이 되어 일의 형세가 온당하지 못하니 이것이 하지 못할 세 번째 이유요, 도내에 의병을 이미 일으킨 자가 하나 둘이 아니어서 군량과 병기를 모두 각 고을에서 취하여 이미 많이 소란스러운데 지금 또 따로 일으켜서 부득불 각 고을에서 취한다면 버티기 어려울 것이니 이것이 하지 못할 네 번째 이유이다. 적의 형세가 이미 한풀 꺾인 것 같은데 지금 군사를 일으키는 것은 역시 늦었다고 할 수 있고 적들이 이 도를 다시 침략하지 않으면 의병을 장차 한양이나 다른 도로 옮기겠는가. 그러지 않고 시일을 지체하면 한갓 각 관청의 물자만 소비하는 꼴이 되어 보탬이 되지 않을 것이니 이것이 하지 못할 다섯 번째 이유네.

유생들이 다시 다음과 같이 글을 올렸다.

어제 다섯 가지의 불가한 이유를 말씀하신 글을 받았으니, 저희들의 의혹이 더욱 큽니다. 80세에 장수가 되는 것은 옛날에도 그런 경우가 있었고, 일 도모하기를 잘하고 못하는 것은 늙고 젊음에 있는 것이 아닙니다. 진실로 적을 섬멸하고자 한다면 어찌 병을 무릅쓰고 수레에 오르는 것을 혐의하십니까. 선비가 의병을 일으키는 것은 자발적인 것인데, 나가서 의병장이 되는 것에 어찌 조정의 명령을 기다린단 말입니까. 진실로 명령을 기다리고자 한다면, 이는 관병이지 의병이 아닙니다.

조정에서 사신을 보내 관군을 감독하는 것과 상공께서 장수가 되어 의병을 통제하는 것은 관군과 의병이 그 형세가 각각 다른 것과 같으니, 어찌 사사로이 일어났다는 혐의가 있겠습니까. 의병이 비록 많지만 모두 사람에게서 나왔으니, 양식이나 병장기 역시 모두 스스로 마련할 것입니다. 어찌 소란스러운 폐단이 있겠습니까.

적이 한양을 점령한 지 1년이 되어 그 형세가 날로 커지려고 하는데도 승리했다는 보고가 한 번도 들리지 않습니다. 적들이 승승장구할 근심이 눈앞에 닥쳤는데, 어찌 한쪽의 적이 조금 물러갔다고 해서 꺾였다고 할 수 있겠습니까. 저희들은 앞에 닥친 적을 소탕하고 또 경기로 나가 싸울 것입니다. 서북(西北)에 삼전(三箭)을 전하여* 임금의 행차가 한양으로 돌아오도록 하는 것이 곧 뜻하는 바입니다. 지금 의병을 일으키는 것을 또 어찌 지체하겠습니까.

10월 1일

둑[纛]에 제사하는 글*
-10월 20일-

—

하늘이 재앙을 내려 흉한 적들이 틈을 엿보아 종묘사직이 폐허가 되고 임금의 수레가 파천했도다. 의관을 차린 선비들 모두 칼날에 죽어 가고, 조종의 강토는 모두 오랑캐의 판이 되었다. 변란이 천고에 참혹하고 앙화가 한 해 내내 이어져 군대가 여러 번 궤멸되어도 분한 마음을 갖는 자가 없구나. 창자가 끊어지고 심장이 썩어 분한 마음이 신민에게 지극하도다. 사방 들판에 주둔한 적군이 많으니, 차마 한 하늘을 이겠는가.

군대를 모아 무너지는 것을 막기로 맹세하니, 깃발을 들자마자 의병들

....

* 삼전(三箭)을 전하여: 임금이 있는 의주에 승전을 전함을 말한다. 당나라 고종 때의 장군 설인귀(薛仁貴)가 일찍이 천산에서 구성(九姓)의 10여 만 돌궐족을 향하여 화살 석 대를 쏘아서 세 사람을 차례로 죽이자 돌궐족이 기가 꺾여서 모두 항복했는데, 이때 군중에서 노래하기를, "장군이 화살 석 대로 천산을 평정하니, 장사들은 길이 노래하며 한관에 들어가네[將軍三箭定天山 壯士長歌入漢關]."라고 했다. 《구당서(舊唐書)》 권83 〈설인귀열전(薛仁貴列傳)〉.

* 둑[纛]에 제사하는 글: 둑은 임금이 타고 가던 가마 또는 군대의 대장 앞에 세우던 큰 의장기이다. 둑제[纛祭]는 이 의장기에 지내던 제사이다. 큰 세 가닥의 창 밑에 붉은 털의 술을 많이 달았던 둑을 들고 행진할 때는 말을 탄 장교가 대를 받들고 군사 두 사람이나 세 사람이 벌이줄을 잡아당기며 갔다.

이 구름처럼 모였도다. 근왕의 군사가 막히니 간담은 찢어지고 임금은 욕되었도다. 나의 정벌을 시행하여* 이에 바야흐로 길을 떠나도다.* 말 재갈을 들고 칼을 안으니, 죽음이 있을 뿐 살고자 하지 않네.

부디 신께서는 우리를 비밀리에 도와서 무위(武威)를 드날려 신속히 적을 평정하게 하소서. 흉한 무리를 깨끗이 쓸어버려 나라를 회복하고 생령을 다시 편안케 하여 수치를 영원히 씻도록 하소서. 이에 밝은 제사*를 갖추어 감히 그 사유를 고하니, 신은 이를 들으시어 신의 수치를 짓지 마소서.*

의병들에게 보내는 격서(檄書)*

-10월 25일-

—

만 번 죽어도 후회가 없으니 다투어 나라에 보답할 의병이 일어나고, 한 마음이 공훈에 있으니 응당 적을 토벌하는 병세에 합하도다. 감히 격문을 날려 멀리 간절한 정성을 고하노라.

저번에 하늘이 재앙을 내려 추한 오랑캐가 틈을 엿보아 나라 안의 길이 모두 끊어졌으니, 누가 국가에 -원문 빠짐- 이 있다고 할 것이며, 세 도성이 이미 무너졌으니 견고한 성도 믿기 어렵다는 것을 비로소 알겠노라. 수레

....

* 나의……시행하여:《서경》〈주서(周書)·태서(太誓)〉에 있는 구절이다.
* 이에……떠나도다:《시경》〈대아(大雅)·공류(公劉)〉에 있는 구절이다.
* 밝은 제사: 원문의 명인(明禋)은 《서경》〈낙고(洛誥)·명인〉에, "왕께서 사람을 보내와 은나라 사람들을 경계하시고, 나에게 편안히 있으라고 명하시되 검은 기장 술 두 병을 보내시고 말씀하시기를 '정결하게 제사를 지낼지니, 손을 이마에 대고 머리를 조아리고, 제사를 잘 지내도록 하라'고 하시었다."라고 한 데서 온 말이다.
* 신의……마소서:《서경》〈상서(商書)·무성(武成)〉에, "오직 여러 신들은 바라건대 나를 도와서 백성을 구제하고 신의 수치가 될 일은 하지 마소서."라고 한 데서 온 말이다.
* 의병들에 보내는 격서(檄書): 심수경이 삼도체찰사가 되어 의병을 모집하면서 보낸 글이다.

를 타고 파천하니 종묘사직이 빈터가 되었도다. 의관*이 계유(猰貐)*의 어금니에 물렸고, 초목은 비린내 나는 피에 물들었도다.

이런 큰 변고는 옛날에는 없던 것이로다. 믿을 수 있는 것은 인심이 떠나지 않았고 성인의 은택이 아직 남아 있다는 것이다. 의병은 다투어 적개심에 불타고 여론은 사수에 감격하도다. 비분강개로 군사를 모집한 지 겨우 두세 달인데, 그림자와 메아리처럼 의(義)에 달려온 이가 백만도 넘는다. 오직 우리 의병장들은 혹은 큰 선비요 높은 벼슬아치이며 혹은 무부(武夫)요 건장한 장수이다. 눈물을 뿌리며 회복을 도모하니 맹세코 적과는 같이 살지 않을 것이고, 하늘을 우러러 주먹을 휘두르니 기필코 나라를 위하여 한 번의 죽음으로 보답하리라.

장막 안에서 창을 베니 악무목의 충성스럽고 의로운 마음이요, 장막 안에서 계획을 세우니 장유후(張留侯)*의 은밀한 계획과 깊은 생각이도다. 왜적은 풍문을 듣고 절로 꺾이고, 강토는 날을 꼽아 다시 회복되리라.

다만 성세가 서로 돕지 않고 병력이 한결같지 않아, 구름처럼 진을 쳤으나 겨우 한 귀퉁이를 보존하고 오합지졸의 군사로는 큰 계책을 도모하지 못하도다. 의병을 일으켜 벽루(壁壘, 성벽과 성루)가 서로 바라보지만 한 성도 수복했다는 소식을 듣지 못했고, 군사를 일으킨 세월이 많이 흘렀지만 한갓 자투리 왜적을 섬멸했을 뿐이다. 이는 여러 장수의 처음 뜻이 아니니, 조정의 기약이 어긋날까 두렵도다.

나는 곧 세 조정에서 은혜를 받았으나 한 터럭도 도움된 것이 없었도다. 대신의 뒤에 끼어서 능히 자빠지는 것을 붙들고 위태로움을 잡아 주

....

* 의관: 옷과 갓을 단정하게 차린 사람으로, 사대부를 뜻한다.
* 계유(猰貐): 머리는 용과 비슷하고 몸체는 이리와 비슷한 동물이다. 잘 달리며 사람을 잡아먹는다고 한다. 흉악한 사람을 뜻한다.
* 장유후(張留侯): 한나라 고조의 모신으로, 한신(韓信), 소하(蕭何)와 함께 삼걸(三傑)로 일컬어진다. 고조를 도와 천하를 통일하고 유후에 봉해졌다.

지 못했고,* 융마(戎馬) 사이에 몸을 숨겨서 살기를 탐하여 구차히 산 것
이 부끄럽도다. 원수와 한 하늘을 이고 있어 면목이 없으니, 임금의 땅에
서 먹으며 어찌 얼굴을 들랴. 힘이 이미 없어져 복파(伏波)가 말에 오른
것*에 부끄러우나, 격렬한 충성은 스스로 제갈량(諸葛亮)의 국궁(鞠躬)*에
기약하도다. 쇠약한 병중에 억지로 몸을 일으켜 힘써 유림들의 요청에
답하노라.

  이에 이번 달 20일에 아산창(牙山倉)에 와서 진을 치고 여러 진을 뒤따
라가서 맹세코 우리 임금에게 보답할 것을 도모하려고 한다. 의리에 떨쳐
일어난 우리 의병은 누군들 나라를 위한 거사를 아니하겠는가. 계획을 세
워 형세를 합한다면, 어찌 힘이 약하고 군사가 쇠잔한 것을 근심하랴.

  내 창을 수리해서 함께 원수를 쳐서* 하란(賀蘭)이 빙 둘러보기만 하는
것*을 본받지 말고 수레를 정돈하여 함께 가서 모두 신도(信都)가 돌아오

....

* 자빠지는……못했고: 국가의 위기를 구제하지 못했음을 뜻한다. 춘추시대 노(魯)나라의 계
  씨(季氏)가 전유(顓臾)를 정벌하려고 하자, 공자(孔子)가 당시 계씨의 가신으로 있으면서도
  이를 막지 않는 염구(冉求)에게, "위태로운데도 붙잡아 주지 못하며 넘어지는데도 부축해 주
  지 못한다면, 장차 저 도와주는 신하를 어디에다 쓰겠느냐?"라고 꾸짖은 데서 나온 말이다.
  《논어(論語)》〈계씨(季氏)〉.
* 복파(伏波)가 말에 오른 것: 후한(後漢)의 복파장군(伏波將軍) 마원(馬援)이 62세의 나이에
  도 불구하고 말안장에 뛰어올라 용맹을 보이자, 한나라 무제가 "이 노인이 참으로 씩씩하기
  도 하다."라고 찬탄했다는 고사가 전한다. 《후한서》 권24 〈마원열전(馬援列傳)〉.
* 제갈량(諸葛亮)의 국궁(鞠躬): 국궁은 국궁진췌(鞠躬盡瘁)에서 온 말로, 공경하고 근신하며
  심력을 다 바치는 것을 뜻한다. 삼국시대 촉의 제갈량이 지은 〈후출사표(後出師表)〉에 "몸을
  굽히고 수고로움을 다하여 죽은 뒤에야 그만둘 것입니다."라고 한 데서 온 말이다.
* 내……쳐서:《시경》〈진풍(秦風)〉·무의(無衣)에 "왕명으로 군대를 일으키시거든 우리 과모
  (戈矛)를 수선하여 그대와 한 짝이 되리라." 했고, "왕명으로 군대를 일으키시거든 우리 모극
  을 수선하여 그대와 함께 나가리라."라고 한 데서 온 말이다.
* 하란(賀蘭)이……것: 하란은 당나라의 하란진명(賀蘭進明)이다. 안사(安史)의 난리 때 장순
  (張巡) 등이 수양(睢陽)에서 반란군에게 포위되자, 남제운(南霽雲)이 포위망을 뚫고 가서 하
  남절도사로 임회(臨淮)에 주둔하고 있던 하란진명에게 구원을 요청했다. 그러나 하란진명은
  적군의 습격을 받게 될까 두려워하고 또 장순의 명성을 시기하여 구원병을 보내 주지 않았

는 것을 생각하라. 힘과 마음을 합하여 날짜를 약속하여 함께 분발하라.
태산을 들어 새알을 누르듯 흉한 무리를 깨끗이 쓸어버리고, 뜨거운 화로
에 불을 피워 터럭을 태우듯 신속히 적을 평정하라. 오랑캐의 명이 어찌
오래가랴, 거의 극복(克復)의 수훈을 세울 수 있으리라. 인심을 어찌 속이
랴, 속히 원근이 힘을 합하는 것을 보리라. 아, 우리 뜻을 같이하는 사람들
이여, 세상에 드문 공적을 마치도록 힘쓰라.

건의대장에게 내리는 비답(批答)[*]

—

태공(太公)이 목야(牧野)에서 매처럼 위엄을 떨치고 노공(潞公)이 종일
시립(侍立)한 것은 모두 80세 때이다.[*] 경의 나이 80세에 나라의 일에 강개
하여 창의하여 군사를 일으켰으니 견문(見聞)이 많을 것이다. 경은 명성과
지위가 이미 높아서 여러 곳의 의병을 통솔하기에 절로 마땅하니, 제때에
일을 도모하되 명령을 듣지 않는 자가 있으면 즉시 군법으로 처리하도록

....

다. 결국 수양은 함락되고 말았다.《신당서》권192 〈장순열전(張巡列傳)〉.

[*]　건의대장에게 내리는 비답(批答): 1592년 11월 24일에 비변사에서 심수경에게 인신을 만들
어 보내 호령의 체모를 갖추어 줄 것을 청했는데, 이 글은 그에 대한 비답이다.《국역 선조실
록》25년 11월 24일. 내용은 비답이고 문서 양식은 유지(有旨)로 발급되었기 때문에 이러한
문서를 비답유지(批答有旨)라고 한다. 노인환,「조선시대 批答의 문서 유형 연구」,『고문서연
구』47, 34~41쪽.

[*]　태공(太公)이……때이다: 강태공(姜太公)이 나이 70에 주문왕(周文王)을 만나 그의 스승이
되었고 주무왕(周武王)을 도와서 상(商)나라를 정벌할 때 80세 노인으로서 매처럼 위엄을
떨치면서 전쟁을 승리로 이끈 것을 말한다.《시경》〈대아(大雅)·대명(大明)〉에 "때로 매가
날듯이 하여 저 무왕을 도와 군대를 풀어 상나라를 정벌하니, 회전(會戰)하는 날 아침 날씨
가 청명하도다."라고 했다. 노공(潞公)은 송(宋)나라 때의 명재상으로 노국공(潞國公)에 봉
해진 문언박(文彦博)이다. 인종(仁宗), 영종(英宗), 신종(神宗), 철종(哲宗)의 네 임금을 섬기
며 50년 동안 출장입상(出將入相)하고 태사로 치사했는데, 만년에 11세에 즉위한 어린 임
금 철종을 보필했던 것을 말한다.《송명신언행록(宋名臣言行錄)》후집 권3 〈문언박(文彦博)〉,
《송사》권313 〈문언박열전(文彦博列傳)〉.

하라. 인신도 만들어 보내니, 경은 그것으로 호령의 체모를 지키도록 하라. 이같이 유지를 내린다.

부기(付記)

황해도 해주 월곡면(月谷面) 상림(桑林) 정문동(旌門洞)에 사는 10대 손 순선(舜善)이 베껴 쓴 후에 뒷면에 붙인다.

부기

기유년(己酉年) 5월 하순에 삼가 쓰고 해주 상림동 향재서사(香齋書社)에서 다시 정리하다.

〈계사일록〉 인명록

강성(姜晟) ?~?. 안성 군수를 지냈던 것으로 보이나 그 시기는 알 수 없다.

강수곤(姜秀崑) 1545~1610. 본관은 진주(晉州), 자는 여진(汝鎭)이다. 1582년 소격서의 참봉으로 입사한 뒤에 차차 관직이 올라 한성부 참군이 되었다. 임진왜란이 일어나자 의주까지 왕을 호종했고, 1593년에 공조좌랑으로 승진했다가 고창 현감이 되었다.

강위(姜煒) 1568~?. 본관은 금천(衿川), 자는 여휘(汝輝)이다. 박동도(朴東燾)의 큰 사위이며, 오윤함(吳允諴)의 친구이다. 1606년 증광시에 입격했다. 돈녕 도정(敦寧都正)을 지냈다.

강첨(姜籤) 1559~1611. 본관은 진주(晉州), 자는 공신(公信), 호는 죽월헌(竹月軒)이다. 1591년 식년 문과에 급제했다. 병조좌랑에 재직 중 임진왜란이 일어나자 충청도 조도어사가 되어 군량 조달에 힘썼다. 이조참의, 경상도 관찰사 등을 지냈다.

고언백(高彦伯) ?~1608. 본관은 제주(濟州)이다. 교동의 향리로 무과에 급제했고, 군관, 변장을 역임했다. 임진왜란이 일어나자 영원 군수로서 대동강 등지에서 적을 맞아 싸우다가 패배했고, 계속 분전하여 그해 9월에 왜병을 산간으로 유인해 지형을 이용하여 62명의 목을 베었다. 그 이듬해에 양주에서 왜병 42명을 참살하여 그 공으로 선조(宣祖)가 그를 특별히 당상관으로 올리고 양주목사로 삼아 능침(陵寢)을 보호하도록 했다. 양주에서는 장사를 모집하여 산속 험준한 곳에 진을 치고 복병했다가 왜병을 공격하여 전과를 크게 올렸다. 태릉이 한때 왜군의 침범을 받았으나 그의 수비로 여러 능이 잘 보호될 수 있었다. 경기도 방어사로서 명나라 군사를 도와 한양 탈환에 공을 세우고 경상좌도 병마절도사로 승진했으며, 정유재란 때는 다시 경기도 방어사가 되어 전공을 크게 세웠다.

김가기(金可幾) 1537~1597. 본관은 경주(慶州), 자는 사원(士元), 호는 일구당(一丘堂)이다. 오희문의 벗이며 사돈이다. 1579년 사마시에 1등으로 입격하여 이산 현감을 지냈다. 김가기의 아들인 김덕민(金德民)은 1600년 3월에 오희문의 둘째 딸을 재취로 맞았다. 1597년 정유재란이 일어나자 마을에 침입한 왜적에 맞서 대항하다가 순절했다.

김귀영(金貴榮) 1520~1593. 본관은 상주(尙州), 자는 현경(顯卿), 호는 동원(東園)이다. 임진왜란이 일어나 천도 논의가 있자 이에 반대하면서 한양을 지켜 명나라의 원조를 기다리자고 주장했다. 결국 천도가 결정되자 윤탁연(尹卓然)과 함께 임해군(臨海君)을 모시고 함경도로 피난했다가, 회령에서 국경인(鞠景仁)의 반란으로 임해군, 순화군(順和君)과 함께 왜장 가토 기요마사(加藤淸正)의 포로가 되었다. 이에 임해군을 보호하지 못한 책임으로 관직을 삭탈당했고, 이어 다시 가토 기요마사의 강요에 의해 강화를 요구하는 글을 받기 위해 풀려나 행재소에 갔다가 사헌부와 사간원의 탄핵으로 추국당해 회천으로 유배를 가던 중에 죽었다.

김덕민(金德民) ?~?. 김가기의 아들이다. 신식(申湜)의 딸인 신씨 부인과의 사이에 딸 하나를 두었고, 1600년 3월에 오희문의 둘째 딸을 재취로 맞아 5남 2녀를 두었다. 김학수, 「조선후기 근기소론 오윤겸가(近畿少論吳允謙家)의 학문·정치적 성향과 문벌의식」, 『조선시대사학보』 63, 275쪽.

김덕장(金德章) 1556~?. 본관은 광산(光山), 자는 사회(士晦)이다. 1588년 식년 사마시에 입격했다.

김명원(金命元) 1534~1602. 본관은 경주(慶州), 자는 응순(應順), 호는 주은(酒隱)이다. 이황(李滉)의 문인이다. 임진왜란이 일어나자 순검사에 이어 팔도 도원수가 되어 한강 및 임진강을 방어했으나 중과부적으로 적을 막지 못했다. 평양이 함락된 뒤 순안에 주둔해 행재소 경비에 힘썼다. 1593년에 명나라 원병이 오자 명나라 장수들의 자문에 응했다. 1597년 정유재란 때 병조판서와 유도대장을 겸임했다.

김상용(金尙容) 1561~1637. 본관은 안동(安東), 자는 경택(景擇), 호는 선원(仙源), 풍계(楓溪), 계옹(溪翁)이다. 임진왜란 때 강화 선원촌으로 피난했다가 양호체찰사 정철(鄭澈)의 종사관이 되어 왜군 토벌과 명나라 군사 접대로 공을 세워 1598년 승지에 발탁되었다.

김응건(金應健) ?~1593. 본관은 선산(善山), 자는 경이(景以)이다. 일찍이 사마시에 입격했고, 1583년 별시에 급제했다. 결성 현감으로 있을 때 임진왜란이 일어나자 병사를 모집하고 훈련시켜 진주성으로 들어가 왜적과 싸웠고 성이 함락될 때 전사했다.

김지남(金止男) 1559~1631. 본관은 광산(光山), 자는 자정(子定), 호는 용계(龍溪)이다. 오희문의 매부이다. 1591년 사마시에 입격하고, 같은 해 별시 문과에 급제했다. 1593년에 정자(正字)가 되었다. 임진왜란이 일어나 선조가 서쪽으로 피난했을 때 노모의 병이 위독하여 호종하지 못하고 호남에 머물며 의병을 소집하여 적을 막을 계책을 세웠다. 이후 여러 벼슬을 거쳐 경상도 관찰사에 이르렀다. 저서로《용계유고(龍溪遺稿)》가 있다.

나급(羅級) 1552~1602. 본관은 안정(安定), 자는 자승(子升), 호는 후곡(後谷)이다. 1576년 사마시에 입격했고 1585년 식년 문과에 급제했다. 임진왜란 중에 한산 군수, 공주 목사를 지냈다. 1596년 제용감 정(濟用監正)으로 있을 때 왜군과의 강화 협상으로 부산에 파견되었던 명나라 유격(遊擊) 진운홍(陳雲鴻)의 접반관으로 차출되어 적진을 왕래하기도 했다.

남경성(南景誠) ?~1595. 본관은 고성(固城)이다. 오희문의 둘째 외삼촌인 남지명(南知命)의 여섯째 아들이다. 1595년 6월 23일에 형 남경충(南景忠)과 함께 순절했다. 『남씨대동보』권16, 회상사, 1993, 2~27쪽.

남경효(南景孝) 1527~1594. 본관은 고성(固城), 자는 백원(百源)이다. 오희문의 외사촌 형이다. 오희문이 어렸을 때 영동의 외갓집에서 살았는데, 이때 같이 어울려 자랐기에 정분이 두터웠다.

남상문(南尙文) 1520~1602. 본관은 의령(宜寧), 자는 중소(仲素), 호는 쌍호(雙湖)이다. 오희문의 매부이다. 성리학과 경사를 두루 익혔고, 명나라 경리 양호와 경학을 논하였는데, 양호가 그의 학식에 감동하였다. 고성 군수를 지냈다. 《월사집(月沙集)》권48 〈첨지남공묘지명(僉知南公墓誌銘)〉.

류형(柳珩) 1566~1615. 본관은 진주(晉州), 자는 사온(士溫), 호는 석담(石潭)이다. 임진왜란이 일어나자 창의사 김천일(金千鎰)을 따라 강화에서 활동하다가 의주 행재소에 가서 선전관에 임명되었다. 이순신(李舜臣)의 신망이 두터웠으며 삼도수군통제사 등을 지냈다.

민준(閔濬) 1532~1614. 본관은 여흥(驪興), 자는 중원(中源), 중심(仲深), 호는 국은(菊隱)이다. 1561년 사마시에 입격하여 진사가 되었고, 1576년 식년 문과에 급제했다. 임진왜란이 일어나 조정이 북으로 파천(播遷)하자 선조를 의주까지 호종했다. 그해 좌부승지가 되어 어려운 행궁(行宮)의 국사 처리에 종사했고, 조정이 도성으로 돌아온 뒤인 1593년 호조참의가 되었다.

박동도(朴東燾) 1550~1614. 본관은 반남(潘南), 자는 문기(文起)이다. 온양 군수, 고성 군수, 마전 군수 등을 지냈고, 좌승지에 증직되었다. 1592년에 부여 현감을 임시로 맡은 일이 있다.

박숭원(朴崇元) 1532~1592. 본관은 밀양(密陽), 자는 상화(尙和)이다. 1564년에 문과에 급제, 승지, 강원도 관찰사, 대사헌 등을 지냈다. 임진왜란이 일어나자 선조를 호종하여 보검(寶劍)을 하사받았다. 호성공신 2등에 책록되었고 좌찬성에 추증되었으며 밀천군(密川君)에 추봉되었다.

박종정(朴宗挺) 1555~1597. 본관은 함양(咸陽), 자는 응선(應善), 호는 난계(蘭溪)이다. 1576년에 진사시에 입격했다. 임진왜란 때 동지들과 적병을 막을 수 있는 방법을 조목조목 진달하여 조정으로부터 장원서 별제를 제수받았다. 1597년 정유재란으로 왜구가 호남을 침범했을 때 아버지를 모시고 영암으로 가던 중 왜구와 맞닥뜨리자, 아버지를 온몸으로 감싸 안은 채 왜구의 무수한 창을 몸으로 막다가 아버지와 함께 죽었다.

박효제(朴孝悌) 1545~?. 본관은 밀양(密陽), 자는 희인(希仁)이다. 1573년 식년 사마시에 입격했다.

방수간(方秀幹) 1551~?. 본관은 태안(泰安)이다. 1588년 생원시에 입격했다.《사마방목(司馬榜目)》만력(萬曆) 16년 무자 2월 24일에는 '방수간(房秀幹)'으로 되어 있는데, 효자 정려의 현판과《국역 여지도서(輿地圖書)》에 의거해 볼 때 '방수간(方秀幹)'이 옳을 듯하다.

상시손(尙蓍孫) 1537~1599. 본관은 목천(木川)이다. 군자감 판관을 지냈고 사복시 정에 추증되었다.

설번(薛藩) ?~?. 명나라 사신이다. 호(號)는 앙병(仰屛). 광주부(廣州府) 순덕현(順德 縣) 사람으로 기축년(1589)에 진사시(進士試)에 합격하였으며, 임진년(1592) 6월에 원군의 파병을 알리는 조칙(詔勅)을 받들고 의주(義州)에 왔다.

성운(成運) 1497~1579. 본관은 창녕(昌寧), 자는 건숙(健叔), 호는 대곡(大谷)이다. 서경덕(徐敬德), 성수침(成守琛), 조식(曺植)과 함께 16세기의 전형적 처사 가 운데 한 사람이다. 성운은 처조카인 김가기를 양자로 삼았으며, 말년에는 질 녀를 김가기와 혼인시켜 후사를 부탁했다. 김학수, 「조선후기 근기소론 오윤 겸가(近畿少論吳允謙家)의 학문 정치적 성향과 문벌의식」, 『조선시대사학보』 63, 274~275쪽.

손인갑(孫仁甲) ?~1592. 본관은 밀양(密陽)이다. 무과에 급제하여 벼슬이 훈련원 첨정에 이르렀다. 임진왜란이 일어나자 합천에서 의병을 일으켜 정인홍(鄭仁 弘)의 의병 부대에 합류하여 무계 전투 때 정인홍 군의 선봉장이 되어 왜군 백여 명을 사살하는 큰 전과를 거두었다.

손홍록(孫弘祿) 1537~1600. 본관이 밀양(密陽), 자는 경안(景安), 호는 한계(寒溪) 이다. 임진왜란 때 어용과 실록을 보위하고 호종한 공으로 사포서 별제에 제 수되었다.

송영구(宋英耉) 1556~1620. 본관은 진천(鎭川), 자는 인수(仁叟), 호는 표옹(瓢翁), 모귀(暮歸), 일표(一瓢), 백련거사(白蓮居士)이다. 1584년 문과에 급제하여 승 문원에 배속되었다가 이듬해 승정원 주서에 임명되었다. 임진왜란이 일어나 자 도체찰사 정철(鄭澈)의 종사관으로 발탁되었고, 1593년에 군사 1천여 명 을 모집하여 행재소로 향했으며, 3월 27일에 사헌부 지평에 임명되었다. 경상 도 관찰사, 병조참판 등을 지냈다. 정유재란 때에는 충청도 관찰사의 종사관 이 되었다. 《국역 선조실록》 26년 3월 27일.

송응서(宋應瑞) 1530~1608. 본관은 은진(恩津), 자는 서원(瑞元)이다. 임천 군수,

한성부 참군 등을 지냈다.

송응창(宋應昌) 1536~1606. 명나라의 관료이다. 항주 우위(杭州右衛)에 속한 인화현(仁和縣) 사람으로, 호는 동강(桐岡)이다. 가정(嘉靖, 명 세종의 연호) 을축년(1565)에 진사가 되었다. 임진년(1592)에 병부 우시랑 우첨도어사(兵部右侍郎右僉都御史)로 조선에 파견된 명군을 총괄하는 경략(經略)의 직책을 맡은 뒤 계사년(1593) 3월에 압록강을 건너 안주(安州)에 주둔하였다. 제독(提督) 이여송(李如松)과 함께 일본군을 격퇴하고 평양, 개성, 한양을 수복했다. 그러나 벽제관 전투 패전 이후 일본과 강화(講和)하려 하였으며, 일본군이 한양에서 철수하여 경상도로 내려간 뒤 명군의 철군을 요청하였다. 또 조선의 사신이 명나라 조정에 일본군의 정세를 아뢰려는 시도를 저지하기도 하였다. 뒤에 급사중(給事中) 허홍강(許弘綱)의 탄핵을 받아 벼슬에서 물러나 고향에 돌아갔으며, 고양겸(顧養謙)이 경략의 일을 대신하게 되었다.

송이창(宋爾昌) 1561~1627. 본관은 은진(恩津), 자는 복여(福汝), 호는 청좌와(淸坐窩)이다. 1590년 사마시에 입격했다. 진안 현감, 신녕 현감 등을 지냈다. 1593년 당시 임천 군수를 지내고 있던 송응서(宋應瑞)의 아들이다.

신경행(辛景行) 1547~?. 본관은 영산(靈山), 자는 백도(伯道), 호는 조은(釣隱)이다. 1573년 진사시에 입격했고, 1577년 별시 문과에 급제했다. 한산 군수, 충청도 병마절도사 등을 지냈다.

신괄(申栝) 1529~1606. 본관은 고령(高靈)이다. 함열 현감 신응구(申應榘)의 막내 숙부이다. 대흥 현감을 지냈다.

신벌(申橃) 1523~1616. 본관은 고령(高靈), 자는 제백(濟伯)이다. 함열 현감 신응구(申應榘)의 아버지이다. 안산 군수, 세자익위사 사어 등을 지냈다.

신응구(申應榘) 1553~1623. 본관은 고령(高靈), 자는 자방(子方), 호는 만퇴헌(晩退

軒)이다. 오희문의 큰사위이다. 1594년에 재취 안동 권씨(安東權氏)가 죽고 난 뒤 오희문의 딸을 다시 부인으로 맞았다. 함열 현감, 충주 목사, 공조참의 등을 지냈다.

심수경(沈守慶) 1516~1599. 본관은 풍산(豊山), 자는 희안(希顔), 호는 청천당(聽天堂)이다. 1546년 식년 문과에 장원으로 급제했다. 경기도 관찰사와 대사헌 등을 거쳐 1590년에 우의정에 오르고 기로소에 들어갔다. 임진왜란이 일어나자 삼도체찰사가 되어 의병을 모집했으며, 이듬해 영중추부사가 되었다가 1598년 벼슬길에서 물러났다.

심열(沈說) ?~?. 본관은 삼척(三陟)이다. 오희문의 매부인 심수원(沈粹源)의 아들로, 오희문의 생질이다. 양덕 현감 등을 지냈다. 《어촌집(漁村集)》권11 〈부록·행장(行狀)〉.

심유경(沈惟敬) ?~1600?. 절강(浙江) 가흥(嘉興) 사람으로, 명나라에서 상인 등으로 활동했다. 병부상서 석성(石星)의 천거로 임시 유격장군(游擊將軍)의 칭호를 가지고 임진년(1592) 6월 조선에 나와 왜적의 실상을 정탐하였다. 조승훈이 제1차 평양성 전투에서 패전한 뒤 같은 해 9월 평양성에서 고니시 유키나가(小西行長)와 만나 협상하여 50일 동안 휴전하기로 하였다. 이를 계기로, 유격장군 서도지휘첨사(署都指揮僉事)에 임명되어 경략의 휘하에서 일본과의 강화협상을 전담하게 되었다. 명군의 벽제관 전투 패전 이후 협상을 통해 경성(한양)에 주둔하고 있던 일본군의 철수와 일본군에게 사로잡혔던 임해군·순화군 등 조선의 두 왕자의 석방을 이끌어내는 성과를 거두기도 하였다. 하지만 도요토미 히데요시(豊臣秀吉)를 일본 왕으로 책봉하고 조공무역을 허용하는 등 봉공(封貢)을 전제로 진행되었던 명과 일본의 강화협상이 결렬되고 1597년 정유재란이 발발하자 심유경은 명나라 장수 양원(楊元)에게 체포되어 중국으로 보내졌다. 이후 금의위(錦衣衛) 옥(獄)에 갇혔다가 3년 만에 죄를 논하여 기시(棄市, 죄인의 목을 베어 그 시체를 길거리에 내다버리는 형벌)되었다.

안극인(安克仁) 1553~?. 본관은 순흥(順興), 자는 백영(伯榮)이다. 1582년 사마시에 오윤겸(吳允謙)과 함께 입격했다.

안의(安義) 1529~1596. 본관이 강진(康津), 자는 의숙(宜叔), 호는 물재(勿齋)이다. 임진왜란 때 어용과 실록을 보위하고 호종한 공으로 활인서 별제에 제수되었다.

안창(安昶) 1549~?. 본관은 죽산(竹山), 자는 경용(景容), 호는 석천(石泉)이다. 음관 (蔭官)으로 벼슬길에 올라 결성 현감, 통천 군수, 회양 부사 등을 지냈다. 1606 년 상의원 정과 종부시 정을 거쳐 1607년 공주 목사에 임명되었으나, 사헌부 의 탄핵을 받아 파직되었다.

안홍도(安弘道) ?~?. 본관은 죽산(竹山), 자는 경곽(景廓)이다. 1585년 생원시에 입 격했다.

양응락(梁應洛) 1572~1620. 본관은 남원(南原), 자는 심원(深源), 호는 만수(漫叟) 이다. 1590년에 진사가 되었고 1606년 증광 문과에 장원급제했다. 병조정랑, 회천 군수, 평산 현감 등을 지냈다.

양응정(梁應鼎) 1519~1581. 본관은 제주(濟州), 자는 공섭(公燮), 호는 송천(松川) 이다. 1540년 생원시에 장원으로 입격했고 1552년 식년 문과에 급제했다. 광 주, 진주, 의주 등지의 목사를 지냈다. 1578년에 공조참판으로 기용되어 성절 사로 명나라에 다녀온 이후 나주의 박산에 조양대(朝陽臺)와 임류정(臨流亭) 을 짓고 강학하며 후학을 길렀다. 저서로《송천집(松川集)》과《용성창수록(龍 城唱酬錄)》이 있다.

오세량(吳世良) ?~1593. 오희문의 사촌 형제이다. 오경순(吳景醇)의 둘째 아들이다.

오윤겸(吳允謙) 본관은 해주(海州), 자는 여익(汝益), 호는 추탄(楸灘), 토당(土塘), 시 호는 충정(忠貞)이다. 오희문의 큰아들이며, 성혼의 제자이다. 1582년 사마시에 입격했고 영릉(英陵), 광릉(光陵) 봉선전(奉先殿) 참봉을 지냈다. 임진왜란 때는 충청도·전라도 체찰사 정철의 종사관이 된 뒤 평강 현감으로 부임하여 선정을 펼쳤다. 1597년 대과에 급제하며 동래 부사, 충청도 관찰사, 이조판서 등을 거쳐 1626년에 우의정, 이듬해 정묘호란 때에 왕세자를 배종하고 돌아와 좌의정을 거쳐 영의정에 이르렀다. 저서로《추탄집(楸灘集)》,《동사상일록(東槎上日錄)》,《해사조천일록(海槎朝天日錄)》등이 있다.

오윤성(吳允誠) 1576~1652. 본관은 해주(海州), 자는 여일(汝一), 호는 서하(西河)이다. 오희문의 넷째 아들이다. 음직으로 벼슬하여 진천 현감을 지냈다.

오윤함(吳允諴) 1570~1635. 본관은 해주(海州), 자는 여침(汝忱), 호는 월곡(月谷)이다. 오희문의 셋째 아들이며, 성혼의 제자이다. 1613년에 사마 양시(兩試)에 입격했고, 산음 현감을 지냈다.

오윤해(吳允諧) 1562~1629. 본관은 해주(海州), 자는 여화(汝和), 호는 만운(晚雲)이다. 오희문의 둘째 아들이다. 숙부 오희인(吳希仁, 1541~1568)의 양아들로 들어갔다. 양어머니는 남원 양씨(南原梁氏, 1545~1622)이고, 아내는 수원 최씨(水原崔氏, 1568~1610)로 세마(洗馬)를 지낸 최형록(崔亨祿)의 딸이다. 1588년 식년시에 생원으로 입격했고, 1610년 별시에 급제했다.

오희철(吳希哲) 1556~1642. 본관은 해주(海州), 자는 언명(彥明)이다. 오희문의 남동생이다. 아내는 언양 김씨(彥陽金氏)로 김철(金轍)의 딸이다.

윤기(尹箕) 1535~1606. 본관은 남원(南原), 자는 백열(伯說), 호는 간보(艮輔)이다. 1568년 사마시에 입격하여 진사가 되었다. 1576년 식년 문과에 장원으로 급제했다. 공조좌랑, 사헌부 감찰을 거쳐 여러 군현을 다스렸다. 임진왜란이 일어나자 수원 부사로서 무관을 대신하여 성천에 가서 세자를 시종했다.

윤민헌(尹民獻) 1562~1628. 본관은 파평(坡平), 자는 익세(翼世), 호는 태비(苔扉)이

다. 이이(李珥), 성혼의 문인이다. 1599년 사마 양시에 입격하여 선공감역에 임명되었으나 나아가지 않았다.

윤승훈(尹承勳) 1549~1611. 본관은 해평(海平), 자는 자술(子述), 호는 청봉(晴峯)이다. 1573년 식년 문과에 급제했다. 대사헌, 이조판서, 영의정 등을 지냈다.

윤우(尹佑) 1543~?. 본관은 파평(坡平), 자는 계수(季綏)이다. 윤기문(尹起門)의 아들이다. 1576년 식년 사마시에 입격했다.

윤진(尹軫) 1548~1597. 본관은 남원(南原), 자는 계방(季邦), 호는 율정(栗亭)이다. 임진왜란이 일어나자 김경수(金景壽)를 맹주로 한 장성 남문창의에 참여하여 종사로 활약했다. 이듬해에는 왜적이 장차 전라도로 침입해 올 것을 예견하고 전라도 관찰사 이정암(李廷馣)에게 입암산성의 수축을 건의했다. 1597년 왜적이 장성에 침입하자 수백 명의 의병을 지휘하여 입암산성을 사수하려고 했으나 힘이 부쳐 산성의 함락과 함께 순국했다.

이계(李啓) 1528~1593. 본관은 연안(延安), 자는 경첨(景瞻)이다. 장성 현감을 지냈다. 임진왜란 때 선조가 피난을 떠나자 도보로 행재소에 이르러 삼등 현령에 임명되었으며, 군사를 다스리는 일과 양곡 조달하는 일을 전담했다.

이광륜(李光輪) 1546~1592. 본관은 여주(驪州), 자는 중임(仲任)이다. 1579년 생원시에 입격했다. 조헌, 오윤겸(吳允謙) 등과 교유했다. 효행으로 추천되어 문소전 참봉에 제수되기도 했으나 나아가지 않았다. 1592년에 조헌 등과 함께 금산 전투에서 순절했다.

이귀(李貴) 1557~1633. 본관은 연안(延安), 자는 옥여(玉汝), 호는 묵재(默齋)이다. 오희문의 처사촌이다. 1592년 강릉 참봉으로 있던 중 왜적이 침입하자 의병을 모집하였다. 이후 삼도소모관에 임명되어 이천으로 가서 세자를 도와 흩어진 민심을 수습했다. 이듬해 다시 삼도선유관에 임명되어 군사 모집과 명나라 군중으로의 군량 수송을 담당했다. 체찰사 류성룡을 도와 군졸을 모집하고 양곡을 운반하여 한양 수복을 도왔다. 그 뒤 장성 현감, 군기시 판관, 김제 군수를 역임하면서 전란 후 수습에 힘썼다. 인조반정의 주역으로 정사공신(靖社功臣) 1등에 책록되었다.

이회(李薈) 1549~1602. 본관은 연안(延安), 자는 양필(良弼)이다. 오희문의 처사촌으로, 이정호(李廷虎)의 큰아들이다. 한성부 참군을 지냈다.

이륜(李倫) ?~?. 본관은 전주(全州)이다. 성종(成宗)의 왕자인 익양군(益陽君) 이회(李懷)의 손자이며, 장천군(長川君) 이수효(李壽虒)의 아들이다. 오희문의 부인은 이회의 외손녀이니, 이륜과 외사촌 간이다.《선원강요(璿源綱要)》〈제왕자사세일람(帝王子四世一覽)〉.

이린(李鏻) 1546~1592. 본관은 전주(全州)이다. 선조의 둘째 형이다. 임진왜란이 일어나자 피난하여 강원도 통천군에 도착했다가 왜군이 통천까지 진입하자 목을 매어 자결했다.

이복흥(李復興) 1560~?. 본관은 연안(延安)이다. 1618년에 생원시에 입격했다.

이분(李蕡) 1557~1624. 본관은 연안(延安), 자는 여실(汝實)이다. 오희문의 처사촌이다. 아버지는 오희문의 장인인 이정수의 셋째 동생 이정현이고, 어머니는 은진 송씨(恩津宋氏)이다. 1592년 임진왜란이 일어나자 형 이번(李蕃)과 함께 의병을 일으켜 곽재우(郭再祐)의 휘하에 들어가 많은 공을 세우고 화왕산성 수호에 최선을 다했다.

이빈(李賓) 1547~1613. 본관은 연안(延安), 자는 여인(汝寅)이다. 오희문의 처사촌이다. 1579년 사마시에 입격했다. 1591년 청암 찰방에 제수되었으나 임진왜란 후로 벼슬하지 않고 은둔했다. 젊은 시절에 성균관 옆에 살았고, 만년에는 회덕으로 물러나 살았다.《사계유고(沙溪遺稿)》권6〈찰방이공묘갈명(察訪李

公墓碣銘)〉.

이빈(李贇) 1537~1592. 본관은 연안(延安), 자는 자미(子美)이다. 오희문의 처남이
다. 아버지는 이정수(李廷秀)이다. 임진왜란 당시 장수 현감을 지내고 있었다.
오희문은 1556년에 연안 이씨와 결혼한 뒤 한양의 처가에서 30여 년 동안 처
가살이를 하면서 이빈과 함께 생활했다.

이산보(李山甫) 1539~1594. 본관은 한산(韓山), 자는 중거(仲舉), 호는 명곡(鳴谷)이
다. 숙부 이지함(李之菡)을 사사했다. 임진왜란이 일어나자 선조를 호종했고,
대사간, 이조참판, 이조판서 등을 지냈다. 명나라 군대가 요양(遼陽)에 머물면
서 진군하지 않자, 명나라 장군 이여송을 설득해 명군을 조선으로 들어오게
하는 데 큰 공을 세웠다.

이성록(李成祿) 1559~?. 본관은 전주(全州), 자는 성지(成之)이다. 1591년 식년 문
과에 급제했다.

이수준(李壽俊) 1559~1607. 본관은 전의(全義), 자는 태징(台徵), 호는 용계(龍溪)
이다. 1589년 사마시를 거쳐 이듬해 증광 문과에 급제했다. 주부, 감찰, 호조
좌랑, 통진 현감을 지냈다. 임진왜란이 일어나자 부녀자와 선비 및 양식을 통
진에서 강화도로 보냈다.

이시윤(李時尹) 1561~?. 본관은 연안(延安), 자는 중임(仲任)이다. 오희문의 처조카
이다. 오희문의 처남인 이빈의 아들이다. 1606년에 사마시에 입격했고, 동몽
교관을 지냈다.

이원룡(李元龍) 1588~?. 본관은 전주(全州), 자는 운장(雲長)이다. 이지(李贄)의 사
위인 이탁(李晫)의 막내아들이다.

이의(李儀) ?~?. 본관은 전주(全州)이다. 성종의 왕자인 익양군 이회의 손자이고,

장천군 이수효의 아들이며, 양성정(陽城正) 이륜(李倫)의 동생이다. 오희문의
부인은 이회의 외손녀이니, 이의와 외사촌 간이다.《선원강요》〈제왕자사세
일람〉.

이익빈(李翼賓) 1556~1637. 본관은 전주(全州), 자는 응수(應壽)이다. 1582년 생원
시에 입격했으며, 1596년에 역적 이몽학(李夢鶴)과 결탁한 김팽종(金彭從)을
사살하는 공을 세웠다.

이자(李資) ?~?. 본관은 연안(延安), 자는 여훈(汝訓)이다. 오희문의 처사촌이다. 오
희문의 장인 이정수의 동생 이정화(李廷華)의 셋째 아들이고 이귀의 형이다.
자를 숙훈(叔訓)과 번갈아 쓰고 있다.

이정시(李挺時) 1556~1609. 본관은 한산(韓山), 자는 유위(有爲)이다. 1603년 50의
나이에 비로소 사마시에 입격했다. 시를 좋아하여 일찍이 손곡(蓀谷) 이달(李
達)에게 배웠으며, 만당(晩唐)의 풍격이 있었다. 목천(木川)에서 벼슬살이 하
면서 어진 정치를 폈는데 돌연 중풍을 얻어 54세에 죽었다. 그가 죽었을 때
고을 사람들 수백 명이 울면서 송별하였다.

이정암(李廷馣) 1541~1600. 본관은 경주(慶州), 자는 중훈(仲薰), 호는 사류재(四留
齋), 퇴우당(退憂堂), 월당(月塘)이다. 1558년 사마시에 입격했고, 1561년 식년
문과에 급제했다. 전라도 관찰사, 동래 부사, 병조참판 등을 지냈다. 1592년
연안성을 방어한 공로로 선무공신 2등에 책록되었다.

이지(李贄) ?~1594. 본관은 연안(延安), 자는 경여(敬輿)이다. 오희문의 처남이며,
이빈의 동생이다.

이천(李蕆) 1570~1653. 본관은 연안(延安)이다. 오희문의 처사촌이다. 이정현의
막내아들이다.

이철(李鐵) 1540~1604. 본관은 전주(全州), 자는 강중(剛中)이다. 1582년 식년 문과에 급제하여 승문원 부정자가 되었다. 무장 현감, 평안·충청·경상 3도의 도사와 용천 군수, 파주 목사를 지냈다. 임진왜란 때 선조를 의주까지 호종했다.

이탁(李晫) ?~1594. 본관은 전주(全州)이다. 오희문의 처남인 이지의 사위이다.

이해(李荄) 1566~1645. 본관은 덕수(德水)이다. 숙부 이순신 밑에서 자라며 배웠고 그를 따라 종군했다. 1592년에 성균관 유생으로서 상소를 올려 군대를 다스리는 방도와 왜구에 대항하는 좋은 책략을 조목조목 아뢴 일이 있다.《국역 강재집(强齋集)》제5권 〈노계이공해유고서(魯溪李公荄遺稿序)〉.

임극(任克) 1537~?. 본관은 풍천(豊川), 자는 맹길(孟吉)이다. 1568년 진사시에 입격했다.

임극신(林克愼) 1550~?. 본관은 선산(善山), 자는 경흠(景欽)이다. 오희문의 매부이다. 1579년 진사시에 입격했다. 임극신 부부는 임진왜란 당시 영암군의 구림촌에 거주하고 있었다.

임면(任免) 1554~1594. 본관은 풍천(豊川), 자는 면부(免夫)이다. 오희문의 동서이다. 1582년 생원시에 입격했다.

임발영(任發英) 1539~1593. 본관은 장흥(長興), 자는 시언(時彦), 호는 와헌(瓦軒)이다. 임진왜란 때 종묘서 령(宗廟署令)으로서 종묘의 신주를 받들어 모신 공으로 선조가 무과 시험을 보게 하여 그해에 안주 목사가 되었고, 이듬해에는 운량사로서 군량 수송에 공을 세웠다.

임전(任錪) 1560~1611. 본관은 풍천(豊川), 자는 관보(寬甫), 호는 명고(鳴皐)이다. 성혼의 문인이다. 임진왜란이 일어나자 호남 창의사 김천일의 휘하에 종군했

다. 권필(權韠)과 쌍벽을 이룰 정도로 시명이 높았다. 저서로《명고집(鳴皐集)》
이 있다.

임현(林睍) 1569~1601. 본관은 선산(善山), 자는 자승(子昇)이다. 오희문의 매부인
임극신의 조카이다. 1591년 사마시에 입격했고, 1597년 알성시에 급제했다.
권지 승문원 부정자가 되어 이후 승정원, 세자시강원, 예문관 등에서 벼슬했
다. 예조좌랑 등을 지냈다.《국역 성소부부고(惺所覆瓿藁)》제17권〈문부14·
예조좌랑임군묘지명(禮曹佐郎林君墓誌銘)〉.

임환(林懽) 1561~1608. 본관은 나주(羅州), 자는 자중(子中), 호는 습정(習靜), 백화
정(百花亭)이다. 임현의 매부이다. 임진왜란이 일어나자 김천일 밑에서 종사
관으로 종군했다. 임진왜란과 정유재란 때의 공로를 인정받아 공조좌랑이 되
었다.

정엽(鄭曄) 1563~1625. 본관은 초계(草溪), 자는 시회(時晦), 호는 수몽(守夢)이다.
1583년 별시 문과에 급제했다. 임진왜란 때 공을 세워 중화부사가 되었다. 도
승지, 대사헌, 우참찬 등을 지냈다. 저서로《근사록석의(近思錄釋疑)》와《수몽
집(守夢集)》이 있다.

정종명(鄭宗溟) 1565~1626. 본관은 연일(延日), 자는 사조(士朝), 호는 화곡(華谷),
벽은(薛隱)이다. 정철의 아들이다. 1590년 진사시에 입격했고, 1592년 7월 의
주 행재소에서 실시된 별시 문과에 장원으로 급제하여 병조 좌랑에 초수(超
授)되었다.

정지연(鄭芝衍) 1525~1583. 본관은 동래(東萊), 자는 연지(衍之), 호는 남봉(南峰)
이다. 1569년 별시 문과에 급제했다. 직제학, 대사성, 대사헌, 우의정 등을 지
냈다.

조응록(趙應祿) 1538~1623. 본관은 풍양(豊壤), 자는 경유(景綏), 호는 죽계(竹溪)

이다. 1579년 식년 문과에 급제했다. 사관을 거쳐 전적(典籍)이 되었다. 임진왜란 때 함경도로 피난 가는 세자를 호종했고, 난이 끝난 뒤 통정대부에 올랐다. 저서로《죽계유고(竹溪遺稿)》가 있다.

조익(趙翊) 1556~1613. 본관은 풍양(豊壤), 자는 비중(棐仲), 호는 가휴(可畦)이다. 오희문의 처사촌 이빈의 사위이다. 1588년 알성 문과에 급제했다. 임진왜란 때 호남지방에서 의병을 일으키기도 했다. 승문원 정자, 병조좌랑, 광주 목사 등을 지냈다.

조정호(趙廷虎) 1572~1647. 본관은 배천(白川), 자는 인보(仁甫), 호는 남계(南溪)이다. 1612년 문과에 을과로 급제했다. 병자호란 당시 군사를 이끌고 분전했으며, 1642년 관직을 버리고 은거했다.

조존성(趙存性) 1554~1628. 본관은 양주(楊州), 자는 수초(守初), 호는 용호(龍湖), 정곡(鼎谷)이다. 성혼과 박지화(朴枝華)의 문인이다. 1590년 증광 문과에 급제하여 사관(史館)에 들어가서 검열이 되었다. 이듬해 대교로 승진했으나 모함을 당해 파면되었다. 임진왜란이 일어나자 고향에 있다가 이듬해 의주의 행재소에 가서 대교로 복직되었고, 이어 전적으로 승진했다. 충주 목사, 호조참판, 강원도 관찰사, 호조판서 등을 지냈다.

조탁(曺倬) 1552~1621. 본관은 창녕(昌寧). 자는 대이(大而), 호는 이양당(二養堂), 치재(恥齋)이다. 1599년 별시 문과에 급제했다. 공조참판, 한성부 좌·우윤 등을 지냈다.

조희보(趙希輔) 1553~1622. 본관은 풍양(豊壤), 자는 백익(伯益)이다. 1582년 진사가 되었고, 1588년 식년 문과에 급제해 예문관 검열이 되었다가 대교와 봉교를 거쳤다. 1595년 이후 예조, 형조, 호조의 낭관 등에 임명되었으나 나아가지 않다가, 1597년 충청도 도사가 되어서는 관찰사 류근(柳根)을 도와 임진왜란의 뒷바라지에 힘썼다.《국역 동명집(東溟集)》제18권 〈분승지증이조판서 조공묘지(分承旨贈吏曹判書趙公墓誌)〉.

조희식(趙希軾) ?~?. 본관은 풍양(豊壤), 자는 백공(伯恭)이다. 조희철(趙希轍)의 동생이자 조희보의 둘째 형이다. 김포 현령을 지냈다.

조희철(趙希轍) ?~?. 본관은 풍양(豊壤), 자는 백순(伯循)이다. 조희보의 큰형이다. 선조 때 상주 판관으로 재임했으나, 1588년 4월 문경에서 발생한 불미스러운 사고로 인하여 파직을 당했다. 이후 다시 서용되어 고산 현감을 지냈다.

최경회(崔慶會) 1532~1593. 본관은 해주(海州), 자는 선우(善遇), 호는 삼계(三溪), 일휴당(日休堂), 시호는 충의(忠毅)이다. 1567년 식년 문과에 급제해 영해 군수가 되었다. 임진왜란 때 의병장이 되어 금산, 무주 등지에서 왜병과 싸워 크게 전공을 세우고 이듬해 경상우도 병마절도사로 승진했다. 1593년 6월 제2차 진주성 전투에서 전사했다.

최집(崔潗) 1556~?. 본관은 해주(海州), 자는 심원(深遠)이다. 1579년 생원시에 입격했다.

한겸(韓謙) 1554~?. 본관은 청주(淸州), 자는 희익(希益)이다. 1585년 식년 사마시에 입격했고, 1606년 증광시 문과에 급제했다.

한집(韓楫) ?~?. 1578년에 감찰 직에 있다가 체직되었다. 《국역 선조실록》 11년 1월 4일.

한효중(韓孝仲) 1559~1628. 본관은 청주(淸州), 자는 경장(景張), 호는 석탄(石灘)이다. 1590년 증광시에 생원으로 입격했고, 1605년 증광시 문과에 급제했다.

홍백남(洪百男) 1538~1592. 본관은 남양(南陽), 자는 사진(士振)이다. 1564년 사마시에 입격했다.

홍사고(洪思古) 1560~?. 본관은 남양(南陽), 자는 택정(擇精)이다. 1579년 사마시에 입격했다. 원문에는 홍사고(洪師古)로 되어 있으나 바로잡았다.

홍인서(洪仁恕) 1535~1593. 본관은 남양(南陽), 자는 응추(應推)이다. 1573년 알성 문과에 급제했다. 임진왜란이 일어나 선조가 개성으로 피난해 오자, 당시 개성부 유수로서 백성을 효유하여 안정시켰다.

홍준(洪遵) 1557~1616. 본관은 남양(南陽), 자는 사고(師古), 호는 괴음(槐陰)이다. 1590년 증광 문과에 급제했다. 교리, 사간, 동부승지, 공조참의 등을 지냈다.

황신(黃愼) 1560~1617. 본관은 창원(昌原), 자는 사숙(思叔), 호는 추포(秋浦)이다. 1588년 알성 문과에 장원으로 급제했다. 임진왜란 때 명나라의 요구에 의해 무군사(撫軍司)가 설치되고 명나라 사신의 재촉을 받아 세자가 불편한 몸을 이끌고 남하했는데, 이때 황신도 동행했다. 1596년 통신사로 명나라 사신 양방형(楊邦亨)과 심유경(沈惟敬)을 따라 일본에 다녀왔다. 한성부 우윤, 대사간, 대사헌 등을 지냈다. 저서로 《추포집(秋浦集)》 등이 있다.

황정욱(黃廷彧) 1532~1607. 본관은 장수(長水), 자는 경문(景文), 호는 지천(芝川)이다. 임진왜란이 일어나자 호소사(號召使)가 되어 왕자 순화군을 배종해 관동으로 피신했고 의병을 모집하는 격문을 돌렸다. 그러나 왜군의 진격으로 회령에 들어갔다가 국경인(鞠景仁)의 모반으로 왕자와 함께 포로가 되어 안변의 토굴에 감금되었다. 이때 왜장 가토 기요마사로부터 선조에게 보내는 항복 권유문을 쓰도록 강요받아 처음에는 거절했으나 그의 손자와 왕자를 죽이겠다는 위협을 받고 아들 황혁(黃赫)이 대신 썼다. 한편, 항복 권유문이 거짓임을 밝히는 또 하나의 글을 썼으나 선조에게 전달되지 못했다. 이듬해 왜군이 부산으로 철수할 때 석방되었다.

찾아보기

쇄미록 2 제사일록

2018년 12월 19일 초판 1쇄 발행
2019년 4월 30일 초판 2쇄 발행

지은이	오희문
옮긴이	채현경
기획	최영창(국립진주박물관장)
윤문	김현영(낙산고문헌연구소), 이성임(서울대학교), 전경목(한국학중앙연구원), 김건우(전주대학교), 김우철(국사편찬위원회)
교열 및 교정	김미경·서윤희(국립진주박물관), 박정민
북디자인	김진운
발행	국립진주박물관
	경상남도 진주시 남강로 626-35
	055-742-5952
출판	(주)사회평론아카데미
	서울특별시 마포구 월드컵북로 12길 17
	02-2191-1133
ISBN	979-11-88108-92-3 04810 / 979-11-88108-90-9(세트)